TRADUÇÃO André Aires

O recurso do método

Alejo Carpentier

ÍNDICE

PREFÁCIO

O PODER COMO MÉTODO

André Aires e Paulo Lannes

> Inexiste no mundo coisa mais bem distribuída que o bom senso, visto que cada indivíduo acredita ser tão bem provido dele que mesmo os mais difíceis de satisfazer em qualquer outro aspecto não costumam desejar possuí-lo mais do que já possuem.
> — DESCARTES

Com essa frase, o filósofo francês René Descartes (1596-1650) dá início ao seu *Discurso do Método* (1637), tratado filosófico que influenciaria toda a modernidade ocidental – servindo de base para a construção de grandes líderes, tiranos ou não. Ao propor um método universal de pensamento em que o espírito pode ser conduzido à verdade por meio da razão humana, Descartes inspirou uma série de líderes, que, na América Latina como na Europa, reconheceram a si próprios como seres ilustres, capazes de organizar o mundo, estabelecer verdades evidentes e guiar a ação (e a Nação) com segurança. É desta tradição iluminista que surgiu o termo "Ordem e Progresso" que se encontra na bandeira do Brasil e é essa tradição iluminista que serve como mote para a construção do romance *O recurso do método*, escrito pelo cubano Alejo Carpentier e publicado pela primeira vez em 1974.

Porém, antes de homenagear o texto de Descartes, Carpentier faz uma paródia – apresentando o ideal iluminista da razão como uma forma encontrada por tiranos latino-americanos se valerem desse "planejamento racional" para conter o "caos popular": meta que, para ser alcançada, levaria líderes e comandados a cometerem as atitudes mais irracionais, e o continente a um estado de violência e medo que perduraria por quase todo o século 20. Para o autor, a "América latina é um Continente essencialmente anticartesiano no que se diz respeito ao desenvolvimento da sua história", por isso, em *O recurso do método*, "Cada capítulo é encabeçado por uma citação de Descartes que, tomada a partir da perspectiva do meu Tirano Ilustrado, justifica os atos mais delirantes e arbitrários", provando que são "Recursos de um método que consiste em não ter nenhum".

É partindo desse contraponto inicial, já no título, com o texto clássico, parodiado, subvertido, refeito, que o romance apresentará um jogo sutil entre forma e conteúdo: se por um lado sugere uma lógica metódica de governo, por outro escancara o caráter farsesco, contraditório e brutal das ditaduras latino-americanas, que muitas vezes se pretendem racionais, modernas e eficientes, mas se sustentam na violência e no improviso.

A ironia com Descartes, portanto, não é gratuita. O autor francês é, de certo modo, um símbolo do pensamento europeu clássico, que via na razão um instrumento civilizacional e redentor. Ao tensionar esse paradigma, Carpentier está também apontando para as ambiguidades do projeto moderno nas Américas: a exportação da ideia de progresso, a fé no planejamento tecnocrático, o autoritarismo travestido de racionalidade. O ditador de seu romance encarna esses elementos ao mesmo tempo em que os corrompe. A razão cartesiana torna-se, no trópico, instrumento de opressão e simulacro de ordem. Europa e América Latina se tornam *lá* e *cá* no romance, outra operação sobre dicotomias flexíveis, pois quando o Primeiro Magistrado está na França, *cá* e *lá* também mudam de perspectiva.

São operações irônicas possíveis apenas porque Carpentier era, antes de tudo, um homem de vastíssima cultura. Filho de um arquiteto francês e de mãe russa, Carpentier nasceu na Suíça, em 1904, e, aos dois anos, mudou-se para Havana, onde se tornaria cubano. Alli iniciou os estudos em música e arquitetura, porém os abandonaria para seguir a carreira de jornalismo. Com 24 anos, foi preso por assinar o *Manifiesto Minorista* contra o imperialismo ianque e a favor da unidade e da independência latino-americana. Após sete meses na cadeia, foi posto em liberdade, após pagar fiança, e contou de conflitos políticos e, com a ajuda de intelectuais franceses, foge para a França. Sua trajetória seria marcada por vindas e partidas da América Latina, com passagens por países como Venezuela, México e Haiti.

Desse modo, Carpentier transforma a erudição em ferramenta estética e política dentro de seus romances, usando o passado como espelho do presente e a linguagem como forma de iluminar contradições históricas dentro de obras como *O Reino deste Mundo* (1949), *Os Passos Perdidos* (1953) e *O Século das Luzes* (1962).

Mais do que um narrador de eventos, Carpentier é um intérprete da história latino-americana. Sua obra mergulha em episódios fundadores do continente, mas o faz com um olhar que ultrapassa a narrativa factual — o que lhe permite desenhar, com rigor e imaginação, os dilemas políticos e culturais de sua época. A presença do barroco, por exemplo, recorrente em sua obra, revela não apenas uma opção estética, a da linguagem adornada e exagerada em alguns aspectos, reveladora de oposições dicotômicas, aparentemente simples, como o claro e o escuro, mas uma visão de mundo em que a exuberância formal reflete a complexidade das relações sociais e culturais no continente – o que se pode perceber nas mais de 500 notas existentes ao longo do livro, que evidenciam, principalmente, o uso do real para a construção ficcional. Observe-se a quantidade de personagens fictícios, como os de Proust, que assumem papel real na obra, como contatos franceses do Primeiro Magistrado, enquanto personalidades reais, como o Mr. Crowder, vivem situações fictícias na obra. É também pela erudição de Carpentier que tantas notas se justificam na presente edição: a intertextualidade com fatos, figuras e obras da cultura e da história universal nos conduzem por citações de Shakespeare e Victor Hugo, ou por oposições das teorias militares de Júlio César ou das autoridades alemães contemporâneas da Primeira Guerra Mundial, período em que se passa boa parte do romance.

Tempo e espaço, inclusive, são categorias narrativas peculiares em *O recurso do método*. Começa com o relógio suíço despertando o Primeiro Magistrado – cena que se repetirá quase idêntica em mais dois momentos – e segue para um compilado de eventos históricos que poderiam situar a ação em Havana, capital cubana, mas apenas de passagem. A faraônica construção do Capitólio com a montagem da monumental Estátua da República, acompanhada da espetaculosa velocidade com que a não-nomeada capital do romance vai perdendo seus ares provincianos para adquirir aspectos cada vez mais modernizantes. O velho e novo – tempos inconciliáveis – se confrontam ainda na distância geracional entre o Primeiro Magistrado – amante da música e da pintura clássica – e sua filha, Ofélia, com seus gostos para a Ópera de Wagner e as pinturas vanguardistas. Para o patriarca, que quase não sai de casa, o mundo surge como uma pintura que ele vê emoldurada da janela de seus escritórios – o Arco do Triunfo, em Paris, e o Vulcão Tutelar, na capital. De perto ou de longe, tudo para ele são imagens estáticas, planas, sem relevo, como as pintadas nos vitrais góticos da Catedral de Notre-Dame. A visão limitadora das realidades somada a um apego romântico ao passado, levam o Presidente ao rebaixamento de exportar, para Paris, relíquias culturais, como a Múmia encontrada por acaso em uma caverna, e importar de lá as peças e os projetos para transformar a cultura da sua capital, incluindo a temporada de óperas.

Com *O recurso do método*, Carpentier também se insere de maneira definitiva em um subgênero muito particular da literatura hispano-americana: o romance de ditador, que retrata a figura do tirano — caudilho, presidente vitalício ou general — como um arquétipo do poder autoritário nas Américas. O gênero emerge com força ao longo do século 20, quando a instabilidade política, os golpes de Estado e os regimes militares tomam conta do continente.

Autores como Érico Veríssimo (*O Senhor Embaixador*, 1965), Augusto Roa Bastos (*Eu o Supremo*, 1974) e Gabriel García Márquez (*O Outono do Patriarca*, 1975) exploraram, cada um à sua maneira, os mecanismos do poder, os jogos de linguagem do autoritarismo, a solidão do tirano e os efeitos subjetivos do mando absoluto. *O Senhor Presidente* (1946), de Miguel Ángel Asturias é mencionado pelo próprio Carpentier como grande inspiração, ao lado de Descartes. Nesses romances, a linguagem é frequentemente labiríntica, circular, impregnada de contradições, como se o próprio discurso, um pouco confuso e distorcido, fosse sintoma do Poder que pretende denunciar.

Carpentier dialoga diretamente com essa linhagem, tanto na linguagem, que muda de narrador sem anúncio, passando de um longo monólogo do Presidente a outros narradores mais ou menos subjetivos, como o Doutor Peralta, seu Secretário. Em capítulos quase sem alternância de parágrafos, o próprio texto vai ditando seu ritmo e sua poética. No caso de Carpentier, o que pode surpreender, é a absoluta ironia com que trata seus personagens.O protagonista — um ditador caricato, vaidoso, erudito e cruel — representa uma mescla de traços típicos de vários tiranos reais da América Latina. O enredo o acompanha em sua trajetória por salões oficiais, palácios, campos de batalha e bastidores de poder, evidenciando o jogo de aparências, os ardis ideológicos e as estratégias de repressão que sustentam seu governo. Ao mesmo tempo, há um trabalho sofisticado de linguagem, que desmonta os discursos oficiais e revela a lógica interna — sempre absurda e perversa — do autoritarismo tropical.

No Brasil, *O recurso do método* adquire contornos ainda mais agudos. Publicado durante a década de 1970, durante os chamados *anos de chumbo*, o livro parece ecoar as experiências de censura, perseguição, propaganda e opressão vividas em nosso país. Ler esse romance pode ser percebido como um gesto político, pois nos convida a pensar o autoritarismo – de ontem e de hoje – não como uma aberração, mas como uma forma persistente de organização do Poder, com raízes profundas em nossa cultura política. A figura do ditador criado por Carpentier resvala em líderes que se alternaram no comando da repressão no Brasil: homens que se diziam salvadores da pátria enquanto promoviam a violência institucionalizada, a manipulação ideológica e o silenciamento sistemático da dissidência.

Mais do que uma representação histórica, o romance lança luz sobre um mecanismo que atravessa o tempo e as fronteiras. Em muitas democracias contemporâneas, a retórica da ordem, da segurança e da moralidade é mobilizada sob o argumento da racionalidade para justificar o controle crescente sobre as liberdades individuais e o enfraquecimento das instituições. Se a temperança e o bom comportamento são atitudes racionais, o caos e radicalidade devem ser represados ou duramente repreendidos. As figuras tirânicas de ontem tentam, hoje, encontrar um lugar ao sol, lançando-se a partir de recursos tecnológicos, com algum método, para construir realidades paralelas e sustentar projetos de poder.

O livro é incontornável. *O recurso do método* não é apenas um grande romance latino-americano — é também um instrumento de vigilância histórica que nos lembra que os tiranos muitas vezes não se impõem de imediato, mas se insinuam, se adaptam e aguardam a oportunidade certa para emergir. Como escreveu Descartes: "Não basta ter um bom espírito; o principal é aplicá-lo bem." Carpentier, em sua literatura, aplicou o espírito crítico com precisão cirúrgica — e é esse método, o da desconfiança ativa e o da consciência histórica, que nos cabe preservar.

À Lilia

Primeiro CAPÍTULO

> ... meu propósito não é o de ensinar aqui o método que cada um deve seguir para guiar acertadamente sua razão, mas somente o de mostrar de que maneira tratei de seguir a minha.
> — DESCARTES (*Discurso do método*[1])

1 *DISCURSO DO MÉTODO*: Publicado na França por René Descartes em 1637, é uma das obras fundadoras da filosofia moderna. O livro tem como objetivo apresentar um método racional para alcançar o conhecimento verdadeiro. Descartes propõe que se deve duvidar de todas as certezas — inclusive as sensoriais — até encontrar uma base absolutamente segura: "Penso, logo existo" (*Cogito, ergo sum*). A partir dessa certeza, ele constrói seu sistema filosófico, baseado na razão, na clareza das ideias e em uma metodologia semelhante à matemática.

Um

...mas, eu acabei de me deitar. E já toca a campainha. Seis e quinze. Não pode ser. Sete e quinze, talvez. Mais perto. Oito e quinze. Este despertador será um prodígio da relojoaria suíça, mas seus ponteiros são tão finos que quase não se veem. Nove e quinze. Também não. Os óculos. Dez e quinze. Isso sim. Além do mais, o dia se pinta em cor de meio-dia sobre o amarelo das cortinas. E é sempre assim quando volto a essa casa: abro os olhos com a sensação de estar *ali*, por esta rede que me acompanha a toda parte – casa, hotel, castelo inglês, nosso Palácio.... – porque eu nunca pude descansar em cama rígida de colchão e travesseiro. Preciso do embalo de uma rede de fios para me enroscar, com suas cordas para me adormecer. E é outro balanço e um bocejo, e outra mexida para tirar as pernas e pôr os pés em busca dos chinelos que se perdem nas cores do tapete persa. (*Ali*, sempre atenta aos meus despertares, A Maiorala Elmira, que deve estar dormindo em sua cama de varas, já tinha me calçado – ela também tem suas manias –, de peitos soltos e anáguas pelas cadeiras, na noite do outro hemisfério.) Uns passos até a claridade. Basta puxar o cordão da direita e se abre, com ruído de argolas acima, o cenário da janela. Porém, em vez de um vulcão – nevado, majestoso, longínquo, antiga Morada dos Deuses – se aproxima o Arco do Triunfo, atrás do qual está a casa de meu grande amigo Limantour, que foi ministro de Dom Porfirio[2], e com quem tanto se aprende quando se põe a falar de economia e sacanagens nossas. Leve ruído de porta. E aparece Sylvestre, com seu colete rajado, erguendo a bandeja de prata – espessa e bonita prata de minhas minas: *Le café de Monsieur. Bien fort comme il l'aime. A la façon de là-bas... Monsieur a bien dormi?*[3]... As três cortinas de brocado são corridas, agora, uma depois da outra, mostrando, em bom sol para jornada hípica, as esculturas de Rude. O menino-herói dos colhõezinhos de fora, levado a combate por um caudilho descabelado e corajoso dos que – não sei! – cantando vitórias, passam da vanguarda à retaguarda se a coisa fica feia. *Le Journal*, agora. *L'Excelsior*, cujas páginas, por suas muitas fotos, vêm a ser um cinematógrafo da atualidade. *L'Action Française*, com as receitas gastronômicas de Pampille que minha filha marca todo dia, com lápis vermelho, para chamar atenção de nosso excelente cozinheiro, e o imprecatório editorial de León Daudet, cujas geniais, apocalípticas injúrias – expressão suprema da liberdade de imprensa – promoveriam duelos, sequestros, assassinatos e tiroteios cotidianos em nossos países. *Le Petit Parisien*: Segue a rebelião de Ulster, com grande concerto de metralhadoras e harpas irlandesas; a segunda recolhida de cães de Constantinopla, condenados a se devorarem, uns aos outros, sobre uma ilha deserta produz universal indignação; novos rebuliços nos Balcãs, eterno vespeiro, barril de pólvora de sempre, que muito me parecem, por isso, a nossas províncias andinas. Ainda me lembro – era minha última viagem – das cerimônias de recebimento do Rei dos Búlgaros. Passou por aqui, junto ao Presidente Fallières[4],

---

2 **DOM PORFIRIO:** Nascido em 1830, Porfirio Díaz foi general e político, assumindo em 1876 a presidência do México e tornando-se ditador de 1884 até 1911, período de modernização e repressão social conhecido como Porfiriato. Deposto, mudou-se para Paris, onde viveu até sua morte, em 1915.

3 "O café do senhor. Muito forte como ele gosta. À moda de lá... O senhor dormiu bem?"

4 **PRESIDENTE FALLIÈRES:** Clempent Fallières foi presidente da República Francesa entre 1906 e 1913, assumindo como candidato da esquerda.

exibindo sua emplumada e revestida majestade (me pareceu por um momento o Coronel Hoffmann) em um soberbo landau de primeira, enquanto a banda da Guarda Republicana, colocada ao pé do monumento napoleônico, tocava *Platcha divitza, Chuma Maritza*, com grande luxo de trombetas, clarinetes e bombardinos, realçado por uma quase zarzueleira combinação de flautim e triângulo. *Vive le Roi! Vive le Roi!*, gritava uma multidão republicana, desejosa, no fundo, de tronos, coroas, cetros e laceiros, muito pobremente substituídos, como espetáculo, pelos presidentes de fraque e faixa escarlate no colete que inclinam a cartola, da cabeça aos joelhos, em gesto de saudação muito parecido com o dos cegos que pedem esmola depois de ter buscado a melodia de *La jambe de bois* nas negras lonjuras de uma ocarina. Vinte pras onze. Felicidade de uma agenda fechada – jogada – no móvel perto da rede, sem um horário de audiências, visitas oficiais, apresentação de credenciais, ou aparatosa entrada de militares que te abordam assim, de repente, fora de programação, ao compasso de botas e esporas. Porém dormi mais do que estou acostumado e é que à noite – e muito tarde – eu dormi com uma mocinha de São Vicente de Paula, vestida de azul com anil, com touca de asas engomadas, escapulário entre os peitos, e disciplina de couro da Rússia na cintura. A cela era perfeita, o seu missal com capa de pele de bezerro na tosca mesa de madeira, junto à palmatória prateada e à caveira demasiado cinza – a verdade é que não a toquei – que seria de cera ou talvez de borracha. A cama, entretanto, apesar de seu estilo conventual e penitenciário, era comodíssima, com seus travesseiros de sarja falsa, suas plumas metidas em fronhas que pareciam feitas de lona grossa, e aquele estrado de tiras elásticas que colaborava, dócil, com os movimentos de cotovelos e joelhos que sobre ele se travavam. Cômoda era a cama, como eram o divã do quarto dos califas ou a banqueta de veludo do carro-dormitório dos *Wagons-lits--Cook (Paris-Lyon-Mediterranée)* eternamente detido, com duas rodas e escadinha de acesso, na galeria que – ignoro por que engenhoso artifício, cheirava sempre a respiro de locomotivas.

Ainda me faltava provar as possíveis combinações de almofadas e esteiras da Casa Japonesa; o camarote do *Titanic*, reconstruído em sua realidade sobre documentos, e que parecia como marcado pela iminência do drama. (*Vas-y vite, mon chéri, avant que n'arrive l'ice-berg... Le voilà... Le voilà... Vite, mon chéri... C'est le naufrage... Nous coulons... Nous coulons... Vas-y...*[5]); o rústico vão do chalé normando, cheirando a maçãs, com garrafas de sidra ao alcance da mão, e a Câmara Nupcial onde Gaby, vestida de noiva, coroada de flores, se fazia deflorar quatro ou cinco vezes por noite, quando não estava de plantão pela manhã – chamavam isso "a guarda" – por isso que alguns amigos da casa, apesar dos cabelos brancos e da Legião de Honra, conheciam ainda, de tarde em tarde, a glória dos despertares triunfais de Victor Hugo. Quanto ao Palácio dos Espelhos, ele havia devolvido tantas vezes minha figura em molências e encurtamentos, invenções e rabiscos, que todas as minhas conjugações físicas ficavam recopiladas em minha memória como um álbum de fotografias familiares cataloga os gestos, atitudes, desplantes e composturas que marcaram as melhores jornadas de uma existência. Eu entendia bem por que o Rei Eduardo VII[6] havia tido, ali, banheira própria, e até uma poltrona – hoje objeto histórico, guardado em estância de honra – executada por um hábil e discreto ebanista, que lhe permitia entregar-se a folgas para as quais seu abundante abdômen resultava um estorvo. Tinha sido boa a farra da noite anterior. No entanto me ficava – depois de muitas taças – como um temor de que minha sacrílega diversão com a mocinha de São Vicente de Paula (outra vez, Paulette havia se oferecido para mim como uma colegial inglesa, entre raquetes de tênis e chicotes de equitação; outra vez, muito pintada, como uma vadia do porto, com meias

---

5 "Vamos rápido, meu querido, antes que o iceberg chegue... Aí está... Aí está... Rápido, meu querido... É o naufrágio... Estamos afundando... Estamos afundando... Vamos..."

6 **REI EDUARDO VII:** Nascido em 1841, sucedeu a Rainha Vitória no trono da Inglaterra em 1901 e manteve-se no poder até a data de sua morte, em 1910. Conhecido por sua postura pacificadora no relacionamento com outros países europeus, seu período de governança foi chamado de Era Eduardiana.

pretas, ligas vermelhas e altas botas de couro) me trouxesse má sorte. (Além do mais, aquela caveira que, pensando melhor, era bastante sinistra, fosse de borracha ou fosse de cera...) A Divina Pastora de Nova Córdoba, Milagrosa Amparadora de minha pátria, podia saber de meus desvios lá da montanhosa atalaia onde, entre fendas e crateras, erguia-se seu velho santuário. Mas me tranquilizava pensando que, na falsa cela de convento do meu apetite culpável, o afã de autenticidade não tinha, ainda, pendurado um crucifixo. A verdade é que Madame Yvonne, vestida de preto, colar de pérolas, modos refinados, idioma que, segundo os casos e a condição do cliente, passava do estilo *Port-Royal*[7] ao estilo *Bruant*[8] – muito semelhante, nisto, a meu francês misto de Montesquieu[9] e *Nini-peau-de-chien*[10] – sabia se entender com a fantasia de cada um, vendo sempre, no entanto, onde havia de parar. Não teria colocado um retrato da Rainha Vitória no Quarto do Internato Inglês, assim como não teria posto um ícone no Quarto do Gran Boyardo, nem um pênis farto e ostentoso no Quarto das Fantasias Pompeianas. Quando certos clientes a visitavam, cuidava, além do mais, de que *"ces dames"* se pusessem em situação, como dizem os atores: que se concentrassem na interpretação de seu papel – noiva impaciente, freira luciferina, provinciana com curiosidades perversas, nobre dama que esconde sua identidade, grande senhora em perigo, estrangeira-de-passagem-ávida-por-sensações-novas, etc., etc. –; enfim, que se portassem como come-

---

7 *PORT-ROYAL:* Abadia religiosa localizada nas proximidades de Paris. Blaise Pascal (1623-1662) escreveu ali sua prosa clássica, considerada um marco da literatura francesa.

8 BRUANT: Louis Armand Aristide Bruant (1851-1925) foi um compositor francês conhecido por suas canções populares de cabaré. Foi imortalizado pelos pôsteres criados pelo artista Henri de Tolouse-Lautrec (1864-1901), que mostram o músico trajando capa preta e lenço vermelho.

9 MONTESQUIEU: Político, filósofo e escritor francês nascido em 1689 que ficou famoso pela sua teoria da separação dos poderes, atualmente consagrada em muitas das modernas constituições internacionais, inclusive a Constituição Brasileira.

10 *NINI-PEAU-DE-CHIEN*: Canção mais famosa de Aristide Bruant. Criada em 1895, narra a história de uma prostituta do bairro da Bastilha, em Paris, apelidada de Nini Peau d'chien.

diantes de boa escola, proibindo-as de que se prestassem a agarrar moedas com os grandes lábios, no ângulo de uma mesa, como outras faziam, de estilo diferente, no Salão de Apresentações do térreo – *"aux choix, Mesdames..."* –, quando apareciam e tudo que vestiam era um bolero de lantejoulas espanholas, um colar taitiano, ou uma imitação de *kilt* escocês com cauda de raposa na fivela do cinturão... Sylvestre, agora, apresenta o barbeiro. Enquanto me barbeia me dá notícias das últimas feitorias dos apaches, que agora trabalham com automóveis e artefatos de armamento pesado. No momento do pó nas bochechas, me mostra uma fotografia recente de seu filho, muito marcial – e lhe digo isso – com as plumas de casuar que adornam seu colete. Aprecio a compostura e disciplina de um povo em que um jovem de origem modesta pode, por sua virtude e laboriosidade, alçar-se ao plano dos militares que, antes de disparar um canhão, sabem, por cálculos e logaritmos, quais terão de ser a trajetória e o alcance de um balaço. (Meus artilheiros, em geral, determinam alça e ângulo de uma peça pelo método empírico – ainda que milagrosamente eficaz em alguns casos, há que se reconhecer – de "três mãos acima e duas à direita, com um dedo e meio de retificação, até aquela casa do telhado pontiagudo... Fogo!"... E o melhor é que erram...) Atrás do retrato do cadete de Saint Cyr[11], o barbeiro me mostra a foto recente de uma jovem, envolta em véus transparentes e que, segundo parece, tremendamente iludida pelos juros de 6,4% do novo Empréstimo Russo, estaria disposta a... – muito discretamente, é claro – para adquirir ações salvadoras de uma fortuna que, até então estava assentada em brasões de goles e arminhos, se achava prestes a naufragar; essa jovem – e pode-se ver que sua "academia", como se diz, não é de todo desprezável –, enfim, essa jovem... (Mandarei na frente Peralta para que veja, apalpe e me diga...) Atrás dos vidros, o estio se afirma, como novo, recém-chegado, no esplendoroso verdor das castanheiras. O alfaiate, agora, que me mede e mede de

11 SAINT CYR: Escola Militar francesa fundada em 1870.

novo, me cobre com pedaços de japonas, paletós, batas, ajustando, apertando, juntando, desenhando, com giz plano, figuras de teorema em um fragmentado revestimento de lãs escuras. Dou voltas sobre mim mesmo, como manequim, parando em ângulos favoráveis a uma boa iluminação de minha pessoa. E segundo a orientação imposta a meus olhos, contemplo os quadros, as esculturas, que me rodeiam e parecem renascer a minha volta, já que, de tanto tê-los olhado, muito pouco os vejo agora. Aí está, como sempre, a *Santa Radegunda*, de Jean--Paul Laurens, merovíngia e estática, recebendo as relíquias trazidas de Jerusalém por emissários encapuzados que oferecem, em precioso cofre de marfim, um pedaço da Cruz do Senhor. Ali, em brava escultura, uns gladiadores de Gérôme[12], com o reciário vencido, enredado em sua própria rede, retorcendo-se sob o pé vitorioso de um jovem de elmo e máscara, que parece aguardar, com o estoque em espera, o veredicto de César. ("*Macte*" – eu digo sempre, ao olhar esta obra, abaixando o polegar da mão direita...) Um quarto de volta sobre mim mesmo, e contemplo a fina marina de Elstir[13] que abre seus inquietos azuis, com botes no primeiro plano, entre espumas e nuvens confundidas, perto o mármore rosa de um *Pequeno fauno* premiado com Medalha de Ouro no último Salão de Artistas Franceses. "Um pouco mais à direita", diz o alfaiate. E me vejo ante *O lobo de Gubbio*, de Luc-Olivier Merson[14], onde a fera, amansada pela pregação inefável do Poverello, brinca, santa e boa, com umas crianças travessas que lhe puxam as orelhas. Um quarto de volta a mais, e é *Jantar de cardeais*, de Dumont (e que caras de gozadores eles todos têm, e quanta verdade nas expressões, e aquele, da esquerda, de quem vemos

---

12 **GÉRÔME:** Jean-Leon Gérôme (1824-1904) foi um pintor academicista francês. O autor parece descrever, logo em seguida, os acontecimentos apresentados na tela "Pollice Verso", considerada uma de suas pinturas mais famosas, localizada atualmente no Phoenix Art Museum (EUA).

13 **ELSTIR:** Protagonista da obra "Em busca do tempo perdido", do escritor francês Marcel Proust (1871-1922).

14 **LUC-OLIVIER MERSON:** Pintor e ilustrador acadêmico francês nascido em 1846 e morto em 1920. A pintura citada retrata um conto de São Francisco de Assis, apelidado de "Povorello".

até as veias da testa!) junto ao *Pequeno Limpa-chaminés*, de Chocarne-Moreau[15], e a *Recepção mundana*, de Béraud[16], no qual o fundo vermelho faz ressaltar, de maravilhas, os claros e decotados vestidos das mulheres, envoltos em negruras de fraques, verdores de relumbre de cristais... E agora, quase em frente à luz, meus olhos descansam na *Vista de Nova Córdoba*, obra de um pintor nosso, evidentemente influenciado por algum panorama toledano de Ignacio Zuloaga[17] – os mesmos amarelos alaranjados, um escalonamento de casas parecido, com a Ponte do Mapuche transfigurada em Ponte de Alcântara... E agora, pondo-me de cara para a janela, o alfaiate me fala de alguns clientes seus cujos sobrenomes realçam seu prestígio profissional – como quando, na Inglaterra, um fabricante de biscoitos ou de marmeladas se jacta, em suas etiquetas, de ser "Provedor do Rei". Assim fico sabendo que Gabriele D'Annunzio[18], dispendioso e magnífico em seus apetites, porém sempre esquecido e moroso no pagamento, lhe encomendou doze coletes de fantasia e mais outras prendas cuja enumeração apenas escuto, porque basta o nome de Gabriele D'Annunzio e vem evocar repentinamente, para mim, aquele misterioso pátio senhorial e empedrado, escondido atrás da fachada de uma

15 CHOCARNE-MOUREAU: Paul Chocarne-Moreau (1855-1930) foi um pintor francês.

16 BÉRAUD: Jean Béraud (1849-1935), pintor francês impressionista muito conhecido por retratar a Belle Epóque de Paris.

17 IGNACIO ZULOAGA: Pintor espanhol nascido em 1870 muito famoso por seus quadros costumbristas e estilo naturalista. Viveu em Paris e frequentou o grupo de artistas impressionistas, sendo amigo pessoal do poeta austríaco Rainer Maria Rilke (1875-1926) e do escultor francês Auguste Rodin (1840-1917). Morre em 1945, em seu estúdio pessoal localizado em Madri.

18 GABRIELE D'ANNUNZIO: Escritor italiano nascido em 1863 que é considerado um dos maiores nomes do decadentismo. Atuou como político na Itália e batalhou na linha de frente da Primeira Guerra Mundial, tornando-se herói de guerra. Apesar de ter forte influência na ideologia de Benito Mussolini (1883-1945), nunca se envolveu diretamente com o governo fascista na itália. Morreu em 1938 e recebeu um funeral de Estado.

mísera casa da *Rue Geoffroy L'Asnier*[19], onde, ao fim do passadiço, cheirando à sopa de alho, aparecia, como incrível decoração de ópera, o pavilhão de máscaras e telas em fachada clássica, no qual havia tido a honra de jantar, mais de uma vez, compartilhando a mesma intimidade do grande poeta. Aquele esconderijo, ao mesmo tempo secreto e suntuoso, tinha lenda e mitologia: dizia-se que quando Gabriel estava a sós, era servido por formosas camareiras com nomes de fadas, e que enquanto seus muitos credores eram mantidos à distância por uma porteira aguerrida em tais funções, ali dentro, na mansão cheia de alabastros e mármores antigos, pergaminhos e estolas medievais, entre fumegantes incensários, soavam as frescas vozes de um seminário infantil, alternadas em antífonas de canto suave, atrás de umas cortinas que escondiam a nudez de mulheres, muitas mulheres – e das grandes e das famosas e das nobres – rendidas ao gênio do Arcanjo da Anunciação. ("Não sei o que veem nele – dizia Peralta –: É feio, calvo, baixinho, e, para o cúmulo, se chama Raspañeta"... "Vá saber...", dizia eu, pensando que aquilo, para quem podia ir, era bastante mais interessante que frequentar o bordel de Chabanais[20], tão habitado ainda, no entanto, pela sombra de Eduardo VII.) E agora entrava Peralta, precisamente, carregando uma ruma de livros, coroada por um exemplar amarelo de *L'enfant de volupté* – versão francesa de *Il piacere*[21] – onde, certamente, meu secretário, decepcionado, não havia encontrado as droláticas enjundias[22] prometidas pelo título... "Estavam em meu

19 ***RUE GEOFFROY L'ASNIER:*** Rua localizada no centro histórico de Paris, no bairro Marais (4º arrondissement). Atualmente, a rua abriga o Memorial do Holocausto.

20 **BORDEL DE CHABANAIS:** Conhecido como Le Chabanais, foi um dos bordeis mais famosos e luxuosos de Paris. Fundado em 1878, manteve-se aberto no edifício nº 12 da rua Chabanais até 1946, momento em que os bordeis se tornaram ilegais na França. Era frequentado por homens da elite parisiense, embaixadores, artistas e pelo futuro Rei da Inglaterra, Eduardo VII, que dispunha de uma banheira de cobre feita sob medida e uma poltrona sexual feita com estribos de metal.

21 ***IL PIACERE:*** Primeiro romance de Gabriele D'Annunzio, escrito em 1889. Foi publicado no Brasil em 1959 com o título *O prazer*.

22 **DROLÁTICAS ENJUNDIAS:** Anedotas grotescas.

quarto, meio lidos". E os deixa sobre a mesa da biblioteca enquanto o alfaiate leva seus tecidos, depois de desnudar de custosas cascas, de galas informes, de calças ainda mal-acabadas no meio das pernas. "Dê-me algo." O Doutor Peralta abre minha pequena escrivaninha Boule, e saca uma garrafa de rum Santa Inês, com seu rótulo de letras góticas em paisagem de canaviais. "Isto dá a vida." "Sobretudo, depois da noite de ontem." "O senhor gostou das religiosas." "E você das negras." "Você sabe, meu compadre, que eu sou *petroleiro*." "*Petroleiros* somos todos *lá*", disse, rindo, quando lá em cima, sabendo que já acordei, Ofélia começou a tocar *Für Elise*[23]... "Cada dia fica melhor – disse meu secretário, deixando a taça em suspenso –: Uma suavidade, um sentimento"... Hoje, esta *Für Elise* que tão delicadamente soava no quarto de minha filha, ainda que seu inevitável equívoco no mesmo compasso me lembrasse o outro, o que dona Hermenegilda, sua abnegada mãe, tocava – ela também com o mesmo equívoco no mesmo compasso – quando lá, nos dias de *Surgidero de La Verónica* – dias de juventude, desejo e tormentas, *sturm und drang*, putarias e sacanagens – depois de me oferecer algumas valsas de Juventino Rosas[24] ou de Lerdo de Tejada[25], passava ao seu repertório clássico do Grande Surdo (*Für Elise* e o começo, nunca passava do começo, da *Clair de Lune*), o *Idílio* de Theodore Lack[26] e várias peças de Godard[27] e de Chaminade[28], incluídas no álbum de *Música do lugar*... Suspiro ao pensar que três anos

23 **FÜR ELISE**: Bagatela para piano solo Para Elisa, em lá menor, do compositor Ludwig van Beethoven.

24 **JUVENTINO ROSAS**: José Juventino Policarpo Rosas Cadenas (1868-1894) foi um compositor e músico mexicano muito admirado pelo ditador Porfirio Díaz. Morreu aos 26 anos por conta da mielite transversal. Hoje encontra-se enterrado no Panteão Civil da Cidade do México.

25 **LERDO DE TEJADA**: Miguel Lerdo de Tejada (1869-1941) foi um músico mexicano muito conhecido por suas zarzuelas. Tendo feito muito sucesso em vida, foi considerado o primeiro "compositor popular" do México.

26 **THEODORE LACK**: Theodore Lack (1846-1921) foi um famoso pianista e compositor francês.

27 **GODARD**: Benjamin Louis Paul Godard (1849-1895) foi um violinista francês e compositor da era romântica famoso por escrever a ópera "Jocelyn".

28 **CHAMINADE**: Cécile Chaminade foi uma compositora e pianista francesa.

antes lhe rendemos funerais de rainha, pusemos sua urna sob pálio, com cortejo de ministros, generais, embaixadores e dignatários, banda militar reforçada por mais três, trazidas da província – cento e quarenta executantes no total –, para tocar a Marcha Fúnebre da *Sinfonia heroica*[29], e a inevitável de Chopin[30]. Nosso maior prelado havia dito sua oração fúnebre (bastante inspirada, por conselho meu, na que Bossuet[31] teria pronunciado à memória de Henriqueta de Francia: "Aquele que reina nos céus"... etc., etc.) dos merecimentos da finada, tão excepcionais e egrégios que sua canonização era coisa digna de se contemplar. Dona Hermenegilda foi casada e deixou filhos, quais sejam – Ofélia, Ariel, Marco Antônio e Radamés – porém, o Arcebispo lembrava a seus ouvintes, em seu discurso, as bem-aventuradas virtudes conjugais de Santa Isabel, mãe do Batista, e de Mônica, mãe de Agustín. Eu, é claro, ditas as palavras úteis, não achei urgente levar nenhuma solicitação à magna autoridade do Vaticano, já que minha mulher e eu tínhamos vivido em concubinato durante anos, antes de os imprevisíveis e tormentosos movimentos da política me conduzissem a onde hoje me encontro. O importante era que o retrato de minha Hermenegilda, impresso em Dresden, todo em cores, por iniciativa de nosso Ministro da Educação, era objeto de culto em toda parte e direção, desse país. Dizia-se que as carnes da defunta, desafiando a ação dos vermes, haviam lhe conservado no rosto o sereno e bondoso sorriso dos derradeiros momentos. As mulheres afirmavam que sua imagem era milagrosa para aliviar dores nos quartos e imprevistos de partos de primo-

---

29 **SINFONIA HEROICA:** Composta por Ludwig van Beethoven entre 1803 e 1804, marca uma virada na história da música ocidental. Originalmente dedicada a Napoleão Bonaparte, a obra teve sua dedicatória riscada com fúria pelo compositor ao saber que Napoleão havia se autoproclamado imperador. A sinfonia é grandiosa em estrutura, duração e expressão emocional, representando o auge do estilo heroico de Beethoven.

30 **CHOPIN:** Frédéric François Chopin (1810-1849) é considerado um dos maiores pianistas do mundo. Nascido na Polônia, foi radicado na França e se tornou um dos principais nomes da era romântica.

31 **BOSSUET:** O teólogo francês Jacques-Bénigne Bossuet (1627-1704) foi um dos principais teóricos do absolutismo por direito divino, defendendo o argumento que o governo era divino e que os reis recebiam seu poder de Deus.

gênitos, e que as promessas que as donzelas lhe faziam para conseguir marido eram mais eficientes que a prática, muito corrente até agora, de meter o busto de Santo Antônio em um copo, com a cabeça para baixo... Acabo de colocar uma gardênia na lapela, quando Sylvestre me anuncia a visita do Ilustre Acadêmico – acadêmico por recente votação, acolhido não sei como sob a Cúpula, pois, faz poucos anos ainda, havia qualificado os Quarenta Imortais de "verdes múmias de dois chifres, anacrônicas parteiras de um Dicionário avantajado de antemão, sobre o entendimento da evolução do idioma, por qualquer Pequeno Larousse de uso doméstico". (Uma vez eleito, no entanto – *j'ai accepté pour m'amuser* –, havia tido o cuidado de fazer o desenho da empunhadura de sua espada com seu famoso amigo Maxence que, passando da inspiração pictórica à ourivesaria, conseguiu plasmar o espírito de uma obra dada a climas bíblicos e medievos lendários em um estilo que se misturava demais, no meu entendimento, a estética do *scenic-railway* do *Magic-City* com as mais sutis essências do pré-rafaelismo.) Peralta escondeu a garrafa de Santa Inês e cumprimentamos o homem genioso e fino que agora se senta onde um raio de sol, cheio de pó fino em suspenso, destaca a presença vermelha da sua roseta da Legião de Honra. Lá em cima, Ofélia segue empenhada em limpar inoportunos bemóis na passagem de *Für Elise* que sempre lhe sai meio torta. "Beethoven", diz o Ilustre Acadêmico apontando para o alto, como se desse uma grande notícia. E, com a mão indiscreta de quem sempre tem as portas de minha casa abertas, remexe os livros trazidos, faz um tempo, pelo meu secretário. *O ateísmo*, de Le Dantec[32]. Bom. Sólida leitura. *O discípulo*, de Bourget. Não está mal, mas não imitemos os *emmerdeurs* alemães em sua mania de mistu-

32 LE DANTEC: O biólogo Félix-Alexandre Le Dantec (1869-1917) foi um defensor da evolução lamarckiana e notório ateu. Esteve em São Paulo em 1891 para conduzir pesquisas relativas à febre amarela.

rar a filosofia com o romance. Anatole France[33]: talento indiscutível, mas largamente superestimado fora da França. Além do mais, seu ceticismo sistemático não conduz a nada... *Chantecler*: coisa rara. Sucesso e fracasso. Audácia ao mesmo tempo genial e desafortunada, mas que ficará como intento único na história teatral. E declama: *O Soleil! toi sans qui les choses/ Ne seraient pas ce qu'elles sont*[34]... (O Acadêmico ignora que, de uns anos para cá, dez mil botecos e casas de putas, na América, levam o nome de *Chantecler*...) Grunhe, irônico, ainda que aquiescente, ao ver um panfleto anticlerical de Léo Taxil[35], porém faz um muxoxo de desgosto, de franca desaprovação, ante *Monsieur de Phocas*, de Jean Lorrain[36], sem saber talvez que Ollendorf, seu próprio editor, invadiu as livrarias de nosso continente com uma versão espanhola desse romance, apresentado como mostra incomparável do gênio francês, sob uma capa colorida, cuja "Astarte nua", de Géo Dupuy, ainda faz os nossos colegiais sonharem... Agora ri, pícaro, cúmplice, ao topar com *Les cent milles verges*, *The sexual life of Robinson Crusoe* e *Les fastes de Lesbos*, de autores desconhecidos (três asteriscos), mas profusamente ilustrados, que comprei ontem em uma loja especializada da *Rue de la Lune*. "*Ce sont des lectures de Monsieur Peralta*", digo, covarde. Mas, rapidamente ficando

---

33 **ANATOLE FRANCE:** Ganhador do Prêmio Nobel de Literatura de 1921, Anatole France (1844-1924) foi um dos autores mais populares da França dos séculos 19 e 20. Em 1910, ele publicou a peça teatral "*Chantecler*", onde é narrada a história de um galo que se considera o único responsável pelo amanhecer. A peça é uma crítica à arrogância e à ilusão de poder, que são comuns à natureza humana.

34 "Oh, Sol! Sem você as coisas/ não seriam o que são..."

35 **LÉO TAXIL:** Pseudônimo do jornalista francês Marie Joseph Gabriel Antoine Jogand Pagès (1857-1907), que também publicava com a alcunha de Paul de Régis, Adolphe Ricoux, Samuel Paul Rosen e Dr. Bataille. Fundou o jornal "La Marotte", que foi proibido por violar a moral, e publicou livros e panfletos anticatólicos e antimaçônicos.

36 **JEAN LORRAIN:** Pseudônimo de Paul Alexandre Martin Duval (1855-1906), um escritor francês da Belle Époque de Paris com vasta obra literária que provocou escândalo por narrar os bastidores do vício da sua época. "*Monsieur de Phocas*" (1901) é considerada a sua obra-prima, escrita em estilo decadentista, em que narra a história de um aristocrata parisiense obcecado pela beleza extrema, pela arte e por experiências sensoriais intensas, levando-o para um mundo de decadência moral, loucura e degeneração física e espiritual.

sério, nosso amigo começa a falar de literatura no modo intencionado e magistral que já conhecemos, Peralta e eu, para nos mostrar que a verdadeira, a maior, a grande literatura *daqui*, é desconhecida em nossos países. Coincidimos todos em admirar Baudelaire – tristemente enterrado sob lápide triste no Cemitério Montparnasse –, porém era necessário ler também Léon Dierx, Albert Samain, Henri de Régnier, Maurice Rollinat, Renée Vivien. E há que se ler Moréas, principalmente Moréas. "(Eu me calo, sem lhe contar que, havendo sido apresentado a Moréas, faz anos no Café Vachette, me acusou de ter fuzilado Maximiliano, ainda que eu tratasse de lhe mostrar que, por uma razão de idade, me era impossível estar, aquele dia, na Serra das Sinos... "*Vous êtes tous des sauvages!*", havia respondido, então, o poeta, com ímpetos de absinto na voz...) Nosso amigo lamenta que Hugo, o velho Hugo, siga gozando de uma enorme popularidade em nossos países. Sabe que, *por lá*, os trabalhadores de tabacarias[37] – que pagam leitores públicos para burlar a monotonia do se trabalho – têm apego especial por *Os miseráveis* e *O corcunda de Notre Dame*, tanto que a *Oração por todos* ("*naïve connerie*", diz) é muito recitada ainda em poéticas veladas. E é que, segundo ele, por carecer do espírito cartesiano (verdade: não crescem plantas carnívoras, não voam tucanos nem cabem ciclones n'*O discurso do método*...), somos muito aficionados à eloquência desbordada, ao páthos, à pompa tribunícia com ressonância de fanfarra romântica. Ligeiramente incomodado – ele não pode se dar conta disso – por uma apreciação que fere diretamente meu conceito do que deve ser a oratória (eficiente para nós quanto mais frondosa, sonora, encrespada, ciceroniana e espirituosa na imagem, implacável no epíteto, arroladora num crescente...), lanço mão, para mudar de assunto, de uma raríssima edição de luxo da *Prece sobre a Acrópole*, de Renan, ilustrada por Canabel. "*Quelle horreur!*" – exclama o Ilustre Acadêmico com gesto condena-

37 TRABALHADORES DE TABACARIAS: É tradição em Cuba que, enquanto trabalham manualmente no tabaco, sejam feitas leituras de grandes clássicos da literatura.

tório. Faço-lhe a observação de que esta obra figura em muitos manuais de literatura destinados aos estudantes franceses. "Abominação devido à escola laica", afirma o visitante, qualificando aquela prosa de *amphigourique* – pretenciosa, vocativa, inchada de erudição e pedantes helenismos. Não. As pessoas de nossos países deveriam buscar o gênio da língua francesa em outros livros, em outros textos. Descobrirão, então, a elegância de estilo, a presença, a soberana inteligência com que Maurice Barrès[38], de *L'Ennemi des Lois* podia nos mostrar, em três páginas claras, as falácias e os erros do marxismo – centrado no Culto do Ventre –, ou nos dar uma maravilhosa visão dos castelos de Luis de Baviera, em frases de verdadeiro artista, bem alheias à logomaquia professoral de um Renan. Ou, se remontarmos ao século passado, ler e reler Gobineau[39], esse aristocrata da expressão, mestre da frase construída e destacada, que, em sua obra, havia exaltado o Homem-Egrégio, aos Homens-Plêiades, príncipes do espírito (eram, segundo ele, uns três mil em toda Europa), proclamando sua incapacidade de se interessar pela "massa disso que chamam de homens", vista como um pulular de desprezíveis insetos irresponsáveis e destruidores, desprovidos de Alma... Aí prefiro calar e não entrar em discussão, porque a questão requeria um esclarecimento que mais vale evitar: durante as festas do Centenário da Independência do México, as autoridades organizaram para

38 **MAURICE BARRÉS:** Nascido em 1862, foi um escritor, político e jornalista francês que começou a carreira como um autor simbolista e individualista, próximo do decadentismo, mas depois acabou sendo mais conhecido como um nacionalista conservador — especialmente por seu papel no movimento nacionalista francês, com ideias fortes sobre tradição, identidade nacional, raízes e, mais tarde, um certo patriotismo étnico. Em seu romance *"L'Ennemi des Lois"*, publicado em 1892, Barrès leva ainda mais longe a ideia de que o indivíduo deve seguir seus próprios instintos, desejos e sensibilidade pessoal, acima das convenções sociais e das leis políticas.

39 **GOBINEAU:** Conde Joseph de Gobineau (1816-18882) foi um escritor e diplomata francês que publicou o "Ensaio sobre a desigualdade das raças", sustentando a tese da superioridade da raça ariana, chamada posteriormente de gobinismo.

que as pessoas de *huaraches*[40] e *rebozo*[41], os *mariachis*[42] e os aleijados, não se aproximassem dos lugares de grandes cerimônias, pois era melhor que os visitantes estrangeiros e convidados do Governo não vissem *esses* que nosso amigo Yves Limantour chamava "os cafres"[43]. Mas em meu país, onde são muitos – demasiados! – os índios, negros, sararás, *cholos*[44] e mulatos, seria difícil esconder "os cafres". E eu mal veria os cafres da nossa *intelligentsia* – tremendamente numerosos – comprazidos com a leitura do E*nsaio sobre a desigualdade das raças humanas*, do Conde de Gobineau... Seria oportuno mudar de conversa. Por sorte, volta a soar, lá em cima, *Für Elise*. E agarrando-se ao que soa, o Acadêmico lamenta os desvarios da música moderna – ou chamada "moderna" – que, fazendo-se uma arte cerebral, desumanizada, álgebra de notas, alheia a tudo o que signifique *sentimento* (ouça você o que compõe a equipe da *Schola Cantorum* da *Rue Saint-Jacques*), trai os eternos princípios do *melos*. Há exceções, no entanto: Saint-Saëns, Feuré, Vinteuil, e, sobretudo, nosso querido Reynaldo Hahn – nascido em *Puerto Cabello* que muito se parece com o *Surgidero de La Verónica*. Sei que meu "paisano" ("paisano" me chama sempre, com seu leve espanhol de *criollo*[45], quando nos encontramos em algum lugar), antes de ter escrito seus sublimes coros para a *Esther*, de Racine, havia estreado, anos atrás, uma finíssima ópera cheia de nostalgias do Trópico natal, já que sua ação transcorria em paisagens cênicas que em tudo evocavam o litoral venezuelano, conhecido na

---

40 **HUARACHES:** Sandálias típicas da cultura indígena mexicana, feitas à mão usando couro trançado.

41 **REBOZO:** Echarpe tradicional do México, usada principalmente por mulheres para cobrir o rosto.

42 **MARIACHIS:** Grupos musicais tradicionais do México, compostos geralmente por músicos que tocam e cantam usando trajes típicos. Hoje são um dos maiores símbolos da cultura mexicana no mundo.

43 **OS CAFRES:** Povos negros oriundos da África austral.

44 **CHOLOS:** Termo usado em alguns países da América para se referir à população dos mestiços, de sangue europeu e indígena. É também é dito de um indígena americano que adota usos e costumes ocidentais.

45 ***CRIOLLO*:** Pessoa branca oriunda das mais antigas colônias europeias localizadas no Caribe.

infância, ainda que se tratasse, diziam os programas, de um "idílio polinésio": *L'île du rêve*, inspirada em *Le mariage de Loti* – e *Loti, Loti, voici ton nom*, cantava Rarahú nessa história de amores exóticos que, segundo certos críticos maldosos, hábeis em demolir tudo, se parecia muito com a de *Lakmé*. Mas, se olhavam as coisas assim, podiam dizer o mesmo de *Madame Butterfly*, obra bastante posterior à de Reynaldo. E, como uns dias atrás, tivessem sido ouvidas suas "*Canções cinzas*" em uma das habituais reuniões musicais do Quai Conti, nos vimos levados a falar de gente como o Conde Argencourt[46], Encarregado de Negócios da Bélgica, que se cercava de maricas, sem ser também, por não querer expor uma amante jovem demais aos apetites de homens-homens; de Legrandin, que vinha se adornando, como brilhante novidade, com o inexistente título nobiliário de "*Conde de Mes Eglises*" ou algo assim ("se tivesse nascido em Cholula poderia ter-se chamado *Conde das 365 igrejas*[47], assinalou Peralta) e começava a alardear de esnobe em um mundo onde o esnobismo ia se impondo como afirmação de um novelesco e generalizado afã de "estar em dia" com tudo. Paris, conforme o Ilustre Acadêmico afirmava agora, ia se parecendo com a Roma de Heliogábalo[48], que abria suas portas a tudo que era estranho, deslocado, siríaco, bárbaro, primitivo. Os escultores modernos, em vez de se inspirar nos grandes estilos, ficavam pasmados diante do micênico, do pré-helênico, do cita, do estépico. Havia pessoas, nesses dias, que colecionavam horríveis máscaras africanas, figuras erguidas de totens votivos, ídolos zoomor-

---

46 **CONDE ARGENCOURT:** Outro personagem presente em "Em busca do tempo perdido", do escritor francês Marcel Proust.

47 **365 IGREJAS:** Na cidade mexicana de Cholula, segundo relatos dos conquistadores, havia 365 templos pré-hispânicos. Os espanhóis quiseram erguer, sobre eles, 365 templos católicos, mas só chegaram aos 159 na cidade e arredores.

48 **HELIOGÁBALO:** Foi um imperador romano da dinastia severa, que governou de 218 a 222 d.C. Ele ficou famoso por seu estilo de vida extravagante, escandaloso e considerado moralmente "corrupto" pelos padrões da elite romana da época. Era muito jovem quando assumiu o trono (cerca de 14 anos) e trouxe de sua terra natal (Emesa, na Síria) a adoração ao deus solar El-Gabal, tentando impor seu culto em Roma. Isso escandalizou profundamente o Senado e o povo, que eram tradicionalistas em relação às religiões romanas.

fos – obras de canibais. Dos Estados Unidos, vinham músicas de negros. Um escandaloso poeta italiano[49] chegou a publicar um manifesto em que proclamava a necessidade de acabar com Veneza e incendiar o Louvre. Desse jeito, chegaríamos à exaltação de Átila, de Eróstrato, dos Iconoclastas, do *cake-walk*, da cozinha inglesa, dos atentados anarquistas, sob o reinado das novas Magas Circe, que agora se chamavam Lyane de Pougy, Émilienne d'Alençon ou Cléo de Mérode[50] ("por essas eu me deixaria transformar em porco", murmurou Peralta). Mas agora, para aliviar o ânimo do visitante, eu dizia que toda cidade grande conhecia febres passageiras, entusiasmos bobos, modas, afetações e extravagâncias de um dia, que não faziam nem cócegas ao gênio de uma raça. Juvenal se queixava já dos costumes de indumentária, perfumes, cultos, superstições, de uma sociedade romana, fascinada por tudo o que vinha de fora. O esnobismo não era coisa nova. Se olhar bem, as Preciosas, de Molière, não eram umas esnobes "avant la lettre". Ou se tinha um grande capital ou não se tinha um grande capital. E, mesmo com tantos mexericos, Paris continuaria sendo o Santo Lugar do bom gosto, do senso da medida, da ordem, da proporção, ditando normas de urbanidade, elegância e saber viver, ao mundo inteiro. E, quanto ao cosmopolitismo, que Atenas também havia conhecido, em nada maculava o autêntico gênio francês. "*Ce qui n'est pas clair n'est pas français*[51]", digo, orgulhoso de ainda poder citar um Rivarol[52] que os Irmãos Maristas do *Surgidero de La Verónica* me fizeram ler, nos meus dias de colegial. "Certamente", opinava o Acadêmico: porém a política, a abjeta política, com seus alvoroços, suas pugnas de partido, suas ferozes batalhas parlamentárias, estava trazendo

---

49 POETA ITALIANO: Aqui se faz referência ao Filippo Tommaso Marinetti (1876-1944), que publicou o *Manifesto Futurista* em 1909.

50 CLÉO DE MÉRODE: Cléopâtre-Diane de Mérode (1875-1966) foi bailarina belga muito famosa na Paris da belle-époque que viria a se tornar uma das primeiras artistas da dança contemporânea

51 "O que não é claro não é francês".

52 RIVAROL: Antoine Rivaroli (1753-1801), também conhecido como Conde de Rivarol, foi um jornalista francês de ascendência italiana que defendia a realeza durante a Revolução Francesa.

confusão e desordem para este país essencialmente razoável. Coisas como o escândalo do Panamá, o Affaire Dreyfus[53], teriam sido inconcebíveis nos tempos de Luis XIV. Isto, para não falar do "lodo socialista" que, como havia dito nosso amigo Gabriele D'Annunzio, "invadia tudo", sujando o que era belo e grato em nossas velhas civilizações. O socialismo... (suspirou, olhando para a ponta de seus sapatos engraxados). Quarenta reis haviam feito a grandeza da França. Olhe a Inglaterra. Olhe os países escandinavos, exemplos de ordem e progresso, onde os estivadores trabalham de paletó e qualquer pedreiro tem seu relógio de bolso embaixo da camisa. O Brasil foi grande quando teve um Imperador, como Pedro II, amigo, comensal e devoto desse Victor Hugo, tão estimado por vocês. O México foi grande quando teve Porfirio Díaz em uma sempre renovada presidência. E se meu país gozava de paz e prosperidade, era porque meu povo, mais inteligente, talvez, que outros do Continente, me havia reeleito três, quatro – quantas vezes? –, sabendo que a continuidade do poder era garantia de bem-estar material e equilíbrio político. Graças ao meu Governo... Eu o interrompi com um gesto de defesa ante um previsto elogio que teria posto nossas terras de vulcões, terremotos, furacões, em quieta latitude de rendeiras flamengas ou auroras boreais. "*Il me reste beaucoup à faire*"[54], disse. Ainda que me orgulhasse – isso sim – que, para o meu país, depois de um século de distúrbios e motins, havia se encerrado o ciclo das revoluções – revoluções que não passavam de ser, na América, uma crise de adolescência, escarlatinas e sarampos de povos jovens, impetuosos, apaixonados, de sangue quente, a quem era preciso, às vezes, impor certa disciplina. *Dura lex, sed lex*... Havia casos em que a severidade era necessária – pensava o Acadêmico. Além do mais, bem havia dito Descartes: ["*Os soberanos têm o direito de modificar em algo os costumes...*"] Terminando sua longuíssima revi-

53 DEYFRUS: Referência ao famoso julgamento de Alfred Dreyfus (1859-1935), pelo delito de alta traição, que não cometeu. Foi absolvido em um segundo julgamento. O escritor Émile Zola escreveu o panfleto "Eu acuso" (1898) como parte da campanha para sua soltura.

54 "Ainda tenho muito o que fazer"

são de *Für Elise* – não havíamos nos dado conta de que o piano estava mudo há um tempo – Ofélia entrou na biblioteca, deslumbrante, extraordinária, envolta em musselinas claras, levando boá de plumas no pescoço, chapéu enfeitado de flores com um colibri aninhado entre rosas, mitenes bordados e sombrinha cujo cabo era uma fina peça de marfim lavrado – perfumada, rumorosa de lingeries ocultas, evanescente pelo vestuário, aumentada pelo penteado, alardeada de formas agigantadas por laços e cingidos, que nos vinha com aparatosa embalagem, fragata ao vento, de um modelo de Boldini. "É a Jornada dos Drags", disse-me, lembrando que, com efeito, momentos antes, enquanto falava com o Ilustre Acadêmico, eu tinha visto passar, no caminho da *Place da la Concorde*, algumas dessas carruagens de velha estampa inglesa – portinholas duplas, boleia alta e imperial – puxadas por quatro cavalos, que mais tarde rodariam em grande alvoroço de sombrinhas, chicotes retraídos e cornetas a postilhão, até onde o Presidente da Sociedade do Steaple-Chase os esperava, cercado por dois monteiros de *libré* encarnado. "*Jamais je ne vous avait vu si bele*[55]", disse o Ilustre Acadêmico, tecendo depois um elogio enviesado em que minha filha vinha a ser algo assim como um formoso Gauguin[56] surgido das ondas vaporosas de um amanhecer de verão. "Temos tango", murmurou Peralta. Em mim, meu rosto ficou sério: isso de Gauguin nos deixava um pouco em modos de metecos... Porém Ofélia aceitava com bom humor: "*Oh! Tout au plus la Noa-Noa du XVI° Arrondissement!*"... A verdade é que, com essa cútis mate de índia adiantada, minha filha estava bela. Em nada havia herdado a cara redonda, os músculos espessos, as cadeiras largas, de sua santa mãe – muito mais natural em pinta e estampa. Era mulher de pernas longas, peitos miúdos, talhe delgado – nova raça que estava nascendo *lá* – e seu cabelo liso, cacheado por artifício e moda, nada devia

55 "Jamais a havia visto tão bela".

56 GAUGIN: Paul Gauguin (1848–1903) foi um pintor francês pós-impressionista, famoso por sua arte vibrante, colorida e cheia de simbolismo. Ele é uma das figuras mais importantes da transição entre o impressionismo e as vanguardas modernas do século XX.

aos cabelos enrolados que muitos compatriotas nossos contrariavam com o uso da famosa Loção Walker, invenção de um farmacêutico de Nova Orleans... Enchendo-me de mimos ostentosos, Ofélia me pediu permissão para sair de viagem naquela mesma noite, depois do obrigatório lanche da tarde no Polo de Bagatelle. Queria assistir à temporada wagneriana de Bayreuth que, na próxima terça-feira, teria início com *Tristão e Isolda*. "*Oeuvre sublime!*" exclamou o Acadêmico, permitindo-se cantarolar o Prelúdio, com gestos de quem dirige uma orquestra invisível. Falou então da sobre-humana voluptuosidade do segundo ato, do grande solo de corne inglês do terceiro, da progressão cromática, paroxística, quase cruel na intensidade de seu ascenso, do *Liebestod*, perguntando a minha filha se seria bom ser recebida na Vila Wahnfried[57]. Gozando da teatral emoção de Ofélia, para quem a Insigne Mansão – dizia – era algo tão impressionante e sagrado que jamais se atreveria a penetrar nela, o Acadêmico se aproximou da escrivaninha Boule-Santa-Inês, pegando uma folha de papel. Que entregasse essas linhas de apresentação a seu amigo Sigfrid, compositor notável, ainda que suas obras fossem pouco tocadas. Porém... como era possível compor música, quando se era filho de Richard Wagner?... E a pena já terminava seu percurso caligráfico adornado desses jônicos e empinados eles: "*Voici, Mademoiselle*". Que afetuosamente cumprimentasse Cósima[58], de sua parte. Advertia-lhe que os assentos do *Festpielhaus*[59] eram bastante incômodos. Mas a peregrinação a Bayreuth era algo que toda pessoa culta tinha o dever de realizar, ainda que não

---

57 VILA WAHNFRIED: Residência de Richard Wagner, músico alemão, considerado até hoje um dos artistas mais revolucionários da música ocidental. Ele é especialmente conhecido por suas óperas monumentais e por ter transformado profundamente o conceito de música de teatro — tanto na forma quanto no conteúdo. Era também é conhecido por seu antissemitismo explícito, sendo explorado ideologicamente pelos nazistas.

58 CÓSIMA: Cósima Wagner (1837–1930) foi a segunda esposa de Richard Wagner e, depois da morte dele, a principal responsável por preservar, promover e controlar o legado de Wagner. Ela foi uma mulher extremamente inteligente, forte e influente no mundo da música europeia.

59 FESTPIELHAUS: Teatro idealizado e construído por Wagner para representar suas óperas sobretudo em festivais de verão.

fosse mais que uma vez na vida – como os maometanos iam à Meca ou os japoneses subiam o Monte Fuji. Depois de tomar a carta embelezada com uma rubrica renascentista de maiúsculas muito estudadas, Ofélia se retirou com novas mostras de carinho por um pai tão bom, que em tudo a agradava – ainda que eu, na verdade, em nada tivesse manifestado meu agrado ante a ideia de uma viagem repentina que vinha a contrariar meu propósito de incumbi-la de ser dona da casa na próxima recepção dada, aqui, em honra do diretor de *La Revue de Deux Mondes*, muito interessado e publicar um longo artigo sobre a magnífica prosperidade e estabilidade política de meu país. Seus beijos em minha testa haviam sido de mero truque e comédia proposta à admiração do visitante, pois ela, na realidade, jamais contava com meu parecer ou aquiescência para fazer tudo que queria. Comigo usava e abusava do terror que me inspiravam suas cóleras terríveis, desatadas subitamente quando eu pretendia me opor às suas vontades – cóleras expressadas em frenéticos chutes, gestos obscenos e uma linguagem tão desbocada e grosseira que parecia ter saído de prostíbulos, cassinos ou bebedeiras. Em tais momentos, os porras e caralhos da Infanta – como meu secretário a chamava – alcançavam as mesmas alturas do Arco do Triunfo. E, terminada a tempestade, tendo conseguido o que desejava, Ofélia voltava a um idioma tão fino e sutilmente matizado que às vezes, depois de ouvi-la, eu tinha que acudir ao dicionário para comprovar o peso cabal de um adjetivo ou de um advérbio destinados, talvez, no futuro, a realçar os voos da minha própria oratória... Quando ficamos a sós, o Acadêmico, repentinamente ensombrecido, evocou os anos de penúria de Richard Wagner, e o menosprezo que esta época aborrecida tinha para com os artistas verdadeiros. Já não havia Mecenas, nem magníficos Lorenzos, nem ilustres Bórgias, nem Luíses XIV ou de Baviera.

Talvez, Luíses de Tapete Verde[60]... Ele mesmo, apesar de sua magnífica carreira literária, não estava protegido de necessidades – tanto, tanto, que, premiado por mandatários judiciais de bicórneo, que amanhã bateriam na porta de sua morada com o marfim de bastões emblemáticos (isto teria sido concebível no Grande Século?) havia se resolvido, com dor, a vender os manuscritos dos dramas: o *Robert Guiscard*[61] (novo histórico, cujas personagens principais eram o *condottiere* normando, seu irmão Rogério e a turva Judith de Evreux, e que, apesar de uma magistral interpretação de Le Bargy[62], resultou um soante fracasso), e *L'absent*[63] (drama da consciência: David e Betsabé, cujas noites de amor são envenenadas pelo fantasma de Urías, etc.) que tinha tido mais de duzentas apresentações no *Théatre de la Porte Saint-Martin*, para grande despeito do judeu imundo de Bernstein, que havia pensado em escrever uma peça sobre o mesmo tema... Porém as bibliotecas daqui não dispunham de fundos por agora e as adiamentos eram inadiáveis: amanhã, os homens de bicórneo e bastão com punho de marfim... Porém, talvez, a Biblioteca Nacional do meu país... Não precisava dizer mais. Prontamente preenchi um cheque – cheque que recebeu com gesto distraído de grande senhor, sem sequer olhar a soma estampada sobre ele, ainda que muito suspeito que a conhecesse por ter observado

---

60 **LUÍSES DE TAPETE VERDE:** Referência aos reis da França chamados Luís (Louis), especialmente da monarquia absolutista. O "tapete verde" simboliza o conforto, luxo e alienação da corte — um ambiente em que decisões eram tomadas longe da vida real dos súditos, num cenário palaciano de opulência, como o famoso Palácio de Versalhes.

61 **ROBERT GUISCARD:** Provavelmente, o autor faz referência à peça escrita por Heinrich von Kleist (1777-1811) em 1808. Trata-se de um drama histórico inacabado que retrata a vida de Robert Guiscard, um líder normando do século XI. Kleist concebeu essa obra como uma fusão entre a tragédia clássica grega e o drama de caráter shakespeariano.

62 **LE BARGY:** Considerado um dos primeiros nomes proeminentes do cinema francês, Charles Gustave Auguste le Bargy (1858-1936) atuou e dirigiu filmes mudos clássicos, como *L'Appel du sang* (1920) e Madame Récamier (1928)

63 ***L'ABSENT*:** Escrita pelo dramaturgo francês Georges Mitchell (1859-1919). Ela estreou em 1903 no *Théâtre de l'Odéon*, em Paris, e recebeu o Prêmio Émile-Augier da Académie française em 1905. O drama foi adaptado para o cinema em 1913, em um filme mudo dirigido por Albert Capellani.

o movimento de minha mão ao traçá-la em números. "*Ils sont très beaux*", disse: largas folhas de papel de Holanda, postas em pastas de couro marcado pelo ferro de sua ex-libris. "*Vous verrez*"... O pacote, deixado lá embaixo, trazido por Sylvestre. Desatei os cordéis, acariciei as capas caligrafadas em duas tintas, com desenhos alusivos ao texto, passei as páginas com deferente lentidão, e agradeci ao ilustre amigo que pensou na Biblioteca de meu país para salvaguardar esses incalculáveis escritos – Biblioteca que, ainda que modesta, guardava alguns tesouros incunábulos[64] de grande preço, mapas florentinos e vários códices da Conquista. E advertindo que seus gestos concertavam um ambíguo cerimonial de despedida, pus-me de pé, como para ver o Arco do Triunfo declamando: *Toi dont la courbe, au loin / s'emplit d'azur, arche démesurée*[65]... Sentindo-se obrigado a me mostrar algum agradecimento, o Ilustre Acadêmico pegou sua cartola e suas luvas brancas, e disse – sabendo que eu ficaria feliz – que Hugo, no fim das contas, não era tão mal poeta, e acabava que era compreensível que nós, generosos quanto ao olhar para a cultura francesa, seguíssemos apreciando suas virtudes de grande lírico. Porém também havia que se conhecer Gobineau[66]; havia que ler Gobineau... Desci com ele as escadas atapetadas de vermelho, acompanhando-o até a entrada. Eu ia propor ao Doutor Peralta que fôssemos à *Rue des Acacias*, ao *Bois-Charbons* de Monsieur Musard, quando a nossa frente parou um táxi do qual desceu, singularmente agitado, Cholo Mendoza. Algo grave acontecia com meu embaixador, pois estava suado – sempre aparecia suado, mas não tanto –, com o risco do penteado fora da linha, a gravata descuidada, os cadarços cinzas de seus coturnos mal

64 **INCUNÁBULOS:** São livros impressos no início da era da imprensa, entre 1455 e 1500. O termo vem do latim in cuna, que significa "no berço".

65 "Tu, cuja curva de longe / se inunda de azul, arco desmesurado"

66 **GOBINEAU:** Joseph Arthur de Gobineau (1816–1882) foi um diplomata, escritor e ensaísta francês mais conhecido por sua obra "Ensaio sobre a desigualdade das raças humanas"(1853). Ele é considerado um dos primeiros formuladores do racismo científico, uma corrente de pensamento que tentou justificar a supremacia racial por meio de teorias pseudocientíficas.

amarrados. Estive por fazer alguma piada com seu desaparecimento de dias – lá em Passy, em Anteuil, ou quem sabe onde – com alguma loira da vez, quando me estendeu, com gesto descomposto, a versão clara de um cifrado de várias planilhas: era do coronel Walter Hoffmann, Presidente do meu Conselho de Ministros. "Leia... Leia..." CABE-ME INFORMAR GENERAL ATAÚLFO GALVÁN SAIU SAN FELIPE DEL PALMAR COM BATALHÕES INFANTARIA 4.7.9.11.13 (PRÓCERES DA PÁTRIA) MAIS TRÊS REGIMENTOS CAVALARIA INCLUINDO ESQUADRÃO "INDEPENDÊNCIA OU MORTE" MAIS CINCO UNIDADES ARTILHARIA AO GRITO DE "VIVA A CONSTITUIÇÃO, VIVA A LEGALIDADE".

"Cu da mãe! Filho da puta!" – uivou o Primeiro Magistrado, jogando os telegramas no chão. "Continuo lendo", disse Cholo Mendoza, recolhendo os papéis. O movimento havia se estendido por três províncias do Norte ameaçando o litoral do Pacífico. Porém as guarnições e a oficialidade do Centro seguiam fiéis ao Governo – assegurava Hoffmann. Nova Córdoba não havia se mexido. As tropas patrulhavam as ruas de Porto Araguato. Havia-se decretado o toque de recolher, suspendendo-se, é claro, as garantias constitucionais. O jornal *Progresso* estava fechado. A moral das tropas governamentais era boa, mas o armamento terminava insuficiente, sobretudo no que se referia à artilharia ligeira e metralhadoras Maxim. Sua Excelência sabia o quanto a capital lhe era fiel. Esperavam instruções. "Cu da mãe! Filho da puta!", repetia o Primeiro Magistrado, como se seu vocabulário tivesse se limitado a essas duas expressões, ao pensar na crueldade de alguém que ele havia tirado da lama de um quartel de província, charlatão de merda, soldadinho de segunda, amparando-o, enriquecendo--o, ensinando-lhe a usar o garfo, puxar a descarga do sanitário, fazendo-o gente, dando-lhe galardões e patentes, nomeando--o finalmente Ministro da Guerra, e que agora se aproveitava de sua ausência para... O homem que tantas vezes, nas recepções do Palácio, muito metido em taças, o havia chamado de benfeitor, providência, mais que pai, compadre, padrinho de meus filhos, carne de minha carne, levantava-se, assim, à boliviana, remoçando as malditas revoltas de uma época já ultrapassada, clamando pelo respeito a uma Constituição que nenhum governante tinha observado nunca, desde as Guerras da Independência, porque, como bem dizíamos lá, "a teoria sempre se fode com a prática", e "chefe com culhões não se guia por papeizinhos"... "Cu da mãe! Filho da puta!" repetia o Primeiro Magistrado, já de volta ao Grande Salão, tragando grandes goles de Rum Santa Inês – um rum que já não era o alento de patrióticas nostalgias na Paris do deixar-se viver, mas, de repente, caninha briguenta, das quentes e fogosas, anunciadora das próximas, trabalhosas, duras marchas e contramarchas, odores de cavalo, sovaqueira de tropa e pólvora de tiroteios. E, de repente, diante da beata Radegunda de Jean-Paul Laurens, da marina de Elstir e dos gladiadores de Gerôme, foi o Conselho de Guerra. Estava esquecido o adolescente-herói do Arco do Triunfo, em cujas paredes, por certo, estampava o nome de Miranda, precursor de independências americanas, que havia se negado a seguir o infame Dumouriez[67] – espécie de Ataúlfo Galván à sua maneira – na traição; tinha esquecido o *Bois-Chardons* de Monsieur Musard, e o Primeiro Magistrado e o Doutor Peralta eram tão aficionados a tomar o muscadet da manhã e o aperitivo do meio-dia e o Pernod da tarde, que a casa, com seus odores de carvão de lenha, sua modéstia de mostruário paralelamente alinhado a uma parede adornada com almanaques de outros anos, o quadro alegórico da Ascensão e a Queda das Idades, os anúncios da Pastilhas Géraudel e o Vinho Mariani, recordava-lhes adegas, os mercados, as tabernas, de *lá*, parecidas quanto ao ambiente, a ornamentação publicitária, e as provincianas ocorrências de clientes embriagados de vinho tinto, sempre prontos a discutir sobre competições de ciclismo, filmes recentes, mulheres, política,

---

67 **DUMOURIEZ:** Nascido em 1739, o Charles François Dumouriez foi um general francês que conquistou a Bélgica durante a Revolução Francesa e que defendeu a ideia de uma república belga independente, contrariando os interesses franceses. Destituído do comando, passou a servir aos inimigos da França e se exilou na Inglaterra, onde viveu até a morte, em 1823.

boxe, a passagem de um cometa, a conquista do Polo Sul, ou o que quiser... Conselho de Guerra. Três silhuetas projetadas nas paredes, nos quadros, pela lâmpada da escrivaninha: como em um cinema, a sombra giratória, inquietante, de Cholo Mendonza; a pessoa pequena, atarefada em papeis e tintas, do Doutor Peralta; a figura espessa, carregada de ombros, ao mesmo tempo lenta e colérica, gesticulante ainda que assentada em sua poltrona, do Primeiro Magistrado, ditando textos e disposições. A Peralta: telegrama a Ariel, seu filho, Embaixador de Washington, dispondo-se a imediata compra de armamentos, munição, material logístico e globos de observação como os que recentemente o Exército Francês havia adotado (seriam de um efeito formidável, lá, onde nunca se havia visto isso...), procedendo-se, para isso, já que toda guerra é cara e o Tesouro Nacional andava muito maltrapilho, à cessão, à *United Fruit Co.*, da zona bananeira do Pacífico – operação demorada já desde demasiado tempo pelos poréns, alegações e objeções, de catedráticos e intelectuais que não sabiam senão falar besteiras, denunciando as apetências – inevitáveis, por Deus, inevitáveis, fatais, queiramos ou não, por razões geográficas, por imperativos históricos – do imperialismo ianque. A Cholo Mendoza: Telegrama a Hoffmann, ordenando-lhe defender a todo custo as vias de comunicação entre Porto Araguato e a Capital. Fuzilar a quem tivesse que fuzilar. A Peralta, de novo: Telegrama-Mensagem-à-Nação, afirmando vontade insubornável defender Liberdade a exemplo dos Forjadores da Pátria, que... ("Bom, você sabe..."). E já havia chamado o Cholo Mendoza à Agência Cook: um barco bastante rápido, o *Yorktown*, saía à meia-noite de Saint-Nazaire. Teria que tomar o trem das cinco. Outro telegrama a Ariel, anunciando-lhe a viagem: que buscasse o modo para chegarmos *lá* o quanto antes: em cargueiro, em petroleiro, no que fosse... "A Sylvestre: que prepare minhas malas"... Tomou um gole longo, montado já no cavalo das grandes decisões: "A Ofélia, que não se preocupe. Temos muito real na Suíça. Que vá a Bayreuth como se nada e aproveite muito com seus Nibelungos... O meu é questão de umas semanas. Eu já derrotei pessoas com mais colhões que esse General de merda"... E quando Sylvestre começou a descer a bagagem, o Primeiro Magistrado pensou que provavelmente a noite anterior, com a mocinha de São Vicente de Paula, havia lhe trazido má sorte. A touca engomada. E o escapulário. E aquela caveira de borracha comprada, certamente, na loja de *Farces et Attrapes* da Boulevard das Capuchinhas – acompanhavam as coincidências de mau agouro – não podiam ter sido de bom amparo. Mas, uma vez mais, a Divina Pastora de Nova Córdoba aceitaria seu sincero arrependimento. Ele acrescentaria umas esmeraldas à sua coroa; muitas pratas a seu manto. E tudo com cerimônias. Luzes. Muitas luzes. O Estandarte de sua Divindade, entre círios e andores. Os cadetes, ajoelhados. A solenidade dos elogios. A Basílica se iluminava com o relumbre de novas condecorações... Fora, a Marselhesa de Rude[68] continuava seu clamor retirado – soando sem soar – de uma funda boca de pedra que não era senão um buraco a mais na massa do monumento onde se inscreviam os nomes de seiscentos e cinquenta e dois Generais do Império, ungidos pela Glória... "Somente seiscentos e cinquenta e dois Generais?" – murmurou o mandatário, passando seu exército em revista imaginária. "O Baedecker deve estar equivocado".

68 MARSELHESA DE RUDE: François Rude (1784-1855) foi um escultor francês mais conhecido por criar a escultura "A Partida dos Voluntários de 1792", frequentemente chamada de "A Marselhesa", que está em posição de destaque no Arco do Triunfo em Paris.

Segundo CAPÍTULO

... tão aferrado está cada um em seu
critério, que poderíamos achar tantos
reformadores quantas cabeças tivesse...
— DESCARTES

Dois

Duas horas depois de os viajantes chegarem a sua suíte do Waldorf Astoria, seguiu-se à assinatura dos últimos papeis da negociação com a *United Fruit*[69], prontamente conduzidas por Ariel enquanto seu pai e o Doutor Peralta estavam em alto mar. Os documentos eram incontrovertíveis, posto que eram assinados por quem de feito e direito – e seria por muito tempo, segundo os vaticínios de especialistas em políticas deste Hemisfério – o Presidente Constitucional da República. Além do mais, a Companhia não corria risco algum, passasse o que passasse, posto que o General Ataúlfo Galván, ao elevar-se, havia tido o inteligente cuidado de anunciar às agências de imprensa que, agora como sempre, hoje como amanhã, *hic et nunc*, tanto nas etapas da luta armada como depois do "triunfo certo" – que saco, meu irmão! – do movimento por ele encabeçado, os bens, propriedades, concessões e monopólios, das empresas norte-americanas seriam salvaguardados. Pelo telegrama sabia-se que os revolucionários haviam consolidado suas posições na costa do

69 *UNITED FRUIT:* Foi uma poderosa empresa estadunidense fundada em 1899, que atuou principalmente na produção e exportação de bananas e outras frutas tropicais da América Latina para os Estados Unidos e a Europa. Ela se tornou símbolo do imperialismo econômico dos EUA na região, especialmente na América Central e no Caribe. A empresa passou a se chamar United Brands em 1970 e, mais tarde, foi adquirida pela Chiquita Brands International.

Atlântico – até agora tinham quatro províncias das nove, essa era a dramática verdade –, porém uma resistência tenaz levava ao fracasso das suas presentes intenções de avançar até Porto Araguato e de cortar as comunicações entre a Capital e o Oceano. Uma unidade da frota de guerra esperava o Primeiro Magistrado em uma pequena ilha do Caribe, na qual faria escala um cargueiro holandês que amanhã zarparia com destino a Recife. Sobre as armas, compradas de um agente de Sir Basil Zaharoff[70], estas seriam embarcadas na Flórida, a bordo de um barco de matrícula grega, enviado por um pirata acostumado a içar bandeiras panamenhas ou salvadorenhas assim que saía das águas da jurisdição dos Estados Unidos quando andava em seus negócios habituais – transporte de homens, de armas, de escravos de força, do que quisessem – com uma América embaixo cujas enseadas, abrolhos e praias conhecia tão bem como os mais experimentados pescadores locais... E como não tinha nada urgente para fazer naquela noite, o Primeiro Magistrado, muito aficionado à grande ópera, quis escutar um *Pelléas et Mélisande*[71] que se apresentava no Metropolitan Opera House, com a famosa Mary Garden no papel principal. O Amigo Acadêmico tinha lhe falado muito daquela partitura, que devia ser muito boa já que, muito discutida no início, tinha em Paris uns fanáticos admiradores a quem o travesso efeminado do Jean Lorrain havia qualificado de *Peleastas*... Sentaram-se, então, na primeira fila, o maestro ergueu sua batuta, e uma enorme orquestra que tinha ali, a seus pés, começou a não tocar. Não tocar porque dela se desprendia um murmúrio, um estremecimento, um cochicho de nota aqui, nota ali, que não chegava

70 **SIR BASIL ZAHAROFF:** Magnata de origem grega, Sir Basil Zaharoff (1849–1936) foi um dos personagens mais enigmáticos e influentes do final do século XIX e início do século XX. Considerado um dos mais poderosos comerciantes de armas do mundo, acumulou fortuna e influência por meio de negociações militares, espionagem, corrupção e lobby internacional.

71 **PELLÉAS ET MÉLISANDE:** Única drama lírico do impressionismo francês, composta em 1898 por Claude Debussy (1862-1918) e baseada na peça homônima de Maurice Maeterlinck (1862-1949).

a ser música. "E não há Abertura?", perguntava o Primeiro Magistrado. "Já vem, já vem", dizia Peralta, esperando que aquilo começasse a crescer, a se levantar, a se definir, desembocando em um fortíssimo: "Também *Fausto* e *Aída* começam assim, como quem não diz nada; assim (creio que a isso chamam de *surdina*) para preparar melhor o que vem depois". Porém já subia a cortina e estava na mesma. Esses músicos – estavam aí, atentos, numerosos, os olhos postos nas partituras – não acabavam de fazer nada. Testavam suas linguetas, tiravam a saliva das trompas dando uma meia volta ao instrumento, faziam vibrar uma corda, varriam a harpa com a ponta dos dedos, sem chegar a concertar uma melodia certa. Pequeno acento aqui, queixa imperceptível lá, esboço de temas, impulsos mortos ao nascer, e acima, no tablado, dois personagens que, falando-falando, não se resolviam a cantar. E agora – mudança de decoração – uma senhora medieval com sotaque de Kansas City, que lê uma carta. Um velho que escuta. Um cochilo de quem já não tratava de escutar, de tão chato que estava, e veio o intervalo... Agora o espetáculo das galerias e corredores suscitou ao Primeiro Magistrado algumas divertidas e pujantes observações sobre a artificialidade da aristocracia novaiorquina, e quanto ao comportamento e vestuário, quando era comparada com a de Paris. Por muito bem cortado que esteja um fraque, posto sobre o corpo de um ianque parece sempre um fraque de prestidigitador. Quando saúda de camisa grande e laço branco, parece que um coelho ou uma pomba vão sair da sua cartola. As matronas dos 400[72] levavam muitos arminhos, muitas tiaras, muitas mercadorias da Tiffany. Por trás disso estavam as residências suntuosas, com suas chaminés góticas compradas em Flandres, colunas de monastérios cluniacenses trazidas nos porões de transatlânti-

72 **MATRONAS DOS 400:** Grupo de famílias burguesas que garantia economicamente o funcionamento do Metropolitan Opera House de Nova York.

cos, quadros de Rubens ou de Rosa Bonheur[73], e algumas tanagras autênticas que mal ritmavam seus movimentos de dança com os compassos de *Alexander Rag-Time Band*[74] que entrava pelas janelas de cristais renascentistas. Ainda que certos sobrenomes de longínqua ascendência holandesa ou britânica lhes remetessem ao século XVII, adquiriam, ao soar nas imediações do Central Park, um não sei quê de produto importado – ao mesmo tempo postiço e exótico, como os imprecisos títulos de Marqueses da Real Proclamação, do Mérito ou do Prêmio Real, de que nós gostávamos na América Latina. Aquela aristocracia era algo tão fictício quanto o clima da ópera que era apresentada essa noite, com seu flutuante Medievo, suas ogivas de qualquer parte, seus móveis vagamente dinásticos, suas almeias sem data, escondidas por uma perpétua névoa, ao gosto do decorador. A cortina voltou a se levantar, sucederam-se umas cenas e houve outro intervalo; a cortina levantou outra vez e se sucederam outras cenas, tudo em brumas, evanescências, meias tintas, grutas, sombras, noturnos, coristas invisíveis, pombas que não voavam, três mendigos mortos, rebanhos remotos, coisas vistas por outros e que nós não víamos... E quando chegou, por fim, o último intervalo, o Primeiro Magistrado soltou: "Aqui ninguém sabe cantar; ninguém é barítono, tenor ou baixo... Não há uma ária... Não há um balé... Não há uma cena de conjunto... E esse molequinho, americana avantajada vestida de criança, que olha por uma janela o que acontece dentro do quarto onde, não é preciso dizer, o jovenzinho bom moço e a loira de cabelo comprido estão no seu...

---

73 **ROSA BONHEUR:** Nascida em 1822, Marie Rosalie Bonheur foi uma renomada pintora e escultora francesa, célebre por suas representações realistas de animais e da vida rural. Ela foi uma das artistas mais bem-sucedidas de seu tempo, alcançando fama internacional em uma época em que mulheres raramente recebiam reconhecimento no mundo das artes. Morta em 1899, é considerada até hoje um ícone feminista e uma pioneira tanto na arte quanto na afirmação da independência feminina no século XIX.

74 **ALEXANDER RAG-TIME BAND:** Trata-se de uma famosa canção composta por Irving Berlin (1888-1989) em 1911, considerada um marco na história da música popular americana. Apesar do nome, não se trata de uma banda real, mas sim de uma música que evoca o espírito animado do ragtime, um estilo musical muito popular nos Estados Unidos no início do século XX.

E o cabra de baixo que se desespera. E esse velho, com cara de Charles Darwin, que disse que se fosse Deus se apiedaria do coração dos homens... Olhe: ainda que nosso amigo, o Acadêmico, e o outro, D'Annunzio, me digam que isto é uma maravilha, eu fico com *Manon*, *La Traviata* e *Carmen*... E já que falamos em putas, levem-me a uma casa de putas"... E os três, logo-logo, foram vistos em um apartamento da Rua 42 onde umas loiras, maquiadas e penteadas como as estrelas do cinematógrafo, lhes serviram mesclas de licores – era moda, agora, isto de misturar licores – o que lhes fez estabelecer divertidas escalas de comparações entre o de cá e os coquetéis veracruzanos do Hotel Diligências, os ponches rosados das Antilhas e os mojitos cubanos com suas folhas frias de hortelã, os rabos de galo, angustura e gim, zamuritos[75] de berro ou de limão, chichas e pulques[76] curados, de nossas *Tierras Calientes*. As fêmeas se assombravam de que o Primeiro Magistrado, com seus anos evidentes, pudesse tragar essa quantidade de copos – sempre com gesto majestoso e pausado – sem se enredar em contos que nunca acabam nem perder o talhe senhorial. Hoje, excepcionalmente, seu filho Ariel o via beber assim – "um dia é um dia", dizia Peralta – porque o Mandatário, quando se movia no âmbito do Palácio, era, com seus famosos brindes de água mineral, com suas louvações aos Mananciais do Peregrino – cuja engarrafadora havia comprado –, uma estampa da sobriedade. Nas festas e comemorações nunca passava de duas ou três taças de champanhe, enfatizando um pouco mais o tom quando, em conversas de cenho franzido, abordava o grave tema da constante proliferação de taguaras e tabernas, um dos grandes problemas sociais da nação, desgraça que devíamos à natureza viciosa do índio e aos antigos monopólios de aguardente da colônia espanhola. Mas ignoravam as

---

75 ZAMURITOS: Também conhecida como canelita, essa bebida venezuelana é feita com aguardente de cana e uma pitada de canela

76 CHICHAS E PULQUES: bebidas fermentadas bastante populares. A primeira, comum entre os indígenas venezuelanos, é extraída do milho ou do arroz em suco de abacaxi. A segunda se trata de uma bebida mexicana da fermentação de uma raiz com frutas, sementes ou grãos e legumes.

pessoas que, em uma maletinha sempre tida à mão pelo Doutor Peralta – e que levavam, ao que parece, papéis de uma importância transcendental –, guardavam dez cantis, dos mais planos, encurvados comodamente no bolso, como os que fazem na Inglaterra, e que, por estar forrados com pele de porco – compradas na *Hermes* – nunca soavam ao se entrechocar. Assim, no despacho presidencial, na câmara da Sala do Conselho, no quarto de dormir – A Maiorala Elmira sabia do segredo desde o início –, no trem, nos descansos de qualquer viagem por estrada, bastava que o Primeiro Magistrado levasse o polegar à orelha esquerda para que um dos frascos surgisse, na hora, da burocrática maletinha do secretário. Além do mais, o sempre grave e carrancudo bebedor – homem de *before the breakfast*, a quem a boa Elmira preparava muitas águas de tamarindo, desde cedo, para melhor refresco de "seus fígados", como ela dizia, no plural – tinha um cuidado extremo em esconder um velho vício ao Rum Santa Inês que – era preciso reconhecer – em nada alterava o ritmo do seu andar, nem a sensatez de suas decisões ante um conflito inesperado, nem seu afloramento de suor quase natural: sempre falava às pessoas – com a cara um pouco de lado, medindo o alcance das palavras – com um mesa no meio, ou guardando uma calculada distância que crescia, se cabe, a respeitabilidade de sua figura patriarcal. Unia a estas observâncias um uso constante de águas dentífricas, pastilha de menta, balinhas de cachundé[77], indícios de realeza, além do aroma de água de Colônia ou essências de lavanda sempre saindo de suas roupas escuras e engomadas camisas em tudo dignas da dignidade de um Chefe de Estado... Naquela noite, vendo seu pai beber, Ariel se assombrou ante um poder de absorção que ultrapassava o seu. "É que você tem um organismo virgem – disse o Doutor Peralta –: Não é como nós, que levamos o *mal* dentro; o mal que, do nada, desperta"... No dia seguinte, depois de adquirir em Bretano's uma preciosíssima

---

77 BALINHAS DE CACHUNDÉ: Criadas para perfumar a boca, eram feitas de extrato de madeira com uma mistura de especiarias e ervas.

edição do *Facundo*[78] de Sarmiento – que lhe fez emitir amargos conceitos sobre o dramático destino dos povos latino-americanos, sempre trabalhados em combate maniqueísta entre civilização e barbárie, entre o progresso e o caudilhismo –, o Primeiro Magistrado subiu à bordo do cargueiro holandês que teria de fazer breve escala em *La Habana*... E o mar foi se desacinzentando, e se pintaram as grandes luas amarelas do Caribes sobre um desaparecimento barroco de sargaços e peixes voadores. "O ar já cheira diferente", dizia o Primeiro Magistrado sorvendo uma brisa que lhe trazia um inequívoco alento de mangues distantes... E já em *La Habana* se soube, pelo Cônsul, que o Coronel Hoffmann, apesar de sua atual penúria em armas leves, se mantinha em posições defensivas, sem que os revolucionários tivessem realizado maiores progressos. Tudo estava igual a quando seu telegrama foi enviado a Paris. Como a notícia era boa e era época de carnaval, o Primeiro Magistrado assistiu ao desfile de máscaras e alegorias, ao concurso de fantasias, jogando serpentinas para todo lado. E, depois de ter alugado um paletó preto, foi ao Baile de Tacón[79], onde uma mulata, vestida de Marquesa entre Luis XV e XVI – anáguas encarnadas, peruca com talco, luas sobre o arrebol, leque vermelho e verde e impertinentes de *carey*[80] – ensinou-lhe os modos de dançar sem dançar, de dançar sem sair do âmbito de uma lousa, de mover-se na vertical, quase sem se mover, em giros cada vez mais apertados, mais lentos, levados a uma mútua imobilidade, no perfume tão leve que de tanto ter suado terminava mais pele que a pele mesma – tudo isto em um

---

78 **FACUNDO:** O livro, escrito pelo argentino Domingo Faustino Sarmiento (1811-1888) e publicado em 1845, é uma das obras fundadoras da literatura e do pensamento político latino-americanos. Mais do que uma biografia de Juan *Facundo* Quiroga, caudilho da província de La Rioja na Argentina, o livro é uma poderosa reflexão sobre os rumos da nação argentina — contrapondo o projeto de modernização e civilização ao que Sarmiento via como forças da barbárie rural.

79 **TACÓN:** O Teatro Tacón, localizado na capital cubana, foi construído em 1834 e reconstruído em 1915. Atualmente continua em funcionamento como a Sala García Llorca do *Gran Teatro* de *La Habana* e é, até hoje, considerado um dos mais importantes edifícios culturais da América Latina.

80 **IMPERTINENTES DE CAREY:** Óculos famoso por ser firmado apenas com uma haste.

grande estrépito de corneta, clarinete e timbal, promovido pela orquestra de *Valenzuela y Corbacho*[81]. Quando as máscaras começaram a se dispersar, e as luzes do teatro foram se apagando, de andar em andar, a mulata convidou o Primeiro Magistrado a dormir com ela em um quarto que tinha ali, perto do Arco de Belém[82], em uma casa "modesta, mas decente" – ela dizia – com quintal semeado de romãs, manjericão e avencas. Tomaram um carro de aluguel, puxado por um cavalo magro que o cocheiro impulsionava para frente – parecia adormecido – com uma espora posta em ponta de vara, passando entre enormes casas amodorradas, que cheiravam a carne seca e melaço, a fumaça de torrefações, jogando aqui e ali, de acordo com a brisa do porto, bafos de açúcar preto, forno quente e café verde, em um vasto respiro de estábulos, selarias e mofo de velhas muralhas, ainda frescas do orvalho noturno, maresia e musgos. "Vele meu sono, meu compadre", disse o Primeiro Magistrado. "Não se preocupe, meu compadre, aqui tenho o que faltava", disse sacando a Browning do bolso do coração... E enquanto o Primeiro Magistrado e a mulata Luis não sei das quantas se escondiam atrás de uma porta azul, eu me sentei em um tamborete de pele de vaca, com a arma no colo. Ninguém, além do mais, sabia que meu Presidente estava na cidade. Havia desembarcado com passaporte falso, para evitar que o telegrama desse a notícia de sua viagem onde queria chegar com o impacto certo do inesperado... Os galos cantaram, fez-se um relevo de sombras e, em minutos, se espalharam os ruídos de sempre: de carrinhos e carroças, com sua crescente e decrescente sinfonia de cincerros; cortinas corridas, estalar de persianas e bati-

---

81 VALENZUELA Y CORBACHO: Foi uma orquestra de charanga muito atuante em Cuba nas décadas de 1940 e 1950, conhecida por interpretar *danzones*, danzonetes e outros ritmos tradicionais cubanos. Essa orquestra contribuiu para a preservação e difusão da música popular cubana clássica, anterior à explosão do mambo e da salsa.

82 ARCO DE BELÉM: É um marco arquitetônico e histórico localizado no bairro de *Habana Vieja*, em Cuba. Ele se encontra na Rua Compostela, próximo ao que foi o Convento e Colégio de Belém, fundado no século XVIII pelos jesuítas. Atualmente, faz parte do conjunto de estruturas coloniais da Havana antiga, declarado Patrimônio da Humanidade pela UNESCO.

das de panelas e latões; *Floreeeeeiiro, flores; Vassoouureiro, vassouras; A loteria: o número da sorte;* entrada dos pregoeiros de rabanadas, o abacate e o *tamal*[83] cantados à garganta de coro gregoriano; e o outro que oferecia trocar garrafas por pirulitos, e foram as notícias do dia, faladas pelos vendedores de jornais: um aviador cubano, Rosillo[84], havia superado ontem, no campo da Bem Aparecida, os *loop-the-loop* do francês Pégoud[85]; um suicídio por fogo; captura de quadrilha em Camagüey; onda de frio – treze graus, segundo o Observatório – nos altos de Placetas; situação confusa no México – onde agora havia revolução de verdade: sabíamos pelos tremendos relatos de Dom Porfírio –, e, em nosso país, sim, em nosso país, seu nome havia saído da boca do vendedor, uma vitória de Ataúlfo Galván (sim, "vitória", creio que disse) na Zona de Nova Córdoba... Movido por isso, acordei o Primeiro Magistrado que dormia com uma enorme e grossa coxa colocada sobre a também carnosa, porém mais comprida coxa da mulata, e já com ele muito composto e digno, vamos, a pé, ao Cais de São Francisco, onde o cargueiro nos espera pronto para zarpar... De um realejo enfeitado de franjas e retratos de La Chalito e La Bella Camelia brota, repentinamente, o percuciente estrépito de um *pasodoble* toureiro. "Cidade mais barulhenta! – observa o Mandatário -: Ao lado disto, nossa Capital é um convento de freiras."

Eis-nos aqui, já em Porto Araguato, onde o coronel Hoffmann nos esperava, muito duro, limpando o monóculo dos dias solenes, com a boa nova de que tudo continua igual. O

83 TAMAL: Prato típico de massa de milho recheada e envolvido na própria folha, semelhante a pamonha.

84 ROSILLO: Domingo Rosillo del Toro (1878–1957) foi um aviador cubano pioneiro, célebre por realizar o primeiro voo entre Key West (Estados Unidos) e Havana (Cuba), atravessando o estreito da Flórida em 17 de maio de 1913. Esse feito o transformou em um herói nacional em Cuba e um nome fundamental da aviação latino-americana.

85 PÉGOUD: Adolphe Pégoud (1889–1915) foi um aviador francês e um dos maiores pioneiros da aviação no início do século XX. Ele é especialmente conhecido por ter sido o primeiro piloto a realizar manobras acrobáticas em um avião com controle total e também considerado um dos primeiros ases da aviação militar da Primeira Guerra Mundial. Morreu em combate aéreo.

movimento subversivo só tem respaldo nas províncias do Norte, cuja população sempre foi hostil, por longa tradição, ao Poder Central, crendo-se desassistida, diminuída, a prima pobre, apesar de possuir as terras mais ricas e produtivas do país. Dos cinquenta e três pronunciamentos dados em um século de história, mais que quarenta haviam sido promovidos por caudilhos do norte. Ninguém sabia ainda – salvo os ministros e altos oficiais do Exército... – que o Chefe de Estado chegaria hoje. Assim seria maior o efeito-surpresa... (Eu tinha contemplado – mais entristecido agora que antes pela traição do homem de minha maior confiança – o panorama portuário, desde o convés do barco guarda-costas que me trouxe, acalmando-me, de repente, com um choro meio cafona, mas irrefreável, ante uma arquitetura de casinhas, de ranchos, empoleiradas umas em cima das outras, ao pé de uma serra, como um frágil baralho num castelo de cartas. Afrouxado em minhas iras pelo reencontro com o que era meu, adverti, no palpite de uma iluminação, que este ar era ar de meu ar; que a água oferecida à minha sede, tão água como outras águas, me trazia, de repente, lembranças de sabores esquecidos, ligados a rostos idos, a coisas recolhidas pelo olhar, arquivadas na minha mente. Respirar o fungo. Beber devagar. Volta atrás. Paramnésia. E agora que o trem sobe, sobe, sempre em curvas e túneis, fazendo breves paradas, às vezes, entre os riscos e brenhas das *Tierras Calientes*, ver, com os olhos do olfato, o desenho das folhas que crescem em ofício de trevas; representar-me a arquitetura da árvore pela queixosa flexão de um galho; saber do amaranto fungo de cascas pela permanência de seu hálito recobrado... Como nu, inerme, abrandado, levado à indulgência, ao cômodo, à possível conciliação – coisas ainda devidas a um *ali* que, de hora em hora, me deixava mais longe, ao pé de seu Arco do Triunfo –, à medida que subia até a Poltrona Presidencial, recobrando uma agressividade talvez devida ao reencontro com as vegetações próximas, travadas em uma ininterrupta luta por reconquistar o claro da estrada por onde ressoprava nossa locomotiva, eu considerava os acontecimentos com maior desgosto e paixão. A cada duzentos metros escalados pela máquina, eu crescia em mando e estatura, tonificado por um ar delgado, vindo já de cima. Havia que ser duro, implacável: assim exigiam as Forças implacáveis, impiedosas, que eram ainda a escura e todo-poderosa razão de ser – a pulsão visceral – de seu mundo em gestação, ainda problemático quanto a formas, volições, impulsos e limites. Porque *ali* – agora ali de *ali* – continuava o porto marítimo de Basilea em seus afazeres renanos do Ano Mil, enquanto o Sena dos *bateaux-mouches* continuava medido pelos imutáveis trancos do Pont-Neuf dos sucateiros e saltimbancos renascentistas, enquanto aqui, na hora de agora, as selvas trepavam sobre as selvas, os estuários se atravancavam, os rios mudavam de curso abandonando seus canais da noite para a manhã, tanto que vinte cidades construídas em um dia, levadas do emboço ao mármore, do chiqueiro ao Alcázar, do violão seresteiro à voz de Enrico Caruso[86], caíam em ruínas, de repente, andrajosas e abandonadas, apenas um salitre qualquer que perdeu o interesse pro mundo, apenas algum excremento de pássaros marinhos – desses que nevam os arrecifes de leitosas garoas – tivesse deixado de ser cotizado nas Altas Bolsas, de muitas lousas e gritos, lances e contra lances, substituído por alguma invenção, em proveta, de químicos alemães... À medida que me enchia do ar do meu ar, ia me fazendo mais Presidente...) E presidente de verdade eu era, erguido na plataforma do vagão de luxo, a figura tesa, o semblante endurecido, chicote à mão, o gesto grosso, quando fomos chegando à Capital, anunciada pelas conhecidas cenografias suburbanas: aí a fábrica de sabão, a serraria, a central elétrica; à direita, o destratado palacete das cariátides e atlantes, com seu ruinoso minarete de mosaicos; à esquerda, o grande anúncio da Emulsão de Scott e o outro, da Loção Pompeia. O Linimento de Sloan, útil para tudo; o Composto Vegetal de Lydia Pinkham – retra-

86 **ENRICO CARUSO:** Foi um dos mais famosos tenores da história da ópera. Italiano de Nápoles, ele se tornou uma celebridade mundial no início do século XX, especialmente por suas apresentações no Metropolitan Opera de Nova York e pelas gravações fonográficas pioneiras que ajudaram a popularizar a ópera entre o grande público.

tada com gola e camafeus – soberano em assuntos de transtornos menstruais. E sobretudo – sobretudo – a Farinha *Aunt Jemima* – há que se deter na marca – que gozava de grande favor em barracos, cortiços e favelas, por causa da figura de negra sulista, com lenço xadrez na cabeça, como as costeiras daqui, que enfeitava seu rótulo. ("É igualzinha a avó do prussiano Hoffmann", diziam os piadistas, lembrando que a velhinha, relegada às remotas dependências da casa, nunca presente nas comidas e saraus do General, só era vista nas ruas quando ia comungar na missa das 6 ou dava para regatear, a gritos, o preço do orégano ou do alface em barracas de feirantes madrugadores, desses que pastoreavam burricos carregados de alforjes das montanhas próximas, antes do cotidiano despertar em luz do Vulcão Tutelar...) Rios que se entrecruzam, discos de sinais que vêm ao nosso encontro, e às duas da madrugada entramos na deserta estação da Grande Ferrovia do Leste, toda de ferro e vidros manchados – muitos quebrados – construída anteriormente pelo francês Baltard[87]. O agregado militar dos Estados Unidos nos aguardava na plataforma, junto aos membros do Gabinete. E atravessou a cidade em vários automóveis, silenciosa e como se estivesse desabitada, por causa do toque de recolher que, de oito da noite, foi adiantado para as seis, e a partir de hoje, desde as quatro e meia. Sobre altas calçadas, de portas e janelas fechadas, as casas cinzas, ocres e amarelas dormem, com suas gárgulas enferrujadas saindo dos telhados. A estátua equestre do Fundador da Nação luzia lugubremente solitária, apesar da presença dos heróis de bronze que, mais embaixo e a pé, o acompanhavam na Praça Municipal. O *Gran Teatro*, com suas altas colunas clássicas, cobrava, na ausência de toda silhueta humana, um aspecto de cenotáfio suntuário. Todas as luzes do Palácio de Governo estavam acesas, à espera do Conselho Extraordinário que teria que durar até a hora do

---

87 **BALTARD:** Louis-Pierre Baltard (1764–1846) foi um arquiteto francês, mais conhecido por participar de projetos urbanísticos e administrativos da Cidade de Paris durante o período pós-revolucionário. Foi professor de arquitetura na *École des Beaux-Arts* de Paris e também membro da *Académie des Beaux-Arts*.

desjejum. E, às dez, convocada pelos jornais da manhã em uma muito comentada edição especial, uma enorme multidão se aglomerava frente à fachada de *tezontle*[88] e azulejos, edificada nos dias da Conquista por um inspirado arquiteto judeu, que fugia da Santa Inquisição, a quem devemos as mais bonitas igrejas coloniais do país – todas senhoreadas pelo Santuário Nacional da Divina Pastora, em Nova Córdoba. Quando o Primeiro Magistrado apareceu no balcão de honra, foi saudado por aclamações que levantaram uma grande revoada de pombas sobre os telhados e terraços que, em branco e vermelho, deixavam o vale xadrez, entre seus trinta e dois campanários de maior ou menor tamanho... Silenciadas as vitórias, o Presidente, arrancando de modo lento, marcando as pausas, como era costume seu, começou a pronunciar um discurso bem articulado, sonoro em seu atenuado diapasão, preciso em suas intenções, ainda que se enfeitasse demais – era este o parecer de muitos – de expressões tais como "ambulante", "mirabolante", "rocambolesco", "erística", "apodíctico", antes de, subindo de tom em uma deslumbrante mobilização de forças caudinas, espadas de Damocles, passagens do Rubicão, trombetas de Jericó, Cyranos, Tartarines e Clavilenhos, revoltados em altivas palmeiras, emblemáticos condores e onocrótalos alcatrazes, se desse a repreender os "janízaros[89] do nepotismo", os "miméticos demagogos", os "condottieres de açúcar", sempre dispostos a riscar suas espadas em empresas descabeladas, geradoras de discórdia, onde a laboriosidade, um conceito patriarcal da vida, nos fazia, a todos, membros de uma grande família – mas de uma Grande Família que, por ser sensata e unida, era sempre severa, inexorável, para os Filhos Pródigos que, em vez de se arrependerem de seus erros, como na parábola bíblica, pretendiam incendiar e assolar a Casa Ensolarada onde, cheios

88 TEOZONTLE: Rocha vulcânica porosa e leve, de coloração avermelhada ou vinho escuro. Foi muito usada na arquitetura do México, especialmente durante o período colonial e o barroco novohispano.

89 JANÍZAROS: Referência à tropa de elite militar do Império Otomano, formada inicialmente por soldados escravizados e convertidos ao Islã, e que se tornou um dos pilares do poder otomano entre os séculos 14 e 19.

de menções e honras, eles tinham-se tornado Homens... O Primeiro Magistrado devia muitas burlas aos giros rebuscados de sua oratória. Mas – assim Peralta entendia – não se utilizava deles por mero barroquismo verbal; sabia que com tais artifícios de linguagem tinha criado um estilo que ostentava sua marca e que o emprego de palavras, adjetivos, epítetos inusitados, que seus ouvintes mal entendiam, longe de prejudicá-lo, elogiava, neles, um atávico culto ao preciosista e floreado, cobrando, com isto, uma fama de mestre do idioma cujo tom contrastava com o das implicantes, quarteladas e mal redigidas declarações de seu adversário... Terminando o discurso com um chamamento emocionado a equanimidade, concordância e união de todos os cidadãos de boa vontade, dignos herdeiros dos Fundadores da Nação e Pais da Pátria, cujos venerados sepulcros se alinhavam nas naves de um panteão ali perto... ("... voltem as cabeças e contemplem com os olhos do espírito a vertical e babilônica torre que..." etc. etc.), o orador, ouvidas as últimas aclamações, se retirou para o Salão do Conselho, onde vários mapas estavam desdobrados sobre uma longa mesa de caoba. Armado de bandeirinhas – umas, nacionais; as outras vermelhas – montadas em alfinetes, o Coronel Walter Hoffmann, Presidente do Conselho, agora Ministro da Guerra, traçou um quadro breve e resumido da situação militar. Naquela linha, estavam os cornos e filhos da puta; aqui, aqui e aqui, os defensores da honra nacional. Os cornos e filhos da puta tinham recebido o concurso de outros cornos e filhos da puta durante as últimas semanas: isso era evidente. Mas, com a cessão da zona do Pacífico à *United Fruit*, as possibilidades, para eles, de entrar com apetrechos pela Baía do Negro ficavam anuladas. Os leais haviam contido o avanço dos revolucionários no Noroeste: "Porém, se tivéssemos mais armas, teríamos feito mais". "Dentro de uma semana teremos todo o necessário", disse o Primeiro Magistrado detalhando, à vista de faturas, o carregamento embarcado em La Florida. Em breve, teria que alentar a moral e a combatividade das tropas constitucionais. Ele, pessoalmente, partiria esta mesma noite para a zona de operações. Em seus aspectos gerais, a situação, embora grave, devia ser considerada com otimismo. "E Nova Córdoba?", perguntou, no entanto, pensando nessa estranha cidade de ruinosos palácios, rica em minas, muito índia, talvez, sempre desconcertante em seus humores, temível em seus imprevisíveis sobressaltos, que havia sido foco de árduas resistências em revoluções anteriores. "Nada – respondeu Hoffmann –: Ataúlfo não tem popularidade por lá. Por isso, deixou-a para trás sem tocá-la. Além do mais, fez a promessa de respeitar os interesses ingleses e norte-americanos que são muitos ali, e quer demonstrar que cumpre com sua palavra, afastando a guerra dessa zona". O Primeiro Magistrado tinha sono. Depois de pedir à Maiorala Elmira que lhe preparasse o traje de campanha, aplicando graxa às suas botas e lustrando seu capacete de ponta, movido por um repentino apetite, agarrou-a repentinamente, levantou-lhe as saias, apoiando-a sobre os cotovelos no mármore da cômoda, confusa com os elogios sobre o "em condições" em que o senhor havia chegado de Paris – apesar de que Paris, essa tremenda Paris, onde os homens perdem até a alma... – antes de se aconchegar na rede para dormir umas horas... No fim do seu repouso, encontrou o rosto – desta vez carrancudo e preocupado – do Doutor Peralta. Os estudantes da secular Universidade de San Lucas tiveram a ousadia de fazer circular um manifesto insolente, inadmissível, que o Presidente leu com crescente ira. Lembrava-se, ali, que tinha subido ao poder por um golpe de Estado; que tinha sido confirmado, a mando seu, em eleições fraudulentas; que seus poderes tinham sido prorrogados mediante uma arbitrária reforma da Constituição; que suas reeleições... – enfim, o de sempre em tais prosas: Eram chegados os tempos de acabar com uma Autoridade sem rumo nem doutrina, expressa em decretos e éditos, de um Presidente Procônsul, na condução do governo, por mensagens cifradas de seu filho Ariel. Mas o grave mesmo agora – pela novidade do caso – era que os estudantes proclamaram que, na atualidade, tanto fazia farda ou casaca, e que a causa governamental interessava tão pouco quanto à dos chamados "revolucionários". Os jogadores mudavam em torno do mesmo tabuleiro, e prosseguia uma partida que havia começado há mais de cem anos... E, para regressar a uma ordem constitucional e democrática, postulava-se a figura do Doutor Luis Leoncio Martínez, austero professor de filosofia, tradutor de Plotino[90], a quem Peralta conhecia muito, por haver sido condiscípulo dele. Era homem de fronte alta, estreita, veiúda e despovoada, palavra seca e breve, abstêmio e madrugador, vegetariano militante, pai de nove filhos, admirador de Proudhon, Bakunin e Kropotkin[91], que antigamente havia trocado cartas com Francisco Ferrer[92], o mestre anarquista de Barcelona, promovendo uma grande manifestação na cidade quando se teve notícia de seu fuzilamento em Montjuich – manifestação permitida pelo Primeiro Magistrado porque o protesto era universal e, enfim, já que Ferrer estava morto e enterrado, um desfile, aberto no crepúsculo, terminando no sereno das nove (três horas de gritos que não eram de oposição ao Governo) viria a demonstrar nosso respeito às liberdades, nossa tolerância com as ideias, etc. etc. O Doutor Luis Leoncio Martínez, além do mais, juntava suas convicções libertárias com uma espécie de teosofia, nutrida dos *Upani-*

---

90 **PLOTINO:** Foi um filósofo greco-romano do século III, fundador do neoplatonismo, que via o mundo sensível como uma emanação imperfeita de uma realidade suprema. Defendia que a alma humana poderia reencontrar essa origem divina por meio da contemplação e do desapego.

91 **PROUDHON, BAKUNIN E KROPOTKIN:** Pensadores fundamentais do anarquismo no século XIX. O francês Pierre-Joseph Proudhon foi o primeiro a se declarar anarquista e defendia a ideia de uma sociedade baseada na autogestão e na propriedade coletiva dos meios de produção — é célebre sua frase "a propriedade é um roubo". Mikhail Bakunin, russo, era um anarquista revolucionário que acreditava na ação direta e na abolição do Estado e da autoridade religiosa, sendo um dos maiores opositores de Marx. Piotr Kropotkin, também russo, era príncipe e geógrafo, e formulou o anarquismo comunista, defendendo a cooperação e o apoio mútuo como fundamentos naturais da vida em sociedade.

92 **FRANCISCO FERRER:** Foi um educador e ativista anarquista catalão, nascido em 1859, conhecido por fundar a Escola Moderna em Barcelona, um projeto pedagógico revolucionário que promovia a educação laica, racionalista e libertária. Em 1909, foi acusado de envolvimento em uma revolta popular e fuzilado pelo governo espanhol, tornando-se mártir do movimento anarquista internacional.

shad[93], o *Baghavad-Gita*[94], Annie Besant[95], Madame Blavatzky[96], e também Camille Flammarion[97], interessando-se pelos fenômenos metapsíquicos que, em muito íntimas cerimônias de rotação de mesa, promoviam as presenças, em pancadas e levitações, de Swedemborg[98], o Conde de San Germán[99], Katie King, ou da ainda viva, mas sumida Eusapia Paladino[100]... E agora, esse sonhador, esse pálido utopista, tinha aparecido surpreendentemente em Nova Córdoba, sublevando os trabalhadores das minas de cobre e estanho, com a ajuda de meia dúzia de líderes estudantis. A empreitada era grande e mais ainda se lhe víamos como um homem de gabinete, admirado

---

93 UPANISHAD: As Upanishads são textos filosófico-religiosos da tradição hindu, compostos entre cerca de 800 a.C. e 200 a.C., que integram a parte final dos Vedas, as escrituras sagradas da Índia antiga. São considerados a base do pensamento filosófico indiano e influenciaram correntes como o hinduísmo, o budismo e até pensadores ocidentais.

94 *BAGHAVAD-GITA*: Um dos textos mais sagrados e influentes do hinduísmo, escrita em sânscrito por volta do século II a.C. e inserida no épico Mahabharata. É considerada um compêndio de filosofia hindu e tem sido estudada tanto como obra religiosa quanto como tratado ético e existencial.

95 ANNIE BESANT: Ativista social, escritora e oradora britânica, conhecida por seu papel destacado no movimento teosófico e nas lutas sociais e políticas do final do século XIX e início do XX.

96 MADAME BLAVATSKY: Helena Petrovna Blavatsky (1831–1891), foi uma ocultista, escritora e uma das fundadoras da Sociedade Teosófica, criada em 1875 nos Estados Unidos. Nascida na Rússia, ela viajou extensamente pelo Oriente, especialmente pela Índia e pelo Tibete, de onde afirmou ter recebido ensinamentos de "mestres ocultos" ou "mahatmas".

97 CAMILLE FLAMARION: Foi um astrônomo, escritor e divulgador científico francês, conhecido por popularizar a astronomia no final do século XIX e início do XX. Autor de mais de 50 livros, ele combinava ciência, filosofia e espiritualismo, explorando temas como a vida extraterrestre, o cosmos e o espiritismo.

98 SWEDENBORG: Emanuel Swedenborg (1688–1772) foi um cientista, filósofo, teólogo e místico sueco. Passou por experiências espirituais que o levaram a afirmar que podia visitar o céu e o inferno, conversar com anjos e espíritos, e compreender o sentido espiritual da Bíblia. Seu pensamento influenciou o esoterismo europeu, o romantismo e autores como William Blake, Baudelaire e Borges.

99 CONDE DE SAN GERMÁN: Foi uma figura enigmática do século XVIII, conhecido como alquimista, ocultista, músico e aventureiro. Alegava-se que ele possuía segredos de rejuvenescimento e imortalidade, e muitos relatos diziam que nunca envelhecia.

100 EUSAPIA PALADINO: Médium italiana famosa no final do século XIX e início do XX, conhecida por suas sessões espíritas que atraíram a atenção de cientistas, escritores e estudiosos do ocultismo na Europa.

por uns poucos conterrâneos, porém sem levante político no resto do país. De volta à cama por obra de uma taça oportunamente bem servida, e analisando as coisas com critério tácito, o Presidente pensou que, na realidade, a atividade de um inimigo comum, na retaguarda do General Ataúlfo Galván, vinha a favorecê-lo, limitando a ação do rebelde a duas províncias do Nordeste. E se aquilo de Nova Córdoba ganhasse corpo, era possível contar, em última instância, com a ajuda dos Estados Unidos, já que a Casa Branca se opunha, agora mais que nunca, a toda germinação de movimentos anarquizantes, socializantes, nesta América de baixo, revoltosa e latina demais. E o Primeiro Magistrado já ia considerar a situação com o Coronel Hoffmann, quando uma segunda folha, escrita em tom satírico e jocoso, voltou a acendê-lo – e desta vez muito mais que antes – na sua já diminuída ira. Aí sua oratória era motivo de troça, com uma prosa *criollísima* que lhe qualificava, em arremedos e zombarias, como um "Tiberio de opereta", "Sátrapa de *Tierras Calientes*", "Moloch do Tesouro Público", Monte-Cristo rastaqueras" que, em seus passeios pela Europa, andava sempre com um milhão na carteira. Sua subida ao poder havia sido "O 18 Brumário da Maquinação". Seu Ministério era "Golden-rush", "Corte de Milagres" e "Concílio de compadres". E ali não se perdoava ninguém: o Coronel Hoffmann era "um prussiano com a avó negra no quintal dos fundos"; o General Ataúlfo Galván, "recrutinha mexeriqueiro, ostrogodo de sabres e vainas", tanto que numerosos funcionários e chefes da Segurança eram postos, segundo parecessem trágicos ou grotescos, em figurino de inquisição ou de teatro bufo. Porém, o pior, sua filha Ofélia era chamada "Infanta do Rei Midas", lembrando-se que enquanto as mulheres descalças daqui não tinham um hospital onde parir, a agraciada *criolla*, colecionadora de camafeus antigos, caixinhas de música muito preciosas e cavalos de corrida, tinha dado milhares de pesos nacionais (a 2,27 o câmbio com o dólar) a empresas e organizações, tais como "A obra missioneira na China", a "Liga para a proteção da arte gótica" e a "Fundação da Gota de Leite", esta última presidida por uma duquesa europeia... Aqui a piada já passava de piada e o Primeiro Magistrado não estava para piadas. Ainda mais agora que o Coronel Hoffmann vinha com a notícia de que estudantes, encerrados na Universidade, estavam fazendo um comício contra o Governo. "Metam a cavalaria no prédio", disse o Presidente. "Mas... e o foro centenário, a autonomia?". "Não estou para pensar nesse tipo de bobagens. Já foderam muitas coisas com essa autonomia. Estamos em estado de emergência e não podemos tolerar desordens" ... Meia hora depois estava armado o tiroteio nos pátios da Universidade de San Lucas. "E se houver mortos – disse o Primeiro Magistrado, assim que desatou a peleja –, nada de enterros solenes com ataúdes levados nos ombros e discursos nos cemitérios, que não passam de manifestações amparadas pelo luto. Entreguem o presunto à família e que lhe metam numa cova sem gritos nem maricagens, porque do contrário a família inteira, com mãe, avós e a molecada, vão todos pra cadeia" ... Fora isso, seguia o tiroteio. Oito mortos e vinte e tantos feridos. "Para que aprendam – disse o Primeiro Magistrado, tomando assento na longa Renault preta que o levaria à estação da locomotiva –: "Caiu algum soldado?", "Dois, porque um estudante e um bedel estavam armados.", "Que sejam feitas exéquias nacionais, com tiros de artilharia, marchas fúnebres e enterro no Panteão dos Heróis, por haverem caído no cumprimento do dever"... E a partida bélica se formou, nas calçadas, com grande desfile de cascos e couros, arreios e esporas, binóculos e fustes de luxo, em um ir e vir de sargentos semelhantes a feldwebels[101] alemães que cuidavam do entulhamento das tropas nos vagões, carros de gado e furgões. Começou-se pelos soldados de elite, caçadores e hussardos, de botas reluzentes e postura marcial, que iriam no comboio presidencial. Depois, para os outros trens, vieram infantes menos sabidos, de guerrinhas murchas

101 **FELDWEBELS:** Sargentos que tiveram papel fundamental nas forças armadas da Alemanha, especialmente durante as duas guerras mundiais, sendo frequentemente responsáveis pela disciplina, treinamento e liderança direta das tropas no campo de batalha.

e botinas toscas e, então, infantes de terceira, com facões, foices, fuzis velhos e sapatos sem o outro par. E, enfiadas por toda parte, deslizando entre os grupos e formações, esgueirando-se pelas janelinhas, pendurando-se nos tetos, as Maria Batalhão, com suas forninhos e utensílios de cozinha em esteiras e sacos. Haviam subido dois canhões Krupp sobre vagões-plataforma, montados em trilho semicircular, com sua complicada maquinaria de rodas dentadas, alavancas e manivelas. "E isto é para fazer bonito?", perguntou o Primeiro Magistrado. "A experiência demonstrou – disse Hoffmann – que podem ser transladados em carretas de cana com quatro juntas de bois". "Muito prático para operações rápidas", disse o Presidente a quem a movimentação havia posto de bom-humor... Por fim, com um atraso de três horas passadas intercalando vagões, movendo vagões, interpolando vagões, extrapolando vagões, comprovando que este não servia, que o outro, sim, servia, que o mais de lá tinha os freios bloqueados, que o vagão-cisterna estava cheio de água podre, que a caçamba não respondia, depois de mais duas horas, ocupadas em tirar *bogies* das vias mortas, romper filas de carros para formar outras, adiantar, retroceder, entre apitos de locomotivas e cornetas de bandas militares, o exército pôs-se a caminho, acompanhado da canção de rigor:

> Adeus, adeus.
> Farol da minha vida,
> disse um soldado,
> ao pé de uma janela

O Primeiro Magistrado se recolheu cedo, com Peralta, em seu cômodo compartimento do vagão presidencial, para beber o que trouxe na maletinha *Hermes*, fora das vistas de capitães e coronéis que, no salão *pullman*, festejavam a partida sempre em frente em torno a suas garrafas de bons rótulos. Sentado na beira de sua cama, olhando melancolicamente para a ponta de suas botas reluzentes, as correias de campanha penduradas em um cabide, a pistola em sua bainha – mais pesada e de calibre maior que sua preferida, a levinha Browning de seu uso pessoal. "General"... "Meu General"... "Senhor General"... E as dobradiças dos trilhos que, no ritmo das rodas, diziam, com regularidade obsessionante: "Gén-ral... Gén-ral... Gén-ral... Gén-ral... Gén-ral..." Ele era, talvez, o único General deste vasto mundo a quem não agradava o título de general – aceitava unicamente quando andava com militares, ou tinha que assumir, como agora, o comando de alguma operação. Porque, na verdade, ele havia outorgado esse título a si mesmo, havia muitíssimos anos, em uma das fases iniciais de sua vida política, quando, pondo-se à frente de uma partida armada, ali em *Surgidero de La Verónica*, tinha levado sessenta e tantos homens ao assalto de um fortim ocupado por uns revoltosos, uns levantados, inimigos do Governo ao qual era fiel na época, mas derrotaria mais tarde – dessa vez com a ajuda de generais de verdade – para instalar-se no Palácio Presidencial. Agora, por um tempo – o que durassem as operações –, voltaria a ser "General", "Meu General", "Senhor General". E olhava novamente as pontas de suas botas, suas esporas, suas correias. E pensava, rindo de si mesmo, no personagem da comédia de Molière, que era cozinheiro quando usava gorro, e cocheiro quando botava *libré*. "Dê-me de beber – disse a Peralta –: E pegue para mim aquele tomo". E, na espera do sono, correu as páginas, até dar com um Sexto Livro, cuja leitura havia interrompido semanas antes. *Capítulo XI*: "Já que chegamos a esta parte do relato, parece-nos oportuno estender-nos sobre os costumes da Gália e da Germânia e sobre as diferenças que distinguem ditas nações. Na Gália, não somente em cada estado, como também em cada pequena comarca e fração de comarca, e até no seio de cada família, há partidos..." *Há partidos*. "Por isso é que se foderam como se foderam", comentou o Primeiro Magistrado entre dois bocejos... Lá fora, continuavam os cantos:

Na noite que a mataram,
Rosita estava com sorte
De seis tiros que lhe deram,
Só um que era de morte...

Três

Quando o General Ataúlfo Galván, vencido no primeiro combate aberto, cruzou o Rio Verde atrás de tropas maltrapilhas e debandadas, deixando na margem duas fêmeas de campanha, Misia Olalla e Jacinta, a Negra – atrasadas por se empenharem em carregar fardos com blusas, ponchos e cintos, roubados nos armazéns de um povoado recém-saqueado –, pintou um raio desses que parecem quebrantar o céu de cima a baixo, soaram dois trovões de nunca acabar, e aquilo foi a abertura de uma chuva de meses, apertada, inexorável, exasperante de tão contínua, seguida, comprida, como só se via nessas terras madeireiras. Porque eram terras madeireiras, nos flancos de matas sempre neblinosas, defumadas por brumas que se aclaravam aqui quando se espessavam por lá, deixando que o sol se infiltrasse por uma brecha de céu – uns minutos aqui, uns minutos ali – para iluminar a altivez ignorada de flores sem nome, empinadas nas copas de árvores fechadas, ou magnificar inutilmente, já que ninguém poderia vê-lo, um esplendoroso alumbramento de orquídeas no teto da selva; estas eram terras madeireiras, onde, sobre caobas, juçaras, cedros e quebrachos, e espécies tantas e tão raras que desconcertavam as classificações tradicionais – já tinham desconcertado, inclusive, as do próprio Humboldt[102] –, caíam tais chuvas que os homens, ao saber de sua proximidade por um cheiro vindo de longe, tinham a impressão de entrar em um ano de sete meses que estivesse inserido, com transcurso próprio, em um ano de doze, ignorante das quatro estações para ficar em duas; a breve, mofada, de trabalho apressado, e a longa, molhada, de interminável aborrecimento. Quando soava o último raio da temporada, iniciava-se uma nova vida – nova etapa, novo passo – em uma vegetação tão úmida e travada em sua umidade, que parecia engendrada pelas lagoas e pântanos do solo, sempre coaxantes de rãs, pelancudas de sapos, eriçadas pelas errantes borbulhas de podridões afundadas... Várias barracas de campanha tinham sido armadas para os chefes do exército. A do Primeiro Magistrado no meio, com seus cordéis, atados a postes, que sustentavam o alto frontão de lona coroado por uma bandeira da República. O vencedor da jornada, depois de um jantar de sardinhas, *corned-beef*[103], plátanos assados, doce de leite e vinho do Reno, pensando que seus oficiais estariam exaustos depois da encarniçada batalha do dia, convidou-os a tirarem um bem merecido repouso na espera do Conselho de Estado-Maior do dia seguinte. Só ficaram o Coronel Hoffmann, o Doutor Peralta e o Primeiro Magistrado, jogando uma desvaída partida de dominó, a luz dos postes da rua com amarelento calor de querosene. Mas, nisso, cinco, dez, vinte raios caíram sobre as selvas, seguidos de trovões que retumbavam tão longamente que se uniam uns com os outros, e foi um vento tão forte – a "gira-gira" como diziam os locais – que levou, no lapso de um apagar de velas e luzes, o acampamento inteiro. Enquanto os soldados arrumavam o que podiam, o Coronel

102 **HUMBOLDT**: Alexander von Humboldt (1769–1859) foi um naturalista, geógrafo e explorador prussiano, considerado um dos fundadores da geografia moderna e da ecologia. Viajou por vastas regiões da América Latina entre 1799 e 1804, explorando territórios como a Venezuela, os Andes e o México, onde estudou a fauna, a flora, os povos indígenas e as formações geológicas.

103 ***CORNED-BEEF***: Carne enlatada, em conserva.

Hoffmann e o Primeiro Magistrado, guiados pelo Doutor Peralta, se encaminharam a uma mata onde, pela manhã, tinham visto a boca escura de uma caverna. E a ela chegaram, resvalando, tropeçando, empapados, tremendo, iluminando-se com lanternas de pilha. Houve um revoo assustado de morcegos, logo aquietado, e foi real o amparo de paredes úmidas, sob uma abóbada argilosa, ondeada de estalactites, onde a presença da chuva já era só como o rumor de uma catarata distante. Mas fazia frio; um frio cavernoso na sombra sobre as quais pequenas aberturas da montanha goteavam constantemente. O Primeiro Magistrado, sentado sobre um poncho, tinha inadiáveis desejos de beber. (Necessidade agarrada ao ventre, às entranhas, que faz o corpo se sentir vazio, sem vísceras, contraído por uma impaciente ansiedade que sobe até a garganta, a boca, a memória dos lábios e do olfato...) Entendendo o que estava acontecendo (reiterado sinal do polegar até a orelha), o Doutor Peralta tomou um ar sorrateiro e, pegando a maletinha-Hermes, declarou que ele, por medo de possíveis resfriados ao longo da campanha, tinha trazido uma aguardente pela qual – por que negar? – era sumamente aficionado. "Todo mundo sabe que você é o Prior de Santa Inês", disse o Coronel Hoffmann, animado por uma repentina alegria, desabotoando o casaco. E unindo seus pedidos aos do secretário, convenceu o Primeiro Magistrado a provar algum licor para preservar a sua saúde – mais necessária agora do que nunca – dos danos emanentes das intempéries. "Só uma vez", disse o Primeiro Magistrado, levando à boca o primeiro gole da cantimplora cujo forro de pele de porco, espesso e poroso, de repente cheirava igual à loja de Paris onde Ofélia comprava suas selas, rendas, freios e testeiras de equitação. "Não se reprima, senhor Presidente; isso lhe faz bem; um dia é um dia. Dia que é, além do mais, dia de glória". "Glorioso dia, com efeito" –, fez coro o Doutor Peralta. Lá fora, um trovão respondeu, o que vinha a acrescer, aqui dentro, a grata sensação de resguardo. O forte licor bebido na caverna harmonizava seus aromas de cana, ainda vegetais, com toques de barro, de musgos, como evocação distante das clássicas vinícolas onde o mosto dorme ao amparo de abóbodas profundas. Com o ânimo mais leve, o Primeiro Magistrado lembrou de um texto clássico, humoristicamente citado por ele no Conselho de Ministros – onde alardeou que era lido, recordando versos, sentenças oportunas, máximas vindas ao caso – por ocasião de alguma balbúrdia política, envolta em revoltinhas castrenses: "Soprem, ventos, e rompam vossas bochechas. E vocês, relâmpagos ativos como a ideia, anunciadores do raio que rasga as azinheiras, venham vermelhecer minha nívea cabeça"[104] ... Ao que agora o Doutor Peralta respondia, mais malicioso que shakespeareano, com as centelhas do "Punhal do Godo", tão frequentemente lançadas em nosso Teatro Nacional pelo trágico espanhol Ricardo Calvo[105], cuja dicção, muito castiça, ele remendava de maneira cômica:

Que tormenta nos ameaça!
Que noite, me ajude o céu!
Cego é o terrível acento
e o fulgor que centelha
quando sopra irado o vento
e o zênite relampeia?...

A maleta com as cantimploras foi aberta novamente para celebrar o "terrível acento" do verso de quem, com terrível acento, parecia rugir. E já com calor suficiente, com o casaco desabotoado, o Coronel Hoffmann passou a fazer

---

104 Trecho do drama shakespeariano "*Rei Lear*" (Ato 3, Cena 2).

105 RICARDO CALVO: Foi um ator espanhol nascido em 1844 que pertencia a uma família de grande tradição teatral. Atuou em companhias de prestígio e percorreu a América Hispânica na década de 1880, difundindo o repertório clássico do teatro espanhol, especialmente autores como Calderón de la Barca e Zorrilla. No entanto, sua trajetória foi marcada por certa sombra: sempre à margem do estrelato alcançado por seu irmão, Rafael Calvo, Ricardo ficou restrito a papéis secundários, apesar de seu talento e dedicação. Sua vida teve contornos trágicos — morreu em 1895 relativamente jovem, aos 51 anos, em Madrid, sem grande reconhecimento público, esquecido por muitos dos que haviam aplaudido seu esforço nos palcos do mundo hispânico.

uma contagem da campanha: até ontem, pequenos choques armados, escaramuças, tiroteios de guerrilhas, encontrões de patrulhas; por nossa parte, o mais grave, o trem explodido na saída do Túnel do Roquero, com perda de cavalos e munição, dezessete mortos e cinquenta e dois homens inutilizados por feridas mais ou menos graves. Mas o inimigo – e dirigia a luz da sua lanterna a um mapa posto obre o ondulado guano de morcegos que cobria o chão – tinha sempre retrocedido para o Rio Verde, sem tomar iniciativas de combate. Hoje, por outro lado, tivemos um grande enfrentamento: uma batalha de verdade, como só se havia visto nas Guerras da Independência. Estava claro que uma implacável preparação se fazia necessária. O inimigo havia recebido ajudas demais em partidários, montarias, reses, sacos de milho, informações passadas de povo em povo, com incrível velocidade, por esses montanheiros de merda, eternos simpatizantes de rebeliões e pronunciamentos. O conflito não era de hoje. Fazia meio século que os andinos vinham fodendo a paciência com suas marchas sobre a capital e seus caudilhos que, chegando ao Palácio da Presidência, descobriram com assombro o funcionamento das cozinhas de gás e os equipamentos sanitários, a torneira de água quente e o telefone de um quarto para o outro. Por isso, tinha sido necessário realizar, antes da batalha, uma vasta operação de limpeza: incêndio de casas e aldeias, fuzilamento sumário de qualquer suspeito, tiroteios em bailinhos, festinhas de aniversários e batizados, que não eram mais do que pretexto para a propaganda à meia voz, tráfego de notícias e concertos de levantes – sem esquecer de certos velórios em que, por estranho prodígio, não havia morto no caixão. "Mas em Santo Tomás del Ancón você exagerou", disse o Primeiro Magistrado. Triste, muito triste, sem dúvida, mas a guerra não era coisa de luva branca nem de contemplações. Era necessário observar sempre os dois principais incontestáveis de Moltke[106]: "O bem maior que se pode fazer em uma guerra e acabá-la depressa... Para acabá-la depressa são bons todos os meios, sem excetuar os mais condenáveis." Em um texto fundamental publicado pelo Grande Estado-Maior Alemão em 1902, dizia-se: "Uma guerra energicamente levada não pode ser dirigida unicamente contra o inimigo combatente, mas proceder-se-á igualmente à destruição de seus recursos materiais e morais. As considerações humanitárias só podem ser tomadas em conta se não afetamos os fins da guerra mesma." Além do mais, Von Schlieffen[107] havia dito... "Não encha tanto o saco com seus clássicos alemães", disse o Primeiro Magistrado. Von Schlieffen queria que as batalhas fossem dirigidas sobre o tabuleiro de xadrez dos mapas, a distância com linhas telefônicas, automóveis e motocicletas. Mas, nestes países atrasados sem estradas, com tantas selvas, pântanos e cordilheiras, as linhas tinham que ser feitas no lombo de mula ou de burro – pois mesmo os cavalos não serviam para certas picadas – quando não por meio de mensageiros que soubessem correr e escorrer como os *chasquis*[108] de Atahualpa. Essas batalhas ideais, levadas a luneta e binóculos, com cartas quadriculadas e aparelhos

---

106 **MOLTKE:** Helmuth von Moltke (1800–1891) foi um general prussiano e uma das figuras militares mais influentes do século XIX. Conhecido como Moltke, o Velho, ele modernizou o Exército Prussiano e foi o chefe do Estado-Maior General durante as guerras que levaram à unificação da Alemanha, incluindo a Guerra Austro-Prussiana (1866) e a Guerra Franco-Prussiana (1870-1871).

107 **VON SCHLIEFFEN:** O conde Alfred Von Schlieffen (1833–1913) foi um general e estrategista militar alemão, mais conhecido por criar o plano de guerra chamado Plano Schlieffen. Ele foi chefe do Estado-Maior do Exército Alemão entre 1891 e 1906. O plano previa evitar uma guerra em duas frentes contra França e Rússia, propondo uma rápida invasão da França através da Bélgica para garantir uma vitória rápida no oeste antes de se voltar contra a Rússia no leste. Embora o plano não tenha sido seguido exatamente durante a Primeira Guerra Mundial, ele teve grande influência na estratégia militar alemã.

108 **CHASQUIS:** Eram mensageiros ágeis e treinados do Império Inca, responsáveis por levar informações, mensagens e pequenas cargas rapidamente através da vasta rede de estradas conhecida como Qhapaq Ñan. Durante o reinado de Atahualpa, o último imperador inca antes da conquista espanhola, os chasquis desempenhavam papel fundamental na comunicação entre as diferentes regiões do império, garantindo o fluxo rápido de ordens, notícias e suprimentos.

de precisão, desde o início, faziam certos generais de bigodes kaiserianos e garrafa de conhaque ao alcance da mão, pouco amigos – ainda que houvesse algumas exceções – sonhar em se aproximar do tiroteio e do arranca-rabo... As nossas batalhas, por outro lado, teríamos que levá-las – como a de hoje – nos colhões, esquecendo as teorias ensinadas nas Academias Militares. E mais valiam, aqui, os velhos artilheiros de "três mãos para cima e duas à direita, com dedo e meio de retificação", capazes de esculpir uma pedra só com projéteis da artilharia, que os novos tenentes, podres de álgebra e geringonças balísticas que não entendiam seus subalternos, necessitados de contas no caderno para soltar um obus que, no fim das contas, pesava sempre sobre o lado mais fraco. "Na América Latina, com artilharia, metralha, e todos a parafernália moderna comprada dos ianques, a natureza nos tem brigando, ainda, como nos tempos das Guerras Púnicas – dizia o Primeiro Magistrado –: Se tivéssemos elefantes, nós os faríamos cruzar os Andes". "No entanto, Von Schlieffen..." "Seu Von Schlieffen baseava toda sua estratégia guerreira na batalha de Cannas, vencida por Aníbal." E o Mandatário, que havia dirigido as operações do dia, surpreendeu os outros revelando – ou talvez querendo lhes fazer crer... – que havia se guiado pelos *Comentários*, de Júlio César, para conduzir a ação. Três linhas de infantaria ao centro; duas, na defensiva; a terceira, atrincheirada, de reserva. Dois corpos de cavalaria; à direita, o de Hoffmann; à esquerda, o seu. Objetivo: quebrar as asas do inimigo, juntá-lo em um ponto, concentrá-lo de tal forma que suas retaguardas terminem insuficientes, e lhe cortar a retirada para o rio. Ao ver-se quase cercado, Ataúlfo Galván havia se refugiado na outra margem, deixando deste lado suas duas veladoras do sono, Misia Olalla e Jacinta a Negra que, a estas horas, deviam ter sido passadas pelas braguilhas de meio batalhão de Hussardos da Pátria, desfilando por entre as coxas deles, um por um, em profundidade. A batalha havia sido, na verdade, a de César contra Ariovisto, começando-se por amedrontar, com a infantaria, os indiozinhos e negros, mal armados, que haviam se somado aos revolucionários – para César eram Venezianos, Marcomanos, Hérulos, Tribocos...; para nós, *guahibos*[109], *guachinangos*[110], *bochos*[111] e *mandingas*[112] – até que o chefe, sua gente sobrecarregada, pusesse o Rio Verde pelo meio. Ataúlfo Galván terminava sendo igual a Ariovisto, que fugiu abandonando em uma margem do Reno suas duas soldadeiras: a de Suévia e a de Nórica. E quanto a César, não nos esqueçamos que também teve que lutar contra uns *andes* que, não sei por quê, se parecem com nossos andinos fodidos. "Ah! Que, meu Presidente!", exclamava o Doutor Peralta, admirado ante aquele conhecimento das guerras antigas. O que sei é que hoje arrebentamos Ariovisto Galván", disse Hoffmann, algo mexido pela escassa estima que o Primeiro Magistrado tinha por Moltke e Von Schlieffen... Voltaram a passar as catimploras de boca em boca. O resplandor de um relâmpago atingia a boca da caverna. O Presidente recordou a aborrecida ópera vista em Nova York onde, em uma cena, via-se, assim, uma gruta misteriosa, perdida sob a terra, com abóbodas verdinhas de fosforescências. O Coronel Hoffmann, dotado de uma forte voz que o fazia ostentar-se

---

109 **GUAHIBOS:** Povo indígena que habita principalmente a região da Orinoquia, abrangendo partes da Colômbia e da Venezuela. Tradicionalmente, vivem em áreas de savana, florestas e regiões pantanosas, mantendo modos de vida baseados na caça, pesca, coleta e agricultura de subsistência.

110 **GUACHINANGOS:** Apelido usado em Havana para designar mexicanos e pessoas do interior, especialmente com uma conotação de que eram forasteiros ou mais simples, em contraste com os moradores da capital.

111 **BOCHOS:** Expressão usada de forma depreciativa para se referir a indígenas ou a pessoas consideradas "brutas", "rudes" ou do interior profundo, especialmente por habitantes de centros urbanos venezuelanos.

112 **MANDINGAS:** Povo da África Ocidental, pertencente ao grupo linguístico mandê, com presença marcante em países como Mali, Senegal, Gâmbia e Guiné. Historicamente, desempenharam papel central na formação do Império do Mali, um dos maiores e mais ricos impérios africanos da Idade Média. Durante o tráfico transatlântico de escravizados, muitos mandingas foram levados à força para as Américas, e seu nome passou a ser associado também a práticas religiosas de matriz africana.

como *heldentenor*[113], evocando os antros de Mime e Alberich, tratou de cantar uns compassos wagnerianos, enfatizando o texto em um arranhado alemão, ainda que sem dar com as palavras que acompanhavam realmente o *leitmotiv* de Sigfried. Desprezado por sua falta de memória, posta na conta da bebida, pegou uma pedra grossa e jogou-a para os fundos da caverna. Mas o que soou de volta não foi ruído de pedra com pedra, nem de pedra caída em lodo, caída em água, mas o estalo de uma tina de barro, acertada no meio, feita em pedaços. O militar levantou a lanterna. Sobre fragmentos de argila se erguia, ali, uma horrível arquitetura humana – já apenas humana – feita de ossos envoltos em tecidos rasgados, de peles secas, furadas, carcomidas, que sustentava o crânio amarrado por um pano bordado; crânio com os ocos dos olhos dotados de tremebunda expressão, enfurecido o buraco do nariz, apesar da sua ausência, e uma enorme boca provida de dentes amarelos, como imobilizada para sempre em um uivo inaudível, sobre a miséria de falanges soltas, de costelas em desordem, de tíbias cruzadas das quais se penduravam ainda umas sandálias milenárias – e como novas, no entanto, pela permanência de seus fios vermelhos, pretos e amarelos. Aquilo era como um feto gigantesco e descarnado, que tivesse percorrido todos os trânsitos do crescimento, a maturidade, a decrepitude e a morte – voltado à condição fetal por recorrência de transcurso –, sentado lá, muito mais para lá, muito mais para cá da sua própria morte, coisa apenas coisa, ruína de anatomia que via por dois furos, sob uma asquerosa cabeleira escura, caída em mechas empoeiradas nos dois lados da face seca. E esse monarca, juiz, sacerdote ou chefe armado, fitava irritantemente, desde a idade de seus incontáveis séculos, aqueles que haviam rompido sua longeva envoltura de barro.

---

113 **HELDENTENOR:** Tipo de tenor na ópera com voz especialmente potente, resistente e dramática, capaz de enfrentar papéis longos e exigentes. É uma classificação vocal típica do repertório de Richard Wagner, cujas óperas pedem cantores com grande projeção e presença de palco para interpretar personagens heroicos e míticos, como Mime, Alberich e Sigfried.

Outras seis jarras se viam, à direita, à esquerda, junto às paredes brilhosas de águas filtradas pela montanha. Pegando vários cascalhos, Hoffmann apedrejou-as, uma depois da outra. E foram seis múmias que apareceram, de cócoras, de braços cruzados – mais ou menos despeladas, mais ou menos arruinadas em fêmures e falanges, mais ou menos acusadoras nos negrumes de suas caras – constituídas em pavoroso conclave violado, em Tribunal de Profanações. "Cruz credo! Xô! Vá pra lá!", gritaram os três, sob grande revoada de morcegos, disparados em círculos sobre suas cabeças. E ainda acossados pela visão do que ficava para trás, saíram na noite, debaixo de chuva, em direção ao acampamento onde as lonas de suas barracas derrubadas flutuavam em água barrenta. Enrolando-se nelas – apesar de molhadas – se sentaram ao pé de uma árvore grossa para esperar as luzes do amanhecer. E como o frio arrepiava, esvaziaram as últimas catimploras da Maleta Hermes. Voltando à surpreendente serenidade que achava depois de muito beber, o Primeiro Magistrado encarregou seu secretário de redigir um informe dirigido à Academia de Ciências da Nação, sobre o descobrimento das múmias, assinalando a orientação da caverna, a posição da sua entrada com relação à saída do sol, disposição exata das tinas de barro, etc., como faziam agora os arqueólogos. Além disso, a múmia principal, a do centro, seria presenteada ao *Museu do Trocadero* de Paris, onde luziria muito bem em uma vitrine, sobre suporte de madeira, com uma placa de cobre: *Civilisation Précolombienne. Culture de Rio Verde*, etc. etc. Sobre a antiguidade, os especialistas de lá já veriam, mais cautelosos nisso que os nossos, muito levados por querer demonstrar, cada vez que encontravam a asa de um cântaro arcaico, um amuleto de barro, que este era anterior, em técnicas de cerâmica, ao mais antigo do Egito ou da Suméria... Mas de todos modos, quanto mais fossem os séculos assinalados na placa, maior o prestígio para o país, possuidor, assim, de restos que poderiam se equiparar, quanto à idade, com os achados no México ou Peru, cujas pirâmides, templos e necrópoles, constituíam algo assim como a heráldica de nossas civilizações, demonstrando-se que de mundo novo ou Novo Mundo não tínhamos nada, posto que nossos imperadores luziam esplendorosas coroas de ouro, pedrarias e plumas de *quetzal*, quando os supostos antepassados do Coronel Hoffmann andavam errantes por selvas negras, vestidos de ursos, com chifres de vacas nas cabeças, e os franceses, quando a Porta do Sol de Tihahuanacu[114] já era velha, não fizeram mais que pôr de pé uns menires – pedregulhos sem arte nem graça – nas praias da Bretanha.

---

114 TIHAHUANACU: Foi uma importante civilização pré-colombiana que floresceu no planalto andino, na região onde hoje se localiza a Bolívia, perto do lago Titicaca. Estima-se que tenha alcançado seu apogeu entre os anos 500 e 1000 d.C.

Quatro

> Por corpo entendo tudo aquilo que pode preencher um espaço, de tal maneira que qualquer outro corpo fique excluído dele.
> — DESCARTES

Ainda que, depois da vitória, o Primeiro Magistrado quisesse dar algum descanso a suas tropas, procedendo-se, enquanto isso, a evacuação dos numerosos feridos de bala, baioneta, machado e facão, viu-se que era necessário cruzar hoje o Rio Verde, pois as chuvas da noite – e as que continuavam caindo – subiam o leito de hora em hora. Para a cavalaria, era possível ainda aproveitar um baixio ali perto; para a infantaria, usaram-se barcas, chalanas e botes, assim como uma jangada mofada, abandonada no matagal e que, reparada às pressas, serviu para a passagem do equipamento pesado, os canhões Krupp, seis peças de artilharia leve, a munição, as ferramentas, as conservas e caixas de gim e conhaque destinadas aos oficiais, assim como as frigideiras, panelas e braseiros das soldadeiras – tudo isso que, para grande felicidade do Primeiro Magistrado, o Coronel Hoffman designava com o nome pomposo de "logística", quando aquilo, segundo o Doutor Peralta, não merecia mais do que o título de *bugiganga, caçarolas e aguardente...* Mas agora as operações progrediram rapidamente, pois não tinham inimigos a combater, já que as tropas inconfidentes se retiravam para o mar, com o evidente propósito de se fortalecerem nas pequenas elevações que rodeavam o *Surgidero de La Verónica*, base da Frota do Atlântico, com seus dois pequenos cruzeiros de desusado esporão e canhões de alcance limitado, assim como de vários guarda-costas de tipo mais moderno, detidos agora em um cais de carena, atrás do Arsenal da Marinha de Guerra. Apesar de todos os povoados e aldeias terem sido trilhados em sua retirada pelos homens de Ataúlfo Galván, os recrutas e as soldadeiras sempre arrumavam como encontrar porcos, novilhos e galinhas escondidos em cavernas, sótãos e até panteões de cemitérios, achando garrafas de cachaça, frascos de *charanda*[115], tinas de garapa forte e sidras, enterradas em quintais caseiros, jardins da sacristia e até no pó do dos campos santos. E assim havia *mitote*[116], festança e farra, nas noites do bivaque, com desafio de ritmistas, música de viola, violão, maracas, *furruco*[117] e tambor, enquanto as mulatas e cafuzas, pardas e caboclas, sapateavam uma melhor que a outra, em compasso de *bamba, jarabe* e *marinera*, antes de se afastarem das fogueiras, enfiando-se com seus homens em alguma mata densa para dar gosto ao corpo... Em abril, ocorreram os primeiros assaltos às vanguardas do *Surgidero de La Verónica*, obrigando as tropas inimigas a se entrincheirar nos subúrbios da cidade. "Agora, faz-se realidade a sábia observação de Foch[118] – dizia o Primeiro Magistrado, citando uma autoridade francesa para provocar Hoffmann –: Quando, de dois adversários, um renunciar à ofensiva, cave trincheiras e se afunde na terra." E de cima

---

115 **CHARANDA:** Bebida alcoólica tradicional do estado de Michoacán, no México. É um destilado feito a partir da cana-de-açúcar, semelhante ao rum.

116 **MITOTE:** Dança cerimonial indígena originária de vários povos nativos do México, especialmente dos nahuas e outros grupos do centro e norte do país. Originalmente, era um ritual coletivo que misturava dança, canto, música e elementos religiosos, ligado a cerimônias agrícolas, celebrações sazonais e ritos de guerra ou cura.

117 **FURRUCO:** Instrumento musical tradicional da Venezuela, especialmente usado na música típica de Natal conhecida como gaita zuliana, originária do estado de Zulia. Trata-se de um tipo de tambor de fricção cujo som lembra o de um contrabaixo. O furruco tem papel importante no acompanhamento rítmico da gaita e é símbolo da música folclórica venezuelana.

118 **FOCH:** Ferdinand Foch (1851–1929) foi um marechal francês e uma das principais figuras militares da Primeira Guerra Mundial. Ele comandou as forças aliadas no final do conflito, coordenando a defesa contra as ofensivas alemãs e liderando o contra-ataque que levou à vitória dos Aliados em 1918.

de uma das três colinas que dominavam a população, contemplava suas cúpulas e zimbórios, seus campanários barrocos, suas velhas muralhas coloniais, com ternura emocionada. Ali havia nascido e ali os Irmãos Maristas lhe haviam ensinado suas primeiras letras (naquele edifício de dois andares e ogivas entre pilastras de cimento) com lindos livros ilustrados onde se falava das crescentes do Nilo, da doma de Bucéfalo, do leão de Ândrocles, da invenção da imprensa, e de como o rei Frei Bartolomeu de las Casas foi o advogado dos índios, e de como os esquimós, com gelo, construíam um iglu, e de como o monge Alcuíno[119], criador dos colégios carolíngios, preferia os meninos estudiosos, mesmo que fossem de condição humilde, aos filhos dos nobres, pouco aplicados e preguiçosos. Logo depois realizou um inteligente estudo conjunto da História e do Francês, com textos onde tinha mais lugar – era natural – o Vaso de Soissons que a Batalha de Ayacucho[120], mais importância tinha a jaula do Cardeal de La Balue, evidentemente, que a Conquista do Peru, dando-se mais destaque, forçosamente, ao São Luis das Cruzadas que ao Simón Bolívar de Carabobo – ainda que nos dissessem, como dado interessante, que seu nome havia passado a designar um chapéu de copa alta, muito usado em Paris pelos elegantes de princípios do século passado... Mas o menino dos manuais crescia – e o da matemática mal sabida e dos clássicos um pouco lembrados – e o Primeiro Magistrado evocava suas correrias de adolescente pelas ruas portuárias, abarrotadas de marinheiros, pesca-

---

119 **ALCUÍNO:** Foi um monge, teólogo e educador inglês do século VIII, nascido por volta de 735 e falecido em 804. Ele teve papel fundamental na renovação cultural e intelectual da Europa durante o reinado de Carlos Magno, ajudando a preservar e transmitir conhecimentos clássicos e contribuindo para a Renascença Carolíngia.

120 **BATALHA DE AYACUCHO:** A Batalha de Ayacucho ocorreu em 9 de dezembro de 1824, no Peru, e foi um confronto decisivo na luta pela independência da América do Sul contra o domínio espanhol. As forças independentistas, comandadas pelo general Antonio José de Sucre, enfrentaram o exército espanhol liderado pelo vice-rei José de la Serna. A vitória dos independentistas garantiu o fim do domínio colonial espanhol na maior parte da América do Sul, consolidando a independência do Peru e abrindo caminho para a libertação de países como Bolívia, Equador e partes da Colômbia. A batalha é considerada um marco histórico fundamental para a independência latino-americana.

dores, mascates e putas, com suas alegres tabernas que se chamavam: "Os triunfos da Vênus de Milo", "Os homens sábios sem estudos", "Os gozadores", "O barco em terra" ou "Meu escritório" – com seus comércios de anzóis, potes e redes, suas linhas, seus carrinhos que levavam ostras, lulas e carapaus, ao longo de calçadas onde o cheiro de breu, salmoura e anchova em bateia, se misturava com os perfumes e essências de jasmim e nardo das mulheres de fino trato... Ali estava, a seus pés, a *Villa de La Verónica*, tão semelhante ainda à gravação em cobre que um artista inglês fez dela cem anos antes, com figuras de escravos e de amos a cavalo em primeiro plano; ali estava, com a vista do seu Palácio do Santo Ofício, em cujo pátio alguns índios e negros acusados de feitiçaria haviam sido açoitados, vaiados pela multidão, cobertos de excrementos e lixo, em tempos muito passados... Ali estava a *Villa de La Verónica*, com aquele casarão de três andares e dois telhados – para-raios, pombal azul-celeste e o chiado do cata-vento de galo – onde seus filhos tinham nascido quando, arrastando a pobre vida de jornalista provinciano, só podia oferecer aos seus, certos dias, um melado, uma rapadura, um tablete de açúcar para adoçar, uma fervura de plátanos e pão velho, em um único prato antes de dormir. Ali naquele pátio caiado, os do seu sangue tinham começado um salto de amarelinha que, jogando e jogando, em sequência aos temerários jogos políticos do pai, os havia levado, de casinha em casinha, de número em número, em ascendentes espirais do jogo do ganso, do *Surgidero* à Capital, da Capital às capitais de Capitais, subindo sempre, de nosso âmbito mínimo e portuário ao mundo ilimitado, mundo velho, Novo mundo para eles, mesmo que essa epifania da fortuna se entristecesse com um drama recaído entre gozos e iluminações. Ofélia era quem era – *sum qui sum* desde pequena e não seria outra – e, sendo como era, seria igual, em gênio e figura, à menina arrebatada, empenhada, ao mesmo tempo tenaz e instável, que tinha sido até ali, desde que descobrira o universo na base da cabra-cega, cai, cai balão, Teresinha de Jesus, atirei o pau no gato, marcha soldado e pombinha branca o que está fazendo. De Ariel, não tinha queixas: nascido para diplomata, enganava os pais desde pequeno, respondia às perguntas com perguntas, mentia que era um gosto, dançando na corda bamba, com o peitoral de condecorações, percorrendo – quando pressionado a esclarecer algum acontecimento desagradável – o imediato manejo de um prontuário de ambiguidades, como teria feito o Chateaubriand das chancelarias em semelhantes apuros. Com Radamés, a desdita, entre muitos êxitos, tinha sido tão dura como taxativa, e disso sobravam referências fotográficas nos jornais do mundo: empenhado em competir com Ralph de Palma em uma corrida automobilística de Indianápolis, voou ao céu, sobre o asfalto quente da sexta milha, por ter colocado éter demais na gasolina, para ficar mais leve, explosiva e dinâmica. (Reprovado em um exame da Academia Militar de West-Point, tinha tratado de esquecer o revés em uma bebedeira de respeito...) E ali, saltitando nos quadrados da amarelinha, via, de bermudas, Marco Antonio, seu filho mais novo, o evanescente, o invisível do clã, perdido como estava na ramagem de árvores que não eram destas terras, mas de uma selva genealógica onde tinha ido parar – somente por ter sido o menos "adiantado" da família, o mais exótico em figura, por seu perfil e olhos. Bastante *Fantasio*so – louco, como dizemos aqui –, levado por impulsos do momento, tinha sofrido uma crise mística, adolescente, ao comprovar um dia, ante o espelho de uma cristaleira, que o sexo se entrançava em uma purgação de garatujas. Absurdamente empenhado em ir a Roma para beijar a sandália do Sumo Pontífice e se curar em permanganatos eclesiásticos, não tinha passado das antessalas dos camarlengos, onde, por ocasião de um encontro com um lustrador de brasões, havia se convencido de que era descendente, por linha bastante torcida, colateral, indireta e entrevada, dos Imperadores de Bizâncio, cujo último Paleólogo morrera na ilha Barbada, com descendentes que passaram para o nosso país. Esqueceu sua aspiração mística e comprou com muitos pesos um título de *Limítrofe* (sic: veja-se o Código de Justiniano), Conde de Dalmácia para o caso, andava passeando sua flamante nobreza pela Europa, Título entre Títulos, zeloso de Títulos, especialista em Títulos, deitando-se com mulheres de Título – que muito sabiam de uma virilidade comentada de boca em boca por quem já havia comprovado as virtudes, bem conhecidas por nós, de um "bejuco-garanhão"[121] muito usado por nossos idosos acesos. Com tais méritos levava uma vida que o conduzia das pastagens andaluzas aos prédios de Peñaranda, dos vetustos palácios venezianos às caçadas de urogalos, das régias montarias de Kolodje às regatas alfonsinas de San Sebastián, correndo, rodando, sobre um mapa de nobrezas bastante desbotadas e decaídas, onde já cobravam valor e prestígios coisas como os escudos de Armour[122] e Swift[123] norte-americanos, as aristocracias ketchupeanas da Libby, assessorado em seus rompantes de grandeza por um Gotha (seu nome ficava sempre para a próxima edição) estudado, sabido e educado, com aplicação de rabino interpretando o Talmude, de um Saint-Cyran[124] traduzindo a Bíblia por três vezes para melhor alcançar as sutilezas de seu vocabulário, os recônditos de sua hermenêutica. Marco Antônio era, ao mesmo tempo, inteligente e sem utilidade, agitado, comedor como seu pai era e estranho, no entanto, a suas angústias, carne de uma carne que lhe fosse alheia, proclamando que era uma animal de luxo, heraldo de nossa cultura, fator necessário para nosso prestígio internacional, lunático, *dândi*, colecionador de luvas e bastões, nega-se a pôr camisas que não tivessem sido passadas em

121 **BEJUCO-GARANHÃO:** Planta das Antilhas conhecida por suas propriedades afrodisíacas, entre outras, que se encontra por todo território cubano.

122 **ARMOUR:** Philip Danforth Armour (1832–1901) foi um industrial estadunidense pioneiro na indústria de processamento de carnes.

123 **SWIFT:** Gustavus Franklin Swift (1839–1903) foi um empresário estadunidense pioneiro na indústria da carne e um dos principais responsáveis pela revolução no processamento e transporte de produtos cárneos nos Estados Unidos.

124 **SAINT-CYRAN:** Jean Du Vergier, conhecido como Du Verger de Hauranne, foi o abade de Saint-Cyran (1581–1643), uma importante figura religiosa e intelectual francesa do século XVII. Ele é mais conhecido por ser um dos principais propagadores do jansenismo, um movimento dentro do catolicismo que enfatizava a predestinação, a graça divina e uma vida moral rigorosa, influenciado pelas ideias de Santo Agostinho. Viveu em conflito com o poder da Igreja e da monarquia francesa, que viam o jansenismo com desconfiança.

Londres, castigador de artistas famosas, buscador de herdeiras da Cadena Woolworth (sonhava com Anna Gould que havia dado um palácio de mármore rosado a Boni de Castellane), cinco vezes divorciado, aviador aos poucos, amigo de Santos Dumont[125], campeão de polo, esquiador em Chamonix, juiz de duelos com Athos de San-Malato[126] e o cubano Laberdesque, hábil picador vendado, milagreiro de roleta e bacará, ainda que muito distraído e hamlético, às vezes, em assinar numerosos cheques sem fundo que iam parar, por ofício de justiça, em nossas advertidas embaixadas... E ali estava, aos pés do Primeiro-Magistrado, aquele *Surgidero de La Verónica* onde, em uma placa posta junto a uma porta, se inscrevia a data de seu nascimento e onde Dona Hermenegilda teria se queixado de seus quatro partos debaixo dos tules de um mosquiteiro azul, como o pombal lá fora... E essa era a Vila que cairia nas mãos das tropas governamentais, intacta, sem feridas de obus, por capitulação de quase todos os oficiais inconfidentes, um histórico 14 de abril... Encontrando-se abandonado por seus homens de maior confiança, sem patrão de barco ou goleta que quisesse levá-lo, o General Ataúlfo Galván encerrou-se no velho Castillo de San Lorenzo, construído por ordem de Felipe II no pico de uma pedra e dente-de-cão que estreitava a entrada do porto. E aí, no dia da rendição, o Primeiro Magistrado desembarcou no meio da tarde, seguido do Coronel Hoffmann, do Doutor Peralta, e de uma dúzia de soldados. O vencido esperava, silencioso, no meio do pátio de honra. Seus lábios se moviam estranhamente, sem que a voz acompanhasse, como querendo emitir palavras que não soavam. Com um lenço xadrez tratava de secar o suor que descia do quepe – tão chuvisçoso que pintava o pano da túnica com gotas escuras. O

125 **SANTOS DUMONT**: Inventor e pioneiro da aviação nascido no Brasil, em Minas Gerais. Radicado na França, ganhou fama internacional no início do século XX por seus experimentos bem-sucedidos com balões dirigíveis e, sobretudo, com o avião 14-bis, que realizou em 1906, em Paris, o primeiro voo homologado de um aeroplano com decolagem própria, sem auxílio externo.

126 **ATHOS DE SAN-MALATO**: Renomado esgrimista italiano do final do século XIX e início do século XX, conhecido por sua elegância, habilidade técnica e envolvimento em duelos de destaque.

presidente se deteve, olhando longamente, como se lhe medisse a estatura. E, de repente, seco, cortante: "Acabem com ele!". Ataúlfo Galván caiu de joelhos: "Não... Não... Isso, não... Chumbo, não... Por sua mamãezinha... Não... Pela Santa Dona Hermenegilda, que tanto me amava... Você não pode me fazer isso... Você era como meu pai... Mais que um pai... Deixe-me falar... Me entenderá... Fui enganado... Escute-me... Por sua mamãezinha"... "Acabem com ele!" Foi arrastado, gemendo, chorando, implorando, até a muralha do fundo. Hoffmann formou o pelotão. Incapaz de ficar de pé, o vencido se escorou na parede; o dorso resvalou lentamente sobre a pedra, ficando sentado, de botas à frente, as ponteiras vesgas, com as mãos apoiadas no chão. Os canos dos fuzis seguiram sua descida, detendo-se na justa inclinação. "Apontar!" A ordem reafirmou a posição de tiro já adotada. "Não... Não... um sacerdote... A confissão... Sou cristão"... "Fogo!"... Cápsulas ao chão. Tiro de graça, porque era o correto. Alvoroço de gaivotas. Brevíssimo silêncio. Joguem-no ao mar – disse o Primeiro Magistrado: Os tubarões farão o resto."

Esse assunto tinha terminado. Mas restava outro, talvez mais grave: minimizado por nós em seu potencial de arrasto e combatividade, deixado de lado pela emergência de uma urgente missão militar, solto e ativo em Nova Córdoba, que de sua Prefeitura disparava manifesto atrás de manifesto contra o Governo, o Doutor Luis Leoncio Martínez tinha se fortalecido muito, muito mesmo, na cidade onde haviam se juntado estudantes, advogados provincianos, espíritos socializantes, além de alguns jovens oficiais recém ingressados na Escola de Cavalaria de Saumur, que constituíam a *intelligentsia* do exército – *intelligentsia* oposta aos de Walter Hoffmann, e aos que, como ele, haviam se formado com instrutores alemães e amavam o capacete com ponta. Ali, os revoltosos reunidos em sessão permanente, insones e desabotoados, queimando cigarros por grosso, ébrios de café preto e tagarnina remascada, arguindo, discutindo, atacando, imprecando, com afãs de pureza dignos de um Comitê de Saúde Pública[127], redigiam um Plano de Reformas cada vez mais radical à medida que as horas passavam e que, passando pela abertura de processos por peculato e investigação de enriquecimento ilícito, chegavam a um arriscado projeto de redução de latifúndios com repartição de terras. Pelos correios soubemos nesta mesma manhã que o Primeiro Magistrado havia se inteirado da índole real de acontecimentos que, no começo, contemplara com certa ironia: "Coisas de utopista vegetariano", tinha dito. Mas agora, em Nova Córdoba – entre comícios, reuniões, proclamas e declarações –, procedia-se a uma intensíssima instrução militar de estudantes e operários, sob o comando de um obscuro Capitão Becerra – entomólogo nas horas vagas – nomeado Chefe Militar da praça. E, vendo que o movimento ganhava envergadura, com assomos de um sindicalismo inspirado em doutrinas forâneas, antipatrióticas, inadmissíveis em nossos países, o Embaixador dos Estados Unidos oferecia uma rápida intervenção de tropas norte-americanas para salvaguardar as instituições democráticas. Precisamente, uns encouraçados estavam em manobras pelo Caribe. "Seria humilhante para nossa soberania – observou o Primeiro Magistrado –: Esta operação não vai ser difícil. E há que se mostrar a esses gringos de merda que nós bastamos para resolver nossos problemas. Porque eles, além do mais, são dos que vem por três semanas e ficam dois anos, fazendo os grandes negócios. Chegam vestidos de cáqui e saem forrados de ouro. Olha o que o General Wood[128] fez,

---

127 **COMITÊ DE SAÚDE PÚBLICA:** Também conhecido como Comitê de Salvação Pública, foi um órgão criado na França pela Convenção de 1793 para concentrar o poder executivo. Acabou sendo suprimido dois anos depois.

128 **GENERAL WOOD:** Leonard Wood (1860–1927) foi um médico, militar e administrador americano com papel marcante na história dos Estados Unidos no final do século XIX e início do XX. Ganhou destaque ao servir como médico do Exército e por seu envolvimento na Guerra Hispano-Americana de 1898, quando, ao lado de Theodore Roosevelt, comandou o famoso regimento dos "Rough Riders" em Cuba. Após a guerra, Wood foi nomeado governador militar de Cuba (1899–1902), onde implementou reformas administrativas e sanitárias. Mais tarde, atuou como governador-geral das Filipinas (1921–1927), defendendo uma política mais dura em relação à autonomia filipina.

em Cuba"... Passaram três dias em inspeção e reparação das linhas da Ferrovia do Leste, e, depois de uma grande missa de campanha em que rogaram à Divina Pastora pelo triunfo das armas nacionais, vários comboios seguiram a rota para a nova frente, com grande estrondo de vivas e risos sob as bandeiras e pavilhões dos regimentos. Era quase meia noite quando o último trem saiu, entre apitos e escapes de válvulas. Sobre o teto dos vagões e carretas, homens de *ruana*[129] e mulheres de *rebozo*[130], afinados em hinos e canções, enquanto as garrafas de rum branco corriam, à luz de lanternas e faroletes, dos carvões da locomotiva aos olhos acesos do vagão traseiro: *Se Adelinha fugisse com outro, eu a seguiria por terra e por mar; se por mar num navio de guerra; se por terra, em um trem militar...* E, atrás, a noite dos sapos nas marés pretas do *Surgidero*, de volta à paz de seus lentos afazeres provincianos, com tertúlias nas barbearias, cochicho de velhas nos portões, e, para os jovens, jogos de loteria e jogos de prendas, depois do rosário rezado, em família, com a mente posta nos quinze mistérios da Virgem Maria.

---

129 **RUANA:** Tipo de capote ou poncho, feito de pele de animal e usado para proteger do frio.

130 **REBOZO:** Peça tradicional do vestuário feminino do México e de outros países da Mesoamérica. Trata-se de um xale comprido, geralmente feito de algodão, lã ou seda, usado para cobrir os ombros, a cabeça ou enrolado ao corpo.

Cinco

Os soberanos têm o direito de
modificar um pouco os costumes.
— DESCARTES

Fundada em 1544 pelo Adiantado Sancho de Almeyda, a cidade de Nova Córdoba se pintava sobre os desertos circundantes – areais de açafrão, anêmicos ramos de ervas, cactos, espinhos, acácias que cheiravam a suor de enfermo... – com cegantes brancuras de casario marroquino, à beira de um rio, seco dez meses ao ano, que se cavava, em curso sinuoso, entre pedregais eriçados de ossos, chifres, cascos e unhas de animais mortos de sede. Sob um céu sem nuvens abutres, carcarás e urubus voavam, desde apressados amanheceres até crepúsculos avermelhados, sobre ondulados montes de minério, seccionados, cavados, talhados à picareta, cinzel e macete, cujas redondezas originais haviam sido transformadas geometricamente pelos homens que, há muitos séculos, extraíam as larvas das escórias ocultas em suas entranhas. Eram como assentos, reclináveis, poltronas de gigantes, os entalhes feitos na rocha por mãos calosas, enegrecidas, com joanetes, dos peões da *Du Pont Mining Co.* que, aos volumes euclidianos criados pelo trabalho, haviam oposto um disforme panorama de taludes, escarpas, colinas de dejetos, escombros, minerais, cascalhos e calhaus, que acrescentavam sua desolação à esterilidade dos páramos. E ali, na comarca mais árida do país, erguia-se, com encosta de palmas e figueiras, esta Nova Córdoba, rebelde, doutrinada, combativa, que agora desafiava as tropas – vitoriosas no Leste – do Primeiro Magistrado. Ao redor de um seco catedrático universitário, milhares de inimigos do regime haviam se constituído em Legião Sagrada. E, para defender as imediações da cidade, as tropas do agora General Becerra tinham tido tempo de sobra para organizar uma forte linha defensiva, com toda uma rede de trincheiras e *blockhauses* rodeados de cercas e cavalos de arreios feitos com as polias destinadas a uma linha ferroviária. Contemplando essas obras militares através de seus binóculos, o Primeiro Magistrado tinha murmurado, em tom de piada que mal escondia sua contrariedade: "É o que eu sempre digo. Nestes países só valem duas estratégias: as de Júlio César ou as de Buffalo-Bill"[131]. E no Grande Conselho do Estado-Maior, resolveu-se que o mais adequado à situação imediata era proceder com um assédio clássico, cortando todas as rotas de comunicação dos rebeldes com as pequenas populações do norte – também despertas – que lhes supriam com alimentos e apetrechos: "Até a água potável tem que ser trazida de outras partes! Aqui o clima trabalha para nós...". E, com as barracas montadas a uma distância razoável das linhas defensivas, de onde saíam poucos disparos, já que o inimigo não podia gastar munições em tiroteios inúteis, começou a espera. Transcorreram os dias entre partidas de baralho, de dominó, de xadrez; alguns jogavam boliche com garrafas vazias; outros faziam concurso de pedradas ao branco de um crânio de boi preso a uma estaca. Na falta de outras leituras, o Primeiro Magistrado passou a folhear os livros clássicos, de tática militar, que o Coronel Hoffmann levava sempre em sua bagagem. E, para provocar o "prussiano com a avó negra no quintal dos fundos" – como diziam os engraçadinhos da oposição –, citava,

131 BUFFALO-BILL: Nome artístico de William Frederick Cody (1846–1917), um caçador, batedor do exército, empresário e showman estadunidense. Ganhou fama inicialmente como explorador e mensageiro no Velho Oeste, mas se tornou uma figura lendária ao criar o espetáculo *"Buffalo Bill's Wild West"*, uma combinação de teatro e circo que encenava batalhas, caçadas e cenas da fronteira dos EUA.

com intencionais gargalhadas, as bobagens mais retumbantes que lhe surgiam: "Escuta, escuta", dizia. E empostando a voz: "A vitória resulta do fato de ter ganhado a batalha" (Scharnhorst[132]). "Entre duas tropas jovens e de igual valor, ganhará a que tiver maior número" (Scharnhorst). "Quem está na defensiva pode passar à ofensiva" (Lassau). "Só a batalha pode gerar um resultado" (Lassau). "É necessário que a cabeça tenha comando, pois é ela quem conduz o raciocínio" (Clausewitz[133]). "O chefe deve conhecer a guerra e seus azares" (Moltke). "É mister que o chefe saiba o que quer e tenha uma vontade decidida de vencer" (Von Schlieffen). "Um cenário geral de operações só apresenta três zonas: uma, à direita; uma, à esquerda; uma, ao centro" (Jomini[134]). "Onde não há centro, não há esquerda, direita – comentava o Primeiro Magistrado entre risadas –: e essas são as baboseiras que ensinam a vocês na Escola Militar?" ... Passavam os dias em uma inatividade que o calor e as moscas tornavam exasperante, até que, uma manhã, usando um atavio de capacete-explorador com revestimento de cortiça, tapa-nuca de gaze, calças curtas – vestido à maneira de Stanley em busca de Livingstone –, o Senhor Embaixador dos Estados Unidos apareceu no acampamento. As notícias eram graves. Umas investidas armadas, dirigidas por agentes do que já chamavam O *Caudilho de Nova Córdoba*, haviam violado a zona bananeira do Pacífico, apoderando-se de duzentos mil dólares guardados em um dos escritórios da *United Fruit*. Os trabalhos da *Du Pont Mining Co.* estavam paralisados, com ruinosa imobilização de navios em Porto Negro. Além do mais,

---

132 **SCHARNHORST:** Gerhard Johann David von Scharnhorst (1755–1813) foi um general prussiano e reformador militar de grande importância para a modernização do exército da Prússia no início do século XIX.

133 **CLAUSEWITZ:** Carl von Clausewitz (1780–1831) foi um general prussiano e teórico militar, considerado um dos mais influentes pensadores da estratégia militar moderna.

134 **JOMINI:** Antoine-Henri Jomini (1779–1869) foi um general suíço e um dos mais influentes teóricos da estratégia militar no século XIX. Serviu tanto no exército francês, sob Napoleão, quanto mais tarde no exército russo. Ao contrário de Clausewitz, que via a guerra como um fenômeno complexo e político, Jomini tratava a estratégia quase como uma ciência exata, buscando regras universais aplicáveis a qualquer conflito.

era necessário acabar com as místicas socializantes do Doutor Luis Leoncio Martínez. Não íamos mais tolerar o enaltecimento de outro Madero[135] nesta América mais abaixo. Se o país não voltasse imediatamente a um regime de calma e respeito às propriedades estrangeiras, a intervenção norte-americana seria inevitável. Ante tamanha coerção, o Primeiro Magistrado assegurou que as operações decisivas seriam empreendidas em menos de quarenta e oito horas. E, no dia seguinte, oferecendo todas as garantias desejáveis por via do parlamento militar, convidou-se o jovem General Becerra ao acampamento onde, sem estrépito nem gesto que pudesse ferir sua honra, dispararam nele um tiro de fuzil de cem mil pesos com algo também – uma gorjeta de vários zeros – para os dois tenentes que o acompanhavam. E, ao anoitecer, as bandeiras brancas foram içadas sobre as trincheiras e *blockhauses*, anunciando-se aos habitantes de Nova Córdoba, mediante proclame, que a capitulação – considerando-se o armamento superior das forças governamentais – havia sido aceita com o fim humanitário de evitar inúteis derramamentos de sangue... Mas foi aí que se ergueu repentinamente, agigantada, tremendona, vociferante, a pessoa de Miguel Estátua, que chamavam assim por ser forçudo, impassível no trabalho e no caminhar, de alçada humana descomunal, com seus ombros largos, abertos em ângulos sobre o vértice de uma cintura tão magra que sempre tinha que abrir buracos adicionais nos cintos de couro para que a fivela de prata, ornada com as iniciais – seu único luxo –, fechasse com firmeza no meio da barriga. Mestre de brocas, bom conhecedor da dinamite cujos cartuchos levava quasse sempre na boca quando fazia voar algum pedaço da pedreira, o negro tinha-se feito famoso no país inteiro, há alguns meses, por sua descoberta de que podia tirar animais das pedras. Sim. Havia sido assim. Ele sabia, desde o início, que as árvores da

135 **MADERO:** Francisco Madero, (1873-1913) político mexicano que subscreveu o Plano de São Luís contra a reeleição e encabeçou o movimento que derrubou Porfírio Díaz. Presidente do México entre 1911 e 1913, foi derrotado por uma revolta militar e acabou sendo assassinado.

mata são seres vivos, com quem é possível falar, e que, quando lhes dissemos as palavras adequadas, respondem com o crepitar e o movimento de seus ramos. Mas um dia, ali em cima, naquela encosta, havia encontrado uma pedra gorda, que tinha como dois olhos e um assomo de narizes com esboço de boca. "Tire-me daqui", parecia lhe dizer. E Miguel, pegando sua broca e seu martelo, tinha começado a rebaixar aqui, a desbastar ali, liberando patas dianteiras, patas traseiras, um dorso ligeiramente curvado no meio, e achou-se ante uma enorme rã, graças às suas mãos, que parecia lhe agradecer. Carregou--a nos ombros, levando-a para sua casa e acabou e desbastá-la com uma talhadeira mais fina, poliu com papel de lixar, colocou-a sobre uma caixa de madeira, olhou a rã e viu que a rã era boa. Entusiasmado com seu descobrimento, Miguel começou a ver as rochas soltas, os xistos, as matérias duras que o rodeavam, com olhos novos. Aquilo, que estava jogado ali, era um morcego, pois apareciam as pontas das asas. Ali havia um pelicano, com o bico tristemente dobrado sobre o papo. Daquele pedregal um cervo queria fugir, desde sempre largado, à espera de liberação. "A montanha é uma cadeia que encerra os animais – dizia Miguel –: Os animais estão dentro: o que acontece é que não podem sair até que alguém lhes abra a porta." E Miguel começou a dar à luz com suas muitas talhadeiras – tinha de ponta, de paleta, de rosca, de fio em ponta – pombas enormes, búfalos, javalis, cabritas prenhes e até uma anta, que apareceu na sua frente do tamanho certo. E Miguel olhou tudo aquilo, a pomba, o búfalo, o javali, a cabra, a anta, e viu que tudo era bom, e como estava cansado de tanto trabalhar descansou no sétimo dia... Tinha todas as suas peças alinhadas em um galpão abandonado da *Nova Córdoba Railroad Co.*, já inservível para a manutenção de vagões e carretas, onde as pessoas vinham, aos domingos, ver a galeria de animais. Sua fama se estendia. Um jornal da capital tinha publicado uma reportagem sobre sua pessoa, qualificando-o de "gênio espontâneo". Porém, quando lhe vieram os da Câmara Espanhola de Comércio com a proposta de que fizesse uma estátua do Primeiro Magistrado,

Miguel respondeu: "Não me inspira. Eu não tiro retratos por encomenda". Desde então era tido – mesmo que sem maiores fundamentos – como desafeto do regime. Mas outros – os do Ateneu – o defendiam: "É que não se atreve com a figura humana. Não é por ideia política, é por temor ao fracasso." E demandaram os sacerdotes para que se aproximassem dele, e pedissem as imagens dos Quatro Evangelistas, destinados a enquadrar a ampliação do jardim dos cônegos da Divina Pastora. "Não posso tirar homens da pedra", respondeu Miguel. Mas ao saber que Marcos andava com um leão (havia visto um, recentemente, no circo que dava sessões em povos nas redondezas), que Lucas se entendia com um touro (touro era touro em todo lugar), e João com uma águia (aqui não temos águias, mas todo mundo sabe como é uma águia), aceitou o trabalho, começando por talhar animais simbólicos que se atribuíam aos Viventes do Apocalipse, deixando para depois um Mateus, cuja "cara de jovem" não conseguia vislumbrar. Mas trabalhava, trabalhava, trabalhava, tirando da pedra, pela primeira vez, uns rostos humanos coroados de auréolas que afinava – já não com talhadeira, mas com cinzéis trazidos da capital – até ficarem como facas... E em tais afazeres estava, quando soube da capitulação imunda. Ao ponto que soltou as ferramentas e foi para a rua. De repente, o sonhador, o reinventor de animais e pessoas, o abstraído, o raro, levantou a voz nas encruzilhadas, levantou sua própria estatura, e se fez tribuno, se fez chefe, e se fez caudilho popular. Tanta era sua autoridade, que o escutavam e obedeciam. Mandou arriar bandeiras brancas, e foram arriadas as bandeiras brancas, e Miguel Estátua viu que era bom arriar as bandeiras brancas, e bom também retomar o combate. Com um cartucho de dinamite em cada mão, com uma mecha acesa sobre o ombro, proclamou a necessidade de resistir até que, na luta, se conseguisse que o pão de hoje fosse o Pão de Hoje, ganho hoje e comido hoje, sem dever às mercearias das companhias ianques, nacionais ou "associadas", que regiam as minas, pagando os trabalhadores com vale-compras. Em um instante organizou, chamando a quem o escutasse, uma companhia de dinamiteiros e outra de sapadores[136]. E, levantados por uma palavra que soava em termos de verdade, ainda que fosse tosca e mal falada – eloquência de entranhas, clamante e rude, mais convincente que qualquer arenga de grande estilo –, os estudantes, os da *intelligentsia*, os de marreta, os de vasos, os de alpargata e os de sandália – que já não confiavam em um Luis Leoncio MartÍnez apequenado, que continuava dirigindo proclamas ao país, pedindo socorro a pessoas quase ignorantes de sua existência, declarando que contava com o apoio de províncias que não tinham se movido – afirmaram sua decisão de lutar até onde suas forças conseguissem... Mas não bastava que mobilizassem os adolescentes, mulheres jovens, meninos corajosos, enquanto as velhas fiavam tecidos para vender e os anciãos, nas forjas, transformavam armações de ferro em lanças: estavam em uma cidade aberta, sem muralhas antigas – como as que havia em outras partes –, nem edifícios que pudessem servir de bastiões, com ruas cujas últimas casas de adobe se dispersavam nas poeiras do páramo. E, apesar de caminhos minados, onde, no fragor de uma explosão, voavam corpos partidos, destroçados, largando braços e pernas; apesar de uma encarniçada luta de quintal em quintal, de sótão em sótão, levadas pelos defensores com velhas Winchesters, escopetas de caça, trabucos tirados de panóplias, revólveres Colt, fuzis de baioneta e três ou quatro metralhadoras Maxim que, por falta de água, tinham que ser esfriadas com urina, as tropas governamentais se apossaram da praça, cercando a catedral onde uma centena de desesperados haviam se trancado, com o resto do parque, disparando por janelões, lucarnas e rastrilhos. Os mais perigosos eram os atiradores do campanário que tinham sob pontaria todo mundo que avançasse pelas ruas que desembocam na Praça Maior. As horas passavam e estavam lá, entre um taco comido aqui e uma cachaça conseguida lá, sem poder ocupar completamente os já abandonados edifícios municipais, de fachada e galerias

136 **SAPADORES:** São trabalhadores especializados em atividades militares ou civis relacionadas a engenharia, construção e demolição.

postas na mira desse punhado de fodidos de ainda deviam ter balas e alimento para um tempo. Hoffmann tinha seus canhões Krupp prontos, trazidos em caminhões de bois até o local onde pudessem apontar para a torre. Vários animais, por sua aparência vistosa e o arraste lento, tinham sido feridos por cima; porém, ainda assim, ensanguentadas e tudo, caída a segunda da terceira junta, vomitando baba a primeira da segunda, trouxeram sua carga onde haviam de levá-la. Mas o Primeiro Magistrado, por sua vez, mostrava-se vacilante: aquele era o Santuário Nacional da Divina Pastora, patrona do país e do exército. Objeto de devoção, destino de peregrinações, joia da arquitetura colonial... "Mas que porra! – dizia o Coronel Hoffmann, que era luterano –: Não se faz a guerra com santinhos." Ao fim e ao cabo todo edifício podia ser restaurado. E toda restauração implicava melhoras no que se refere à solidez e permanência para o futuro. "E se a Divina Imagem terminar quebrada?", perguntava o Primeiro Magistrado. "No bairro de Saint Sulpice, em Paris, vendem umas, muito bonitas", lembrava o Doutor Peralta. "O que esperam para acabar com esses *Son of a bitch?*" – perguntava o *attaché* militar norte-americano –: Nossos fuzileiros navais já teriam liquidado o assunto. Não são sentimentais como vocês..." "Vejo que não há mais remédio – disse, por fim, o Primeiro Magistrado –: Se Pilatos lavou as mãos, eu tapo os ouvidos." "Imperativo de ordem estratégica" – disse Hoffmann. Os canhões Krupp se calaram em ângulo de tiro. O Artilheiro Velho apontou "três mãos para cima, duas à direita, e um dedo e meio de retificação", etc., e foi o primeiro disparo. Partida ao meio, a torre largou os sinos sobre o teto do santuário, em um estrondo de pedras e esculturas caídas. Disparou a segunda peça – esta por cálculos e logaritmos – que acertou na porta principal, atravessando o altar-mor sem tocar a estátua da Divina Pastora que ficou ali, intacta, indiferente, parada em seu oratório, sem nem titubear – prodígio que foi lembrado, desde então, como "O Milagre de Nova Córdoba". "A Virgem estava conosco!", gritaram os vencedores. "A Virgem – disse o Primeiro Magistrado, aliviado – não podia estar com um ateu, crente em mesas que falam e deuses de seis braços" ... E aí começou o pega: as tropas soltas, debandadas, incontíveis, deram caça a homens e mulheres, à baioneta, à marreta, à faca, estirando os cadáveres transpassados, abertos, descabeçados, mutilados, no meio das ruas, para melhor exemplo. E os últimos combatentes – uns trinta ou quarenta – foram levados ao Matadouro Municipal onde, entre couros de reses, vísceras, tripas e peles de animais, sobre charcos de sangue coagulado, foram pendurados nos ganchos e anzóis, pelas axilas, pelas virilhas, pelas costelas ou pelo queixo, depois de esmagados a chutes e coronhadas. "Quem quer carne no espeto? Quem quer carne no espeto? – gritavam os executores, imitando pregoeiros, dando outra estocada em um agonizante, antes de posar ante a câmera de um fotógrafo francês, Monsieur Garcin, que vivia na cidade há muito tempo (as más línguas diziam que era evadido de Cayena) fazendo retratos de família, bodas, batizados, primeiras comunhões, e "anjinhos" deitados em seus pequenos ataúdes brancos. "Façam caras de felizes!" – dizia aos soldados, depois de mudar uma placa, ao apertar a pera de borracha –: Dois pesos e cinquenta a meia dúzia, tamanho postal, com uma ampliação, colorida à mão, para recordação... Não se movam... Já foi... Outra, agora... Com os quatro espetados de lá... Outra com esses pendurados... A mulher, baixem a saia para que não vejamos a coelhinha... Outra, com aquele com o tridente na tripa... Temos desconto para quem quiser uma dúzia" ... Os urubus, abutres e carcarás voavam baixo sobre os pátios do Matadouro Municipal. Dos postes do telégrafo, dos álamos do parque, das varandas da Prefeitura, penduravam-se cachos de enforcados. Alguns fugitivos, laçados como novilhos de rodeio, eram arrastados pela cavalaria sobre os pisos de paralelepípedos e pedregulhos. Uns cinquenta mineiros com os braços para o alto, passaram pelas armas no estádio de baseball inaugurado, poucos meses antes, pela *Du Pont Mining Co.* Ao pé da Divina Pastora erguida sobre o chamuscado altar, nas ruínas de sua santa morada, havia uma pilha embaralhada de formas humanas, que emergiam, como coisas desgarradas, fora de contexto, uma perna, uma mão, uma cabeça imobilizada em sua última expressão. Ainda soavam descargas de fuzil no bairro dos mineiros, onde os soldados, levando cubos de petróleo, colocavam fogo nas casas ainda cheias de gritos e súplicas... E, à meia-noite, houve uma explosão enorme, no esquecido hangar de *Nova Córdoba Railroad Co.* Miguel Estátua acabava de estourar a dinamite, com todas as suas criaturas de pedra. Alguns pedaços de Evangelistas voaram por sobre a tropa, matando três soldados à corte de nimbos afiados como lâminas pelos cinzéis do dinamiteiro inspirado.

Com o máximo foco de resistência destroçado, o Primeiro Magistrado regressou à Capital, encarregando Hoffmann, promovido ao cargo de General pelos serviços prestados, do já fácil castigo dos povoados próximos que em algo tivessem ajudado os rebeldes. O Doutor Luis Leoncio Martínez tinha fugido para a fronteira do norte pelo caminho de uma picada seca que se perdia nas inóspitas serras de Yatitlán. Em algum lugar se proclamaria Chefe de um Governo em Exílio, Chefe do Partido Legalista Nacional, etc., etc., estruturando um ineficiente núcleo de desterrados políticos, desde logo desfeito – o Presidente bem conhecia essas histórias – por rivalidades, deserções, cisões, acusações mútuas, cismas e pleitos, alimentados por jornais de trezentos exemplares, libelos, e folhas e cinquenta leitores. E o Apóstolo de Nova Córdoba, enfiado em suas teorias e maquinações, acabaria, como tantos outros, esquecido em algum *boarding-house*[137] de Los Angeles, em algum hotelzinho do Caribe. Escrevendo cartas e panfletos que perderiam todo interesse para quem sabia de sobra que, em política, o que conta é o êxito... Ao voltar à sede do Governo, o Primeiro Magistrado foi recebido com bandeirolas, arcos de triunfo, fogos artificiais, e a marcha de *Sambre-et-Meuse*[138] que tanto lhe agradava. Mas, em sua primeira conferência de imprensa, sério

---

137 *BOARDING-HOUSE*: Pensão ou casa de hóspede típica dos Estados Unidos.

138 *SAMBRE-ET-MEUSE*: Trata-se do encontro entre o rio Sambre, localizado entre a França e a Bélgica, e um de seus afluentes, o Meuse.

e meio entristecido, manifestou que uma grande amargura embargava seu ânimo, ao pensar que – os acontecimentos recentes talvez o demonstravam – o povo todo não confiava em sua honestidade, desinteresse e patriotismo. Por isso, estava resolvido a abandonar o poder, a confiar suas responsabilidades ao Presidente do Senado, na esperança de que celebrassem eleições pelas quais algum varão exemplar, qualquer cidadão virtuoso, mais capacitado que ele para reger os destinos da Nação, pudesse ser levado à presidência, a menos – a menos, digo – que um plebiscito determinasse o contrário. E o plebiscito foi organizado prontamente, enquanto o Primeiro Magistrado seguia despachando os assuntos correntes com a nobre e serena melancolia – para não dizer dor parecida com dignidade – de quem já não acredita em nada nem em ninguém, ferido profundamente, depois de tanto ter se dedicado pelo bem dos demais. Misérias do poder! Clássico drama da coroa e da púrpura! Amarga velhice do Príncipe!... Como quarenta por cento da população não sabia ler nem escrever, confeccionaram cartões em cores – branco, para "sim"; preto, para "não" – com o fim de simplificar o mecanismo das votações. E vozes misteriosas, vozes solapadas, vozes insidiosas, começaram a cochichar, nas cidades e nos campos, nas montanhas e nos planaltos, de norte a sul, de leste a oeste, que qualquer voto, mesmo que secreto, seria conhecido pelas autoridades campesinas ou municipais. Hoje existiam técnicas novas para conseguir isso. Câmeras fotográficas, escondidas nas cortinas dos cubículos, que funcionam automaticamente cada vez que um cidadão aproximava uma mão das urnas. Onde não existiam tais dispositivos, havia homens escondidos atrás das mesmas cortinas. Também dariam prosseguimento – certamente – ao exame de impressões digitais deixadas nas cédulas, sem esquecer que nos povoados pequenos cada um conhecia as opiniões políticas do vizinho e vinte votos negativos, ali, correspondem a vinte indivíduos identificados sem erro possível. Um terror crescente foi se apoderando dos servidores públicos – que eram muitos. As vozes misteriosas, por outra parte, insinuavam agora, com tom mais elevado, em tabernas, mercearias e mercados, que as grandes empresas mineiras, bananeiras, manufatureiras, etc., demitiriam quem se mostrasse adverso à permanência do Primeiro Magistrado no poder. Os camponeses descontentes teriam que se ver com o plano do facão da guarda rural. Os professores seriam retirados de suas aulas. Seriam revisadas as declarações fiscais de certos comerciantes – nós nos entendemos – que sempre burlavam de algum modo os organismos de cobrança. Recordava-se o tempo inteiro que todo estrangeiro de nacionalização recente poderia ser privado de sua carta de cidadania e devolvido a seu país de origem, se caísse na péssima categoria de indesejável, anarquista ou arruaceiro... Por tudo isso, o plebiscito lançou um "sim" enorme e maciço, tão enorme e maciço que o Primeiro Magistrado se sentiu obrigado a aceitar 4.781 votos negativos – cifra conseguida em uma manipulação de dados do Doutor Peralta – para mostrar a total imparcialidade com que as comissões examinadoras haviam trabalhado... Outra vez houve discursos, marchas triunfais, pirotecnias e luzes de Bengala. Mas o Presidente estava cansado. Além do mais, seu braço direito ia se inutilizando, dia a dia, por causa de uma rara e dolorosa moleza, pesadez, desobediência de músculos, com fisgadas no ombro, que não se aliviaram com massagens nem medicamentos, nem sequer os conhecimentos de ervas preparados pela Maiorala Elmira que, como filha de feiticeiro, sabia muito de plantas e raízes, mais eficientes, quase sempre, que certos purgantes de alta farmácia, anunciados na imprensa com bonitas alegorias de Convalescência e Saúde Recobrada. Um médico norte-americano, vindo especialmente de Boston, diagnosticou um mal de artrite – ou algo parecido, com nome novo, desses que proliferam nas revistas de caduceu na capa, para mais pânico e confusão entre os doentes – ressaltando que no país não existiam certos aparelhos elétricos modernos, únicos capazes de curar a doença. O Governo, inteiro, pediu ao Primeiro Magistrado que viajasse aos Estados Unidos para recuperar sua saúde tão necessária. Em sua ausência, o Presidente do Conselho de

Ministros assumiria a responsabilidade do governo, com a imediata colaboração do General Hoffmann, encarregado da Defesa Nacional, e o Presidente do Senado... Assim, o Primeiro Magistrado empreendeu viagem em um luxuoso barco da *Cunard Line*. Porém, já em Nova York, sentiu uma covardia repentina, irracional, quase infantil – estava fatigado, talvez; afetado nos nervos pelos recentes acontecimentos – ante os médicos ianques, de estranho idioma, frios no trato, frequentemente levados a usar o bisturi, a cortar sem maior necessidade, afeitos a métodos brutais e novedosos, de mal comprovadas consequências, muito diferentes das suaves, suportáveis e inteligentes terapêuticas dos especialistas franceses ou suíços que eram, em realidade, - pensava em Doyen, em Roux, em Vincent[139]... – os mestres das pessoas daqui. Aos consultórios assépticos, brancos, impessoais, com pinças, sondas, tesouras dentadas e equipamentos cruéis, mostrados nas vitrines, desses médicos, o Presidente preferia os despachos adornados com quadros de Harpignies, de Carolus-Durand[140] – almofadas persas, móveis antigos, livros com encadernações do século

139 **DOYEN, ROUX E VINCENT:** Eugène Louis Doyen (1859–1916), Pierre Émile Roux (1853–1933) e Jean Vincent (1906–1992) foram médicos franceses que marcaram diferentes épocas da medicina com contribuições distintas, mas igualmente notáveis. Doyen, ativo no fim do século XIX e início do XX, destacou-se como cirurgião inovador, pioneiro no uso do cinema para registrar operações, o que causou tanto admiração quanto controvérsia. Roux, discípulo direto de Pasteur, foi um dos fundadores da imunologia moderna, tendo papel central na criação do soro antidiftérico e na estruturação do Instituto Pasteur. Já Jean Vincent, atuando no século XX, concentrou-se em doenças infecciosas e tropicais, contribuindo significativamente para campanhas de vacinação e saúde pública em regiões colonizadas e em desenvolvimento. Juntos, representam a evolução da medicina francesa do campo cirúrgico ao microbiológico e ao sanitário.

140 **HARPIGNIES E CAROLUS-DURAND:** Henri Harpignies (1819–1916) e Charles Durand (1837–1917) foram dois pintores franceses cujas obras marcaram o cenário artístico do século XIX, embora com estilos e trajetórias bastante distintos. Harpignies foi um paisagista ligado à Escola de Barbizon, conhecido por suas cenas bucólicas, árvores robustas e atmosferas serenas, que antecipam em parte o impressionismo pelo tratamento sensível da luz e da natureza. Já Carolus-Duran destacou-se como retratista elegante da alta sociedade francesa e mestre de vários artistas, incluindo John Singer Sargent. Com um estilo mais acadêmico e refinado, ele buscava capturar o caráter de seus modelos com pinceladas soltas e expressivas, fundindo virtuosismo técnico com um toque moderno. Ambos representam aspectos complementares da pintura francesa do período: a ligação com a natureza e o retrato social da modernidade urbana.

XVIII, o cheiro de éter e iodo quase imperceptível – dos médicos de cavanhaque, sobrecasaca e Legião de Honra, que despachavam, paternais e cultos, na Avenue Victor Hugo ou no Boulevard Malherbe. "Bem - dizia Peralta -: Mas... você acredita que seja prudente se afastar tanto? E se fizerem outra quartelada, meu Presidente?" "Ai, filho... Tudo é possível em nossas terras. Mas não acho provável. Só estaremos ausentes umas poucas semanas. E minha saúde vem primeiro. Não nasci para ser manco. E andar manco, sem sequer haver estado em Lepanto, é coisa para palermas. Além do mais, sem a mão direita, não posso contar aqueles que mais me querem bem. Porque quando estou na pátria, onde tanta gente me quer bem, só me sinto tranquilo, firme, dono de mim, em audiências e visitas, quando sei que está comigo." E com o queixo apontava o lugar da Browning, ali, sob a axila esquerda, fazendo elogio à ligeireza de seu Gatilho e do garbo de sua Culatra, com a mesma ênfase suave que o homem usa para alardear as glórias da mulher amada: era fiel, dócil, segura, bonita nas formas, perfeita nas proporções, grata ao tato, esbelta e fina até a boca, bem calada ainda que oculta, adornada com o Escudo Nacional gravado na lateral do cabo – sempre cuidada, com carinho maternal, pela Maiorala Elmira que a limpava todos os dias, quando ele se desgrudava da arma para tomar um banho longo, devolvendo-a carregada e pronta para servir, no momento de lhe secar o corpo com uma grande toalha de felpo das que Ofélia comprava, para uso de seu pai, em *La Maison de Blanc*... E assim, deixando para trás as eletricidades, progressos, inventos e mesas de tortura das clínicas norte-americanas, semelhantes, segundo ele, a enormes edifícios penitenciários, o Primeiro Magistrado embarcou uma manhã à bordo de *La France* para se recolher, depois de tantos transtornos e tribulações, às graças do verão de Paris – tão ensolarado e morno aquele ano, diziam os jornais, que não se havia visto outro igual desde meados do século passado.

Terceiro CAPÍTULO

Todas as verdades podem ser percebidas
claramente, porém não por todos,
por causa dos preconceitos.
— DESCARTES

Seis

Os viajantes foram recebidos na *Gare du Nord* por Cholo Mendoza – luvas amarelas, gardênia na lapela e polainas cinzas, como sempre, mesmo que fosse verão – que, avisado da chegada por telegrama entregue em alto mar, tinha regressado apressadamente de *Vichy*, onde harmonizava curas diurnas de água com curas noturnas de bar, em uma inteligente alternância de manancial e *Bourbon*, que havia lhe devolvido a cara de uns vinte anos. Os demais funcionários da Embaixada estavam de férias, com seus filhos, em *Trouville* ou *Arcachon*. E Ofélia em *Salzburgo*, onde hoje começava o festival mozartiano com *Cosí fan tutte*. O diplomático fez gestos alarmados quando viu que o Primeiro Magistrado trazia o braço direito inerte, dobrado em um xale de Caxemira, amarrado no pescoço. Doença chata, mas sem maior gravidade – esclareceu Peralta. Os médicos daqui, com sua avançada ciência, venceriam o mal. Além do mais, o ambiente, este ambiente, esta alegria, esta civilização... Só de respirar o ar daqui – assim: inalação, exalação, encher o peito... – se sentia bem melhor. E era bem sabido que o moral influía no físico, posto que a dor é tanto maior se concentramos nossa mente em uma ideia de dor, porque, enfim, os psicólogos modernos, assim como Epicuro, haviam dito que, etc., etc.; mas não se pode falar com tantos ruídos de trens, apitos, leva e traz de carregadores, é melhor que você vá na frente com as bagagens, Cholo, enquanto Peralta e eu andamos um pouco, que temos as pernas entumecidas de tanto estar sentados... E o Primeiro Magistrado, seguido de seu secretário entrou em um conhecido *bistrot* de ambiente flamengo, com jogo de dardos e estatueta de Mannekenpis, onde era possível tomar a agre cerveja Hoegaarde, a outra, cor de sangue de cereja, ou a forte Lambic – "ferrada" por um prego incandescente afundado na sua espuma – todas boas para abrir um dia que estaria repleto de sabores recuperados. Tudo era grato, hoje, com essas pessoas sentadas nas varandas dos cafés, as calças vermelhas dos militares, a *chechia* dos zuavos[141], o emblema – cenoura acesa – de *Le Brazza*, os ônibus que apregoavam Óperas, Repúblicas, Bastilhas, planícies de Monceau e rumos de glórias napoleônicas. Os recém-chegados voltavam, no ritmo de tantos e tantos passeios despreocupados que, de acordo com a vontade, podiam levá-los da *Chope du Panthéon* aos bulbos de tulipa do *Quai de la Mégisserie*, da biblioteca ocultista e rosa-cruz de *Chacornac* (naipes adivinhatórios, tratados iniciáticos, escritos de Stanislas de Guaita[142]...) a um ginásio onde ainda se praticava o nobre boxe de sapatilha com chute na cara; da loja azul celeste de "Objetos de Piedade" da *Notre-Dame-des-Victoires*, ao 25 da *Rue Sainte-Apolline – Aux glaces* – onde estava de guarda pelas manhãs, frequentemente, uma loira opulenta, particularmente hábil em manipular à la *Duc d'Aumale*[143], o que

---

141 CHECHIA DOS ZUAVOS: Gorro tradicional usado pelos soldados dos regimentos de zuavos, tropas de infantaria leve originalmente formadas no Exército francês no século XIX, compostas por soldados recrutados na Argélia.

142 STANILAS DE GUAITA: Foi um poeta, místico e ocultista francês, figura central no renascimento do ocultismo na França no final do século XIX. De origem aristocrática, uniu sua formação literária ao interesse profundo por esoterismo, alquimia e cabala. Foi um dos fundadores da Ordem Cabalística da Rosa-Cruz, grupo que buscava reviver tradições herméticas e místicas da Antiguidade e da Idade Média.

143 DUC D'AUMALE: Henri d'Orléans (1822–1897), foi um príncipe francês, militar, historiador e grande colecionador de arte. Filho do rei Luís Filipe I, destacou-se como general do exército francês na colonização da Argélia, sendo nomeado governador-geral daquele território na década de 1840. Após o exílio da família real com a Revolução de 1848, viveu por muitos anos na Inglaterra. Herdou imensa fortuna e uma notável coleção de obras de arte e manuscritos raros, que reuniu no Château de Chantilly, mais tarde doado ao Instituto da França.

conferia algo assim como sedutores momentos de nobreza ao agonizante cavalgado. Falava tudo na linguagem de cores e sabores, sobre e atrás dos balcões dos bares: os brioches, em suas pequenas cestinhas; as madalenas[144], deitadas como conchas de Compostela, em potes quadrados de cristal; o gato de Dubonnet, a estética bersaglieri das garrafas de Cinzano, o reluzento barro dos frascos de genebra holandesa, as escadinhas de madeira encerradas em canecas de aguardente de orujo; o perfume meio à casca de laranja e alcatrão, de Almer Picón. "Aqui estamos melhor do que na Caverna das Múmias", murmurou o Primeiro Magistrado. E, tomando por fim um carro de capô aberto, foi conduzido à *Rue de Tilsitt*. "Paris sempre será Paris", sentenciou o Secretário quando, entre os Cavalos de Marly, pintou-se, de longe, inútil e grandiosa a massa do Arco do Triunfo... E agora, instalando-se, afundando-se, na poltrona de couro, o Primeiro Magistrado sentiu como uma necessidade orgânica de restabelecer suas relações com a cidade. Chamou por telefone o Quai Conti dos gratos concertos: a senhora não estava em casa. Ligou para o violinista Morel[145], que o felicitou por seu regresso com o tom pesaroso e evasivo de quem deseja dar rápido fim à conversa. Ligou para Louisa de Mornand[146], cuja governanta, depois de lhe fazer esperar mais que o correto, disse-lhe que a formosa dama estaria ausente por vários dias. Ligou para Brichot, o professor da Sorbonne: "Estou quase cego – disse-lhe –: *mas alguém lê os jornais para mim*". E desligou. "Rabugento, como sempre", pensou o Primeiro Magistrado, um pouco surpreendido pela resposta

---

144 MADALENAS: As madeleines são pequenos bolos franceses em formato de concha, tradicionalmente feitos com massa leve à base de ovos, açúcar, farinha, manteiga e raspas de limão. Tornaram-se célebres na literatura por sua aparição em Em busca do tempo perdido, de Marcel Proust, onde o narrador, ao molhar uma madeleine no chá, experimenta uma súbita e vívida lembrança de sua infância — um momento que simboliza o poder da memória involuntária.

145 MOREL: Personagem de Em busca do tempo perdido, romance de Marcel Proust.

146 LOUISA DE MORNAND: Atriz e figura do teatro parisiense do século XIX, conhecida mais por suas ligações sociais e sentimentais do que por uma carreira artística de grande destaque. É mencionada por Marcel Proust em seu círculo de referências como parte da sociedade e da memória cultural da Belle Époque.

estranha, buscando outro número na sua agenda. E ligou, ligou, ligou para este, para aquele, deparando-se – menos quando se tratava de seu alfaiate, de seu cabeleireiro – com vozes que pareciam ter mudado de registro e estilo. Pensou então em D'Annunzio, que talvez estivesse em Paris. E depois de uma camareira lhe dizer que seu amo tinha acabado de partir para a Itália, soou a voz do poeta, desmentindo o dito, para lançar tremendas invectivas aos credores que literalmente tinham-lhe sitiado em sua casa. Sim. *Sitiado*, era a palavra: como uma manada de erínias, de eumênides, de fúrias; como cães de Hécate, estavam ali, o tempo todo, de guarda no *bistrot* da frente, no *tabac*[147] da esquina, nas padarias da região, vigiando, olhando para sua porta, esperando que saísse, para se jogar sobre ele, e destroçá-lo, lacerá-lo, com suas ferozes exigências de dinheiro. "Ah, o que não faria para ter os poderes de um tirano da América Latina e limpar a *Rue Geoffoy L'Asnier* de malandros e sacripantas, como o generoso amigo que agora lhe falava havia feito em Nova Córdoba!". Vendo a punhalada chegar – não seria a primeira – o Primeiro Magistrado bateu no gancho com sua caneta, dizendo: *"Ne coupez-pas, Mademoiselle... Ne coupez-pas"*[148]..., desligando depois, no meio de uma frase do outro, para lhe fazer crer que a ligação tinha sido interrompida. Mas estava inquieto e desconcertado. Não sabia como entender o "tirano", já que o poeta costumava usar uma linguagem "imagética" e ambígua; porém, quanto à Nova Córdoba, ignorava que D'Annunzio conhecesse, sequer, o nome dessa cidade. Algo acontecia. Talvez fosse oportuno ligar para Reynaldo Hahn, seu amável e ameno "paisano" de Porto Cabello. O compositor acudiu ao telefone, falando em seu grato espanhol de sotaque venezuelano, singularizado – era hábito que ele mesmo não sabia explicar – por umas nuanças de marcada inflexão rioplatense. Depois dos cumprimentos usuais, Reynaldo, no tom brando, lento e meio preguiçoso, que era seu, e como quem fala de outra coisa, informou-lhe que *Le Matin*

147 TABAC: Banca que vende cigarros

148 "Não desligue, Senhorita... Não desligue"

havia publicado, sobre os acontecimentos de "lá", uma série de reportagens raivosas, nas quais seu "paisano" era qualificado de "Carniceiro de Nova Córdoba". Todas as fotografias de Monsieur Garcin haviam saído em três, quatro colunas, mostrando os cadáveres jogados nas ruas, os cadáveres mutilados, os cadáveres arrastados, os cadáveres pendurados nos garfos do Matadouro Municipal, pelas axilas, pelas barbas, pelas costelas, enfiados em estacas, tridentes, ferros e facas. E as mulheres combatentes obrigadas a correr nuas a baionetadas no lombo, pelas ruas da cidade. E as outras violadas ao amparo do templo. E as outras, tombadas em currais. E os mineiros metralhados em massa, na frente do muro do cemitério, com música de bandas militares e vivas de corneta. Tudo isto acompanhado de retratos do Primeiro Magistrado, em traje de campanha, de perfil, de meio perfil, às vezes de costas, mas sempre identificável pela figura corpulenta, ordenando um tiro de artilharia contra o santuário Nacional da Divina Pastora ("não fui eu, foi o Hoffmann", protestava o mandatário), maravilha de arquitetura barroca – *a Notre Dame du Nouveau Monde*, dizia o jornal. E o pior de tudo, talvez, era que seu filho Marco Antonio, interrogado por um jornalista, dois dias antes, na praia do Lido, onde agora estava em companhia de uma *Arsinoe de la Comédie Française*, em vez de tomar a defesa de seu pai, havia declarado: *"Je n'ai que faire de ces embrouillements sudamericains"*[149]... Agora o atordoado ouvinte entendia a razão de muitas escusas e falsetes auxiliares; já se explicava a fingida ausência de Louisa de Mornand, a estranha reposta de Brichot. "Eu sei, paisano, que em tudo isto há muito exagero... Hoje em dia é possível fazer portentos em matéria de truques fotográficos... Você seria incapaz... Tudo falso, certamente"... Mas não podia jantar com ele, esta noite, em *Larue*. Nem amanhã, pois tinha um compromisso com Gabriel Fauré. Além do mais, muito trabalho: um

149 "Não tenho nada a ver com esses imbróglios sul-americanos".

projeto de ópera sobre *O sim das meninas*[150], de Moratín, um concerto para piano e orquestra. Sentia muitíssimo... Deprimido, o Primeiro Magistrado caiu em sua rede, diagonalmente pendurada nas argolas, que meses antes, tinha mandado prender em dois cantos de seu quarto. Não estava, sequer, irritado com Cholo Mendoza, que bem podia ter-lhe dito. Mas sabia bem que, quanto à imprensa francesa, seus diplomatas só liam *Le Rire*, *Fantasio* e *La Vie Parisienne*, e eram os últimos, sempre, a saber o que se escrevia por aí sobre seu país. Olhava o teto baixo de molduras de gesso com uma amargura jamais conhecida. Pouco lhe importava ser tratado de "carniceiro", de bárbaro, de cafre[151], do que fosse, em lugares que lhe haviam sido gratos e que, por isso mesmo, dotava, em sua conversa, de atributos pejorativos. Em sua boca, Berlim era a cidade que não tinha usurpado seu nome primitivo de "lugar de ursos", com o peso arquitetônico de seu Portão de Brandemburgo, semelhante a uma locomotiva de granito, seu templo de Pérgamo entre paredes, *unter-den-linden*; Viena, apesar de uma fama de elegância e voluptuosidade devida à opereta e às valsas, era, na realidade, terrivelmente provinciana, com seus oficialetes tirados da tinturaria, com seus dez ou doze restaurantes ansiosos de parecer com os de cá, atrás de um Danúbio café-com-leite que só ficava azul algum dia 29 de um ano bissexto; Berna, burgo tedioso, com suas estátuas de heraldos helvéticos no meio de ruas que eram um vasto mostruário de relógios e barômetros; em Roma, cada praça, cada beira de rua, era um cenário de ópera, com transeuntes que, vestidos como estivessem, falando do que falassem, estavam sempre no tom dos coristas de *A força do destino* ou *Um baile de másca-*

---

150 *O SIM DAS MENINAS:* Comédia teatral escrita pelo dramaturgo espanhol Leandro Fernández de Moratín e estreada em 1806. A peça é uma crítica ao casamento arranjado e à falta de liberdade das mulheres para decidir sobre seu próprio destino, temas muito presentes na sociedade espanhola do início do século XIX.

151 CAFRE: Termo utilizado pelos europeus para se referir, de forma pejorativa e racista, aos povos indígenas e negros da África do Sul, especialmente os xhosa e outros grupos étnicos da região.

ras, enquanto Madrid era coisa de gênero menor, com seus pontos de água, docinhos e aguardente, seus guardas, de chaveiro na cintura, e suas tertúlias de café onde os amanheceres se pintavam sobre um panorama aldeão de chocolates adormecidos e migalhas de ontem, vendo uns dormirem, enquanto outros iniciavam suas jornadas em madrugadas de churros, cozido e tabaco de segunda... Paris, em vez disso, era Terra de Bonança e Terra de Promissão, Santo Lugar da Inteligência, Metrópoles do Saber Viver, Fonte de Toda Cultura, que, ano após anos, em diários, jornais, revistas, livros, alardeava – depois de realizar uma suprema ambição de viver aqui – os Ruben Darío, Gómez Carrillo, Amado Nervo[152], e tantos outros latino-americanos que tinham feito da Cidade Maior, cada uma à sua maneira, uma espécie de Cidade de Deus... Lentamente, vencendo reticências, observando estritas normas de urbanidade e vestimenta segundo as honras, dias e estações, dando presentes valiosos, mesmo que nunca excessivos, mandando flores em número ímpar, mostrando-se generoso em bazares de caridade e bingos beneficentes, amigo de artistas e literatos alheios a toda boemia extravagante, presente em grandes concertos, conferências de público mundano e estreias teatrais e líricas – demonstrando com tudo isso que em nossas nações *também* se sabia viver – havia aberto um caminho que, sem levá-lo às alturas do Gotha, havia-o conduzido, no entanto, por três vezes, às veleidades musicais de

---

152 **RUBEN DARÍO, GÓMEZ CARRILLO, AMADO NERVO:** Rubén Darío (1867–1916), Enrique Gómez Carrillo (1873–1927) e Amado Nervo (1870–1919) foram expoentes do modernismo hispano-americano e partilharam não apenas afinidades estéticas, mas também a experiência comum de viver em Paris, entãO *Capital* cultural do mundo. Darío, o nicaraguense que liderou o movimento modernista, encontrou na cidade inspiração para sua poesia marcada pelo simbolismo e pelo refinamento formal. O guatemalteco Gómez Carrillo, cronista brilhante e figura boêmia da vida parisiense, escreveu sobre literatura, arte e política com olhar cosmopolita e sofisticado. Já Amado Nervo, o mexicano de espiritualidade suave e linguagem contida, também viveu na capital francesa, onde ampliou sua sensibilidade poética em contato com correntes filosóficas e literárias europeias.

Madame Verdurim[153] – o que não era um mau começo. Quando estivesse cansado das agitações e tumultos *de lá*, ele se retiraria, para esperar a morte, nesta casa que, a cada viagem, fazia-se mais grata. Mas tudo vinha abaixo. Para sempre lhe fechariam as portas das mansões com as quais havia sonhado, desde seus dias de jornalista provinciano, quando, andando pelas ruas empinadas do *Surgidero de La Verónica*, recitava os poemas em que Ruben Darío cantava "os tempos do Rei Luís da França, sol com corte de astros em campos de azul, quando a régia e pomposa Rosa Pompadour encheu os alcáceres de fragrância"; ou quando, sentado em alguma taberna portuária, entre cheiro de camarões na chapa e fritada de manjubinha, o nariz metido nas revistas *de lá*, topava com magnificências que os mais famosos pintores do mundo haviam fixado, mostrando os ouros e avermelhados do *foyer* da Ópera, da brancura de sílfide e de *wallis*, a pose senhorial das amazonas em concurso hípico, o cinza das chovidas catedrais – *"il pleure dans mon coeur/ comme il pleut sur la ville"*[154] –, e o girassol de mulheres que eram, em seus retratos, aves do paraíso, sinfonias de joias, seres apenas imagináveis, na aparência, assim, de repente, em páginas de *L'Illustration* – aqui, entre o apito do cargueiro dinamarquês e o chiado da grua que largava torrentes de carvão sobre a sujeira de um cais próximo... Agora achava que lia o desprezo, a muda acusação, nos olhos de todos que o olhavam: seu camareiro Sylvestre, um pouco esquivo; a cozinheira, cujo gesto de limpar as mãos no avental, ao vê-lo, podia ser interpretado de maneiras distintas; a porteira, reservada e fria, nada interessada, ao que parece – ou não achava discreto fazer alusão a isso – em seu braço na tipoia; mesmo o *Bois-Charbons* aonde teve a medrosa curiosidade de ir naquela tarde, com o Doutor Peralta, para beber uma garrafa de Beaujolais. Monsier Mussard parecia estar de mal humor. Sua mulher não saiu para cumprimentá-los. E, a julgar pelos olhares, aqueles dois, de boné, no outro

---

153 **MADAME VERDURIM:** Personagem de Em busca do tempo perdido, romance de Marcel Proust.

154 "chove no meu coração/ como se chovesse na cidade".

extremo do bar, falavam dele. Em todos os cafés os moços tinham expressão estranha. Por fim, precisando de alívio para seu mal estar, o Primeiro Magistrado, depois de se consultar com Peralta, apresentou-se inesperadamente na casa do Ilustre Acadêmico, que tantos favores lhe devia. Ali, no umbroso apartamento com vista para o Sena, rodeado de livros antigos, pinceladas de Hokusai[155], retratos de Sainte-Beuve, Verlaine, Leconte-de-l'Isle, León Dierx[156], o Presidente encontrou uma afetuosa acolhida, uma compreensão, uma lucidez, que o comoveram. O poder entranhava obrigações tremendas – afirmava o amigo. "Quando os reis cumprem suas promessas, é terrível; e quando não cumprem, é terrível também", dizia, citando ao acaso Oscar Wilde[157]. Nenhum condutor de povos, nenhum grande monarca, nenhum Grande Capitão, tivera mão branda... Em dramáticas e reconfortantes imagens, desfilavam, ante os olhos do Presidente, quadros da destruição de Cartago, do assédio de Numância, da queda de Bizâncio. De repente, fizeram-se presentes – remexidas, embaralhadas ao azar da memória – Felipe e o Duque de Alba, Saladino ou Pedro, o Grande, obrigado, por causa de seu estado, a exterminar os

155 **HOKUSAI:** Katsushika Hokusai (1760–1849) foi um dos mais célebres artistas japoneses, mestre da gravura em madeira e da pintura do período Edo. Ele revolucionou o estilo ukiyo-e ao expandir seus temas para além das cortesãs e atores do teatro kabuki, incluindo paisagens, cenas cotidianas, animais e seres mitológicos.

156 **SAINTE-BEUVE, VERLAINE, LECONTE-DE-L'ISLE, LEÓN DIERX:** Foram figuras centrais da literatura francesa do século XIX, cada um representando tendências distintas dentro do período. Sainte-Beuve (1804–1869) foi um dos mais influentes críticos literários da França, conhecido por suas abordagens biográficas e históricas na análise de escritores. Paul Verlaine (1844–1896) destacou-se como um dos principais poetas simbolistas, com uma obra marcada pela musicalidade, sensibilidade e vida turbulenta. Leconte de Lisle (1818–1894) liderou o movimento parnasiano, que defendia a impessoalidade, a forma perfeita e o culto à beleza clássica. Léon Dierx (1838–1912), também ligado ao parnasianismo, cultivou uma poesia refinada e melancólica e chegou a ser reconhecido como "príncipe dos poetas" após a morte de Stéphane Mallarmé.

157 **OSCAR WILDE:** Foi um escritor, poeta e dramaturgo irlandês, célebre por seu espírito afiado, estilo refinado e críticas mordazes à moral vitoriana. O trecho anterior encontra-se na peça teatral Salomé, um de seus trabalhos artísticos mais conhecidos.

Narishkines[158] em um pátio do *Kremlin*... Além do mais... quem poderia jamais conter as fúrias, os excessos, as crueldades – lamentáveis, porém sempre repetidas ao longo da História – de um motim de soldados desenfreado, ébrio de triunfo? E pior ainda quando se tratava de sufocar uma revolta de índios e de negros. Porque, enfim, se falamos com franqueza... aquilo tinha sido – estava claro – uma algazarra de índios e de negros... De volta à sua inteireza, posto em ânimo combativo pelo que escutou, o Primeiro Magistrado descarrilou de uma vez de seu francês muito medido, muito cuidado na pronúncia e na justeza do vocábulo, para lançar, impetuoso, pelo despenhadeiro, uma avalanche de impropérios *criollos* que o outro ouvia, atônito, como uma invasão verbal de ideogramas alheios a seu entendimento. Índios, negros, sim; sararás, mestiços, pirralhos, vagabundos, esfarrapados, caipiras, leprosos, filhos de uma cadela, ralé e gentalha (e o Doutor Peralta tratava de traduzir, com seu idioma aperfeiçoado no *Bois-Charbons*, de Monsieur Mussard: *des propres-à-rien, des pignoufs, des galvauneux, des jeanfoutres, des salopard, des poivrot, de caves, de voyvous, des escarpes, de la racaille, de la prègre, de la merde*[159]...), e sobretudo – agora o Presidente tinha voltado ao seu francês – *socialistas*, socialistas afiliados à Segunda Internacional, anarquistas, pessoas que pregavam uma nivelação impossível de classes, que fomentavam o ódio nas massas analfabetas, que exploravam, em seu proveito, o convencimento de um povo inculto, que negava a instrução pública que lhe era oferecida, povo fanático por práticas de bruxaria, superstições inimagináveis, com devoção a santos que se pareciam com os nossos santos, mas não eram santos nossos, pois, para essa gente sem letras, hostil a todo abecedário, o Belo Deus de Amiens se chamava Eleguá, Obatalá o Crucificado, de Velázquez, Oxum, a Pietá de Miche-

158 NARISHKINES: Foram uma influente família nobre russa com forte ligação à dinastia Romanov.

159 "Os inúteis, os idiotas, os canalhas, os zé-ninguém, os sujos, os bêbados, os bobos, os patifes, os ladrões, a ralé, os bandidos, os merdas".

langelo... Era isso que não se entendia aqui... "Mais do que vocês pensam", opinava o Ilustre Acadêmico, cada vez mais indulgente e convencido. Tudo se explicava – e voltava a Felipe II, ao Duque de Alba, passando à América de Cortés e Pizarro – pelo sangue espanhol, a herança do temperamento espanhol, a inquisição espanhola, as corridas de touros, as bandeirolas, a capa e a espada, os cavalos estripados entre lantejoulas e passo duplo. *"L'Afrique commence aux Pyrénées."* Nós tínhamos recebido esse sangue nas veias; era uma fatalidade. As pessoas *de lá* não eram como as *de cá*, ainda que, desde sempre, não careciam de algumas qualidades, porque, enfim, Cervantes, El Greco[160]... – que certamente havia sido revelado ao mundo pelo gênio de Théophile Gautier... Nesse momento, o ex-professor de liceu que era Peralta se levantou de seu assento, indignado, no impulso de um salto: *"Je vous emmerde avec le sang espagnol"*, gritou. E, com exaltada irreverência, fez desfilar ante os olhos assombrados do Ilustre Acadêmico, como em vidros de lanterna mágica, os crimes de Simón de Monfort[161] e a Cruzada contra os Albigenses: Robert Guiscard[162], herói do seu drama, cujo manuscrito, comprado por nossa Biblioteca Nacional, narrava como o condottiero normando tinha passado metade de Roma na faca; a Noite de São Bartolomeu[163], sinô-

---

160 **CERVANTES, EL GRECO:** Miguel de Cervantes (1547–1616) e El Greco (1541–1614) foram duas figuras fundamentais da cultura espanhola do século XVI e início do XVII. Cervantes, considerado o maior escritor espanhol, revolucionou a literatura com Dom Quixote, obra que misturava sátira, humor e profundidade psicológica, abrindo caminho para o romance moderno. El Greco, pintor de origem grega que fez carreira na Espanha, destacou-se pela originalidade de seu estilo, com figuras alongadas, cores vibrantes e um forte sentido espiritual e dramático.

161 **SIMÓN DE MONFORT:** Nobre e líder militar francês conhecido principalmente por seu papel nas Cruzadas Albigenses, uma campanha militar e religiosa contra os cátaros no sul da França.

162 **ROBERT GUISCARD:** Nobre normando e líder militar que desempenhou papel crucial na conquista da Itália do Sul durante o século XI.

163 **NOITE DE SÃO BARTOLOMEU:** Massacre ocorrido na noite entre 23 e 24 de agosto de 1572, em Paris, durante as guerras religiosas entre católicos e protestantes na França. Ordenado por autoridades católicas e apoiado pela corte francesa, o ataque teve como alvo principalmente os protestantes franceses, que foram assassinados em grande número nas ruas da capital.

nimo universal de horror; a perseguição aos camisardos[164], os massacres de Lyon[165], os pontões de Nantes[166], o Terror Branco[167] depois de Thermidor e, sobretudo, sobretudo, por um hábil manejo de analogias, os dias finais da Comuna[168]. Ali, vencida a resistência revolucionária, os homens mais inteligentes e mais civilizados do mundo não vacilaram em exterminar mais de dezessete mil homens. O ambulatório do Seminário de Saint Sulpice – *"Oh! fuyez, douce image!"*[169] – foi feito do degoladouro dos moradores de Versalhes. E Monsieur Thiers[170], depois do seu primeiro passeio pela Paris dos escarmentos, tinha dito assim, como quem não diz nada: "As ruas estão cheias de cadáveres; esse horroroso espetáculo servirá de lição". Os jornais da época – os de Versalhes, é claro – pregavam a santa cruzada burguesa da matança e do extermínio. E recentemente... o que você me diz das vítimas da greve de Fourmies? E mais recen-

---

164 **CAMISARDOS:** Grupo de rebeldes protestantes que lutaram no início do século XVIII no sul da França, especialmente na região das Cévennes.

165 **MASSACRES DE LYON:** Ocorreram durante a Revolução Francesa, entre 1793 e 1794, como parte da repressão imposta pelo governo revolucionário à cidade, que se rebelara contra a Convenção Nacional e o regime jacobino. Estima-se que cerca de 2.000 pessoas foram mortas nesses massacres.

166 **PONTÕES DE NANTES:** Foram navios-prisão usados na França durante o século XVIII, especialmente na época da Revolução Francesa. Eram embarcações ancoradas nos portos, como o de Nantes, adaptadas para funcionar como prisões flutuantes onde eram confinados presos políticos, criminosos e opositores do regime. Também foram usados para manter escravizados antes do embarque para as Américas durante o tráfico transatlântico de pessoas escravizadas.

167 **TERROR BRANCO:** Foi um período de violência e repressão ocorrido na França logo após o fim do Terror jacobino, durante a Revolução Francesa, especialmente entre 1794 e 1795. Esse movimento foi liderado por grupos contrarrevolucionários, monarquistas e partidários do antigo regime, que buscaram vingar-se dos revolucionários radicais responsáveis pelo Terror vermelho.

168 **COMUNA:** Governo revolucionário que durou de março a maio de 1871, quando trabalhadores, socialistas e republicanos tomaram o controle da cidade após a derrota da França na Guerra Franco-Prussiana, tentando implementar reformas sociais e políticas radicais antes de serem brutalmente reprimidos pelas tropas do governo central.

169 "Ah, fuja, doce imagem.": Refere-se a uma ária cantada pelo personagem Des Grieux na ópera *Manon*, de Jules Massenet.

170 **MONSIEUR THIERS:** Louis Adolphe Thiers (1797–1877) foi um político, historiador e jornalista francês que ficou particularmente conhecido por sua atuação na repressão sangrenta à Comuna de Paris em 1871, durante a qual ordenou a ofensiva militar que resultou na morte de milhares de comunardos.

temente ainda? O grande Clemenceau[171] teve contemplações com os grevistas de Draveil, de Villeneuve-Saint-Georges?... Hein?... O Acadêmico, atacado de frente, desviou o rosto para o Primeiro Magistrado: "*Tout cela est vrai. Tristement vrai. Mais il y a une nuance, Messieurs*"[172] ... E então, depois de uma pausa solene e preparatória, alçando a sonoridade de cada nome, recordou que a França havia dado ao mundo um Montaigne, um Descartes, um Luis XV, um Molière, um Rousseau, um Pasteur. O Presidente esteve por responder que, apesar de uma história mais curta, seu Continente já havia produzido próceres e santos, heróis e mártires, pensadores e até poetas que haviam transformado, por via de regresso, o idioma literário da Espanha, mas pensou que os nomes citados cairiam no vazio de uma cultura que os ignorava. Enquanto isso, Peralta encerrava o Acadêmico em uma roda de molestas considerações: por isso mesmo que aqui soavam os alexandrinos de Racine e tanto se sabia do "Discurso do Método", certas barbáries eram inadmissíveis. Era grave que Monsieur Thiers, primeiro Presidente da Terceira República, preclaro historiador da Revolução, do Consulado e do Império, tivesse ordenado os massacres da Comuna, os fuzilamentos do Père Lachaise, as deportações de Nova Caledônia; menos grave era que um Walter Hoffmann, neto de mestiça e de imigrante hamburguês, prussiano de ouvido e tenor de salões castrenses, tivesse levado a cabo – pois ele tinha a culpa de tudo – a ação repressiva de Nova Córdoba... "*La culture oblige, autant que la noblesse, Monsieur l'Académicien.*"[173] Vendo que o cenho de seu ilustre amigo estava se enfurecendo sombriamente, o Presidente, com gesto cansado, requereu

---

171 **CLEMENCEAU:** Georges Clemenceau (1841–1929) foi um importante político e jornalista francês, conhecido por sua personalidade combativa e determinação. Foi um dos principais líderes da França durante a Primeira Guerra Mundial, servindo como primeiro-ministro entre 1917 e 1920. Clemenceau teve papel decisivo na condução do esforço de guerra francês, promovendo a unidade nacional e a mobilização total contra os inimigos.

172 "Tudo isso é verdade. Tristemente verdade. Mas há uma nuance, senhores."

173 "A cultura impõe tanto quanto a nobreza, senhor acadêmico."

silêncio a seu secretário, caindo numa inércia de mudo desconsolo, afundado entre os braços da poltrona. Olhava as coisas sem vê-las – os retratos, os livros antigos, uma gravura de Granville. O Acadêmico, por sua vez, como se ignorasse a presença de Peralta, entrando na sua frente – *"Pardon!"* –, pisando no seu pé – *"Je ne vous ai pas fait mal?"* –, andava ao redor do quarto com a cara de quem reflete intensamente: *"On peut essayer! Peut-être..."*[174]. Chamou por telefone o Chefe da Redação do *Le Matin*. As fotos de Monsieur Garcin – o maldito francês de Nova Córdoba – haviam sido levadas por uns estudantes, fugidos *de lá*, que agora se encontravam em Paris, falando e agitando nos cafés do Bairro Latino – todos discípulos do Doutor Luis Leoncio Martínez. O jornal não podia dar para trás nem anular as publicações dos próximos artigos já anunciados. As pessoas diriam que o jornal tinha se vendido a quem possuía – como era sabido – uma fortuna enorme. O mais que se podia fazer era suprimir da edição da manhã uma foto em que o Primeiro Magistrado aparecia junto a um cadáver posto na vitrine de uma bodega, sob um almanaque da *Phosphatine Fallière* onde se lia claramente a data da matança. "Por nossa parte nos fodemos", disse o agoniado. E se ao menos houvesse – não sei! – algo que distraísse a atenção do público: um grande naufrágio, como o do *Titanic*, a passagem de algum cometa Halley, com anúncio do Fim do Mundo, uma nova erupção do Monte Pelée, um terremoto em São Francisco, um bonito assassinato como o de Gaston Calmette[175] por Madame Caillaux... Mas, nada. Neste verão de merda não acontecia nada. E todo mundo lhe dava as costas no único lugar do Universo onde a opinião alheia ainda tinha, para ele, algum valor.

---

174 "Pode-se tentar! Talvez..."

175 GASTON CALMETTE: Jornalista francês e editor-chefe do influente jornal *Le Figaro*. Conhecido por seu estilo combativo, ele se envolveu em uma intensa disputa política ao ameaçar publicar cartas comprometedoras ligadas ao primeiro-ministro Joseph Caillaux. Em 1914, Calmette foi assassinado por Henriette Caillaux, esposa do primeiro-ministro, que disparou contra ele para impedir a divulgação do escândalo. O crime causou grande comoção na França, abalando a cena política e jornalística da época.

Vendo-o desmoronado, em um estado de desconsolo que lhe encurvava as costas e lhe esvaziava o olhar, o Ilustre Acadêmico lhe ofereceu, em um longo aperto de mão esquerda, o calor de sua amizade, e, como quem faz confidências à meia voz, falou-lhe de possível contraofensiva. A imprensa francesa – era triste para ele ter que confessar – era de uma venalidade tremenda. Não se referia, é claro, ao *Le Temps*, muito vinculado ao Quai d'Orsay, e cujo diretor, Adrien Hérbrard[176], não era homem levado a fazer certos negócios. Tampouco se podia pensar no *L'Echó de Paris*, onde seu amigo Maurice Barrés[177] colaborava, nem no *Le Gaulois* do atrabiliário Artur Meyer[178]. Mas, por trás desses jornais de ponta, havia outros que, sob a condição de dispor de fundos para tal (o Primeiro Magistrado assentiu), poderiam, enfim, você me compreende... Tudo estava em fazer as coisas com alguma habilidade, E, assim, três dias depois, *Le Journal* começava a publicação de uma série de artigos, sob o título geral de *L'Amerique Latine, cette inconue*[179], onde, passando-se do universal ao local, do geral ao particular, de Cristóvão Colombo a Porfirio Díaz (mostrando, de passagem, como, por uma revolução não ter sido freada a tempo, um grande país, como o México, havia caído na anarquia mais atroz....), desembocava-se em nossa pátria, com grandes elogios a suas cataratas e vulcões, a suas *quenas*[180] e violões,

176 **ADRIEN HÉRBRARD:** Adrien Hérbrard (1849–1918) foi um jornalista e editor francês, conhecido principalmente por seu trabalho como diretor do jornal *Le Figaro* após a morte de Gaston Calmette.

177 **MAURICE BARRÉS:** Escritor, jornalista e político francês, conhecido por seu nacionalismo conservador e por sua influência na literatura e na política do início do século XX na França. Suas obras abordavam temas como a identidade nacional, a memória cultural e o individualismo, sendo considerado um dos principais teóricos do nacionalismo francês.

178 **ARTUR MEYER:** Jornalista e editor francês, conhecido por sua atuação no jornal *Le Gaulois*, um dos principais periódicos conservadores da França no final do século XIX e início do século XX.

179 "América Latina, esta desconhecida".

180 **QUENAS:** Flauta tradicional andina feita geralmente de madeira, bambu ou osso, muito usada na música dos povos indígenas dos Andes, especialmente no Peru, Bolívia, Equador e partes do Chile e Argentina.

a seus *huipiles*[181], *bohíos*[182] e *liquiliquis*[183], a seus *tamales*, *ajiacos* e *feijoadas*, com evocação dos grandes momentos de sua História – história que conduzia, por força, à era do progresso, do desenvolvimento agrícola, das obras públicas, do fomento à educação, das boas relações com a França, etc., etc., devida à boa gestão do Primeiro Magistrado. Enquanto outras nações jovens do Continente naufragavam em desordem, aquele pequeno país se erguia, em exemplo, não se esquecendo que, frente a populações frequentemente incultas e revoltosas, rapidamente seduzidas por ideologias dissolventes e subversivas (aqui, oportuna recordação de Ravachol, de Caserio, matador do Presidente Carnot[184], de Czolgosz, assassino de McKinley[185], de Mateo Moral[186] e sua bomba jogada sobre a carruagem nupcial de Victoria de Battemberg e Alfonso XIII); ante uma infiltração de ideias libertárias, anarquistas, um governo enérgico só podia tomar decisões en *Le Gaulois* érgicas, sem poder impedir que, às vezes, uma soldadesca provocada, hostilizada exaspe-

---

181 **HUIPILES:** Blusas ou túnicas tradicionais usadas por mulheres indígenas de várias regiões do México e da América Central, especialmente entre os povos maia e nahua.

182 **BOHÍOS:** Habitações tradicionais indígenas comuns em várias regiões da América Latina, especialmente no Caribe e na América Central. Geralmente, são casas simples feitas com materiais naturais, como madeira, bambu, folhas de palmeira e barro.

183 **LIQUILIQUIS:** Traje masculino tradicional da Venezuela, especialmente usado em ocasiões formais e festas típicas. Consiste em um conjunto de calça e jaqueta leve, geralmente feitas de tecidos como linho ou algodão, com corte reto e gola alta, muitas vezes acompanhado por uma faixa ou cinto.

184 **PRESIDENTE CARNOT:** Marie François Sadi Carnot (1837 –1894) foi o 5.º presidente da República Francesa, servindo de 1887 até seu assassinato pelas mãos de um anarquista italiano, causando grande comoção na França.

185 **MCKINLEY:** William McKinley (1843–1901) foi o 25º presidente dos Estados Unidos, governando de 1897 até seu assassinato em 1901. Foi assassinado por Leon Czolgosz, anarquista estadunidense, este executado no mesmo ano, e sua morte levou à ascensão de Theodore Roosevelt à presidência.

186 **MATEO MORAL:** Anarquista espanhol ativo no início do século XX que realizou um atentado ao lançar uma bomba durante o casamento real em 1906 em Madri. Além de matar 24 soldados, outras 100 pessoas ficaram feridas. Dois dias depois, suicidou-se.

rada, se entregasse a excessos deploráveis, mas, no entanto, não obstante, desde então que... "Ah! Bom, meu Presidente! – exclamava o Doutor Peralta, lendo e relendo os artigos –: Agora sim que esfregamos esses estudantes de merda que andam bagunçando o Bairro Latino com seus comícios para uns gatos-pingados e seus folhetos volantes que ninguém lê". Nisso, um telegrama anunciou ao Primeiro Magistrado o envio de uma caixa, caixa prodigiosa, caixa mágica, caixa providencial, embarcada pouco antes em Porto Araguato: caixa onde vinha, com seus adornos, tecidos e ossos, a múmia – a Múmia daquela noite – destinada ao *Museu do Trocadero*. Habilmente consolidada com colagens e arames invisíveis, sentada em nova jarra funerária aberta pela frente – o suficiente para que se visse o esqueleto em sua integridade –, imperceptivelmente restaurada por um taxidermista suíço, especializado principalmente em embalsamar répteis e aves, mas que, neste momento, tinha sido um mestre, a Múmia estava a caminho, cruzava o Oceano, chegava, chegava a tempo para oferecer materiais de trabalho a uma certa imprensa que, na verdade – o Presidente se assombrava ante as mostras de avidez, a ausência de escrúpulos, que, dia a dia, lhe eram reveladas – era mesmo insaciável. Porque, agora, a casa da *Rue de Tilsitt* era objeto de uma verdadeira invasão, desde cedo até depois de anoitecer. Eram jornalistas, gazeteiros, publicitários, colunistas, diretores de jornais que jamais eram vistos em postos nem quiosques, repórteres, "*échotiers*"[187], gente de fraque, gente de ternos de risca, gente de chapéu-coco, gente de gorro, homens de baioneta na mão, monóculo manchado de gema de ovo – supostos especialistas em política estrangeira que, da América, só conheciam o condor dos *Filhos do Capitão Grant*[188], *O Último*

---

187 **ÉCHOTIERS:** Redatores de notícias sociais.

188 **FILHOS DO CAPITÃO GRANT:** Romance de aventura escrito por Júlio Verne, publicado em 1867. A história gira em torno dos filhos do Capitão Grant, que embarcam numa expedição para encontrar seu pai desaparecido após seu navio naufragar.

Moicano[189], *La Perichole*[190] e *El Choclo*[191], tango argentino que era a febre do dia... –, que vinham, o tempo todo, "em busca de informações", vagamente ameaçadoras, afirmando que seguiam recebendo tremendas notícias *de lá*, que sabiam de uma perseguição desatada contra estudantes e jornalistas, da ameaça que pesava sobre muitos interesses europeus e, sobretudo, do raro, raríssimo suicídio de Monsieur Garcin – antigo preso em Caiena de acordo, porém francês ao fim – cujo corpo havia sido achado, há pouco, pendurado em uma escavadora fora de serviço, a uns quilômetros de Nova Córdoba. Atrás do *Le Petit Journal*, cuja venda sofria uma grande queda nesses dias, apresentava-se o *L'Excelsior*, relembrando insidiosamente que em suas páginas os documentos gráficos apareciam com excepcional clareza; atrás do *Le Cri de Paris* aparecia *La Libre Parole*, e, de maiores a menores, de diários de chantagem a revistas de escândalo, chegava-se às folhas da província – Baixos Pirineus, Alpes Marítimos, *ecos* do Norte, *faróis* de Armórica, libelos marselheses... – em um desfile cotidiano de pérfidos facadistas, a quem havia de calar em linguagem de algarismos, com magnífica assistência da Múmia. Aí a tinham, fotografada em todos os seus ângulos; aí tinham o Avô da América que, segundo fosse a fantasia do redator, carregava uma idade de dois mil, três mil, quatro mil anos – a peça mais antiga do Continente, cuja presença fazia retroceder vertiginosamente aos princípios de sua História. Elogios de nossas instituições científicas; elogios do Primeiro Magistrado, autor de sensacional achado; agradecimento por ter feito obséquio tão valioso a um museu de Paris. Mas a Múmia não chegava. Embarcada em um cargueiro sueco para ser descida em Cherburgo, tinha dado, por erro, no

---

189 *O ÚLTIMO MOICANO*: Romance escrito por James Fenimore Cooper e publicado em 1826. É uma obra clássica da literatura norte-americana que faz parte da série chamada Leatherstocking Tales.

190 LA PERICHOLE: Opereta cômica em dois atos composta por Jacques Offenbach, estreada em 1868.

191 *EL CHOCLO*: Tango argentino composto por Ángel Villoldo em 1903. É um dos tangos mais conhecidos e interpretados no mundo, com uma melodia marcante que se tornou símbolo da cultura musical argentina.

porto de Gotemburgo, aonde Cholo Mendonza ia, agora, buscá-la... E enquanto isso, sempre insaciados, sempre ameaçadores, os repórteres seguiam acudindo à *Rue de Tilsitt* "em busca de notícias". "Não posso mais; não posso mais – tinha gritado o Primeiro Magistrado, depois de receber a visita de uma redatora de *Lisez-moi Bleu* –: Estes merdas vão me deixar sem um tostão, sem um cobre, sem um trocado! Que digam o que quiserem, mas não lhes dou um centavo a mais!" Mas continuava dando e dando, ainda que a Múmia, de tanto ter sido mostrada em foto, descrita, comparada com outras múmias – as do Louvre, as do British Museum... – já não dava matéria para novos artigos. Buscando novos temas, Peralta estudava os casos de aparições da Virgem no mundo, para relacioná-los com o nosso culto à Divina Pastora – tema este que podia interessar os leitores de publicações católicas... E nesse desconcerto se estava quando soou o tiroteio de Sarajevo[192], seguido dos disparos que, no *Café du Croissant*, mataram Jaurès[193]. "Graças a Deus que, por fim, acontece algo neste continente punheteiro!", disse o Primeiro Magistrado. Em 2 de agosto era a mobilização geral, e em 4, a Guerra... "Que não entre mais nenhum jornalista nesta casa", disse o Presidente a Sylvestre. "Agora poderemos descansar", disse o Doutor Peralta... E aquela noite o Primeiro Magistrado voltou aos seus passeios de antes. Foi com seu secretário, ao *Bois-Charbons* de Monsieur Musard, número 25 da *Rue Sainte-Apolline – Aux glaces* –, à casa das colegiais inglesas e das mocinhas de São Vicente de Paula. Em toda parte, só se falava disso. Uns diziam que a guerra seria

---

192 TIROTEIO DE SARAJEVO: Refere-se ao assassinato do arquiduque Francisco Ferdinando da Áustria e sua esposa, Sofia, ocorrido em 28 de junho de 1914 na cidade de Sarajevo, então parte do Império Austro-Húngaro. Eles foram mortos por Gavrilo Princip, um jovem nacionalista sérvio ligado ao grupo revolucionário chamado Mão Negra. Esse atentado é considerado o estopim imediato para o início da Primeira Guerra Mundial, pois desencadeou uma série de alianças e declarações de guerra entre as grandes potências europeias.

193 JAURÈS: Jean Jaurès (1859–1914) foi um político socialista francês, conhecido por sua defesa da justiça social, do pacifismo e dos direitos dos trabalhadores. Era um dos principais opositores à Primeira Guerra Mundial, buscando evitar o conflito por meio do diálogo e da diplomacia. Ele foi assassinado em 1914 por um nacionalista que discordava de suas posições pacifistas.

breve e que logo os exércitos franceses chegariam a Berlim. Outros diziam que seria uma guerra longa, dolorosa, tremenda. "Bobagens – dizia o Presidente –: A última guerra, por ter sido a última guerra clássica, foi a Franco-Prussiana em 70." Um eminente economista inglês havia demonstrado recentemente ("e podem conseguir o seu livro na Edição Nelson...") que nenhuma nação civilizada estava em condições de suportar os custos de uma contenda prolongada. As armas modernas eram caras demais; não havia país que pudesse fazer frente aos gastos de suprimento de exércitos que agora somariam milhões de homens. Além do mais, já dizia o Estado Maior Francês: "Três meses, três batalhas, três vitórias" ... Nisso Ofélia chegou de Salzburgo, via Suíça, grávida do Papageno de *A flauta mágica*[194]. Tinha sido surpreendida assim, tontamente, uma noite em que, por muito beber, havia se esquecido de usar o diafragma que sempre levava na bolsa para casos imprevistos – assim, tontamente, estupidamente, agarrada à centauresca, em uma casinha rodeada de pinhos do Kapuzinnersberg[195]. Vinha furiosa; furiosa por ter que se livrar disso em outra parte, já que os estúpidos médicos daqui, por mais que lhes pagassem, se negavam a fazer esse tipo de intervenção; furiosa por aquilo com o *Le Matin*, que havia tido ressonância em jornais da Alemanha e da Áustria, com uma caricatura no *Simplississimus*[196] de Munique, onde o Primeiro Magistrado tinha sido representado –, com um amplo chapéu à mexicana, cinto cruzado, pança de milionário e um cubano no canino, disparando sobre uma camponesa ajoelhada: *Ultima Ratio Regum*[197], pregava a legenda... "Como sempre, você mijou fora do penico! – gritava a Infanta –: Macaco com rabo grande não aponta o dos outros! Se você matou tantos, também podia ter se livrado do fotógrafo!" "Já

194 *A FLAUTA MÁGICA*: Ópera famosa do compositor alemão Wolfgang Amadeus Mozart (1756–1791).

195 KAPUZINNERSBERG: Cidade onde Mozart nasceu.

196 SIMPLISSISSIMUS: Revista semanal alemã satírica, com sede em Munique e fundada por Albert Langen em abril de 1896.

197 ULTIMA RATIO REGUM: "Último argumento dos reis". Divisa que Luís XIV, rei da França, mandou colocar em seus canhões.

se encarregaram!" "Grande coisa! Quando a coisa não tem remédio! Menos mal que balearam um Arquiduque aí. Talvez com isso se esquecerão de suas imbecilidades! Porque o mundo todo nos dá as costas. Estamos afundados. Metidos na merda até aqui" (isto, levando um dedo à testa) ... O Primeiro Magistrado tirou seu braço direito da tipoia de seda. Já lhe voltava o movimento; a articulação do cotovelo já não o fazia sofrer. Quase podia apalpar novamente a culatra de sua pistola... Deixando Ofélia com seus gritos e esperneios (devia ter tomado uns whiskies a mais no vagão-restaurante do trem), saiu para comer com o Doutro Peralta num sótão próximo à Gare Saint--Lazare onde, em uma mesa acompanhada de jarros de vinho, podiam provar oitenta tipos de queijos – entre eles um, de cabra, recheado de ervas aromáticas, cujo sabor marcante lhe fazia lembrar o das coalhadas de páramos andinos.

Sete

...quanto mais nos estimamos,
maiores nos parecem as injúrias.
— DESCARTES

Transcorria a mais formosa e ensolarada estiagem que marcaria os anais meteorológicos da Europa. Os monges de todos os higrômetros alemães viveram com o capuz caído sobre a nuca; o camponês com guarda-chuva dos higrômetros suíços permaneceu oculto em seu rústico chalé alpino, deixando a moça do avental encarnado sair, personificação do bom tempo. Os castanhos estavam alegres e os pássaros piavam entre as estátuas das Tulherias e do Luxemburgo, apesar da perpétua iminência de combate em que a capital vivia, bastante desconcertada, na verdade, por uma sucessão de acontecimentos que, apesar de sinais dramaticamente anunciadores, pegavam muitas pessoas de surpresa evocando, de modo inquietante para quem o tivesse conhecido, a épica desordem de 70. O Primeiro Magistrado, desde então, deu por terminada a caríssima campanha que os jornais, em elogio a seu país e seu governo, traziam nas páginas em o público só buscava o que se referia às fúrias que haviam se desatado sobre a Europa. Campanha que havia resultado duplamente inútil, pelo que acontecia agora e porque não tinha trazido, para dizer a verdade, o restabelecimento de seu prestígio, justo o que ele estava mais ansioso por recuperar. Ou, ao menos, não tinha mostras disso. Ninguém o tinha chamado por telefone para comentar favoravelmente alguma publicação – a não ser seu alfaiate, seu barbeiro, desde então. As pessoas que lhe interessavam estavam de férias – férias criteriosamente prolongadas na expectativa dos acontecimentos. De Reynaldo Hahn, a quem tinha se atrevido a perguntar, só teve uma resposta inconsistente, cortês, escorregadia: "Já vi... Já vi... Muito bom tudo... Parabéns, paisano" ... Era evidente que no fim do ano, quando estivesse novamente *lá* não receberia esses cartões com sinos e ramos, essas cartas em bonito papel filigranado onde, de Paris, em autógrafos mais gratos ao seu espírito do que os elogios cotidianos que a imprensa local propagava, mãos altamente consideradas e admiradas respondiam às suas muito cuidadas felicitações pascoais – sempre acompanhadas de algum lindo objeto do nosso artesanato. Haveria que renunciar, então, a cultivar as Pessoas com cujo trato ou amizade contava para os tempos em que, tendo renunciado à sua Investidura – por fastio, por cansaço, ou vai lá saber... – viesse a passar os últimos dias de sua vida nesta sempre grata e consoladora mansão da *Rue de Tilsitt*. Não tinha intenções de se afastar de Paris por agora – e, na verdade, o perigo que se corria aqui não era tanto –, posto que estava perto de terminar o tratamento de seu braço doente, já quase curado pela ciência do Doutor Fournier, "*médecin des hôpitaux*", obrigado, por suas funções, a permanecer na cidade. Acompanhado de seu secretário, o Presidente dava longas caminhadas sem rumo preciso, esperando as edições vespertinas dos diários, chegando às vezes, quando se enchia de frescores vegetais, até o Bois de Boulogne, cujo *Sentier de la Vertu* tinha ficado deserto, enquanto os cisnes dos lagos alongavam os pescoços, em sinal interrogativo, esperando inutilmente os pedaços de biscoitos que, ainda poucos dias antes, os caminhantes e meninos lhes jogavam. Ambos se sentavam na varanda do Pré-Catelan, ansiando as graças e frivolidades de outros tempos, ainda que o Primeiro Magistrado, passando do monólogo íntimo à confissão pela metade, se desse a considerar repentinamente esta guerra, ante a crescente surpresa de Peralta, com a ótica do moralista um tanto amargo e admonitório. As nações entregues ao luxo e à indolência – dizia – se abrandavam e perdiam suas virtudes fundamentais. Bom era o esteticismo, mas o homem, para recobrar uns músculos anemizados pela excessiva contemplação do Belo necessitava – ao cabo de longos devaneios – da luta, do corpo a corpo, do *agon*. Bonita era a figura de Luis de Baviera, cantado pelo nosso Rubén Darío e até por Verlaine, mas, para a unificação e grandeza de uma Alemanha dividida e adormecida, o sólido e rude Bismarck teria sido mais útil, de pé em seus estribos bélicos, do que o príncipe músico, edificador de castelos tão poéticos quanto alheios a toda realidade. Essa contenda não seria longa ("três meses, três batalhas, três vitórias", afirmavam os seus próprios generais) nem resultaria tão cruel como a de 70, já que as pessoas, instruídas por uma experiência muito fresca na memória, não deixariam que ela se prolongasse em uma interminável Comuna. E até que caía bem uma sacudida na França, uma terapia de emergência, um *shock*, para tirá-la dessa letargia autossuficiente. Muito pretenciosa, precisava de uma lição. Ainda se achava reitora demais do mundo, quando, na verdade, esgotadas suas grandes energias, havia entrado em uma fase de evidente decadência. Estava terminado o reino dos gigantes: Hugo, Balzac, Renan, Michelet, Zola. Já não se produziam, aqui, espíritos dotados de tal universalidade, e por isso a França começava a pagar o grave pecado que era, neste século multiforme, uma orgulhosa subestimação daquilo que se situava fora de suas fronteiras. Nada que fosse estranho ao seu país interessa ao francês, convencido de que existia para fazer as delícias da humanidade. Mas ante ele se erguia, agora, um homem novo, terrível pela estrondosa afirmação de suas vontades, que, talvez, haveria de se apoderar da época; o homem nietzschiano, habitado por uma implacável Vontade de Poder, trágico e agressivo protagonista de um Eterno Retorno, hoje reiterado em feitos que comoviam o mundo... Peralta, conhecedor dos modestos níveis cogitantes de seu compadre, estava seguro de que o Primeiro Magistrado nunca havia lido Nietzsche e, se agora o citava com tal autoridade, era porque, em algum artigo lido ontem, ele teria topado com seus pensamento devidamente entre aspas. Além do mais, acostumado a segui-lo nos altos e baixos do seu caráter, muitas vezes se dava conta de que, por trás de considerações atemporais, o Presidente ocultava um despeito afiado ante as pessoas que o tinham humilhado e ofendido, fechando-lhe os caminhos de suas moradas. Quando pronunciava os nomes de Bismarck ou de Nietzsche, colocava em fila suas rancorosas baterias mentais contra o sorbônico Brichot, os insolentes Courvoisier, os Forcheville[198] e o Conde de Argencourt – outro que, encontrando casualmente em uma livraria onde ambos compravam livros pornográficos disfarçados de *Breviário do erotismo hindu* ou *Os autores licenciosos do século XVIII*, com as páginas ilustradas com fotografias muito atuais, o diplomata fracassado o havia ignorado com um altivo desdém, deixando uma saudação em suspenso. E Peralta, observando maliciosamente, atiçava fogo nessa crescente agressividade, buscando argumentos de peso em suas aleatórias e desordenadas leituras de dias anteriores, acerca das milagrosas aparições da Virgem no mundo para alimentar os artigos, vinculados com *"O Milagre de Nova Córdoba"*, que já não haveriam de se publicar – nem pagar. Uma manhã o Primeiro Magistrado regozijou enormemente mostrando-lhe um texto onde um célebre escritor católico, famoso por sua ira, seus clamores e imprecações de mendigo ingrato[199] (de "mendigo ingrato" era como se definia ele mesmo), afirmava que, depois do Povo Eleito de Israel, a França era o povo que Deus mais amava. Sem a França "Deus não seria inteiramente Deus" – dizia. Além do mais, tudo o demonstrava: o *considerate lilia agri* das Escrituras era o anúncio da Flor-de-lis da

---

198 **BRICHOT, COURVOISIER E FORCHEVILLE:** Personagens presentes no romance "Em busca do tempo perdido", de Marcel Proust.

199 **MENDIGO INGRATO:** León Bloy (1846–1917) foi um escritor e místico francês, conhecido por seu estilo inflamado, por suas convicções religiosas intransigentes e por sua vida marcada pela pobreza. Autor de romances, ensaios e diários, Bloy ficou famoso por sua crítica feroz ao materialismo, ao anticlericalismo e à mediocridade da sociedade burguesa de sua época. Era chamado de "o mendigo ingrato" porque, embora vivesse em extrema necessidade e contasse com ajuda de amigos, nunca deixava de atacá-los se discordava de suas ideias ou atitudes.

Realeza Francesa; o Galo, mencionado no Banquete Eucarístico da Ceia, era a clara alusão ao *Coq Galouis*[200]. França do Lírio, França do Galo, França do Bom Pão e do Bom Vinho da Comunhão, cuja condição de Povo Predileto tinha sido confirmada na modernidade – acrescentava o autor – por três aparições da Virgem em trinta e três anos: Pontmain, Lourdes e La Salette... Nunca riu com tanta vontade quem se inteirava de tais prodígios: "Então a França é a terra do Paracleto[201]?" E onde esse senhor coloca a Espanha que impôs a religião católica em uma porção do planeta que se estende do Rio Grande Mexicano aos gelos do Polo Sul?... E quanto às Virgens!" ... A de Guadalupe, resplandecente, em sua sagrada rocha do *Tepeyac*; a do *Cobre*, em Cuba, que apareceu flutuando milagrosamente, vestida de sargaços, junto ao barco tripulado por João Ódio, João Índio e João Escravo; a de *Regla*, padroeira universal de marinheiros e pescadores, alçada, com seu manto constelado de estrelas, sobre o Globo do Mundo; a do *Valle*, em Costa Rica; a Divina Pastora, de nosso país, a de *Chiquinquirá*, de porte altivo e peitos bonitos, muito fêmea e muito senhora, com sua coroa de ameias; a dos *Coromotos*, que havia deixado seu retrato – depois da presença inefável – em um choça de índios; e as Grandes Guerreiras da Fé, encouraçadas de fogo sob a Adorável Túnica que as envolvia; a Virgem do Quinche, General do Exército Equatoriano, e a Virgem das Mercedes, Padroeira das Armas e Marechal do Peru, todas acompanhadas por São Pedro Claver, padroeiro dos escravos, o negro São Benito – "negro como os cravos de Cristo" –, e Santa Rosa de Lima, deslumbrante Rainha do Continente, que possuía as selvas máximas, a mais longa cordilheira, o Rio Maior do Orbe. Essas Virgens avançavam, em portentoso Esquadrão de Esplendores, a de Regla enegrecida, a dos Coromotos de olhos amendoados, fortes e misericordiosas, aguerridas e leves, carregando

---

200 COQ GALOUIS: O Galo Gaulês é um símbolo nacional da França, tradicionalmente associado ao espírito de resistência, orgulho e bravura do povo francês.

201 PARACLETO: No contexto cristão, especialmente no Novo Testamento, refere-se ao Espírito Santo, visto como aquele que guia, conforta e fortalece os fiéis após a ascensão de Jesus.

com as Sete Dores de suas Sete Espadas, dispensando prodígios, alívios, venturas e milagres, sempre prontas a acudir aonde as chamassem, cem vezes vistas, cem vezes ouvidas, diligentes e magníficas, onipresentes e ubíquas, capazes de se manifestar – como Deus à Santa Teresa – no fundo das ondas ou nos picos da Torre Ebúrnea – e mães, antes de tudo, Mães do prodigioso Filhote, ferido no flanco, que um dia, sentado à direita do senhor, repartindo os castigos e doçuras com inapelável equidade, haverá de julgar a todos nós... "E que me venha esse mendigo ingrato, ou como queira se chamar, falar de suas três Virgens francesas, com uma delas, a da Salette, controvertida pelo próprio Vaticano!" Virgens nós tínhamos, Virgens de verdade, e era tempo de se tirar as vaidades destas pessoas de cá, afundadas em uma ignorância suicida de tudo que não fosse próprio. Agora saberiam por aqui o que era um povo forte, metódico, disciplinado, ascendente. E a Alemanha, onde muito pouco havia estado, crescia de repente em uma iluminada imaginação de Selvas Negras, Maestros Cantores, Reis Soldados, catedrais que a toque de doze soltavam apóstolos e trompetistas pelas ogivas, perto do Reno, o grande Reno dos castelos incríveis – cantados e desenhados por Victor Hugo –, e as ondinas que prendiam rapazes adolescentes nas redes de suas cabeleiras, e as festas da cerveja, levadas pelas pessoas alegres, de sólidas panturrilhas, que uniam o espírito filosófico ao *yoddle* e ao acordeão – as ervas de Heidelberg[202] –, o gênio da matemática, o culto à Obediência, o amor aos desfiles a perder de vista – em suma: tudo aquilo de que careciam esses latinos de merda da Segunda Decadência. Mas agora veriam o que era bom, quando, sob o Arco do Triunfo (ele assistirá ao espetáculo da sua janela, firme e rígido, mesmo se talvez se emocionasse pelo que poderia fazer aos outros, mas resolvido, por um costume cartesiano, a ter por certo aquilo cuja verdade lhe fosse

202 **ERVAS DE HEILDELBERG:** Referência aos muros cobertos de vegetação da Universidade de Heidelberg, a mais antiga da Alemanha.

evidente), desfilarão os generais Moltke, Kluck, Bülow e Falkenhayn[203], montados em majestosos alazões, escoltando Kronsprinz, à frente de um imponente desfile de dólmãs negros, alamares brandemburgueses e capacetes de ponta, no compasso de uma grande marcha de *Tannhäuser* levada, para marcar o passo militar, em ritmo mais apertado que o de costume nos teatros de ópera. Nesse dia, a Alemanha desempenharia, por fim, o papel de "fermento regenerador" que Fichte[204] lhe assinalou profeticamente em um manifesto histórico – manifesto que o Primeiro Magistrado também não leu, pensava Peralta, ainda que tivesse de reconhecer que ele tinha um olfato insuperável para isso de se informar por segunda mão.

Angustiados pelas ameaças que pairavam sobre Paris (ainda que nas ruas as pessoas seguissem gritando "*À Berlin! À Berlin! À Berlin!*"...), perguntando-se se não seria bom mudar seus escritórios para Bordéus, Marselha ou Lyon, os cônsules e altos funcionários de embaixadas latino-americanas se reuniam, na hora do aperitivo da manhã, do aperitivo da tarde e das taças noturnas, que eram muitas, em um café da *Champs-Elysées*, para comentar os acontecimentos do dia. Sempre atento aos dizeres dessa tertúlia, recolhendo o parecer de cada um, Cholo Mendoza trazia informes que correspondiam às instituições do Primeiro Magistrado.

---

203 **MOLTKE, KLUCK, BÜLOW E FALKENHAYN:** Foram generais alemães de destaque durante a Primeira Guerra Mundial. Helmuth von Moltke (1848–1916), foi o chefe do Estado-Maior alemão no início da guerra e responsável pela execução inicial do Plano Schlieffen. Alexander von Kluck (1846–1934) comandou o 1° Exército alemão e teve papel central na ofensiva pela Bélgica e norte da França. Karl von Bülow (1846–1921), à frente do 2° Exército, também participou da campanha no front ocidental e foi envolvido nas decisões que levaram à retração alemã após o Marne. Erich von Falkenhayn (1861–1922) substituiu Moltke como chefe do Estado-Maior em 1914 e liderou os exércitos alemães até 1916, sendo o arquiteto da sangrenta Batalha de Verdun, antes de ser substituído por Hindenburg.

204 **FICHTE:** Johann Gottlieb Fichte (1762–1814) foi um filósofo alemão considerado um dos principais representantes do idealismo alemão, sucedendo Kant e precedendo Schelling e Hegel. Defendia a ideia de que o "Eu" era o princípio fundamental de toda realidade, sendo o sujeito criador do mundo objetivo por meio de sua atividade consciente.

(Este havia recebido de seu compadre Juan Vicente Gómez[205], General de generais viciados no bigode kaiseriano e no monóculo lavrado – por via confidencial-verbal, pois o ditador venezuelano temia que rissem de sua ortografia – o sábio conselho de se manter à margem de tudo, pois "menino que brinca com fogo sempre sai queimado".) Ainda que quase todos simpatizassem com a França por razões culturais ou sentimentais – uns amavam sua literatura, outros amavam suas mulheres, desempenhando cargos de pouco trabalho que equivaliam a longas e gozosas férias, a duração que tivesse o governo, no lugar onde era mais prazeroso passá-las –, muitos coincidiam em crer que a guerra, deste lado, estava perdida. Não havia mais que observar a desordem, a inoperante agitação, a *pagaille*, em que se vivia, ainda que isso não se refletisse nos jornais – que só diziam verdades pela metade ou davam notícias disfarçadas, afirmava o mesmo Doutor Fournier, nas sessões cotidianas de massagens e raios a que submetia o braço cada vez mais solto e ágil, do Primeiro Magistrado. Nas ruas soavam vozes muito distintas das que enchiam os artigos de Barrès, de Déroulède[206], e outros Tirteus da energia nacional: falava-se de regimentos perdidos, sem mando nem oficiais, que, levados a setores onde nada acontecia, não sabiam se deviam ficar ali, avançar ou retroceder. Havia unidades onde só uma metade dos combatentes estava corretamente uniformizada, alternando o quepe com o *"bonnet de police"*[207], suprindo-se a *"bande*

205 **JUAN VICENTE GÓMEZ:** Foi um militar e ditador venezuelano que governou o país entre 1906 e 1935, data de sua morte. Durante seu governo, incentivou investimentos estrangeiros, especialmente no setor petrolífero, e modernizou a infraestrutura, mas também reprimiu severamente opositores e restringiu liberdades civis. Sua longa permanência no poder deixou marcas profundas na história política da Venezuela.

206 **DÉROULÈDE:** Paul Déroulède (1846–1914) foi um escritor, poeta e político francês conhecido por seu fervor nacionalista e militarista. Inicialmente ganhou fama como autor de poemas patrióticos após a guerra franco-prussiana de 1870, refletindo o ressentimento francês pela perda da Alsácia-Lorena. Envolveu-se em atividades conspiratórias contra a República, tentando inclusive organizar um golpe de Estado, o que resultou em seu exílio temporário.

207 **BONNET DE POLICE:** Gorro militar usado tradicionalmente por soldados franceses, especialmente a partir do século XIX.

molletière"[208] com vendas de farmácia ou tiras de papel encerado. E depois, os dramas de fuzil sem balas, do obus sem canhões, das ambulâncias extraviadas, do hospital do sangue sem instrumental cirúrgico. E depois os rumores que, por serem *Fantasio*sos ou alarmistas, eram geralmente os mais aceitos em cafés, portarias e rodinhas de estrategistas de esquina: aqueles dois ulanos[209] vistos a poucos quilômetros de Paris; o projeto alemão, mantido muito em segredo, de penetrar a cidade pelos túneis do Metrô; o trabalho dos espiões, que estavam em todas as partes, olhando, ouvindo, transmitindo mensagens por um sistema de cortinas abertas e fechadas, de noite, nos quartos do sótão, de acordo com uma cifra luminosa inventada por um criptógrafo prussiano... Já chegavam de nossos países os primeiros diários que se referiam à "Guerra Europeia" – tema novo, tema bom, tema brilhante, depois de tempos monótonos – com sensacionalismo e paixão. Voltavam a se conhecer os grandes titulares e "telegramas de última hora", parados em caracteres de doze pontos, das épocas interessantes – com o "*flash*" de importância, posto em uma moldura. Muitos ânimos, habituados a se conter ante o feito local por medo a repressões, se soltavam, se exaltavam, se aliviavam em catarse, anto o magno acontecimento distante trazido ao primeiro plano da atualidade. Por fim, podia-se discutir, polemizar, conjecturar, objetar (insultar Von Tirpitz[210], criticar a neutralidade italiana, burlar-se dos turcos...), de acordo com tendências que eram semelhantes em todos os países do continente. *Lá* o clero era germanófilo, pelo mesmo motivo de que a França era promotora da educação laica e tinha separado a Igreja do Estado, tanto que a banca espanhola, os muitos

---

208 BANDE MOLLETIÈRE: Faixa de tecido de lã ou flanela, enrolada do tornozelo até abaixo do joelho, usada principalmente por soldados franceses e de outros exércitos europeus no final do século XIX e durante a Primeira Guerra Mundial.

209 ULANOS: Soldados de cavalaria ligeira armados com lanças, originários da tradição militar dos tártaros e poloneses.

210 VON TIRPITZ: Alfred von Tirpitz (1849–1930) foi um almirante alemão e principal arquiteto da expansão da Marinha Imperial Alemã no período que antecedeu a Primeira Guerra Mundial.

descendentes de emigrantes alemães e os parentes e chegados do pequeno clã de oficiais que, de piada, eram chamados os "Frederiquinhos Segundos"[211], aplaudiam de antemão a vitória segura do Kaiser. E eram "Aliados" (isso da Entente ninguém entendia) todos os da inteligentzia, escritores, universitários, leitores de Rubén Darío ou de Gómez Carrillo, gente que aqui tivesse estado ou sonhasse em vir algum dia, mestrescolas, livrepensadores, médicos formados em Paris e boa parte da burguesia – sobretudo aquela que, em suas reuniões mundanas, dialogava de tempos em tempos em um francês tão afetado e coxo como o dos personagens de "Guerra e Paz" – e em geral, o povo todo, porque o francês de nossas terras, mais comerciante que outra coisa, nunca tinha sido homem de competir de igual com o nativo, tratando-se afavelmente com todo mundo, juntando-se frequentemente com mulatas ou mestiças, muito distinto, nisso, aos que se fechavam entre os lampadários muniquenses de seus "Clubes Alemães", de seus "Cafés Alemães" para gente de tez comprovadamente branca, onde a aparição de um negro ou de um índio tivesse sido recebida com os caninos de Fafner[212]... E já se entrava no mês de setembro, entre dúvidas e cavilações, ainda que o Primeiro Magistrado contemplasse o panorama dos dias com expectativa quase divertida. A julgar pela rapidez de suas operações, os exércitos de Moltke alcançariam muito em breve o Arco do Triunfo sem ter empregado maiores esforços, pois a França, hoje, não temia generais à altura daqueles nomes que se inscreviam na massa do monumento napoleônico. E esta orgulhosa

---

211 FREDERIQUINHOS SEGUNDOS: Frederico II (1712–1786), conhecido como Frederico, o Grande, foi rei da Prússia de 1740 até sua morte e é uma das figuras mais marcantes do absolutismo iluminado europeu. Modernizou a administração e o exército prussiano, ampliou o território do reino com vitórias em guerras como a de Sucessão Austríaca e a dos Sete Anos, e promoveu reformas internas inspiradas no Iluminismo, como a tolerância religiosa e a valorização da educação. Era também patrono das artes, músico e amigo de filósofos como Voltaire.

212 FAFNER: Segundo a lenda germânica, um gigante que matou seu irmão e se transformou em dragão para cuidar dos tesouros dos nibelungos. Siegfried o matou e se tornou intocável com seu sangue. Tudo isto constitui parte importante da tetralogia wagneriana "O anel do Nibelungo".

e pervertida metrópole conheceria uma purificação pelo fogo que mais de um escritor daqui teria pressentido, comparando-a com Sodoma e Gomorra – e até com Babilônia, a meretriz, desde a ereção (tal palavra só devia ser usada quando se tratasse de estátuas ou obras arquitetônicas, segundo Flaubert) de sua Torre Eiffel, Torre de Babel, moderno zigurate, faro de cosmopolitismos, símbolo de Confusão das Línguas, felizmente equilibrada, em cumes, pelas cúpulas brancas – ainda que seu arquiteto as tivesse sonhado de ouro – da *Sacré-Coeur*. Mas o Primeiro Magistrado, dispensador de indulgências quando os atos alheios não o obrigavam a ser Repartidor da Castigos, não pensava em um fogo de incêndios e céus despencados, mas em um fogo psicológico, esCarmentador moral, que obrigasse os Altivos, os Suficientes, a baixarem a bola em rogativas de paz. Esse fogo não haveria de danificar, é claro, os afrescos do Panteão, as pedras rosadas da *Place des Voges*, os vitrais da *Notre-Dame*, nem mesmo os cintos de castidade da *Abadia de Cluny*, as figuras e ilusões do Museu *Grévin*, ou as frondosas castanheiras da avenida onde vivia a Condessa de Noailles[213] (apesar de que essa também lhe havia virado as costas), e menos ainda, o *Trocadero*, onde em breve, posta na vitrine, seria possível ver nossa Múmia que Cholo Mendoza ia buscar em Gotemburgo, assim que a Guerra acabasse. E faltavam poucos dias, na verdade, para que a Guerra acabasse: o Doutor Fournier, dando alta ao seu paciente – cuja mão ia buscar a pistola com leve destreza, sem que o indicador ficasse agarrado ao gatilho – se desfazia em lamentações sobre a falta de preparação do Alto Comando, a imprevisão, a incúria, a *gabegie – c'est encore la debâcle*[214] – que nos conduzia a uma derrota irremediável: *Vous faites bien de repartir chez-vous, cher Monsieur. Au mois, là-bas, c'est le soleil, c'est le rhum, c'est les*

---

213 **CONDESSA DE NOAILLES:** Anna de Noailles (1876–1933) foi uma figura central da vida literária francesa no início do século XX. De origem romena e nobreza europeia, destacou-se pela intensidade lírica de sua obra e pela presença marcante nos salões literários de Paris, onde conviveu com autores como Marcel Proust, André Gide e Colette. Primeira mulher a receber a Grã-Cruz da Legião de Honra na França, foi também aclamada pela crítica desde sua estreia.

214 "desperdício – é ainda a debandada."

mulâtresses[215]... Mas em 5 de setembro, de tarde, começou a Batalha do Marne. ("Uma guerra não se ganha com motoristas de táxi" – tinha observado, irônico, o Primeiro Magistrado.) Logo se viu que, contrariando-se com isso o princípio tático e estratégico de Jomini, os franceses tiveram que se ver com uma frente de combate desprovida de *centro*, posto que ali só havia uma débil linha de cavalaria. No dia 8 parecia que os de cá tinham perdido a partida. Mas, dia 9 pela tarde, foi a vitória. Naquela noite, os diplomatas latino-americanos reunidos em seu café da *Champs-Elysées*, festejaram o triunfo, convidando a beber todas as putas que passavam, enquanto o Primeiro Magistrado – que, pela primeira vez, tinha ido à tertúlia –, majestoso em seu fraque, depositário de uma sabedoria patriarcal que todos reconheciam nele, mastigava: "Claro... Claro... Mas isto, ainda, não resolve nada." No dia seguinte levantou-se muito de manhã, com o ânimo amargurado, pondo-se a contemplar o Arco do Triunfo, cuja massa crescia ou se apequenava, conforme seus anseios derrotistas ficavam satisfeitos ou frustrados. Já curado, teria de pensar no regresso *para lá* – esta permanência não tinha por que se prolongar – e mais ainda tendo renunciado, por agora, ao esperado desfile triunfal, com suas bandas militares, ao mesmo tempo estrondosas e cômicas pelo automatismo do passo e as bochechas inchadas – trombones e tubas – de músicos dirigidos por um enorme Tambor Maior. E já ia chamar Peralta para lhe propor um passeio até o *Bois-Chardons* de Monsieur Musard, quando o secretário entrou, com semblante descomposto, trazendo-lhe uma longa mensagem em papel azul: "Leia... Leia...". O telegrama era de Roque García, Presidente do Senado: CUMPRO EM INFORMAR-LHE GENERAL WALTER HOFFMANN SE REBELOU EM *CIUDAD MORENO* COM BATALHÕES INFANTARIA 3.8.9.11. MAIS QUATRO REGIMENTOS CAVALARIA INCLUINDO HUSSARDOS REPÚBLICA MAIS QUATRO UNIDADES ARTILHARIA AO GRITO DE VIVA A CONSTI-

215 "Faz muito bem em voltar para casa, querido senhor. Ao menos lá, tem sol, tem rum, tem as mulatas."

TUIÇÃO, VIVA A LIBERDADE... "Cu da mãe! Filho da puta!", uivou o Primeiro Magistrado. Mas isso não era tudo: três dos "Frederiquinhos Segundos" – Breker, o loiro bonito, sempre tão favorecido por notas e instruções que vêm de cima; González, que tinha sido agregado militar na Alemanha; Martorell, artilheiro catalão feito *criollo* por seu ódio à monarquia espanhola –, esses três militarzinhos alabados, distinguidos, rapidamente alçados na hierarquia também estavam no golpe. "Filhos da puta! Filhos da puta!" ... E repentinamente entrando em paroxismos de ira, o Primeiro Magistrado gritava, clamava, rodopiava, caindo depois nos abismos do desconsolo, gemente, ferido, esculpido nas entranhas, buscando, em linguagem de tartamudeio, os infamantes adjetivos que melhor qualificavam a traição, a felonia, o esquecimento das bondades, a máscara e o engano. Seu monólogo alcançava os cumes da exasperação, para voltar ao lamento, próximo ao soluço, que já não encontra vocábulos na medida do desengano, para recompor-se de repente, acalorar-se, levantar-se, arrebentar-se novamente em imprecações e terríveis ameaças. ("Eu sei que Mounet-Sully[216] é um grande trágico – pensava Peralta -: mas não há outro como meu Presidente..." .) E o Primeiro Magistrado vociferava, assolador e terrível, derrubando móveis, jogando livros no chão, apontando aos gladiadores de Gerôme com sua pistola belga, em tal escândalo e furor, que Sylvestre, alarmado, acudiu da despensa: *"Monsieur est malade?... Um médecin, peut-être?..."*[217]. Subitamente aplacado – ou fingindo que estava – o iracundo se virou para seu serviçal: *"C'est rien, Sylvestre... Rien... Un mouvement d'humeur... Merci..."*[218] E afrouxando a gravata, ainda congestionado, suado, cheio de chicotadas que lhe estalavam nos ouvidos, o Mandatário, andando de parede a parede, começou a dar ordens, instruções, ao Doutor Peralta. Ir à agên-

---

216 MOUNET-SULLY: Jean Mounet-Sully (1841–1916) foi um renomado ator francês, célebre por suas interpretações teatrais grandiosas no final do século XIX e início do XX. Destacou-se especialmente em papéis trágicos, como Édipo e *Hamlet*, sendo considerado um dos maiores intérpretes da tragédia clássica de sua época.

217 "O senhor está doente?... Um médico, talvez?..."

218 "Não é nada, Sylvestre... Nada... Um mal-estar... Obrigado..."

cia de viagens mais próxima – ainda devia haver alguma aberta perto da Ópera – e fazer o necessário para chegar o quanto antes *lá*. Pedir precisões a Roque García quanto à firmeza das guarnições adeptas ao Governo. Telegrama a Ariel; telegrama aos nossos jornais, com um proclame destinado à primeira página ("uma vez mais, a cega ambição de um homem indigno da graduação que ostenta, etc., etc. Bom: você já sabe..."); telegrama a este, telegrama ao outro, telegramas e mais telegramas... Nisso, os vendedores de diários anunciaram uma edição de meio-dia, com as últimas notícias da Guerra: "Como se isso me importasse um caralho!". E, de pura raiva, chutou um quadro trazido horas antes por um discípulo de Jean-Paul Laurens, protegido de Ofélia, que ainda estava sem pendurar, posto no chão, na frente dele: "O suplício de Ganelão"[219]. "Cu da mãe! Filho da puta!", repetia o Primeiro Magistrado, pisoteando a tela como se na figura do mais conhecido traidor da épica medieval se escondesse algo da alma renegada, infame, hedionda, do General Walter Hoffmann.

219 O SUPLÍCIO DE GANELÃO: Remete à punição sofrida por Ganelão, personagem do poema épico medieval francês A Canção de Rolando. Ganelão é o traidor que conspira contra Rolando, e seu castigo é severo e simbólico: ele é despedaçado por cavalos que puxam suas quatro partes em direções opostas.

Oito

> Melhor é modificar nossos desejos
> do que a ordenação do mundo...
> — DESCARTES

Assim, pois, amanhã o trem para Saint-Nazaire, de onde saía um navio para Nova York, repleto de norte-americanos que, por terem visto os alemães perto demais do Sena, e sabendo que agora teria guerra para um bom tempo, com transtorno e racionamento, preferiam voltar para a outra orla do Oceano. Depois da travessia, vários dias de espera forçada – como da outra vez no Waldorf Astoria. Talvez a possibilidade de assistir a alguma representação de *Madame de San-Gêne*[220], de Umberto Giordano, cantada por Geraldine Farrar[221], cuja estreia mundial o Metropolitan Opera House anunciava (e ainda que sua filha o considerasse um ignorante em matéria de música porque, certa vez, desconcertado e entediado pelos telúricos enredos do "*O ouro do Reno*"[222], com tanta confusão de anões,

---

220 *MADAME SAN-GÊNE*: Ópera em três atos estreada em 1915. A obra é baseada em uma peça teatral homônima de Victorien Sardou e Émile Moreau. A história gira em torno de uma ex-costureira, agora dama da alta sociedade, conhecida por seu espírito franco e jeito direto, vivendo na época da França napoleônica.

221 GERALDINE FARRAR: Foi uma famosa soprano estadunidense, especialmente reconhecida por suas performances na ópera durante as primeiras décadas do século XX. Estreou no Metropolitan Opera de Nova York em 1906, onde rapidamente se tornou uma das principais divas da casa, destacando-se em papéis como *Carmen* e *Manon*.

222 *O OURO DO RENO*: É a primeira ópera da tetralogia "O Anel do Nibelungo", composta por Richard Wagner e estreada em 1869. A obra serve como uma introdução épica ao ciclo, apresentando mitos e personagens da mitologia germânica, como deuses, anões e seres mágicos.

gigantes e ondinas, havia adormecido em seu camarote, o Presidente era muito sensível à coloratura de María Barrientos[223], à magnífica energia lírica de Titta Ruffo[224], à pureza de timbre dos longos sustenidos, incríveis timbres agudos de Caruso[225], voz de mágico prodigioso no corpo de taberneiro napolitano...). Ofélia, depois de se livrar *daquilo* em algum lugar da Suíça, tinha partido para Londres, fugindo do fastio de uma guerra cujos danos já se faziam sentir, segundo ela, na falta de balés russos, orquestras de tango e festas de gala. Na Inglaterra, por outro lado, onde o recrutamento era voluntário, seguia-se levando uma vida bastante normal: iria, então, a *Stratford-on-Avon*, com o propósito de completar sua cultura shakespeareana. "Vamos ver se agora ela engravida de algum Fortinbras ou algum Rosenkrantz[226], pensou o pai, sabendo que nada do que pudesse acontecer *lá*, na pátria, importava a sua filha, já resolvida, fazia um bom tempo, a viver para sempre na Europa, longe – dizia ela – "desse país de suor e sovaqueira", sem mais diversões do que as retretas municipais, as festas familiares onde ainda

---

223 **MARÍA BARRIENTOS:** Foi uma soprano espanhola conhecida pela voz límpida e presença marcante. Nascida em Barcelona, começou seus estudos musicais muito jovem e fez sua estreia operística aos 15 anos. Construiu carreira internacional em importantes teatros da Europa e América do Sul, destacando-se no Metropolitan Opera de Nova York entre 1916 e 1920.

224 **TITTA RUFFO:** Foi um dos maiores barítonos italianos da história da ópera, conhecido como "voz do leão". Sua carreira internacional incluiu apresentações nos principais teatros do mundo, como La Scala, o Metropolitan Opera e o Theatro Municipal de São Paulo. Em 1922, durante uma visita a Havana, Ruffo foi homenageado pelo Grupo Minorista, um influente coletivo de intelectuais e artistas cubanos que buscavam promover a cultura nacional e resistir ao imperialismo. Esse encontro marcou a consolidação do grupo, estreitando laços culturais entre Cuba e Itália.

225 **CARUSO:** Enrico Caruso (1873–1921) foi um tenor italiano considerado um dos maiores cantores de ópera de todos os tempos. Nascido em Nápoles, destacou-se pela potência, expressividade e beleza vocal, conquistando fama internacional. Sua carreira começou em pequenos teatros, mas logo chegou aos principais palcos, como La Scala, Metropolitan Opera e Royal Opera House. Caruso foi pioneiro nas gravações fonográficas, que ajudaram a popularizar a ópera globalmente.

226 **FORTINBRAS E ROSENKRANTZ:** Personagens da tragédia *"Hamlet"*, de William Shakespeare.

se dançavam a polca, a mazurca e a *redowa*[227], e os saraus de Palácio onde as mulheres de ministros e generais se reuniam em círculo, longe dos homens presos em causos picantes, para falar de bons e maus partos, crianças, doenças, patifarias de empregadas e mortes de vovozinhas, trocando receitas para fazer pudins, pastéis de nata, quindins, marzipãs e pão doce... Naquela noite, o Primeiro Magistrado e o Doutor Peralta se despediram do *Bois-Chardons* de Monsieur Musard, bebendo enormemente. Depois, com duas mulheres encontradas de passagem, foram folgar em uma luxuosa casa de encontros da *Rue Sainte-Beuve* cujo vestíbulo de entrada, adornado com cerâmicas fabricadas pelo pai de León-Paul Fargue[228], conduzia a um elevador hidráulico, folclórico e capenga, que era como o cantinho de uma sala de jantar normanda posta em translado vertical. Voltou já tarde para a *Rue de Tilsitt* onde as malas e baús fechados por Sylvestre se amontoavam nos corredores e cômodos. O Doutor Peralta mostrou as fotografias pornográficas para estereoscópio aperfeiçoado – o *Verascope Richard* – que ele tinha comprado na véspera e que, com suas imagens duplas, dava um surpreendente efeito de relevo... "Olhe... Olhe esta... É como se o homem estivesse vivo... E às duas mulheres não lhes falta nem um pelo... E o que me diz dessa combinação de cinco em fila?"... Mas, apesar do muito licor bebido, o Primeiro Magistrado tinha uma bebedeira lúcida e triste. Um enorme cansaço o invadia depois do tipo de esforço que teve que empregar quatro vezes desde o início do seu governo. Agora, a recepção em Porto Araguato. O trem de vagões velhos subindo até a capital em meio a selvas onde as folhas das árvores se confundiam – não se sabia ainda

---

227 REDOWA: Dança de salão de origem polaca, popular no século XIX, especialmente em países como Áustria e Alemanha. Parece-se com a valsa, mas possui ritmo mais acelerado e movimentos mais dinâmicos. Era muito apreciada em bailes da aristocracia e da burguesia da época.

228 LÉON-PAUL FARGUE: Foi um poeta e ensaísta francês nascido em Paris, reconhecido por sua poesia atmosférica. Embora tenha se associado ao simbolismo, sua obra também dialoga com o surrealismo e o dadaísmo. Fargue era um flâneur dedicado, explorando as ruas de Paris e transformando essas experiências em poesia e prosa.

o que pertencia aos troncos e o que havia se desprendido deles a machado – com as folhas que eram os telhados das choças de aldeias tão tristes e obscurecidas pela vegetação universal que, nelas, um riso seria fora de tom como uma indecente explosão de animalidade. Depois, o discurso de rigor, pronunciado desde o balcão do Palácio. O traje de campanha, talvez cheirando a cânfora, passado e engomado pela Maiorala Elmira, insubstituível governanta, fêmea de bom juízo, e, quando dava vontade, dócil e complacente aliviadora das penas; a viagem à frente da guerra, desta vez para o sul do mapa – há meses, havia sido para o norte; outras para o leste, o oeste. Agora para o território de *Las Tembladeras*, com suas lagoas violáceas em perpétua borbulha e borborigmo de animais e répteis ocultos sob a enganosa quietude das vitórias-régias. As marchas por caminhos alagados, com os rostos untados de nauseabundas pomadas repelentes que só por uma hora – apenas – defendiam das picadas de cem espécies de pernilongos. Aquele era um mundo de hibiscos sudorentos, falsos cravos – armadilhas de insetos –, espumas que, de sol a sol, se enrolavam e desenrolavam em espiral, fungos cheirando a vinagre, florações engorduradas sobre troncos podres, farinhas e limalhas verdes, cupinzeiros em ruínas, gramados traiçoeiros que roíam o couro das botas. E haveria que perseguir, por tais terras, o General Hoffmann, cercá-lo, sitiá-lo, encurralá-lo, e, no fim, colocá-lo de costas para uma parede de convento, igreja ou cemitério e aniquilá-lo. "Fogo!" Não havia outro remédio. Era a regra do jogo. Recurso do Método.

Mas, desta vez, algo tirava o sossego do Primeiro Magistrado. E era um problema de palavras. Agora, ao regressar para *lá*, antes de aparecer novamente no uniforme de General que ele sabia ser uma gala postiça – essa era a verdade – já que ele mesmo tinha colocado a roupa, assim, com os galardões e tudo, em um dia de alvoroço juvenil, conservando-o depois pelo fato de que, no seu país, um general a mais um general a menos...; agora, antes de crescer em estatura equestre, antes de cingir as sonoras esporas de galopeio que usava em campanha, teria que falar, que pronunciar palavras. E essas palavras não lhe vinham à mente, porque as clássicas, as fluentes, as socorridas, as que sempre havia usado em casos anteriores, parecidos com este, de tanto terem sido repisadas em distintos registros, com as correspondentes mímicas gestuais, já estariam gastas, velhas, ineficientes, na atual contingência. Cem vezes contrariadas por seus atos, essas palavras tinham passado da ágora ao dicionário, da catilinária acesa ao repertório das retóricas, da eloquência oportuna ao depósito dos tratantes – esvaziadas de sentido, secas, ermas, inutilizáveis. Haviam sido pilares de seus grandes discursos políticos, durante anos, os termos *Liberdade*, *Lealdade*, *Independência*, *Soberania*, *Honra Nacional*, *Princípios Sagrados*, *Direitos Legítimos*, *Consciência Cívica*, *Fidelidade a nossas tradições*, *Missão Histórica*, *Deveres-para-com-a-Pátria*, etc., etc. Mas agora, esses termos (costumava ser crítico severo de si mesmo) haviam assumido um tal som de moeda falsa, chumbo banhado a ouro, tostão sem brilho, que, cansado das voltas e mais voltas da sua roleta verbal, se perguntava com o quê iria preencher os espaços sonoros, os espaços críticos, de proclames e advertências inevitáveis ao se empreender uma ação militar – punitiva – como a que haveria de se iniciar em breve. Anteriormente aceito por uma maioria de compatriotas como o homem de mão enérgica que, em um momento de crise, de desordem, foi capaz de dirigir os destinos do país, havia visto seu prestígio minguado, com alarmante deterioração de sua autoridade, depois de cada trapaça, por ele inventada, para permanecer no poder. Sabia que era odiado, malquerido pela maioria, e a consciência disso lhe aumentava, como reação exterior, as satisfações e gozos que achava no servilismo, na solicitude, nas bajulações, daqueles que dependiam dele, consubstanciando seus interesses, sua prosperidade, com a maior dilatação possível de um mandato esquecido de toda legalidade e Constituição. Mas não podia ignorar que seus inimigos usavam de argumentos válidos quando jogavam na cara suas crescentes concessões aos gringos, já que os gringos, besteira seria negá-lo, eram universalmente detestados no

Continente. Sabíamos todos que nos chamavam "latinos" e que, para eles, dizer "latinos" era dizer ralé, gentalha, mulataria e lanche *ñáñiga*[229]. "Tinham até inventado o eufemismo "*latin colour*" para justificar, nos hotéis de Nova York ou de Washington, a admissão forçosa de altos personagens cuja tez fosse de matiz um tanto exótico)... E o Primeiro Magistrado continuava pensando em seu discurso obrigado, sem que a imaginação se mostrasse propícia. Palavras, palavras, palavras. Sempre as mesmas palavras. E, sobretudo, nada de *Liberdade* – com as prisões cheias de presos políticos. Nada de *Honra Nacional* nem de *Deveres-para-com-a-Pátria* – pois eram esses os conceitos que os militares rebelados sempre usavam. Nada de *Missão Histórica* nem de *Cinzas de Heróis*, pela mesma razão. Nada de *Independência* que, nesse caso, rimava com *dependência*. Nada de *Virtudes* quando se sabia que ele era dono das melhores empresas do país. Nada de *Direitos Legítimos* – posto que ele os ignorava quando se chocavam com sua jurisprudência pessoal. O vocabulário, decididamente, se aproximada dele. E tinha um adversário temível adiante, um terço do Exército agitado, e teria que falar, e o exasperado orador notava que estava afônico, sem idioma – já que não dispunha de palavras úteis, dinâmicas, estimulantes, porque ele as tinha desbaratado, tinha-lhes tirado o fio, tinha sacaneado com elas, em desprezíveis escaramuças, indignas de tal desperdício. Como diria um camponês nosso: "tinha jogado pérolas aos porcos". "Estou envelhecendo", pensou. E, no entanto, haveria que inventar algo. Algo... Esvaziou a sorvos curtos, mas seguidos, uma das cantimploras forradas de couro, e para aliviar a espera do que não vinha de dentro, tomou um dos diários da manhã – *Le Figaro* – que estava dobrado sobre a escrivaninha. Aí, na primeira coluna da primeira página, aparecia um artigo do Ilustre Acadêmico, bem destacado e com enquadramento especial. Tirando conclusões da Batalha do Marne, nosso amigo afirmava que

---

229 LANCHE *ÑÁÑIGA*: Expressão ligada à cultura dos ñáñigos, membros da sociedade secreta Abakuá, formada por afrodescendentes em Cuba com origens nas tradições africanas da região do Calabar, na atual Nigéria.

aquele milagre militar, mais que a vitória das armas, vitória da inteligência, significava, acima de tudo, o triunfo da Latinidade, sobre o espírito germânico. Herdeiros da Grande Cultura Mediterrânea, netos de Platão e de Virgílio, de Montaigne, Racine e dos sublimes descamisados de Valmy[230] – neste caso úteis, ainda que sua lembrança fosse detestada por todo o *Faubourg St-Germain* –, o Gênio da Raça, feito de equilíbrio, sensatez e medida, tinha-se oposto à patológica agressividade teutônica. O Galo Gaulês contra dragões, ferreiros em cavernas e Nibelungos. O nervoso, leve e fino corcel da já quase santa Donzela de Orleans[231] – prestes a ser canonizada – contra o selvagem cavalo de Brunilda[232]. O Olimpo contra Valhalla. Apolo contra Hagen. Versailles contra Potsdam. A sabedoria essencial de Pascal contra o gigantismo filosófico de Hegel – expresso naquele jargão obscuro de Heidelberg que, por intuição, rechaçamos em nossas mentes afeitas à claridade e à transparência no discurso. A batalha dos pântanos de Saint-Gond, mais que a vitória do canhão de 75, havia sido a vitória de Descartes. E o escritor terminava fazendo um contundente, implacável, inapelável processo da cultura alemã – *Faubourg St-Germain*, ele dizia –, da música de Wagner, do mal gosto berlinense, do cientificismo pedante de Haeckel[233], das ideias de gnomos petu-

---

230 **DESCAMISADOS DE VALMY:** Soldados franceses que lutaram na Batalha de Valmy, em 1792, durante a Revolução Francesa. Muitos desses combatentes eram cidadãos comuns, mal equipados e mal vestidos, por isso chamados de "descamisados". Demonstraram coragem e fervor patriótico diante das tropas prussianas e a vitória inesperada consolidou a Revolução, marcando simbolicamente o poder do povo armado em defesa da nova república.

231 **DONZELA DE ORLEANS:** Título dado a Joana d'Arc, camponesa francesa que, no século XV, afirmou ter recebido visões divinas ordenando-lhe que conduzisse o exército francês à vitória contra os ingleses durante a Guerra dos Cem Anos. Ela desempenhou um papel decisivo na elevação do cerco de Orléans em 1429, o que lhe valeu o apelido. Capturada e entregue aos ingleses, foi julgada por heresia e queimada viva em 1431, aos 19 anos. Posteriormente, foi reabilitada, canonizada pela Igreja Católica e transformada em símbolo nacional da França.

232 **BRUNILDA:** Brunilda é uma das figuras centrais na tetralogia operística "O Anel do Nibelungo", composta por Richard Wagner. Hagen, que é citado em seguida, também é personagem da mesma obra.

233 **HAECKEL:** Ernst Haeckel (1834–1919) foi um naturalista, filósofo e artista alemão, conhecido por popularizar as ideias de Darwin na Alemanha e por seus trabalhos pioneiros em biologia evolutiva.

lantes que, por se acharem super-homens e terem se disfarçado de Zaratustras com uma espada no cinto e uma caveira no morrião, tinham desencadeado – novos aprendizes de bruxos – a catástrofe atual. Era guerra, mais que guerra, era a Santa Cruzada contra a Neobarbárie prussiana. Ao terminar de ler o artigo, o Primeiro Magistrado começou a andar pelo salão. De repente entendeu que estava cometendo um erro: sua germanofilia de meteco ressentido – e lembrava que os gregos não usavam o qualificativo "meteco" em sentido pejorativo – não lhe era nem útil nem proveitosa. De nada lhe serviriam, nestes momentos, críticos para sua própria trajetória política, os ulanos de Von Kluck nem os submarinos de Von Tippitz. A causa walkiriosa era hoje, para ele, uma causa ruim – causa que "não pagava". Havia que se admitir que na América Latina as pessoas estavam com a França – vale dizer: com Paris. E *lá*, para cingir o problema à nossa pátria, os jesuítas eram germanófilos, gente de freguesia escolhida, confessores das almas endinheiradas, pouco amigos dos modestos maristas franceses que o haviam educado; os ricos *gachupines*[234] eram germanófilos, cavalheiros do *Import-Export* – quando não comerciantes e penhoristas – com boas contas em bancos catalães e bilbaínos, antipáticos ao *criollo* por tradição e costume; também eram – mas este é um caso particular – os habitantes da Colônia Olmeno, netos de lavradores bávaros ou pomerânios, que não tinham nenhum peso na vida pública. Além do mais – porra, agora que eu me dei conta – as Virgens todas, de nossas terras, eram latinas. Porque a Mãe de Deus era latina, duplamente latina, já que os luteranos de merda – como Hoffmann e os "Frederiquinhos Segundos" que andavam com ele, tinham-na expulsado dos seus templos. A Divina Pastora de Nova Córdoba, as de *Chiquinquirá*, dos *Coromotos*, de Guadalupe, da *Caridad del Cobre*, e todas as que formavam a Inefável Legião de Intercessoras, eram Presenças ubíquas de quem, única e

234 *GACHUPINES*: Expressão pejorativa usada no México e em outras partes da América Latina para se referir aos espanhóis nascidos na Península Ibérica, especialmente durante o período colonial e nas lutas de independência.

eterna, fora entronizada por Luís XIII nas naves de *Notre-Dame*, como consagração do seu reino ao culto marial. Havia-se, pois, que pôr as Virgens do nosso lado – comigo no combate, com imagem alçada em lábaro – já que o Príncipe, ante uma força adversa, tinha o dever de lançar mão ao que pudesse ser favorável à sua causa. Flexível e nunca obstinado, assim devia ser o Condutor dos Povos, o Guia dos Homens, ainda que, para conservar o poder, tivesse que renunciar, em um dado momento, a anseios muito pessoais. Claramente se mostrava, então, a base ideológica – tática – de sua imediata luta contra o traidor Hoffmann. Não tinha mais que considerar seu sobrenome; recordar sua formação alemã; seu afã de alardear o ariano puro, ainda que tivesse a sua avó, bastante negra, relegada aos últimos quartos de sua vasta morada colonial. De repente *Aunt Jemima* – como as más línguas a chamavam por *lá* – teria que ser erigida como símbolo da Latinidade. (O Mandatário agoniado, caído, de momentos antes, animava-se, orgulhava-se, batia com as mãos nas mesas, recobrava uma aparência de tribuno...) Ao fim e ao cabo, "latinidade" não significava "pureza de sangue" nem "limpeza de sangue" – como era comum dizerem em termos desusados do Santo Ofício. Todas as raças do mundo antigo tinham se amalgamado na prodigiosa bacia mediterrânea, mãe da nossa cultura. Tremenda cama redonda tinha sido aquela, de romano com egípcia, de troiano com cartaginesa, de helena famosa com gente debilitada. A Loba de Rômulo e Remo tinha tido várias tetas – e sabia-se que a Itália arremeteria, um dia desses, contra as Potências Centrais – para quanto mestiço ou cafuzo que se pendurasse nelas. Dizer *Latinidade* era dizer mestiçagem, e todos éramos mestiços na América Latina; todos tínhamos de negro ou de índio, de fenício ou de moro, de gaditano ou de celtibero – com alguma Loção Walker, para alisarmos o cabelo, guardada em segredo nas arcas familiares. Éramos mestiços e com muita honra!... E agora sim que vinham ideias de dentro, que renasciam as palavras ao Primeiro Magistrado, repentinamente dono de um vocabulário novo. Palavras flamantes, sonoras, gratas ao ouvido, que haveriam de ser bem recebidas, *lá*, por muitos mornos, indecisos, possíveis inimigos que, mais ou menos, vinculados com uma *intelligentsia* dos aliados, haviam se transformado em estratagemas dos que empurravam bandeirinhas tricolores sobre mapas postos em mesas de café, levando-as, em cumprimento de íntimos desejos, mais para lá de onde um avance militar era detido pelo mesmo Estado Maior dos Exércitos. Havia paixão entre as pessoas, e era inteligente capitalizar essa paixão, em proveito próprio. *Alea jacta est*[235]. Estava resolvido: ele também, novo Templário, que se somava à Santa Cruzada da Latinidade. Uma vitória de Walter Hoffmann e de sua camarilha significava uma germanização de nossa cultura. Seria fácil, inclusive, ridicularizá-lo ante a opinião. Por sua personalidade, suas leituras; os retratos de Frederico II, de Bismarck, de Moltke, que adornavam seu escritório; seu ocultamento da pobre senhora – verdadeira encarnação de nosso povo, carne da nossa melhor carne – a qual mantinha viva, como antecessora pouco decorativa, lá, sob os tamarindos, juntos aos currais onde estavam engordando o leitão para o Natal, o rebelde era espelho vivo da barbárie prussiana que, não somente havia se desatado sobre a Europa, como prontamente ameaçaria estas Terras do Futuro, já que os alemães se achavam destinados à dominação da orbe em virtude de uma mística de raça superior claramente expressa, recentemente, em "Manifesto de intelectuais", arrogante e xenofóbico, já visto nos nossos jornais. Havia, então, que alçar a Coroa de Santa Rosa de Lima contra o Escudo de Walkiria. Cuauhtémoc, contra Alarico. A Cruz do Redentor, contra a Lança de Odin. A Espada dos Libertadores, todos, do Continente, contra os Vândalos Tecnificados do Século XX... "Vem cá, Peralta..." E durante duas horas, achando sempre o adjetivo percuciente, a imagem deslumbrante – ainda que dessa vez não floreasse demais o estilo –, ditou artigos destinados aos periódicos de seu país, dando os grandes delineamentos da campanha que haveria de se desenvolver, na ideologia, antes

235 "A sorte está lançada"

de sua chegada. "Anda, e vai correndo com tudo isto à Western Union"... E agora, feito o esforço, contemplava aquele salão, os móveis amigos, os quadros, as esculturas que o rodeavam – talvez cansado de tanto ditar –, com uma preguiçosa tristeza. Dentro de poucas horas teria que abandonar esta calma de colo materno, este descanso entre sedas, cetins e veludos, para afundar as patas do seu cavalo, durante dias, semanas, meses talvez, nos lodos das tórridas terras sulistas – cipós, manguezais de água morta, sombras traiçoeiras, vegetações que feriam o rosto... – longe de tudo o que realmente o fazia feliz. Pensava no de *lá* e, de antemão, sentia o tédio que significava o regresso a qualquer ponto de partida para quem já tinha andado muito para frente no transcurso dos anos. Em breve seria novembro – o nosso novembro – com a Festa dos Mortos, e os cemitérios se transformariam em feiras e quermesses, com chamativos adornos de tumba a tumba, realejos aos quatro ventos, violões sobre a lápide do defunto, maracas, clarinetes e *changangos*[236] junto à capela do morto, com mestiças desfloradas entre as coroas murchas de um sepultamento recente. Mortos de açúcar candi, mortos de crocante rosa, mortos – caveiras – de caramelo, de marzipã, de massa de gergelim, entre pás de cavadores e correias de coveiros, entre ataúdes, urnas, bronzes vistosos e retratos de avós, de militares, de crianças com roupa de domingo, por trás de vitrines ovaladas, embaçados por orvalhos e chuvas. E chegariam também os que vendiam esqueletinhos dançantes, usando coroas, mitras, cartolas, quepes, passeando sua Dança Macabra de mausoléus a cruzes, ao grito de: "Mortinho pro seu filho", que, em tal dia, era chamado ao regozijo, à aguardente e ao pão de ló. E os diálogos que se passavam, e as danças que voavam, e as perfídias, de cruz a cruz, de anjo a anjo, de epitáfio a epitáfio. *"Ah, meu compadre! Que feliz com seu mortinho!" "Ah, minha comadre, e que vagabundo e que safado era o seu!" "Isso mesmo, meu compadre! O seu também não foi muito santo!" "Por isso, meu compadre, é que ele comeu a sua*

---

236 CHACHANGOS: Expressão usada em Cuba para se referir a instrumento musical parecido com um cavaquinho ou violão pequeno.

avó!" "Vai saber, meu compadre, quem comeu quem!" ... Regressando a isto, o primeiro Magistrado se via como quem se fechou em um círculo mágico traçado pela espada de um Príncipe das Trevas. A História, que era sua já que ela desempenhava um papel, era história que se repetia, que mordia o rabo, tragava a si mesma, se imobilizada vez em quando – pouco importava que as folhas dos calendários ostentassem um 185(?), 190(?), 190(6?) ... –: era um mesmo desfile de uniformes e de batinas, de altas cartolas à inglesa alternando com capacetes emplumados à boliviana, como ocorre nos teatros de pouca figuração onde se fazem cortejos triunfais com trinta homens que passam e voltam a passar na frente do mesmo cenário, correndo, quando estão atrás dele, para voltar a entrar a tempo no cenário gritando, pela quinta vez: "Vitória! Vitória! Viva a Ordem! Viva a Liberdade!"... A faca clássica, cujo cabo é trocado quando está gasto, e a lâmina também quando, por sua vez se gasta, resultando que, ao fim de anos, a faca é a mesma – imobilizada no tempo – ainda que tenha trocado o cabo e a lâmina tantas vezes que já são incontáveis mudanças. Tempo detido em uma quartelada, toque de recolher, suspensão de garantias constitucionais, restabelecimento da normalidade, e palavras, palavras, palavras, um ser ou não ser, subir ou não subir, suportar ou não suportar, cair ou não cair, que são, cada vez, como o regresso de um relógio a sua posição de ontem quando, ontem, marcava as horas de hoje... Olhava as sedas, os cetins, os veludos, o reciário derrubado, a ninfa adormecida, o lobo de Gubbio, a Santa Radegunda. Queria ficar, sair do círculo mágico, e, como estava fechado no círculo, não podia. As raízes do instinto, do concebido e aprendido ao abrir os olhos sobre o mundo, tiravam-no de sua vontade. Sabia que muitos, *lá*, o aborreciam; sabia que muitos, muitíssimos, muitos demais, sonhavam que alguém, alguma vez, tivesse o valor de assassiná-lo (se para causar a sua morte tivesse bastado apertar o mítico botão da Lenda do Mandarim, milhares de homens e de mulheres apertariam esse botão). Por isso mesmo, *voltaria*. Para mostrar que, ainda que estivesse nos umbrais da velhice, ainda minguado em sua arquitetura de carne, continuava duro, forte e enérgico, cheio de macheza, macho e machão. Continuaria fodendo seus inimigos enquanto lhe restassem forças. Não queria ter o triste fim do tirano Rosas[237], fenecido obscuramente em *Swathling*, esquecido por todos – até por sua filha Manuelita. Não queria se parecer com Porfírio Díaz, do México, morto em vida, que passeava seu próprio cadáver, de uniforme, luvas, com chapéu solene, pelas avenidas do Bois, entre os impermeáveis negros, quase enlutados, de um grande faetonte[238] puxado por cavalos cuja cavalgadura já anunciava o passo, compassado e lento, de próximos funerais... E lembrava agora daquela Semana Santa, em que as pessoas de sua vila haviam organizado uma representação coletiva, multitudinária, do Grande Mistério da Paixão cuja texto manuscrito, do século XVII, se conservava nos arquivos da Paróquia Mor. Durante meses e meses, as mulheres, as crianças, haviam guardado os papeis prateados de bombons e caramelos, para revestir com eles os capacetes e escudos dos centuriões, colecionando crinas de cavalos, mulas e burros, para confeccionar as cristas. Uma cortina de veludo rasgado tinha servido para costurar a túnica do Redentor; seu cíngulo era uma corda de sisal, embebida em um cozido de flores de acácia; a coroa de espinhos, um ramo do arbusto chamado "espeta-cobra", que crescia numa mata próxima. O Julgamento tinha acontecido no pátio da Prefeitura, onde o Primeiro Magistrado, então Chefe Civil, concordara, sentado na poltrona vermelha da Sala Capitular, em atuar como Pilatos. Tinha entregado o Filho de Deus aos fariseus e lavado as mãos com uma bacia japonesa, emprestada pela loja de louças dos Irmãos Suárez. E tinha começado a ascensão até o Calvário, entre prantos e lamentos da multidão... Uma jovem

237 TIRANO ROSAS: Juan Manuel de Rosas (1793–1877), foi um líder político e militar argentino que governou a província de Buenos Aires com poderes quase ditatoriais durante grande parte da primeira metade do século XIX, exercendo forte controle sobre a Argentina em um período marcado por conflitos internos e lutas pelo poder. Em 1852, foi derrotado e fugiu para a Inglaterra.

238 FAETONTE: Tipo de carruagem aberta, geralmente de quatro rodas, que era popular no século XVIII e XIX.

mendiga, simples de espírito, que pensava assistir à verdadeira história vista por ela em vinte quadros de igrejas aldeãs, se aproximou do sapateiro Miguel, que fazia o filho de Deus, pretendendo colocar no seu ombro a pesada madeira com braços que o outro, suado, já agônico, carregava aos tropeços, vacilando, caindo, levantando-se, com gemidos desgarrados, em estupendo martírio de teatro, indo para a colina onde haveria de se fazer simulacro da crucificação. Rechaçando a intrusa que ia pôr a perder sua magnífica atuação, Cristo tinha alçado sua mão esquerda até ela e dito: "E se você me tirasse isso, o que seria eu, o que me sobraria?" E tinha seguido seu caminho, costa acima, pela Rua das Amarguras, enquanto a multidão cantava em coro uma velha melodia de não se sabe onde, com lentas inflexões de canto plano:

> E se eu hei de morrer amanhã
> que me matem de uma vez.

E agora Peralta, que voltava dos escritórios da Western Union, e, vendo-me ainda de pé, talvez meditando, me perguntava: "Por que não manda tudo isso pro inferno e fica aqui desfrutando do que tem? Dinheiro não lhe falta. Quantas garrafas por beber! Quantas mulheres por transar!" "E se você me tirasse *aquilo*, o que seria eu, o que me sobraria?", disse, sim, lembro que disse, pensando nas pessoas que, por causa de Nova Córdoba, me expulsavam daqui – e minha pessoa acabava sendo mínima demais e de pouca ajuda para se inscrever no Apocalipse que se vivia por aqui. Para realçar minha estampa, me proclamava Cruzado da Latinidade. E se a Inefável Intercessora das minhas orações quisesse me dar a vitória nas próximas semanas, fazia a promessa, sim, depois do triunfo, baixar a cabeça e ir em peregrinação ao seu Santuário da Divina Pastora, entre as pessoas do povo (ainda que bem rodeado de gente do povo vestida como "gente do povo") em ação de graça e júbilo pelos favores recebidos e misericórdia para os muitos pecados cometidos. Com os que arrastavam pernas com chagas, com os que soluçavam na noite de seus olhos brancos, com os de narizes roídos e que juntavam os tocos dos punhos em impossível gesto de prece; com as mulheres de matrizes fechadas e peitos de areia; com os que, já mais que adolescentes, só conheciam o vagido e o passo oblíquo, o braço seco e a mão torcida; com os da palavra para sempre morta nas gargantas latentes; com os purulentos e aleijados, eu cruzaria os largos ladrilhados, de joelhos, e, dispensando a almofada vermelha posta pelos párocos, me arrastaria sobre a pedra até os pés da Mãe de Deus, para manifestar minha gratidão em prosa de liturgia, não lembro se aprendida de Renan ou dos Irmãos Maristas: Rosa Mística, Torre Ebúrnea, Mansão Áurea, Estrela Matutina, *Ave Maria Stella*... Olho o relógio. Agora há que descansar um pouco. Terá que sair cedo amanhã. De brincadeira, já com o roupão de dormir, coloco o gorro inglês de duas viseiras, ponho o Macfarlane[239] quadriculado que comprei para a viagem. "Eu me pareço com Sherlock Holmes" – digo ao me olhar no espelho Império, montado em esfinges douradas –. "Falta a lupa", disse Peralta, deslizando-me no bolso um dos frascos de aguardente revestidos de pele de porco.

... e já a campainha. Dez e quinze. Não pode ser. Nove e quinze. Mais perto. Oito e quinze. Este despertador será um prodígio da relojoaria suíça, mas seus ponteiros são tão finos que quase não se veem. Sete e quinze. Os óculos. Seis e quinze. Isso sim. O dia começa a se pintar de claro sobre o amarelo da cortina. Meu pé não encontra o outro chinelo que sempre perco nas cores do tapete persa. E Sylvestre aparece com seu colete listrado, trazendo a bandeja de prata – prata das minhas minas –: *"Le café de Monsieur. Bien fort comme il l'ame. Monsieur a bien dormi?"*[240]. *"Mal, trés mal* – respondo – *J'ai bien des soucis mon bon Sylvestre"*[241]. – *"Les revers attristent/ les grands de ce*

239 MACFARLANE: Tipo específico de sobretudo feito de tecido escocês, tradicionalmente usado por militares e civis, muito comum em regiões de clima frio.

240 "O café do senhor. Bem forte como gosta. O senhor dormiu bem?".

241 "Mal, muito mal – respondo – Tenho muitas preocupações, meu bom Sylvestre."

monde"[242], suspira o outro, com um alexandrino que, por sua escansão clássica, põe ressonâncias de *Comédie Française* nesta casa onde, já em atmosfera de conspiração, longe do cenário de meu destino, se abre, na primeira hora de hoje, um novo capítulo da minha história.

---

242 "Os reveses entristecem / os poderosos deste mundo."

Quarto CAPÍTULO

... o que vejo desta janela senão chapéus e capas que podem vestir fantasmas ou homens bem fingidos que só se movem por meio de molas?...
— DESCARTES

Nove

Não tinha sido necessário liquidar Walter Hoffmann. Como todo conflito costuma encontrar seu desenlace em sucessos alheios aos previstos, o general traidor havia tido um fim que, se se olhasse bem, não carecia de uma certa força wagneriana: agonia de Fafner na selva muito mais perigosa do que a selva de Siegfried, quase municipal, *tiergarten* e *unter-den-linden*, se comparássemos com essa tremendíssima que cobria o território de *Las Tembladeras*. Tínhamos cercado o rebelde em uma região de areias movediças da qual teve que se retirar, cada vez mais abandonado por suas tropas em tal peso de derrotas que iam de encontro aos discursos e admoestações, proclames e repartição de aguardente, para admitir – e a angústia de saber aumentava dia a dia – que haviam jogado uma carta de merda, e aqueles que tinham o flux do maior baralho éramos nós. De nada serviu que o General Hoffmann, tendo descoberto os vestígios de uma pirâmide indígena no matagal mais fechado, gritasse a seus homens: "Soldados... Do alto desta pirâmide cinquenta séculos os contemplam" (acrescentando dez, por orgulho patriótico, aos quarenta da arenga napoleônica...) "Por mim, que sejam setenta e cinco", haviam pensado os soldados, cujas "namoradas" – as que seguiam os rebelados – afirmavam que tais pedras amontoadas e cheias de buracos, para nada serviam que não fosse para criadouro das serpentes mais daninhas do mundo, de centopeias, tarântulas, aranhas marrons e escorpiões que eram "um tanto assim de grandes" (dispensando o modo de demonstrar...). E, depois do repentino desaparecimento dos "Frederiquinhos Segundos", em fuga para a fronteira do sul, tinham começado as deserções e as fraternizações em massa, sob o grito desgarrado de "nos enganaram, nos fizeram acreditar, fomos mandados...", até que o General, rodeado dos poucos fieis que lhe restavam, resolveu cruzar umas planuras malditas – única saída para o mar – que, pela abundância de atoleiros, haviam dado seu nome à região. Ali, à medida em que a travessia se fazia mais difícil e arriscada e ia perdendo os homens, na faixa de dois artilheiros e um tenente, quinze soldados rasos e um cabo, sessenta e tantos números com um capitão, o rebelde viu-se quase sozinho, seguido de seus últimos partidários – e vão vocês saber o que estes tinham na cabeça – à margem de um deserto amarelento, cortado de vegetações rasteiras, onde se abriam uns pequenos charcos – grandes buracos, melhor dizendo – de uma massa viscosa, argilosa talvez, que parecia um lodo dormido com um fina camada sobre a terra firme. O General Hoffmann foi dar em um desses fossos, logo após esporear seu cavalo fora de hora, depois de um brusco puxão de rédea devido à urgência de esquivar de um ramo espinhoso que lhe atravessava o caminho. E, de repente, o cavalo, sentindo que as patas afundavam mais e mais na lama enganosa, como se puxado por uma implacável aspiração saída de baixo, por uma sucção vinda das entranhas do solo, deu a relinchar desesperadamente, pedindo socorro aos homens, esgotando-se em inúteis pinotes, sem que suas desesperadas intenções de braçadas e coices o libertassem de um lento e firme declínio. Com o terrível lodo subindo nos joelhos, tratando de tirar as botas que iam ganhando peso de chumbo, puxando e voltando a puxar as rédeas sem resposta, vendo que os esforços de sua montaria só serviam para apressar o inexorável afundamento, o General gritava: "Uma corda... Um laço... Uma correia... Tirem-me daqui... Depressa... Uma corda... Um laço... Um cipó"... Mas os homens que cercavam o charco, silenciosos, sisudos, comtemplavam o muito demorado, demoradíssimo, naufrágio de seu chefe, com expectante calma. "Morra, seu cabra!", disse, quase em voz baixa, um cabo a quem Hoffmann, anos antes, tinha esbofeteado, como castigo a uma resposta desrespeitosa, "Morra, seu cabra!", disse, bem alto, um tenente que muito havia solicitado, sem sucesso, uma difícil Estrela de Prata. – "Não, porra, não! Não me deixem morrer assim!" – gritava agora o chefe, agarrando-se às orelhas do cavalo que ainda mostrava os dentes por cima das areias movediças. "Morra, seu cabra!", respondia-lhe o coro grego. E as areias haviam subido ao pescoço, ao queixo, à boca do General, que ainda proferia gritos confusos, de garganta já enlameada – arrotos em borbulha, clamores inaudíveis, impulso derradeiro de lamentos agonizantes... Quando só ficou o quepe flutuando, um dos espectadores jogou sobre ele um pequeno crucifixo, rapidamente tragado pelo atoleiro, de volta agora à sua glauca quietude.

Livre do adversário, o Primeiro Magistrado regressou à capital, para receber, entre arcos de triunfo de um dia, bandeirolas e grinaldas de papel, os títulos de "Pacificador" e "Benemérito da Pátria", outorgados pelas duas Câmaras, as Forças Vivas da Indústria e do Comércio, o Arcebispo Metropolitano em seu púlpito, os Auxiliares em outros, menos empinados, e a Imprensa, em suas páginas onde se estudavam os pormenores de uma campanha militar conduzida por mão mestra com apresentação de mapas cobertos de flechas pretas cujas pontas juntas mostravam as fases ofensivas e defensivas, penetrações, envolvimentos e rupturas de linhas inimigas, da decisiva Batalha de Quatro Caminhos – duradoura, sangrenta, difícil, com sentido tático em frente, algum improviso por aqui, mas vencida finalmente pelas forças governamentais – de acordo com uma técnica de grafismos que *L'Illustration de Paris* havia popularizado por aqui para explicar os mecanismos da Batalha do Marne... No discurso de conceitos muito elevados, o Presidente afirmou, modesto, que não merecia os elogios que tão generosamente seus compatriotas lhe prodigavam, já que Deus mesmo, grande na misericórdia, mas terrível na ira, havia se encarregado de castigar o inconfidente. Se olhássemos bem, o fim de Hoffmann havia sido como uma ordália[243] onde o vencedor, por vontade superior, cujos desígnios superavam nosso entendimento, não tivesse que sentir a dor de derramar o sangue de um velho companheiro de armas, cego pela ambição insensata: "Aí não escutou o shakespeareano grito de *Meu reino por um cavalo*[244], já que o culpado, agoniado talvez por seus próprios remordimentos, perseguido pelas Forças de nossas armas, entrou juntamente com o seu, outrora, truculento corcel, no Reino das Sombras"... Mas o importante não era que o Inimigo da Ordem tivesse se abismado nas areias dos Atoleiros. O importante era que, depois disso, se afiançara, ante o conflito que apavorava o mundo, nossa Consciência de Latinidade, porque nós éramos latinos, visceralmente latinos, depositários da grande tradição que, através das Pandectas romanas[245], fundamento de nosso Direito, de Virgílio, Dante, Quixote, Michelângelo, Copérnico, etc., etc. (longo parágrafo rematado por longuíssimas louvações). *Aunt Jemima* que, para a ocasião, tinha trocado seu costumeiro *maldrás*[246] xadrez por um lenço de luto, subiu penosamente a tribuna para entregar ao Primeiro Magistrado uma mensagem de desagravo da família Hoffmann, lembrando-lhe de passagem, ao ouvido, que a esposa do General, deplorando os desvios de seu marido, solicitava o favor de receber a renda que lhe correspondesse, por ser viúva de militar com mais de vinte anos de serviço, de

---

243 **ORDÁLIA:** Antigo método de julgamento ou prova utilizado em diversas culturas, especialmente na Idade Média, para determinar a culpa ou inocência de uma pessoa suspeita de um crime ou transgressão.

244 **MEU REINO POR UM CAVALO:** Fala de "Ricardo II", na cena final da tragédia de William Shakespeare.

245 **PANDECTAS ROMANAS:** Grande coleção de escritos jurídicos compilados no século VI pelo imperador bizantino Justiniano I. Elas fazem parte do "Corpus Juris Civilis" e reúnem textos e comentários dos principais juristas romanos sobre o direito civil. Essa obra é fundamental para o estudo do direito romano e influenciou profundamente os sistemas jurídicos ocidentais posteriores.

246 **MALDRÁS:** Tipo de tecido leve, geralmente usado para roupas femininas, especialmente em vestidos e blusas.

acordo com a Lei de 18 de junho de 1901... Muito fadigado por uma guerra que o havia levado às regiões mais selváticas e insalubres do país, o Mandatário foi passar umas férias em sua casa de Marbella. Havia ali uma praia extensa e bonita, ainda que suas areias pretas fossem invadidas, muito frequentemente, por uma verrugosa maré cheia de medusas mortas entre manchas de graxa e petróleo devido à proximidade de um porto. Os tubarões e arraias eram mantidos afastados – o termo é válido – por um cercado quádruplo de arame farpado, enfeitado de algas marinhas. E mesmo que algumas moreias ainda restassem nas cavidades de um pequeno promontório rochoso, fazia muitos anos, no balneário, que nenhum homem era castrado por uma barracuda. Quando sopravam os ventos do Norte – "gelinhos", assim diziam – o mar se escurecia em azuis profundos, trazendo ondas mansas, de um ritmo pausado, majestoso, que levavam suas espumas até os coqueiros e pés de graviola. Mas também havia manhãs – as de verão – em que a água se mostrava de uma lisura e transparência singular, sem as leves ondulações que lhe são habituais; se o banhista se jogasse nela, de repente, teria a sensação de cair e um lago de gelatina. E com surpresa descobria, então, que não nadava, só que *deslizava* em uma massa de moluscos transparentes, quase invisíveis, do mesmo tamanho e redondas como moedas, e que havia chegado a esta margem durante a noite, depois de uma longa e misteriosa migração. Para aumentar os atrativos do balneário, o Município havia mandado construir, ao final de um espigão de cimento, um cassino montado em pilotis, copiado, em tudo, do de Nice – armação metálica, cerâmicas alaranjadas, cúpula de ferro, esverdeada pelo salitre. Havia, ali, jogos de roleta, de bacará, de "*chemin de fer*"[247], e uns "*croupies*" de smoking, contando em luíses e centenas – dinheiros antigos de jogador –, que tinham substituído o "Aproximem-se sem medo" e o "Nem um níquel a mais" dos apostadores *criol-*

247 CHEMIN DE FER: Nome de um jogo de cartas muito popular, uma variação do bacará, onde os jogadores apostam contra a banca em partidas rápidas e dinâmicas.

los, por muito estudadas, ainda que estranhas, pronúncias de "*Faites vos jeux*"[248] e "*Rien ne vas plus*"[249]... A Residência "Hermenegilda" do Primeiro Magistrado dominava a praia do alto de uma colina próxima. Era uma casa de estilo entre o balcânico e *Rue de la Faisanderie*, com cariátides 1900, vestidas à Sarah Bernhardt, que, por resistência mágica de seus chapéus emplumados, levantavam – melhor que qualquer atlante de um palácio berlinense – um amplo terraço-varanda, fechado por balaústres em forma de hipocampos. Uma torre-mirante-farol senhoreava os telhados com o perpétuo relumbre de seus azulejos jaspeados. Os cômodos, vastos, frescos, de pé direito alto, estavam mobiliados com cadeiras de balanço de fabricação em Nova Córdoba, redes sempre penduradas em suas argolas, e umas cadeiras vermelhas, laqueadas, obséquio da velha Imperatriz da China, agradecida pelo envio de brinquedos – locomotiva de corda, vários caleidoscópios, piões que apitavam ao girar, ursos de Berna em caixas de música, e um encouraçado na escala de nenúfares para o tanque do Palácio de Inverno – que o Primeiro Magistrado lhe fizera anos antes, conhecedor de suas paixões. Na sala de jantar, era possível ver uma cópia – em tamanho menor, é claro – de *A balsa da Medusa*, frente a duas lindas marinas de Elstir[250] que a composição de Géricault[251], para dizer a verdade, esmagava com seu peso dramático. A casa era cercada por um vasto jardim, cuidado por hortelãos japoneses, onde, entre bustos, se alçava uma Vênus de mármore branco, enfeada por um herpes de fungos esverdeados que lhe descia até o ventre. Um pouco mais adiante, sob os pinheiros, era possível ver a capela, consagrada à Divina

---

248 "Façam suas apostas".

249 "Nada mais pode ser apostado".

250 **ELSTIR:** personagem do romance "Em busca do tempo perdido", de Marcel Proust.

251 **GÉRICAULT:** Jean-Louis André Théodore Géricault (1791–1824) foi um pintor francês considerado um dos precursores do romantismo na arte europeia. Seu trabalho mais célebre é A Balsa da Medusa (1818–1819), uma pintura monumental que retrata o naufrágio real da fragata Méduse, evento que escandalizou a França da época. A obra combina denúncia política, estudo anatômico e dramatismo emocional, antecipando temas que seriam explorados mais tarde por artistas como Delacroix.

Pastora pela devoção de Dona Hermenegilda – capela cuja contemplação causava agora um remorso crescente no Presidente, recordando-lhe que estava por cumprir ainda a promessa que lhe fizera em Paris, em momentos muito angustiosos, de subir de joelhos as escadas da sua basílica, com um círio em cada mão. (Porém, pensava, por sua vez, que a Virgem, inteligente em política como em tudo, a Virgem que com clarins de vitória acabava de lhe dar eloquentes mostras de seu Amparo Divino, entenderia que, nestes momentos, o cumprimento da promessa, assim, à vista de todos, em ostentosa prova de fervor católico, lhe jogaria em cima – dele, que já tinha tantos inimigos, um mundo de maçons, rosa-cruzes, espíritas, teólogos e pessoas de gritaria anticlerical, leitores fieis de *La Trácala* e *L'Esquella de la Torratxa de Barcelona*, sem falar dos muitos ateus e livres pensadores – legião blasfemadora de come-padres – todos viciados em uma França onde os eclesiásticos não podiam ensinar nas escolas, estavam sujeitos aos seminaristas do serviço militar, e onde havia germinado e crescia, segundo eles, a única religião possível nesse prodigioso século XX, século do Progresso: *A Religião da Ciência...*) Atrás da casa, um pomarzinho de romãs fazia sombra no discreto caminho por onde, ao anoitecer, o Doutor Peralta conduzia alguma mulher envolta em um manto até a alcova do Primeiro Magistrado. ("Não vá o senhor morrer como morreu o presidente Félix Fauré[252]", dizia, invariavelmente, o Secretário, ao deixar sua encomenda nas mãos do amo. "Átila e Félix Fauré foram os dois homens que morreram com mais gosto", respondia também, invariavelmente, o Primeiro Magistrado. Cedo apitava a locomotiva do Trenzinho dos Alemães. E o Presidente aparecia no balcão, com uma xícara de café na mão, para vê-lo passar. Como se fosse de

252 FÉLIX FAURÉ Presidente da França entre 1895 e 1899, durante a Terceira República. Nascido em 1841, era originalmente empresário e seu mandato foi marcado por eventos polêmicos como o caso Dreyfus, em que manteve uma posição conservadora e alinhada ao Exército, resistindo à revisão da condenação de Dreyfus. Ele morreu de forma repentina e escandalosa em 1899, aos 58 anos, dentro do Palácio do Eliseu. A causa oficial foi uma AVC, mas sua morte ficou notoriamente ligada a rumores de que teria ocorrido durante um encontro íntimo com sua amante, Marguerite Steinheil.

verniz polido, nas manhãs verdes, a pequena locomotiva de bielas reluzentes e remanches de cobre que, por estreita via, subia a montanha com alegres apitos de funicular, arrastando seus vagõezinhos vermelhos, com toldos, até a Colônia Olmedo – semelhante em tudo, à linha de ferro que o Primeiro Magistrado tinha mandado à velha Imperatriz da China, para enriquecer sua coleção de automáticos e artefatos mecânicos. Assim que o pequeno comboio saía de Porto Araguato, parecia que tudo diminuía com sua passagem, as estaçõezinhas do percurso, as pontes sobre torrentes, as passagens de nível, as barreiras, as placas de sinalização mesmo que fosse grande o seu estrépito, quando entrava no minúsculo Terminal de cima, trazendo dez viajantes, uns poucos fardos, vários tonéis, a correspondência, os jornais, e algum bezerro que botava a cabeça pela janela do único carro de boi. Como se saísse de uma loja de brinquedos de Nuremberg, sempre reluzente, repintado, envernizado, o trenzinho descansava, ao final de sua jornada, em um mundo singular e exótico, alheio ao de baixo, com suas casas da Selva Negra construídas entre palmeiras e cafeeiras, sua cervejaria com emblema do Rei Cervo, suas mulheres vestidas à tirolesa, seus homens com calções de couro, suspensórios e chapéus com pena na fita. Apesar de serem excelentes cidadãos da República já fazia mais de um século, eles mal falavam nossa língua. Desde que um tal Conde Olmeno os trouxera ao país, rico homem de brasões acrioulados, dono de terras preocupado com a ideia de "branquear a raça", os imigrantes passaram a tomar muito cuidado para não se misturar com as mulheres daqui, todas suspeitas de mulatas, cafuzas ou mestiças – uma porque tinha o cabelo muito frisado; a outra porque tinha os olhos mais pretos do que devia; a outra, porque tinha o nariz um pouco crescido, mesmo que fosse de pele clara. E desse modo, de pais a filhos, pedindo fêmeas, por carta, a Bavária ou Pomerânia, haviam crescido, geração após geração, cantando o Coral de Lutero, tocando o acordeão, cultivando ruibardo, fazendo sopas de cerveja e dançando o *landler*[253] de outros tempos, enquanto nas torrentes da montanha, banhavam-se roliças pastoras, de púbis ariano, que talvez tivessem os nomes bem *criollos* de Voglinde, Velgunde e Flosilde. O Primeiro Magistrado pouco se preocupava com a existência dessas pessoas aprazíveis, respeitosas às leis, que nunca se metiam com política e, na hora das eleições, sempre votavam nos candidatos do Governo, contanto que não fossem perturbados nos seus costumes. Mas agora, a leitura cotidiana dos jornais franceses lhe fazia olhar para esses habitantes com alguma irritação. É verdade que suas casas, por tradição, eram enfeitadas com tons que evocavam paisagens nevadas, as margens do Elba, as competições de Wartburg ou a donzela mítica, de capacete alado, que levava ao céu, em um cavalo voador, o corpo de um jovem atleta morto em combate, mas havia ao lado disto, um ou outro retrato de Guilherme II. E Guilherme II, segundo os jornais lidos, vinha a materializar a figura do Anticristo. Suas hostes, suas hordas, suas *montoneras* tecnológicas, tinham penetrado na mansa Bélgica, na Flandres das lanças de Velázquez – avós de nossas antigas lanças pantaneiras – arrasando com tudo. Haviam avançado a passo de conquistadores, entre ruínas de catedrais, dispersão de pedras augustas, marchando de modo sacrílego, depois do incêndio da Biblioteca de Leuven, sobre um piso de incunábulos[254] jogados na rua. *Ein... Zwein... Ein... Zwein...*[255] E a passo de bárbaro, chutando encadernações ímpares, manuscritos incalculáveis, pergaminhos de capitulares suntuosas e grandes arabescos, haviam prosseguido sua marcha, atacando, já não os homens, mas os atores egrégios dos Testamentos, presentes, já fazia séculos, como em folhas de livros abertos, sobre os tímpanos,

---

253 **LANDLER:** Dança folclórica de origem germânica, especialmente popular entre os séculos XVIII e XIX. É considerada uma das predecessoras do vals, tendo influenciado diretamente o desenvolvimento da valsa vienense.

254 **INCUNÁBULOS:** São os livros impressos nos primórdios da imprensa tipográfica, entre a invenção dos tipos móveis por Gutenberg, por volta de 1450, e o ano de 1500.

255 "Um... dois... Um... dois..."

pórticos e átrios de catedrais. *Ein... Zwein... Ein... Zwein...* Os canhões germânicos tinham troado contra Isaías e Jeremias, Ezequiel e Esdras, contra Salomão e a Sulamita, e Davi, que, com Betsabé – tema do drama cujo manuscrito tínhamos comprado do amigo Ilustre Acadêmico –, tramara a perdição do velho general corno (que general em campanha costuma ser corno, pensava o Presidente, mais ainda se é velho...) antes de se encarniçar com a figura do Belo Deus de Amiens[256] ou o semblante inefável – agora estragado, nebulizado, feito vapor de pedra em crepúsculo irreversível – do mais belos dos Anjos Sorridentes[257]. Mas isso, talvez, fosse pouco horror ante a indignante crônica das violações. *L'Illustration de Paris* incluía em suas páginas uns caderninhos cinzas, de leitura proibida às crianças, nos quais se narrava como os soldados alemães, donos de uma aldeia, de um povoado, arrastavam mocinhas inocentes, colegiais, adolescentes, para os fundos de uma sapataria, de uma farmácia, de uma funerária, para violá-las – eram nove, eram dez, eram onze, dizia *L'Illustration*; seriam quinze, diria Louis Dumur[258], romancista de tais atrocidades – com abjeta disciplina germânica, enquanto os *feldwebels*, ordenadores da ação, diziam: "Agora é com você... E que o seguinte vá se preparando..." Mas tudo isso, a destruição das catedrais, a ruína das hagiografias, os retábulos estilhaçados, as sibilas decapitadas, o incêndio, a dinamite, o estupro, o crime, eram coisa pouca diante da nunca vista tragédia dos *meninos sem mãos*. O soldado alemão os havia surpreendido, vagando entre escombros, buscando a mãe perdida ou morta, e ao ouvir seus prantos, ele se aproximou, oferecendo ajuda, e assim, de um talho inesperado do sabre (os homens da infantaria levavam sabres? Pergun-

256 **BELO DEUS DE AMIENS:** Célebre escultura gótica localizada na Catedral de *Notre-Dame* d'Amiens, na França, datada do século XIII.

257 **ANJOS SORRIDENTES:** São esculturas em pedra datadas do século XIII e pertencem à fachada da Catedral de Reims, símbolo do estilo gótico francês.

258 **LOUIS DUMUR:** Foi um escritor suíço-romano que se estabeleceu em Paris. Ele foi um dos fundadores da revista Mercure de France em 1890, colaborando ativamente para consolidar sua reputação como um dos principais veículos de divulgação da literatura francesa moderna.

tava-se Peralta), duas ternas mãos voavam no ar. "Para que você nunca possa empunhar armas contra nós". Em uma capa do suplemento de *L'Illustration* ostentava-se o desenho retratando uma das vítimas da atroz ablação, levantando os tocos dos punhos sobre o fundo apocalíptico das ruínas Ypres[259]... O Primeiro Magistrado se nutria diariamente daquela literatura, marcando com lápis vermelho o que lhe parecia mais interessante reproduzir na imprensa nacional, para confusão e vergonha de certos oficiais, ex-contertúlios de Hoffmann, "Frederiquinhos Segundos" em potencial, que ele sabia que estavam desagradados – ainda que não manifestassem abertamente – pela recente supressão do capacete de ponta dos uniformes de gala do Exército Nacional. A tais leitores, necessitados de desgermanização, eram muito especialmente destinados os artigos que tratavam de saques de castelos famosos, roubos de relógios – isso dos relógios já tinha começado em 70 –, fundição de sinos seis vezes centenários, basílicas transformadas em latrinas, profanação de hóstias e concursos de tiro conduzidos por capitães bêbados contra pinturas de Memling[260] ou de Rembrandt... O Primeiro Magistrado olhava para os picos enevoados da Colônia de Olmedo – rochas pretas entre amoreiras, um ou outro abeto aclimatado, brisas leves nas manhãs, pensando que aqueles cabras lá de cima, apesar dos Viiiiiva a páááááááátria! de suas mulheres de tranças loiras, disfarçadas de camponesas nacionais, que o recebiam com ramos de violeta quando ia de visita ao seu maior povoado, ele estava, no fundo da alma, com quem cortava as mãos das crianças, lá em um Artois ou uma Champagne, cujos países de cataclismo – roídos, desfolhados, mutilados pelos obuses – era mostrado nas pinturas de Georges Scott e Lucien Simon, oferecidas sobre *passes-*

259 **RUÍNAS YPRES:** Cidade belga de Ypres que foi devastada durante a Primeira Guerra Mundial. Palco de várias batalhas sangrentas, conhecidas como as Batalhas de Ypres, entre 1914 e 1918, sofreu destruição quase total devido aos bombardeios e combates intensos.

260 **MEMLING:** Hans Memling foi um pintor flamengo do século XV, nascido por volta de 1430 e falecido em 1494. Ele é conhecido por suas obras de arte religiosas e retratos, tornando-se um dos principais artistas do Renascimento do Norte da Europa.

-*partout* para ser postas em molduras, onde a escolha de cores lodosas acentuava de modo magistral a trágica desolação das praças, das prefeituras decaídas, das casas medievais reduzidas ao osso de suas vigas, e também, como acusação mantida pela Terra mesma, o venerável carvalho, já sem folhas nem galhos, presente na permanência heroica de seu tronco nu, que parecia falar, em meio à desolação, pelas cem bocas de sua crosta lacerada... O Primeiro Magistrado desprendia-se de suas dolorosas leituras ao contemplar, cada manhã, da sua janela, o Trenzinho dos Alemães, quando este iniciava sua subida até a montanha, detendo-se, com raivosos apitos, para afugentar uma cabra empenhada em triscar ervas macias no meio da via. E, depois de seu costumeiro desjejum de *tortillas* de milho, coalhada caseira e carnes apimentadas, instalava-se diante da pianola Welte-Mignon que a Colônia Espanhola de Nova Córdoba acabara de lhe dar. Pedalando fundo e manejando os reguladores do instrumento para tirar do rolo perfurado os compassos de *Für Elise* e o começo – nunca passava do começo – da *Sonata ao luar*[261], pensava que o manejo daquele artefato musical devia se parecer um pouco com o trabalho do foguista que conduzia agora o Trenzinho dos Alemães para os bosques onde esses esquilos importados se refestelavam e que, segundo a opinião de um jornalista investigador de canalhices – solapado opositor –, ameaçavam trazer epidemias de psitacoses[262] ao gado nacional – já bem decadente e atormentado, é claro, desde que a prática tivesse demonstrado que as vacas daqui, débeis de patas, estreitas de ancas, não suportavam o pesos dos sementais de Charolais, trazidos para melhorar a espécie, na investida traseira da remonta. "Ah, que guerra hein, meu Presidente!", gemia, a cada manhã, o Doutor Peralta, entre o café

261 *SONATA AO LUAR*: Uma das mais famosas composições para piano do compositor alemão Ludwig van Beethoven.

262 PSITACOSES: São infecções causadas por bactérias do gênero Chlamydia psittaci, transmitidas principalmente por aves, especialmente papagaios, periquitos e outros psitacídeos. Essa doença pode ser transmitida para humanos pelo contato com fezes, secreções ou poeira contaminada dessas aves, causando uma forma de pneumonia conhecida como "febre do papagaio".

preto e o primeiro charuto do dia. "Terrível, terrível – respondia o Primeiro Magistrado, pensando no Trenzinho dos Alemães –: E parece que vai durar bastante"... Mas nisso se soube que, na capital, os estrategas de aguardente e churrasco haviam tido a maior satisfação do ano ao saber, por notícia telegráfica, que *Le Matin* acabava de publicar, em oito colunas, uma manchete realmente sensacional: "Os cossacos a cinco etapas de Berlim". "Agora, acaba que os cossacos são os novos defensores da Latinidade, junto com os cipaios e os senegaleses, que já estão nisso", observou o Doutor Peralta com insidiosa chacota. "Tomara que demorem no caminho!", murmurou o outro, pensando que, graças às expectativas e entusiasmos promovidos por esta tremenda contenda, a atenção de muitos havia se desviado para acontecimentos grandes e alheios. O Primeiro Magistrado achava, por fim, sossego e repouso à sombra dos canhões em flor[263].

---

263 **À SOMBRA DOS CANHÕES EM FLOR:** Alusão ao título do segundo volume de *"Em busca do tempo perdido"*, de Marcel Proust: *"À sombra das moças em flor"*.

Dez

...muitas coisas que, ainda que
pudessem parecer-nos extremamente
extravagantes e ridículas, não deixavam
de ser geralmente recebidas e aprovadas
por outros grandes povos.
— DESCARTES

O Primeiro Magistrado prolongava, de semana em semana, sua estadia em Marbella, despachando os assuntos do governo de uma pérgola um tanto pompeiana colocada entre os pés de laranja, no fundo do jardim. Bem cedo dava um passeio ao longo do litoral, montado no seu cavalo Holofernes, forte alazão de figura deslumbrante, desenfreado e selvagem com todos, mas hipocritamente submisso a um amo que, a cada tarde, levava aos estábulos, para ele, um balde de cerveja inglesa – *Guinness*, da melhor – sempre recebido com relinchos jubilosos. O Presidente tinha motivos para estar contente, naqueles meses, já que a Nação nunca havia conhecido uma época tão próspera nem tão feliz. Com esta guerra europeia – que, na verdade, e é melhor não dizer, estava sendo uma bênção de Deus – o açúcar, a banana, o café, a batata, alcançavam cotações nunca vistas, inchando as contas bancárias, levantando fortunas, trazendo luxos e refinamentos que, até ontem, pareciam coisas de romances mundanos ou de filmes centrados nas quase mitológicas figuras de Gabrielle Robinne, Pina Menichelli, Francesca Bertini ou Lyda Borelli[264]. Cercada por selvas milenárias, a capital havia se tornado uma moderna selva de andaimes, de madeiras apontadas para o céu, de gruas em ação, de escavadeiras, em um perpétuo chiado de polias, marteladas de ferro e aço, junto a cimento, rebite e percussões, entre gritos de peões empoleirados e de peões em terra, apitos, sirenes, transporte de areia e ruídos de motores. As lojas se ampliavam em uma noite, amanhecendo com vitrines nunca vistas, onde uns manequins de cera – outra novidade – celebravam as primeiras-comunhões, apresentavam vestidos de noivas, trajes de alta costura e até uniformes de capa de chuva inglesa, bem cortados e acabados, para os militares de categoria. Umas máquinas de fazer caramelo, instaladas nos portais do velho Mercado Real, assombravam os transeuntes pelo movimento concertado de braços metálicos que faziam malabarismos, esticavam, apertavam umas massas brancas, listradas de vermelho que cheiravam à baunilha e marshmallow. Proliferavam restaurantes, bancos, companhias de seguro, razões sociais, negócios de investimentos. O teodolito e as fitas transformavam terrenos alagados, baldios, chiqueiros de cabras, em extensões divididas, quadriculadas, demarcadas, que, de repente, depois de terem sido desde tempos remotos "A roça do lazarento" ou "Fazenda *guachinanga*" ou "O rebanho de Misia Petra", passavam a se chamar "*Bagatelle*", "*West-Side*" ou "*Amenonville*", fragmentando-se em parcelas que, escolhidas sobre o plano, quase nunca edificadas, aumentavam de preço ao serem compradas e revendidas, várias vezes ao dia, em escritórios de muitas *Underwood*, ventiladores dourados, mapas em relevo, maque-

264 GABRIELLE ROBINNE, PINA MENICHELLI, FRANCESCA BERTINI OU LYDA BORELLI: São atrizes do cinema mudo. Robinne (1886–1980) é considerada a primeira estrela do cinema francês, atuando na Comédie-Française por três décadas; Menichelli (1890–1984), atriz italiana célebre por seu erotismo decadente e expressividade exagerada, tornou-se um ícone do cinema mudo. Bertini (1892–1985), uma das mais influentes atrizes do cinema mudo italiano, notabilizou-se pelo realismo emocional de suas interpretações. Já Borelli (1884–1959), também italiana, foi a primeira grande estrela do cinema de seu país, e seu estilo performático e visual marcante deu origem ao chamado "borellismo", imitado por uma geração de mulheres que viam nela uma musa do modernismo visual e da sensibilidade melancólica.

tes preciosas, conhaque e gim no cofre, onde se pechinchava e se discutia entre taças e leques, e ligações a mulheres – era a grande novidade – que ofereciam suas atenções por telefone, com sotaque estrangeiro, prometedor de refinamentos a que se negavam – e era pior para elas – as nossas muito recatadas putas para quem "o assunto" devia ser levado de maneira clássica, sem barroquismos, desconjunturas, nem fantasias, dessas que se usavam em outras terras. As pianolas tinham invadido a capital, desenrolando e enrolando os rolos de *La Madelon*, *Rose of Picardy*, *It's a long way to Tipperary*, do amanhecer até meia-noite. Nas bodegas de bisca e dominó, nos bares onde o rum Santa Inês era abandonado pelo White Horse, só se falava de lucros que, devido à guerra, haviam feito todos se esquecerem da guerra mesma, embora todas as pessoas – brancos, mestiços, mulatos, pretos, índios, "tostados"... – tivessem se tornado galegos, tricolores, revanchistas, debandados, joana-darquistas, barresianos, afirmando que logo nos livraríamos do desastre do Sedan e as cegonhas de Hansi voltariam aos campanários de Alsácia e Lorena. Com isso havia nascido o primeiro arranha-céus – cinco andares com cobertura – começando-se, de imediato, a construção do Edifício Titan, que teria oito. E a velha cidade, com suas casas de dois pisos, foi-se transformando muito depressa em uma Cidade Invisível. Invisível, porque, passando de ser horizontal para ser vertical, já não havia olhos que a vissem e a reconhecessem. Cada arquiteto, empenhado na tarefa de fazer edifícios mais altos que os anteriores, só pensava na estética particular de sua fachada, como teria de ser comtemplada com cem metros de perspectiva, mas as ruas, previstas para a passagem de um só carro de frente – de uma diligência, de uma charrete de mulas, de uma carroça – só tinham seis ou sete metros de largura. Assim, encostado em uma coluna infinita, o transeunte tratava, em vão, de contemplar os primores de ornamentos perdidos em um céu de abutres e urubus. *Sabia-se* que, lá em cima, havia grinaldas, cornucópias, caduceus, ou melhor um templo grego empoleirado no 5º andar, com cavalos de Fídias e tudo, mas só *se sabia*, porque esses palácios, essas cúpulas, esses enquadramentos reinavam – cidade sobre cidade – em um reino vedado aos olhares. E, mais acima ainda estavam as estátuas, solitárias, desconhecidas, desterradas de um Mercúrio – o da Câmara de Comércio, – de uma Minerva, cuja lança atraía os raios de agosto, de aurigas, gênios alados, santos cristãos, que senhoreavam, isolados uns dos outros, ignorados pelos homens, um intrincado escalonamento de terraços, telhados de ardósia, caixas d'água, chaminés, para-raios, e cabines para mecanismos de elevador. Sem se dar conta disso, as pessoas viviam em Nínives insuspeitas, em Westminsters vertiginosas, em Trianons voadores, com gárgulas e personagens de bronze que envelheceriam sem ter contato com as pessoas de baixo, atarefadas em pórticos, arcadas, sacadas, que carregavam um enorme peso de construções inalcançáveis para a vista. E, como todo mundo estava ansioso por novidades, aqueles que levaram séculos vivendo em mansões coloniais, deixavam-nas prontamente para se instalar em casas novas, modernas, de estilo romano, Chambord ou Stanford White. Assim acabou que os vastos palácios da cidade antiga, com suas portadas prateadas e brasões talhados na pedra, passaram a ser habitados pelo mendigo, a piolhada e a sarna – o fingido cego e o cão-guia alugado, o bêbado de tremores amaneirados, o acordeonista com a perna de pau, o pobre aleijado que pede esmola pelo amor de Deus. As formosas galerias interiores se encheram de mulheres desgrenhadas, de crianças nuas em pelo, de rameiras e vagabundos, entre fumaça de forno e roupas penduradas, tanto que os quintais serviam de teatro para espetáculos de bataclã, boxe, rinhas de galo e mágicos associados a um batedor de carteira. Centenas de automóveis Ford – os mesmos que apareciam nos filmes de Mack Sennett[265] – corriam pelas ruas mal asfaltadas, sorteando os buracos, subindo nas calça-

265 **MACK SENNETT:** Nascido Michael Sinnott em 17 de janeiro de 1880 em Richmond, Quebec, Canadá, e falecido em 5 de novembro de 1960 em Woodland Hills, Califórnia, foi um pioneiro do cinema mudo e é amplamente reconhecido como o "Rei da Comédia".

das, derrubando cestos de frutas, quebrando vidraças, em um afã de velocidade jamais conhecido nessas latitudes. Tudo era apuro, pressa, carreira, impaciência. Em uns poucos meses de guerra, havíamos passado da vela à lâmpada, da cabaça ao bidê, do suco de abacaxi à coca-cola, da loteria à roleta, do Rocambole[266] à Pearl White[267], do burro dos recados à bicicleta do telegrafista, do carrinho de mulas – com pompons e guizos – ao Renault de grande estilo que, para dobrar as esquinas estreitas da urbe, tinha que realizar dez a doze manobras de avançar e retroceder, antes de entrar em uma grande rua recém-chamada "Boulevard", promovendo uma tumultuosa fuga de cabras que ainda abundavam em alguns bairros, pois era boa a grama que crescia entre os paralelepípedos. As freiras Ursulinas inauguraram uma Gruta de Lourdes com prodígios de luz elétrica, abriu-se um primeiro *dancing* com uma *jazz-band* vinda de Nova Orleans, trouxeram cavalos e jockeys de Tijuana para correr em um hipódromo, todo decorado, nascido de pântanos, e, uma manhã, a antiga Vila qualificada de "Muito Fiel e Muito Ilustre" em suas Atas de Fundação (1553) amanheceu com a plena consciência de haver-se tornado toda uma senhora Capital do século XX. As últimas serpentes fugiram – crótalos, jararacas, corais, cascavéis – das urbanizações, os pintassilgos se calaram e abriram as bocas dos fonógrafos. E houve torneios de *bridge*, desfiles de moda, banhos turcos, bolsas de valores e bordeis de categoria, onde era vedada a entrada de quem tivesse a pele mais escura que o Ministro de Obras Públicas – tomado como paradigma de apreciação, já que, se não era a ovelha

---

266 ROCAMBOLE: Rocambole é um personagem criado pelo escritor francês Pierre Alexis Ponson du Terrail (1829–1871) e se tornou um dos primeiros heróis da literatura de aventura popular, influenciando na formação do gênero policial e de aventura na literatura europeia do século XIX. O termo "rocambolesco", que passou a designar situações inverossímeis ou repletas de peripécias, deriva diretamente desse personagem.

267 PEARL WHITE: Foi uma atriz estadunidense que se tornou um ícone dos seriados mudos de ação e aventura no início do século XX. Ela conquistou o público com cenas ousadas e perigosas, muitas vezes dispensando dublês. Sua imagem ficou associada à figura da heroína audaciosa e independente, em contraste com o estereótipo da donzela indefesa.

negra do Gabinete, era indubitavelmente a ovelha mais "queimadinha". Os policiais trocaram o sapato remendado por botinas regulamentares e, aos sinais de sua luva branca, todo o trânsito obedecia, um estrépito enriquecido por buzinas com várias peras de borracha, que permitiam tocar a valsa de "A viúva alegre"[268] ou os primeiros compassos do Hino Nacional... Contemplando aquela urbe que crescia e crescia, o Primeiro Magistrado se angustiava às vezes ante a modificação da paisagem vista das janelas do Palácio. Envolvido ele mesmo em negócios imobiliários administrados pelo Doutor Peralta, construía edifícios destruidores de um panorama tão longamente unido ao seu destino, que uma alteração de seu conjunto, repentinamente, apontado pela Maiorala Elmira – "olhe aquilo"... "olhe aquilo"... – deixava-o em sobressalto como um mal presságio. As chaminés das fábricas, que ele construiu, lhe fracionavam, lhe quebravam, uma natureza que ignorava, até pouco tempo atrás, o que eram as feias linhas cruzadas do telégrafo. O Vulcão, o Vulcão-Avô, o Vulcão Tutelar, morada de Deuses Antigos, símbolo e emblema, cujo cone figurava no Escudo Nacional, era menos vulcão – menos morada de Antigos Deuses – quando sua majestade se insinuava, nas manhãs nubladas, com pudores de rei humilhado, de monarca sem corte, sobre as fumaças imediatas e espessas, despejadas por quatro altas bocas, da grande Central Elétrica, recém-inaugurada. Ao se verticalizar, ao se geometrizar, seccionando encostas de montanhas, serras, visões de vales longínquos, fundos de verdores, a cidade ia se fechando sobre seu Príncipe. E como a população aumentava, com uma afluência crescente de camponeses, trabalhadores braçais, jornaleiros, artesãos de província, atraídos pela prosperidade da Metrópole, e havia, com ele, uma carga maior de avós com esquistossomose, de

268 ***A VIÚVA ALEGRE***: Opereta em três atos composta por Franz Lehár que se tornou um dos maiores sucessos do gênero, celebrada por sua combinação de humor, romance e música envolvente, como a famosa valsa "Lippen schweigen". A trama gira em torno da rica viúva Hanna Glawari e os esforços da embaixada de seu país para garantir que ela se case com um compatriota e, assim, mantenha sua fortuna dentro das fronteiras nacionais.

organismos danificados por velhos paludismos, de crianças furunculosas, comidas por amebas – maiores presas das epidemias cíclicas de gripes malignas, vindas de não se sabia onde –, as funerárias se multiplicavam, apertando seu cerco de lutos e ataúdes em torno ao Palácio Presidencial. "Aí vem *A coruja!*", exclamava A Maiorala Elmira quando via alguma carroça mortuária aparecer na Praça Maior a caminho do cemitério. "Vá só!", respondia o Primeiro Magistrado, unindo o indicador e o mindinho das duas mãos em sinal conjuratório de Sombras Malignas. "O senhô, nem Napolião consegue dirrubar", concluía A Maiorala, dando presença atual a um personagem cujo nome era, para ela, expressão do máximo poder outorgado por Deus a um ser humano, posto que, saiu do nada, nascido em manjedoura, por assim dizer, e havia chegado a dominar o Mundo – sem deixar, por isso, de ser bom filho, bom irmão, amigo de seus amigos (até de sua lavadeira ele se lembrou quando se tornou grande!) e sempre macho de fêmeas pra lá de boas, como essa do Caribe, que o tinha preso, por onde eu bem sei, porque a mulata e a mestiça nascem com o Demônio entre as pernas, e quem prova disso... (Havia homens que deixavam tudo, que desapareciam, fugiam de suas casas, ao chamado da Oração da Alma Solitária, organizada pelas Mulheres do Grande Poder que, com velas acesas atrás da porta, repetiam, tantas vezes quanto o rosário tem contas: "*Que corra atrás de mim, como um cão raivoso. Amém*"...)

Depois de muito meditar, o Primeiro Magistrado se entregou, com remoçada energia – energia que, para outras coisas, ia se desgastando com os anos – ao que haveria de ser sua grande obra de edificador, materialização, em pedra, de sua obra de governo: dotar o país de um Capitólio Nacional... Com a determinação tomada, pensou em promover um grande concurso internacional, aberto para todos os arquitetos, para poder comparar ideias, projetos e planos. Mas, apenas difundiu-se a notícia, e já protestaram os arquitetos nacionais, recentemente constituídos em colegiado, afirmando que, para tal obra, eles bastavam. E iniciou-se, então, um trabalhoso processo de críticas, transformações, discussões, que impunham ao futuro edifício uma sucessão de metamorfoses quanto ao aspecto, estilo e proporções. Primeiro houve o Templo Grego, com colunas dóricas, em base, com trinta metros de comprimento – arremedo de *Paestum* em dimensão vaticana. Mas o Primeiro Magistrado parecia lembrar que o Kaiser Guillermo, encarnação da barbárie prussiana, era apaixonado por tais helenismos, ao extremo de possuir um *Aquileon*, bastante partenônico, na ilha de Corfu. Além do mais, os gregos desconheciam a Cúpula, e Capitólio sem cúpula não é Capitólio. Melhor olhar para a Roma eterna, mãe de nossa cultura. Por isso, o dórico, sem passar pelo jônico, foi levado prontamente ao coríntio, pelos nossos arquitetos, com cúpula, um tanto parecida com a do Palácio de Justiça de Bruxelas. Os dois hemiciclos – Câmara e Senado – evocavam demais, no entanto, os teatros de Delfos e Epidauro, e acabavam parecendo bastante severos, frios e falsos com o aditamento de tribunas públicas, cuja presença em tal lugar respondia a um inevitável requisito democrático. Um novo arquiteto nacional que sucedia a dois arquitetos nacionais e já desacreditados, caídos em desgraça por causa das intrigas de outros muitos arquitetos nacionais, inspirando-se em uma ilustração inglesa do Júlio César de Shakespeare, desenhou um plano de hemiciclo à romana, com colunata no alto, que obteve, por um tempo, a aprovação do Conselho de Ministros. Mas lembrou-se então que o país era grande produtor de mogno e que o nosso mogno, de um vermelho cálido e profundo, devia ser utilizado profusamente em uma obra de tal magnitude, para a fabricação de revestimentos, painéis, tribunas, escaninhos, bancos, portas de acesso, sede presidencial, etc., dos dois hemiciclos. E como os romanos nunca haviam usado a madeira com estes fins, surgiu um quinto projeto de Capitólio, inspirado no estilo neogótico do Parlamento de Budapeste. Mas, como o império Austro-Húngaro estava em guerra com a Latinidade, desprezaram-se esses planos, pensando-se no gênio de Herrera e na imponente mole do Escorial. "Nem pensar – opinou o Primeiro Magistrado –: Quem diz

Escorial, diz Felipe II. E quem diz Felipe II, diz: índios queimados, negros com correntes, suplício de caciques heroicos, príncipes em grelhas, tribunais de inquisição"... O Projeto Nº 15 foi rechaçado porque, em sua pressa de usar uns mármores nacionais recém-descobertos na região de Nova Córdoba, o arquiteto havia concebido algo muito evocador da catedral de Milão, e essa reminiscência eclesiástica teria desagradado os maçons e livres-pensadores e outras pessoas cujos critérios pesavam na opinião. O Projeto Nº 17 era, na verdade, um decalque bastante indecente da Ópera de Paris. "Um congresso não é um teatro", disse o Primeiro Magistrado, atirando os planos sobre a mesa do Conselho. "Às vezes...", murmurou o Doutor Peralta, nas suas costas... Por fim, depois de muitas cavilações, discussões, considerações e reconsiderações, ficou aceito o Projeto Nº 31 que oferecia a solução mais simples: uma réplica do Capitólio de Washington, com uso no interior de madeiras nacionais e mármores nacionais – que, no caso de não serem tão bons quanto se achava, seriam substituídos por mármores comprados em Carrara, ainda que, para o público, continuariam sendo mármores nacionais... E deu-se início às obras, no dia do Centenário da Independência com a colocação da Pedra Fundamental e dos discursos de rigor, onde se usaram, em fortíssimo, de todas as retóricas oportunas. Mas permanecia um problema: sob a cúpula devia-se alçar uma monumental estátua da República. Todos os escultores da nação se ofereceram para fazê-la. Mas o Primeiro Magistrado sabia que nenhum deles estaria à altura de semelhante tarefa. "Pena que Gerôme tenha morrido! – disse, pensando em seus gladiadores e reciários –: Esse era o homem". "Rodin está vivo", observou o Doutor Peralta. "Não. Rodin, não... Grande escultor – ninguém duvida! – quando abrange a realidade. Mas se nos manda um segundo Balzac nós nos fodemos pelos quatro cantos... Se rejeitamos, ficamos ridicularizados, *lá*; e se aceitamos, seria coisa de ir embora do país"... "É só proibir qualquer comentário na imprensa." "Seria contrário aos meus princípios. Você sabe. Chumbo e machado pros filhos da mãe. Mas total liberdade de crítica, polêmica, discussão e controvérsia, quando se trata de arte, literatura, escolas poéticas, filosofia clássica, os enigmas do Universo, o segredo das pirâmides, a origem do Homem Americano, o conceito de Beleza, ou o que ande por aí... Isso é cultura..." "Na Guatemala, nosso amigo Estrada Cabrera[269] instituiu um culto à Minerva, com templo e tudo..." "Bonita inciativa de um grande governante..." "... que já leva dezoito anos no Poder..." "...por isso mesmo. Mas parece que sua estátua de Palas Atenas não é nada de outro mundo"... Indeciso, o Primeiro Magistrado escreveu para Ofélia que havia retornado a Paris, depois de andar vários meses por pastagens andaluzas, posta repentinamente em febre de touros, capas e cantos flamencos, como havia estado outras vezes em febres de Bayreuth ou Stratford-upon-Avon. Pouco interessada na troca epistolar, bastante reveladora, nela, de uma ortografia *Fantasio*sa, a Infanta respondeu com um simples telegrama: ANTOINE BOURDELLE. "Não conheço", disse o Doutor Peralta. "Eu também não – disse o Primeiro Magistrado –: Deve ser algum boêmio, amigo dela." E, por via das dúvidas, dirigiu-se ao Ilustre Acadêmico, com a demanda de maiores informações. E, na volta do correio, receberam umas fotos de relevos executados pelo artista para ornamento do *Théatre des Champs-Elysées*, em 1913. Um que era uma alegoria da música, desagradou francamente Peralta pelo falso, o revolto, o distorcido, de duas figuras que pareciam metidas à força, aos empurrões, em um espaço retangular: ninfa dobrada sobre um violino em impossível intenção de usar o arco com um braço que lhe passava por cima da cabeça; um sátiro, bestial, retorcido, mais

---

269 **ESTRADA CABRERA:** Manuel José Estrada Cabrera (1857 – 1924) foi um político guatemalteco que presidiu o país de 1898 a 1920, tornando-se um dos líderes mais longevos da história da Guatemala. Assumiu a presidência por meio de eleições manipuladas e repressão sistemática a opositores. Durante seu governo, promoveu obras de infraestrutura e modernização, mas também aumentou a dependência externa e a desigualdade social. Seu regime autoritário foi marcado por censura, torturas e assassinatos políticos. Após ser declarado mentalmente incapaz pela Assembleia Nacional Legislativa, foi deposto durante a chamada Semana Trágica, sendo posteriormente preso. Recusou-se a exilar-se e morreu de pneumonia em 1924, em prisão domiciliar na Cidade da Guatemala.

entomológico que heleno, que tocava um flautim enorme, em nada sugerindo melodias agrestes, parecendo mais a peça de um cano de metralhadora 30/30. E as fotos vinham acompanhadas de um número da *Gazette-des-Beaux-Arts* onde, em artigo de parágrafos sublinhados com lápis vermelho, dizia o famoso crítico Paul Jamot que o escultor não tratava em suas figuras da maneira arcaica, mas *com uma rudeza evocadora do gosto germânico* [sic]. "Germânico! Germânico! E isto é o que Ofélia nos recomenda nestes momentos! Parece que de tanto andar com toureiros está se tornando idiota. Não tem o menor senso político... – E, considerando agora um aspecto fonético do problema –: Além do mais, impossível aqui, por causa do sobrenome. Bourdelle. Pensa em como isso soa no nosso idioma." "Verdade! – disse Peralta –: Primeiro o chamarão *Booouuurdeye*. Até que aprendam a pronúncia correta." "... E então, as piadas dos que me querem bem. A palavra vem em bandeja de prata pra eles: que o Capitólio é um...; que a República é um...; que meu governo é um... Nem pensar!" "O melhor é encomendarmos a Pellino" – opinou Peralta. E o marmorista italiano, grande criador de anjos, cruzes e panteões para cemitérios, a quem várias das nossas cidades deviam estátuas epônimas muito satisfatórias, tanto no heroico como no religioso, recomendou calorosamente um artista milanês, com obras premiadas em Florença e em Roma, notavelmente especializado na concepção de monumentos, fontes municipais, santuários cívicos, figuras equestres, e, em geral, de tudo o que era arte oficial, séria, solene, com uniformes historicamente exatos se o assunto requeria, nus tratados com dignidade se o nu correspondia ao caráter de uma alegoria, em expressão inteligível a todos, de uma estética nada antiquada, nem muito moderna também – que isso de modernismo na plástica era coisa muito discutida nestes tempos. Aldo Nardini – assim se chamava o escultor – enviou um rascunho que foi aprovado, de imediato, pelo Conselho de Ministros: a República era representada, nele, por uma imensa mulher, de corpo robusto e vestida à grega, apoiada a uma lança – símbolo de vigilância –, de cara nobre e severa, como nascida da famosa Juno vaticana, com dois enormes peitos, um coberto, o outro nu – símbolos de fecundidade e abundância. "Nada genial, mas todo mundo ficará contente – concluiu o Primeiro Magistrado –: Execute-se"... Vários meses transcorreram na realização e fundação da estátua, com informações na imprensa sobre o andamento do trabalho, até que, em uma manhã, entrou na baía de Porto Araguato, um barco vindo de Gênova, trazendo a Imensa Mulher. Uma multidão expectante se aglomerou no cais para assistir à sua aparição. Mas houve algum desencanto quando se soube que a escultura não ia sair assim, completa, de pé, já erguida, como haveria de ser vista no Capitólio, mas que era trazida em pedaços, para ser armada no lugar de sua ereção. No entanto, o espetáculo valia a pena. As gruas alçaram seus ganchos, baixaram os cabos aos porões e, de repente, em meio a aclamações, apareceu a Cabeça, retirada das sombras, transportada pelo ar, seguida de distintas partes de sua anatomia. Pé esquerdo – com seu correspondente fragmento de Perna e Drapeado –, Braço Direito, com parte da haste da lança na mão; Ventre Ubérrimo como o eixo vital bem aprofundado no bronze; Peito Coberto, seguido do Pé Direito e do Braço Esquerdo, antes da subida do gigantesco Gorro Frígio[270] que haveria de coroar a República. Mas nisso soaram as sirenes das doze, as gruas pararam seu trabalho, e os da estiva foram comer sem que o povo se dispersasse. E era porque, sem dúvida, algo grande ficava ainda nas profundidades do barco. Às duas, os homens voltaram ao trabalho, e, entre aplausos e exclamações, a Teta Nua da Figura Magna saiu dos porões, descendo à terra com uma lentidão solene. Logo, as peças foram levadas em caminhões a um trem de carga em cujas pranchas e carretas deitaram a Giganta, um pedaço por vagão, em desconcertante visão de uma Forma que,

270 GORRO FRÍGIO: Também conhecido como barrete frígio ou barrete da liberdade, é uma touca ou carapuça que se tornou um símbolo da liberdade e da república.

correspondendo à de um corpo humano, mostrava seus elementos postos em uma sucessão horizontal que não acabava de se constituir cabalmente em uma totalidade significativa. Primeiro vagão: Gorro Frígio; 2°: Ombro e Peito coberto; 3°: Cabeça; 4°: Ombro e Teta Nua; 5°: Ventre Ubérrimo... E agora, em fila anárquica, as coxas, os braços, os pés calçados de sandálias meio helênicas meio *criollas*, a lança em três partes, com locomotiva à frente e locomotiva atrás, pois era muito o peso, e os mecânicos estavam temerosos de que a enorme carga de bronze se detivesse na subida a *Las Cumbres*, ali onde, por causa das chuvas recentes, já tinham ocorrido alguns deslizamentos de terra sobre a via... Mas a República chegou por fim ao seu capital, e assim foi como a Nação, em vez de ter um monumento de Bourdelle, viu erigir-se uma estátua do milanês Nardini, cujo rosto sereno e grave se perdeu para sempre para o público, porque o tamanho excessivo da figura extraviava sua cabeça nas alturas de uma cúpula cuja colunata circular só era visitada duas vezes ao ano pelos trabalhadores encarregados de limpá-la – acrobatas de andaimes, muito atentos aos equilíbrios exigidos por sua vertiginosa tarefa para poder se deter em apreciar os méritos de uma obra de arte.

Onze

O Capitólio crescia. Sua massa branca, ainda informe, enjaulada em andaimes, ia se elevando sobre os telhados da cidade, levantando colunas, alargando suas asas, embora sua construção fosse interrompida, repentinamente, devido a contingências da folha de pagamentos. Isso não se devia, é claro, à economia do país, que jamais havia conhecido tempos melhores, mas ao fato de que o custo dos materiais aumentava de mês em mês, subiam os preços das ferramentas e máquinas, dos fretes e transportes, sempre rompendo os limites de um sempre superado orçamento inicial — muito aumentado, na surdina, além do mais, pelas muitas fatias prometidas a ministros e altos funcionários da Comissão de Fomento e Ornamentação Pública, sem mencionar os dois cheques — um bem expressivo, o outro mais modesto — que frequentemente eram entregues ao Doutor Peralta, nos bastidores, pela Direção de Obras Públicas. De repente, os trabalhos paravam, uma arcada ficava sem arcos, uma porta sem frontão, os cinzéis dos escultores de acantos e astrágalos se calavam, e era necessária uma nova alocação de créditos, uma aprovação de impostos sobre fósforos suecos, sobre bebidas estrangeiras ou lucros advindos de corridas de cavalos, para retomar as obras. E acontecia, então, que durante os períodos de inatividade, a zona mais central da capital era transformada em uma espécie de fórum romano, esplanada de Baalbek, o terraço de Persépolis, sob uma lua que iluminava aquela estranha paisagem de mármores desordenados, métopas trabalhadas pela metade, pilares truncados, blocos de pedra entre cimento e areia – ruínas já, restos, morte, do que ainda não havia sido. E como – embora ainda sem um teto – já era possível ver os dois hemiciclos da Câmara e do Senado naquela área de prédios em espera, seus espaços eram aproveitados, nos intervalos de trabalho, pela Faculdade de Ciências Humanas da Universidade e pelo empresário de um *Skating-Ring*. Assim, em certas noites, foram ouvidas as lamentações de Ajax, os gritos do Édipo, incestuoso e parricida, no Hemiciclo Norte, usado pelos estudantes como Teatro Antigo, enquanto, ao ritmo da valsa mais famosa de Waldteufel[271], em uma estrondosa pista de madeira no Hemiciclo Sul, giravam mulheres que, para não renunciar à moda em favor do esporte, tinham encontrado uma maneira de montar seus saltos Luís XV em patins. Em alguns pontos intermediários, às vezes se instalava o itinerante *Museu Dupuytren*, o *Grande Panóptico da Descoberta da América e do Sofrimento dos Índios*, uma exposição de animais, o mastro de navio, enquanto, no alto, em fios esticados entre colunas sem frisos, vários equilibristas em maiôs cor-de-rosa e trapézios com luzes elétricas viajavam de capitel a capitel passando, insensíveis, ao espetáculo lá embaixo, sobre giros de patinadores e tragédias de Sófocles – esperando para serem expulsos pelo exército de operários que retornava periodicamente aos seus abandonados trabalhos para continuar a quase litúrgica construção do Templo Cívico até o topo de sua luz cimeira... Estava-se assim nessas alternâncias de construção e greve quando o Doutor Peralta, certa manhã, entrou alegremente nas salas privadas do Primeiro

---

271 WALDTEUFEL: Émile Waldteufel (1837–1915) foi um compositor francês célebre por suas valsas e outras peças de dança de salão no estilo vienense. Entre suas obras mais conhecidas está a valsa *"Les Patineurs"* (*"Os Patinadores"*), composta em 1882, inspirada no movimento gracioso dos patinadores sobre o gelo.

Magistrado, onde A Maiorala Elmira ainda estava de anágua: "Que maravilha, meu senhor! Que maravilha! Os submarinos alemães acabam de afundar o *Vigilantia*[272], um navio americano! Todos os gringos da tripulação foram para o inferno! Não sobrou nenhum!" (Ria.) "Não sobrou nenhum, meu presidente! Nem um! Todos se foderam!... E, embora a notícia ainda não seja oficial, sabe-se que os Estados Unidos estão entrando na guerra. Sim, senhor: eles estão entrando na guerra"... E tal era a alegria de ambos que, sem esperar mais, enfiaram a mão na maleta Hermes, dando um ao outro longos tragos de Santa Inês. ("E eu, por acaso, sou um cachorro?", disse A Maiorala, trazendo apressadamente o copo de escovar os dentes.) Fazia muito tempo que o Primeiro Magistrado não conhecia uma alegria semelhante, pois a Guerra Europeia, estacionada em uma guerra de trincheiras, de posições, de lutas tenazes e lentas para conquistar uma colina, um bosquezinho, as ruínas de um forte já dez vezes arruinado, guerra de mínimos avanços e recuos, com tantos mortos que já haviam perdido as contas, havia se tornado monótona, para não dizer: enfadonha. Para aqueles que a olhavam daqui, já não tinha mais interesse como espetáculo. Havia passado o tempo em que as pessoas agitavam bandeirinhas sobre geografias distantes para marcar vitórias ou derrotas, já que não se sabia mais de vitórias ou derrotas emocionantes, e quando se travava de uma batalha real, ela sempre acontecia nas mesmas áreas de Argonne ou Verdun, entre localidades de nomes desconhecidos – um centímetro apenas de distância nos mapas de 1/1000 que ainda eram exibidos, empoeirados e sem público, nas redações dos jornais. O país conhecia uma prosperidade assombrosa, de fato. Mas o crescente custo de vida mantinha os pobres de sempre na misé-

272 VIGILANTIA: O afundamento do Vigilantia, um navio mercante britânico, por submarinos alemães faz parte da campanha de guerra submarina irrestrita da Alemanha, na qual atacava qualquer navio sem aviso prévio, incluindo aqueles de países neutros. Essa prática causou a perda de vidas estadunidenses e afundamento de navios dos Estados Unidos, provocando grande indignação pública e levando o presidente Woodrow Wilson a solicitar ao Congresso a declaração de guerra contra a Alemanha em abril de 1917, marcando a entrada dos Estados Unidos na Primeira Guerra Mundial.

ria de sempre – café da manhã com banana-da-terra assada, batata ao meio-dia, pão dormido e mandioca no final do trabalho, com uma ocasional carne seca de cabra ou bife de vaca aftosa aos domingos e aniversários – apesar da aparente bonança de salários. Por isso, os estudantes, os intelectuais, os agitadores profissionais – aquela *intelligentsia* de merda que sempre nos amolava a paciência – pouco a pouco tinha se compactado em um surdo movimento de oposição. E justamente quando se achava no momento mais calmo e sossegado, o Primeiro Magistrado era surpreendido por uma proliferação de forças adversas que se infiltravam na cidade e se manifestavam aqui e ali, onde menos se esperava, para lhe perturbar os ânimos e estragar o sono. Quando pensava que já estava esquecida, a mão do Doutor Luis Leoncio Martínez reaparecia em uma proclamação enviada em um envelope, de lugares distintos, com diferentes selos, denunciando fatos – e isso era o mais grave – que eram conhecidos apenas por algumas pessoas muito intimamente ligadas às intimidades do Palácio Presidencial. Soube-se tarde demais (e nem para se inteirar aquele cretino do Chefe da Polícia Judicial, a quem estávamos pagando!) que, na Universidade, um professor de História Moderna tinha feito conferências sobre a Revolução Mexicana, falando de forças proletárias, ligas camponesas, o Sindicato dos Inquilinos de Veracruz, agrarismo, o governo socialista de Carrillo Puerto[273] em Yucatán, e os artigos do aventureiro gringo John Reed[274] – de todas as coisas que haviam arruinado, afundado, infectado, as esplendorosas terras de Dom Porfírio, humanista e civilizador Dom Porfirio, que, em vez de repousar em um imenso panteão nacional, estava enterrado agora, cansado de ingrati-

---

273 **CARRILLO PUERTO:** Felipe Carrillo Puerto (1874–1924) foi um político e líder social mexicano, conhecido como el Rey Mártir de Yucatán. Defensor dos direitos dos povos indígenas maias e das reformas agrárias, Carrillo Puerto promoveu importantes mudanças sociais durante seu governo no estado de Yucatán na década de 1920. Foi assassinado em 1924, e sua trajetória ficou marcada pelo idealismo e luta por justiça social.

274 **JOHN REED:** Foi um jornalista e ativista estadunidense conhecido principalmente por seu relato direto da Revolução Russa em seu livro "Dez Dias que Abalaram o Mundo".

dões, em um triste canto do cemitério de Montparnasse. E, para coroar, uns anarquistas, vindo de Barcelona certamente, e que nossos serviços secretos não conseguiam capturar, saíam à noite, como espectros inatingíveis, para pintar nas paredes, com giz, umas letras (R.A.S.) que pareciam a sigla de Revolução Anarco-Sindicalista, às vezes acompanhadas de frases como: "Propriedade é roubo" e outras fórmulas desgastadas que, a essa altura, só eram levadas a sério nessa América imitadora e atrasada... Agora, com esse magnífico afundamento do *Vigilantia*, os Estados Unidos entrariam na guerra, nós entraríamos na guerra, o sentimento patriótico se galvanizaria e, como o estado de guerra implica, de fato, um estado permanente de emergência, nós organizaríamos, ao som do Hino Nacional, *La Marseillaise*, *God Save the King*, Deus Salve o Czar e de *Star and Spangled Banner*, o mais formidável ataque de oposicionistas, conspiradores, ideólogos suspeitos – germanófilos todos, nesse caso – que jamais se havia visto nesse país... Daí a pouco, depois de beber o rum dos dias de esplendor, o Primeiro Magistrado convocou o Embaixador dos Estados Unidos para informá-lo de que a República estaria ao lado de sua Grande Irmã do Norte nos dias de provação e, depois de um rápido Conselho de Ministros, o Mandatário compareceu perante às duas Câmaras, urgentemente reunidas, onde, por aclamação, foi aprovado o texto de uma Declaração de Guerra às Potências Centrais, aplaudindo-se, de passagem, cada um dos "considerando" e "portanto" que vinham para justificá-la... E, naquele mesmo dia, a guerra começou, com uma operação tão excelente pelo que foi conquistado, como rápida em sua execução: às cinco em ponto da tarde, os chefes militares de Porto Araguato subiram à bordo de quatro navios alemães – o *Lubeck*, o *Grane*, o *Schwert* e o *Cuxhaven*, que estavam atracados nas docas, esperando ordens de seu governo – para proceder ao seu apresamento e à prisão das tripulações. Os marinheiros, felizes ao verem que, para eles, a guerra havia terminado, acolheram as autoridades portuárias com vivas e partiram, em alegre formação, até o local de seu internamento, saudando alvoroçadamente os transeuntes. Um oficial nietzschiano, que gritava: "Antes morrer que abandonar o barco!", foi jogado sobre a borda depois de lançar um insulto que, no idioma teutônico, devia significar algo assim como "A puta que te pariu". E os prisioneiros foram levados para uma propriedade com grande terreno cercado, onde penduraram suas redes nas árvores e, imediatamente, começaram a arrancar ervas daninhas e plantas parasitas. Na manhã seguinte, com uma madeira que lhes foi dada por ordem superior, começaram a construir belos chalés em estilo renano, enquanto outros plantavam gladíolos e batiam a terra para fazer duas quadras de tênis. Três semanas depois, a propriedade era uma fazenda-modelo. Havia uma biblioteca, com poemas de Heinrich Heine[275] e até mesmo o socializante Dehmel[276]. O local carecia de mulheres, desde o início, mas muitos não precisavam delas porque eram bastante homossexuais e, quanto aos irredutíveis, tinham permissão, todas as sextas-feiras, para visitar o bordel da Ramona, sob escolta militar. E, como eram muito musicais, reunindo os instrumentos que tinham trazido a bordo dos navios, começaram a tocar pequenas obras de Haydn, Mendelssohn e Raff[277] – a "Cavatina", principalmente. Às vezes, uma cascavel, coral ou jararaca se infiltrava no concerto: mas, sempre era vista a tempo pelo violon-

---

275 **HEINRICH HEINE:** Foi um dos mais importantes poetas e ensaístas alemães do século XIX, conhecido por sua poesia lírica, marcada pela ironia e pelo romantismo tardio, e por sua prosa crítica, voltada contra o autoritarismo e a hipocrisia social. Judeu convertido ao protestantismo, viveu os últimos anos de sua vida em Paris, onde se aproximou de intelectuais e revolucionários, como Karl Marx.

276 **DEHMEL:** Richard Dehmel (1863–1920) foi um poeta e escritor alemão associado ao simbolismo e ao expressionismo, cuja obra abordava temas como o erotismo, a natureza e a inquietação espiritual da virada do século. Sua poesia foi considerada ousada e escandalosa para a época, tanto por seu conteúdo quanto por sua forma.

277 **HAYDN, MENDELSSOHN E RAFF:** Joseph Haydn (1732–1809), considerado o "pai da sinfonia" e do quarteto de cordas, foi um dos principais compositores do Classicismo e teve papel essencial na consolidação das formas musicais que influenciaram Mozart e Beethoven. Felix Mendelssohn (1809–1847), romântico precoce, destacou-se por seu lirismo elegante, pela revitalização da música de Bach e por obras como a abertura Sonho de uma Noite de Verão e o oratório Elias. Joachim Raff (1822–1882), menos lembrado hoje, foi bastante popular em sua época como compositor de transição entre o romantismo puro e o sinfonismo germânico.

celista que, de todos os músicos, é o que mais olha para o chão, e a serpente morria por um golpe dado certeiramente nas suas costas com o dorso do arco – *col legno*, como se diz em linguagem técnica... E muitas vezes, muito bem acompanhado pelo conjunto, o comissário de bordo do *Lubeck* cantava, com sua linda voz de tenor:

> *Winterstürme wichen*
> *dem Wonnemond*
> *in milden lichte*
> *leuchtet der Lenz...*[278]

A segunda ação daquela guerra teve por intuito a tomada do Trenzinho dos Alemães – operação que o Primeiro Magistrado liderou pessoalmente, à frente dos sapadores do 2º Regimento Tático. Na madrugada do dia *H*, as duas estações terminais foram ocupadas – a de cima e a de baixo –, assim como as paradas intermediárias, cabines de sinalização, controles de desvios, etc. E como as viagens ficaram suspensas até segunda ordem, o Presidente pôde se entregar à realização de um sonho antigo: brincar com a estradinha de ferro a seu bel prazer, colocando Peralta, de cara enegrecida, no tênder carvoeiro. Conhecendo seu mecanismo, a locomotiva começou a andar para frente, para trás, entrando e saindo do galpão de reparos, a dar voltas e mais voltas sobre as placas giratórias; assobiava, jogava vapor por todas as válvulas e rolamentos, soltando mais fumaça do que nunca, indo, vindo, parando para carregar qualquer coisa: maços de cana, barris, uma cesta de abóboras, arecas em vasos, gaiolas vazias, um contrabaixo, galinhas, vários bateristas negros que tocavam *cumbia*. E quando o Primeiro Magistrado tinha dominado todas as técnicas de alimentação da caldeira, condução, aceleração, manutenção das velocidades uso dos freios para parar o comboio com total

---

278 "Tempestades de inverno cederam / ao mês do prazer, / na luz suave / brilha a primavera.. "

coincidência de vagões e plataformas, todo o Gabinete foi convidado a fazer uma primeira viagem à Colônia Olmedo, com serviço de empanadas e *tamales* servidos nos carros, e champanhe suficiente para brindar à saúde do Primeiro Mecânico da Nação. E o Presidente estava tão entretido com seu artefato que chegou a se esquecer por vários dias da Guerra Europeia, deixando de ler a imprensa estrangeira que o Doutor Peralta lhe trazia regularmente – imprensa enriquecida por uma picaresca revista francesa, *Régiment*, com muita nudez entre uniformes... No entanto, após o sucesso de *La Madelon* e *Rose of Picardy*, a música de *Over There*[279] estava invadindo o país com uma espantosa rapidez. Entrando pelas pianolas de Porto Araguato, ela subiu, de gramofone em gramofone, ao longo da linha da Grande Ferrovia do Leste, apoderando-se de pianos de conservatórios, pianos de salões burgueses, pianos de cinema, pianos de cafés, pianos de freiras, pianos de putas, antes de achar sua máxima expressão sonora nas grandes retretas dominicais do Parque Central. *Over There*, *Over There*, *Over There*... Enormes cartazes onde um soldado norte-americano empunhava a baioneta contra um inimigo invisível – acompanhado de um enérgico *Come-on!* – convidavam à compra de bônus de um empréstimo de guerra tão bem recebido no país que, pouco depois, o embaixador Ariel pôde fazer uma entregar solene ao presidente Woodrow Wilson[280] da soma de um milhão de dólares arrecadados em menos de vinte e cinco dias. Os cinemas exibiam documentários sobre

---

279 *OVER THERE*: Trata-se de uma canção patriótica americana composta por George M. Cohan em 1917, durante a Primeira Guerra Mundial. Escrita logo após os Estados Unidos declararem guerra à Alemanha, a música foi concebida para encorajar os jovens americanos a se alistarem no exército e a combaterem "do outro lado" do Atlântico, na Europa.

280 **WOODROW WILSON**: Foi o 28º presidente dos Estados Unidos, exercendo dois mandatos entre 1913 e 1921. Foi reitor da Universidade de Princeton antes de entrar na política. Durante sua presidência, implementou importantes reformas progressistas, como a criação do Federal Reserve e leis antitruste. Conduziu o país na Primeira Guerra Mundial a partir de 1917 e, ao final do conflito, liderou a proposta de criação da Liga das Nações, articulada em seus Quatorze Pontos.

a glória do General Pershing[281] – o mesmo que havia enviado uma comentada "expedição punitiva" ao México pouco tempo atrás. *Over There, Over There, Over There*. E agora, além de *Over There*, as marchas estrondosas de Sousa[282], com baixos de tuba e floreios de flautim. Um jovem oficial, calorosamente apoiado pelo governo ("É na guerra onde se magnificam as energias masculinas – disse o Primeiro Magistrado –: A guerra é para o homem o que é o parto para a mulher"), dedicava-se à tarefa de criar uma Legião de Voluntários Nacionais para ir à França lutar – sob seu comando, é claro. A luta armada entranhava perigos, certamente, mas era acompanhada de muitas alegrias. E, como prova disso, bastava ler um artigo de Maurice Barrés, muito reproduzido pela imprensa local: "O bom humor reina nas trincheiras. Claro que ali, em noites chuvosas, não se está como em um restaurante de luxo... Mas eu conheço um lugar onde, em um labirinto de oito quilômetros de trincheiras bem cuidadas, os caminhos são designados pelos nomes de *Champs-Elysées* ou *Rue Monsieur-le-Prince*. Sei de um abrigo subterrâneo onde um oficial tem uma poltrona de veludo carmesim, uma mesa com buquês de rosas e pratos de antiga porcelana de Estrasburgo. As trincheiras são decoradas com móveis encontrados nas ruínas dos vilarejos bombardeados. A alegria reina nas trincheiras" [sic]. Essas prosas, sincronizadas com imagens de lanceiros bengaleses, de garridos *bersaglieres*, de cossacos – republicanos fazia pouco tempo – que agora se lançariam com energias novas sobre uma Alemanha cujo povo, faminto, já se alimentava só de pão de palha e serragem; tudo isso, utilmente reforçado por um retrato de Ofélia, vestida de

---

281 GENERAL PERSHING: John J. Pershing (1860–1948) foi um general estadunidense que se destacou como comandante das Forças Expedicionárias dos Estados Unidos na Primeira Guerra Mundial. Conhecido como "Black Jack", por ter comandado unidades de soldados afro-americanos, Pershing teve papel decisivo na organização e liderança do contingente americano na Europa a partir de 1917, insistindo em manter as tropas sob comando autônomo dos EUA, em vez de subordiná-las às forças britânicas ou francesas.

282 SOUSA: John Philip Sousa (1854–1932) foi um compositor e maestro estadunidense, célebre por suas marchas militares e patrióticas que marcaram profundamente a música bandística dos Estados Unidos.

enfermeira da Cruz Vermelha, parecia rechonchuda e mais *criolla* do que nunca, enfaixando à fronte de um inglês ferido, levantou uma força de duzentos e cinquenta jovens, ansiosos por conhecer a Torre Eiffel, o Moulin Rouge e o Restaurante Maxim's. "Agora eles verão, *lá*, quais são os nossos colhões", disse Peralta. Mas houve uma certa decepção no público quando se soube, semanas depois, que os combatentes do país, ao chegar *lá*, haviam sido dispersos em diferentes unidades francesas e que o jovem oficial, privado do comando de seus homens, estava voltando magoado e furioso, afirmando – e ele havia visto as coisas de perto – que os aliados perderiam esta guerra, com a ajuda norte-americana e tudo, porque aquilo era o desajuste e o caos. Mas o que realmente interessava às pessoas não era que os aliados ganhassem ou perdessem a guerra, mas que a guerra durasse o máximo possível. Com mais três, quatro, cinco anos de guerra, nos tornaríamos uma grande nação. Da missa das seis horas aos rosários vespertinos, dos sinos da alvorada ao toque do Angelus, todo mundo rezava pela Paz, é claro, mas com o costume generalizado, difícil de ser explicado a um estrangeiro, de o fiel rezar com o dedo médio em cima do indicador. Afinal de contas, o que estava acontecendo na Europa não era culpa nossa. Não tínhamos culpados de nada. O Velho Continente tinha falhado em se oferecer como um exemplo de sanidade. E, se agora o país conhecia uma era de progresso e abundância nunca antes suspeitada, era a prova de que o Todo-Poderoso – assim dissera o arcebispo em um eloquente sermão – sabia distinguir aqueles que, alheios às vãs filosofias que só deixavam cinzas na alma, longe de certas doutrinas sociais tão impiedosas quanto dissolventes e alheias à nossa idiossincrasia, souberam salvaguardar as tradições religiosas e patriarcais da Nação – isso foi dito pelo prelado com um gesto que, descendo da pomba do Espírito Santo que balançava acima de sua cabeça, apontava para o Primeiro Magistrado presente na Catedral naquela manhã.

As obras do Capitólio estavam perto de terminar. Confinada já entre as paredes de um palácio estreito demais – apesar de sua monumentalidade – para lhe servir de morada, a Giganta, a Titã, a Imensa Mulher – ao mesmo tempo Juno, Pomona, Minerva e República – havia se colocado a crescer, dia a dia, dentro do encerramento progressivo no seu âmbito. A cada manhã, parecia maior – como essas plantas da selva que se alongam vertiginosamente durante a noite, subindo em direção a um amanhecer que lhes foi roubado pelas florestas acima. Como se estivesse oprimida, comprimida pela pedra circundante, ela parecia duas vezes mais espessa, mais corpulenta e mais alta – sempre mais alta – do que quando havia sido erguida, peça por peça, em um espaço sem teto. A cúpula já havia se fechado sobre sua cabeça, erguendo a majestosa lanterna – imitada de *Les Invalides* em Paris – que, agora iluminada, farol e emblema, dominava as noites da cidade, minimizando cruelmente as torres da Catedral, agora tão minguadas em proporções que já estava quebrado para sempre o diálogo estabelecido por elas – segundo o verso de um grande poeta nosso do século passado – com o distante cume do Vulcão Tutelar... Estavam perto de terminar as obras, mas não tão perto que o prédio pudesse ser inaugurado, como previsto, na data da comemoração do Centenário da Independência, que já estava em cima. No dia em que o problema foi abordado em uma tempestuosa reunião do Gabinete, o Primeiro Magistrado, repentinamente enfurecido, destituiu violentamente o Ministro de Obras Públicas, ameaçando os demais com exílios e prisões se o Capitólio não fosse concluído, pintado, reluzente, polido, com jardins e tudo, para a data inadiável... E assim começou um trabalho de egípcios. Com a ajuda de centenas de camponeses trazidos a facão, arrastados por carroças e carros de boi, alojados em barracões, de onde eram tirados a toque de corneta para turnos alternados de trabalho, as colunas que ainda faltavam levantar começaram a ser levantadas, obeliscos foram erguidos, deuses e guerreiros, dançantes, musas e chefes, homens avançados em morrião e couraça, cavaleiros e hoplitas[283], subiram até os frisos mais altos – foi polido o que era para ser polido, foi dourado o que era para ser dourado, foi pintado o que era para ser pintado. Trabalhava-se à noite, à luz de holofotes e refletores. Eram tantas as marteladas que, durante semanas, vivia-se no barulho de uma forja, entre bigornas e brocas, enquanto terminavam de azulejar os degraus da escadaria de honra. E, uma tarde, as Palmeiras Reais entraram na cidade horizontalmente, deitadas em caminhões e caravanas, com os penachos varrendo as calçadas, levantando a poeira das ruas, para serem enraizadas em buracos profundos, cheios de terra preta, cascalho e composto. Atrás – a selva de Macbeth – apareciam os pinheiros pequenos, os arbustos podados, as arecas, trazidas de todas as partes, prontas para serem transplantadas onde centenas de homens as aguardavam, com regadores na mão, endireitando-as com estacas e escoras – sem ter certeza, na verdade, de que as folhas estariam verdes demais para o Grande Dia. "As folhas que murcharem serão pintadas na noite anterior. Elas resistirão bem, por algumas horas, a uma camada de tinta Lefranc", disse o Primeiro Magistrado. Enquanto isso, com os olhos fixos em calendários e relógios, impacientes, insones, levando as obras com gritos de coronéis e alma de encarregados negreiros, os arquitetos e capatazes apressaram o trabalho, até que se deu por concluída a construção do edifício, com o toque final suntuoso de um grande diamante Tiffany colocado aos pés da estátua de Aldo Nardini para marcar, no coração de uma estrela de mármores vermelho-esverdeados, o Ponto Zero de todas as estradas da República – o local de convergência ideal dos caminhos projetadas pelo Governo para comunicar a Capital com os confins mais distantes do país. E, finalmente, naquela terça-feira, a capital amanheceu no Centenário da Independência, deslumbrante, envernizada, vestida de bandeiras, estandartes, pendões, escudos e letreiros, com

283 **HOPLITAS:** Eram os soldados de infantaria pesada das antigas cidades-estado gregas, especialmente de Esparta e Atenas, entre os séculos VII e IV a.C.

alegorias de rua, cavalos de papelão lembrando batalhas famosas, cem tiros de canhão ao amanhecer, foguetes e estalinhos sobre os telhados, salvas em todos os bairros, um grande desfile militar, e bandas, muitas bandas, dos regimentos daqui e da província, que, após o desfile oficial, continuaram tocando, durante todo o dia, em parques municipais e quiosques de esquina, fazendo circular, por mãos de mensageiros, as partituras – havia poucas em vários exemplares – que, dando preferência aos ares nacionais e às marchas patrióticas, incluíam algumas peças de resistência – "de execução", como se diz – cuidadosamente escolhidas pelo Primeiro Magistrado com a assistência do Diretor do Conservatório Nacional. Nada de música alemã, é claro, Wagner menos ainda, desterrado para sempre, ao que parece, dos concertos sinfônicos de Paris, depois que o compositor foi definido por Saint-Saëns, em artigos implacáveis, como uma nefasta e abominável encarnação do espírito germânico. Beethoven, por enquanto, era melhor ser ignorado – mesmo que alguns tenham observado que a Alemanha de seu tempo, afinal, ainda não era a de Von Hindenburg[284]. Portanto, caminhando de praças a quiosques, de parques a rotatórias, ia-se da abertura de *Zampa*[285] a *Guilherme Tell*[286], das *Cenas alsacianas*, de Massenet à *Pátria* de Paladilhe[287], do *Torea-*

---

284 **VON HINDELBURG:** Paul von Hindenburg (1847-1934) foi um marechal e estadista alemão, conhecido por seu papel na Primeira Guerra Mundial e na República de Weimar. Após a guerra, tornou-se presidente da República de Weimar em 1925 e reelegeu-se em 1932. Durante seu mandato, enfrentou crises políticas e econômicas severas, e foi ele quem nomeou Adolf Hitler como chanceler da Alemanha em 1933.

285 **ZAMPA:** Ópera em três atos composta por Ferdinand Hérold, com libreto de Mélesville e Jean-Nicolas Bouilly, estreada em Paris em 1831. A obra é um exemplo do estilo opéra comique francês, combinando música leve com cenas faladas.

286 **GUILHERME TELL:** Ópera em quatro atos composta por Gioachino Rossini, estreada em Paris em 1829. Baseada na peça de Friedrich Schiller, a obra conta a história do herói suíço Guilherme Tell, que lidera a luta pela liberdade contra a opressão austríaca.

287 **PALADILHE:** Émile Paladilhe (1844-1926) foi um compositor francês do período romântico, conhecido principalmente por suas obras para voz e orquestra, incluindo óperas, balés e música sacra.

dor e andaluza, de Rubinstein[288] – faltava um compositor russo no repertório – à *Serenata*, de Victorin Joncière[289] – serenata que tinha deixado de ser "húngara", já que estávamos em guerra com as Potências Centrais e, por isso mesmo, a *Marcha Húngara*, de Berlioz foi ouvida, com seus tremendos estrondos de canhão. sob o simples título de *Marcha*... Dia de agitação, dia de aguardente em canecas e vitelas na grelha, milho grátis, tonéis de cerveja, brinquedos para as crianças pobres, fitas e laços, coros no Panteão Nacional, salvas em todas as igrejas, bailes nas casas e lanchonetes, nas vielas e quilombos, com todas as pianolas, os pianos, os gramofones, as bandas de música itinerantes, os tocadores de maracas, desatados em um concerto universal e aleatório, aguardando o ato inaugural do Capitólio, que reuniria, em seu Grande Hemiciclo, o Governo completo, Chefes das Forças Armadas, Corpo Diplomático e um elegante público, rigorosamente filtrado, enquadrado, observado por uma legião de agentes de nossos Serviços de Inteligência, que, para a ocasião, usavam *smokings* muito parecidos uns aos outros para não parecerem uniformes. E a noite solene transcorreu com uma grande ostentação de trajes de gala, dragonas, alamares e condecorações – Ordem de Isabel, a Católica, de Carlos III, Ordem Soberana de Malta, Legiões de Honra, *Honni-soit-qui-mal-y-pense*[290], jarreteiras e cruzes, gracejos de Gustavo Adolfo, e até exóticas insígnias do Dragão de Annam, do Nenúfar e do Arco e Flecha, recentemente concedidas a altos funcionários nossos. Depois de ouvirem o Hino Nacional, o Primeiro Magistrado subiu à tribuna – surpreendentemente parecia sólido e dono de si mesmo, de fato, naquela noite – usando todos os distintivos de sua Alta Investidura. Iniciou seu discurso

---

288 **RUBINSTEIN:** Anton Rubinstein (1829-1894) foi um pianista, compositor e maestro russo, considerado uma das figuras mais importantes da música do século XIX. Sua obra e legado foram fundamentais para a consolidação da identidade musical russa.

289 **VICTORIN JONCIÈRE:** Apelido de Félix Lundger (1839-1903), um compositor, crítico musical e escritor francês do século XIX. Ele é conhecido principalmente por suas óperas e por sua atuação como crítico de música, exercendo influência no meio musical parisiense.

290 "envergonhe-se quem nisso veja mal".

em um tom pausado, como era de costume, usando, em seus gestos, a teatralidade da boa-fé que deve sempre estar unida ao bom ofício do advogado e do orador, traçando um esboço, sóbrio e preciso, de nossa história, desde a Conquista até a Independência. E aqueles que esperavam, com ironia oculta, seus habituais floreios verbais, seus epítetos rebuscados, seus vocativos retumbantes, ficaram admirados em vê-lo passar da epopeia sobriamente evocada, ao árido mundo dos números, agora contemplado com precisão de economista, para apresentar um quadro claro e convincente da prosperidade nacional, mesmo que coincidisse – e aqui começou a emocionar o tom – com a máxima intenção de destruição da grande Cultura Greco-Latina que já havia sido criada em qualquer época da história humana. Mas essa grande cultura seria salva. Uma vitória próxima de nossos Progenitores Espirituais asseguraria a durabilidade dos valores que, ameaçados *lá*, ressurgiriam, mais esplêndidos do que nunca, deste lado do Oceano. E contemplando e convidando a contemplar este magnífico edifício onde agora nos achávamos, cristalização em pedra, em mármore, em bronze, das ordens clássicas da arquitetura – Vitruvio, Viñola, Bramante... – greco-latina, o Primeiro Magistrado acelerou o ritmo, o diapasão alto e a gesticulação ampla, recobrando repentinamente o estilo profuso, ornamental e carregado, que já tinha valido tantas piadas por parte de seus adversários. E, fechando uma invocação a Ela que, por ser Guia de toda Razão, de toda Inteligência, haveria de comandar, por cima da República mesma, este Templo Cívico recém-construído, clamou com a voz inspirada: "Oh, *Arcajeta*, ideal que o homem de gênio encarna em suas obras-primas, eu prefiro ser o último em sua mansão do que o primeiro em outras partes! Sim: eu me desprenderei do estilóbato[291] de seu templo, esquecerei toda disciplina que não seja a sua, eu serei estilita[292]

291 ESTILÓBATO: Plataforma ou base sobre a qual se assentam as colunas de um templo clássico, especialmente na arquitetura grega e romana.

292 ESTILITA: Asceta cristão, conhecido por praticar uma forma extrema de penitência e isolamento, vivendo no topo de colunas ou pilares por longos períodos.

sobre suas colunas e minha cela será em sua arquitrave[293]. E – coisa difícil! – por ti me tornarei, se é que posso, *intolerante e parcial.* (Houve grande expectativa no público.) *Serei injusto, talvez, pelo que não te diz respeito, mas me farei o servo do último dos seus filhos.* Os atuais habitantes da terra que deste a Erecteu, eu os exaltarei, eu os louvarei. Tratarei de amá-los, mesmo em seus defeitos, e me convencerei – oh, Hípias! – de que eles são os descendentes dos cavaleiros que celebram lá em cima [gesto] sua festa imperecível no mármore dos seus frisos"... O Primeiro Magistrado parecia ter terminado seu discurso. Houve uma enorme ovação com o público de pé. Porém Peralta, sentado na cadeira de secretário, de frente para a plateia para observar melhor o Corpo Diplomático, tinha visto a cotovelada dada pelo Embaixador da França no braço do Embaixador da Inglaterra, quando soaram as sílabas de *Arcajeta*. Quando o *estilóbato* apareceu, a cutucada no Embaixador da Inglaterra reverberou nas costelas do Embaixador da Itália; do *estilita* à *arquitrave*, do Erecteu ao Hípias, as cotoveladas passaram a ocorrer, em série, de embaixador a encarregado de negócios, de ministro conselheiro a adido cultural, até as desencarnadas costeletas do agente comercial japonês, que, meio sonolento por não entender o idioma, estava prestes a ser lançado pelo empurrão, como a última bola do aparelho de física que é lançada ao ar quando a ação de uma primeira bola, do mesmo peso, comunica sua energia percussiva a seis bolas intermediárias, idênticas entre si. Havia algum riso oculto por trás dos muitos lenços que secavam suores inexistentes – pois não fazia calor naquela noite em que os ventos do norte sopravam, refrescados pelas neves do Vulcão Tutelar. E foi nesse momento que o Primeiro Magistrado, obtendo silêncio com um simples gesto, disse que "agradecia muito particularmente por esses aplausos, pois eram dirigidos ao insigne Ernesto Renan[294], em

293 ARQUITRAVE: Parte inferior de um entablamento na arquitetura clássica, situada diretamente sobre as colunas. Funciona como uma viga horizontal que suporta o peso da estrutura acima.

294 ERNESTO REGAN: Foi um filósofo, historiador e crítico francês, conhecido principalmente por seus estudos sobre o cristianismo e a história das religiões.

cuja "Prece na Acrópole" fechava o belo parágrafo que acabava de citar textualmente por corresponder, em tudo, aos profundos anseios de seu espírito na solenidade desta noite"... Houve novos aplausos, mais prolongados e mais fortes do que os anteriores – como se fossem de pessoas que querem ser perdoadas por algo – durante os quais Peralta abandonou seu assento para se aproximar do Embaixador da França e lhe dizer, com um sarcasmo sorrateiro: *"I vous a bien eu, hein? Pas si con que ça, le vieux!" "Pas si con que ça, en effet"*[295], respondeu o outro, pego de surpresa e subitamente muito preocupado ao pensar que sua resposta desconsiderada pudesse ser levada a um Quai d'Orsay que, naqueles dias, não estava para brincadeiras, e havia enviado o improvisado brilho de Alexis Léger[296] para a China, enquanto Paul Claudel era nomeado Ministro no Rio de Janeiro, para elevar o lamentável nível intelectual das representações francesas na Ásia e na América Latina... Mas aí que foi a debandada, com o abandono desaforado dos assentos, a descida das escadas, a corrida até as portas, para chegar o mais rápido possível, em assalto, avalanche, empurrões lado a lado, a um gigantesco buffet cujas mesas apresentavam, em enormes bandejas de prata, todas as iguarias importadas – de Nova York e Paris – que poderiam ter se alternado com as comidas nacionais: faisões vestidos com suas penas, codornas trufadas, leitões recheados com galantina de pistache, *tamales* picantes e peru ao molho de *cranberry*, *Saint-Honoré-à-la-crème* e manjar no copo, o marrom glacê e a pasta de tamarindo, entradinhas nacionais ao pé dos caviares negros e vermelhos montados sobre elefantes esculpidos no gelo, tudo dominado nos centros e cabeceiras, por arquitetônicos bolos de merengue e crocante que representavam o Capitólio, sem faltar uma coluna ao menos, com estátuas e obeliscos de marzipan – tudo admirado

---

295 "Eu peguei vocês bem, hein? O velho não é tão bobo assim!" "De fato, não é tão bobo assim."

296 ALEXIS LÉGER: Foi um poeta e diplomata francês. Sua obra poética é marcada por um estilo grandioso e lírico, com temas ligados à natureza, ao exílio e à condição humana. Em 1960, recebeu o Prêmio Nobel de Literatura, reconhecimento por sua contribuição à poesia moderna.

e saboreado entre vinhos e licores, piscos e tequilas, enquanto sacavam novas rolhas das champanhas postas a resfriar em baldes cheios de gelo picado pintado de rosa para realçar os gargalos dourados. E todos brindaram ao redor da gigantesca República, enquanto uma orquestra, erguida no topo da cúpula, tocava *danzones* e *bambas criollas*, alternando com a valsa de *Beautiful Ohio* ou as síncopas – inaudíveis para tanta gente que fala enquanto mastiga – de *Pretty Baby*. Então subiram os fogos de artifício que, depois de iluminarem o céu, caíram em torrentes, cachoeiras, de estrelas e luminárias, sobre os telhados e coberturas da cidade. E às duas da manhã – segundo o Chefe do Protocolo, uma noite solene não poderia se prolongar além dessa hora –, Peralta e o Primeiro Magistrado voltaram ao palácio, exaustos, mas felizes, com um desejo tremendo de se livrar dos fraques e beber algo mais forte e habitual do que o oferecido na festa. A Maiorala Elmira os esperava nos aposentos presidenciais, mesmo com o peito congestionado por causa do ar frio que descia da serra e soprava pelas persianas. E, como o secretário havia cumprido sua promessa de levar a ela um pouco do que havia sido servido no bufê da noite, a curiosa mestiça, embora não tivesse certeza de que encontraria algo de seu agrado, ia tirando tudo do alforge, um após o outro, com a cautela desconfiada de um pirotécnico que examina o conteúdo suspeito da valise de um anarquista. Para tudo, ela encontrou uma definição depreciativa: caracóis da Borgonha eram "lesmas"; o caviar, "perdigões em óleo"; as trufas, "lascas de carvão"; a halva, "um torrão que se quer parecido ao de Jijona[297]" ... Já muito bêbado e pedindo mais, o Presidente ainda não estava com sono, enquanto Peralta não se cansava de elogiar o uso brilhante do texto de Ernesto Renan... "Não dizem que minha oratória é rebuscada e ridícula? – observou o Presidente: O que eu lamento é que o nosso amigo, o Acadê-

---

297 **JIJONA:** Tipo tradicional de doce espanhol, também conhecido como turrón de Jijona. É um tipo de nougat macio feito principalmente de amêndoas moídas, mel e açúcar.

mico, não estivesse lá. Porque ele também teria caído na armadilha." "É que essa prosa parecia escrita expressamente para a inauguração de nosso Capitólio – dizia Peralta –: "E com ameaças oportunas aos canalhas da oposição..." O Primeiro Magistrado olhava, pela janela, um panorama confuso de andaimes, de construções, que logo se povoaria de operários. O vulcão Tutelar, ao longe, tinha acabado de se livrar de sua saia de névoa em um amanhecer tardio. A Maiorala, depois de beber, boca no gargalo, a sexta garrafa de cerveja, passou pela porta de seu quarto de campanha, deitou-se para dormir – era esse seu costume – com um rifle de cano serrado ao alcance da mão. Peralta, um pouco bêbado, se recostava no sofá de couro, de encosto largo e macias almofadas, voltado para a lareira renascentista – pele de porco-espinho Luís XII esculpida no alto – onde, na ausência de um fogo que nunca se acendia, piscavam umas lâmpadas vermelhas entre falsos carvões. "O ato foi um sucesso, um sucesso de verdade", o Primeiro Magistrado dizia e voltava a dizer, ouvindo a discretíssima chamada para as matinas da Catedral – muito silenciada porque os atuais vizinhos, que já não se levantavam no mesmo horário dos de antes, haviam pedido que o sino atual não tocasse tão alto como antes tocava. E continuava sua caminhada circular, de poltrona em poltrona, tomando uma última taça que sempre ficava sendo a penúltima. Homem de noites curtas e cochilos longos, cujas espartanas audiências matutinas eram o tormento de seus colaboradores, não conseguia, esta noite, descansar umas horas em sua rede – uma longa rede trançada, como a de Paris – à espera do banho que, como sempre, A Maiorala Elmira prepararia para ele, perfumando com sais ingleses uma água aquecida à temperatura do corpo. O Capitólio o deixava feliz. Agora as fotografias do edifício seriam enviadas às nossas embaixadas para serem publicadas nos jornais da Europa e do continente – pagando o espaço por colunas e taxa de centímetros, como sempre se fazia quando se queria ter controle sobre a redação da legenda. Assim, o mundo saberia como havia se agigantado essa cidade que, no início do século, não passava de um grande vilarejo, cercado por terrenos baldios, colinas peladas, matagais de espinhos, água da cisterna e anófeles[298] em massa, com a passagem de gado, conduzido a gritos e assobios, pelas ruas principais... Nesses pensamentos, ele se contentava, quando, mais do que nascido o dia, soaram alvoradas remotas e apareceram os primeiros bondes, levando pessoas com cestos, alforjes e jabás, até os mercados onde os pássaros engaiolados já se agitavam e os *morrocoyes*[299] encaixotados mastigavam alfaces. O Primeiro Magistrado deu uma olhada em sua agenda. Hoje, um dia livre de conselhos, audiências e aborrecimentos, ele então reverteria seus hábitos: primeiro o banho, depois, dormiria até a metade da manhã. Mas, com preguiça em uma poltrona, comendo chocolates recheados de licor, ele não conseguia se decidir a nada. "O que Vossa Senhoria quiser", murmurou A Maiorala, como se falasse durante o sono. "Agorinha te digo, minha filhota. Não se apresse." E, sentindo-se como se estivesse consubstanciado com o Vulcão que, livre de incômodas nuvens, acabava de se mostrar, soberano e forte, no fragor colorido de suas bordas de quartzo e em toda a gama de azuis, ele repetia a si mesmo: "Um sucesso... Um sucesso... Por tudo...". Uma tremenda explosão moveu o Palácio. as crisálidas da fachada estouraram de uma só vez; várias lâmpadas se desprenderam do teto; caíram garrafas, vasos, cerâmicas e pratos ornamentais – e também alguns quadros, arrancados das paredes. Uma bomba de grande potência acabava de explodir no banheiro do Primeiro Magistrado, liberando uma fumaça pesada com cheiro de amêndoas amargas. Com uma cinza palidez, aumentada pelo esforço de parecer sereno, o Presidente olhou para o seu relógio

298 ANÓFELES: Nome dado a um gênero de mosquitos conhecidos principalmente por serem os principais vetores da malária.

299 MORROCOYES: Tartarugas terrestres típicas da América Latina, especialmente comuns em países como Venezuela, Colômbia e Panamá.

"Às seis e meia... Hora do meu banho... Parabéns, senhores; mas não foi hoje"... E enquanto os guardas, criados e fâmulos entravam correndo, e A Maiorala clamava por mais gente, acrescentou, apontando para a cidade: "Isso é o que eu ganho por ter a mão suave demais".

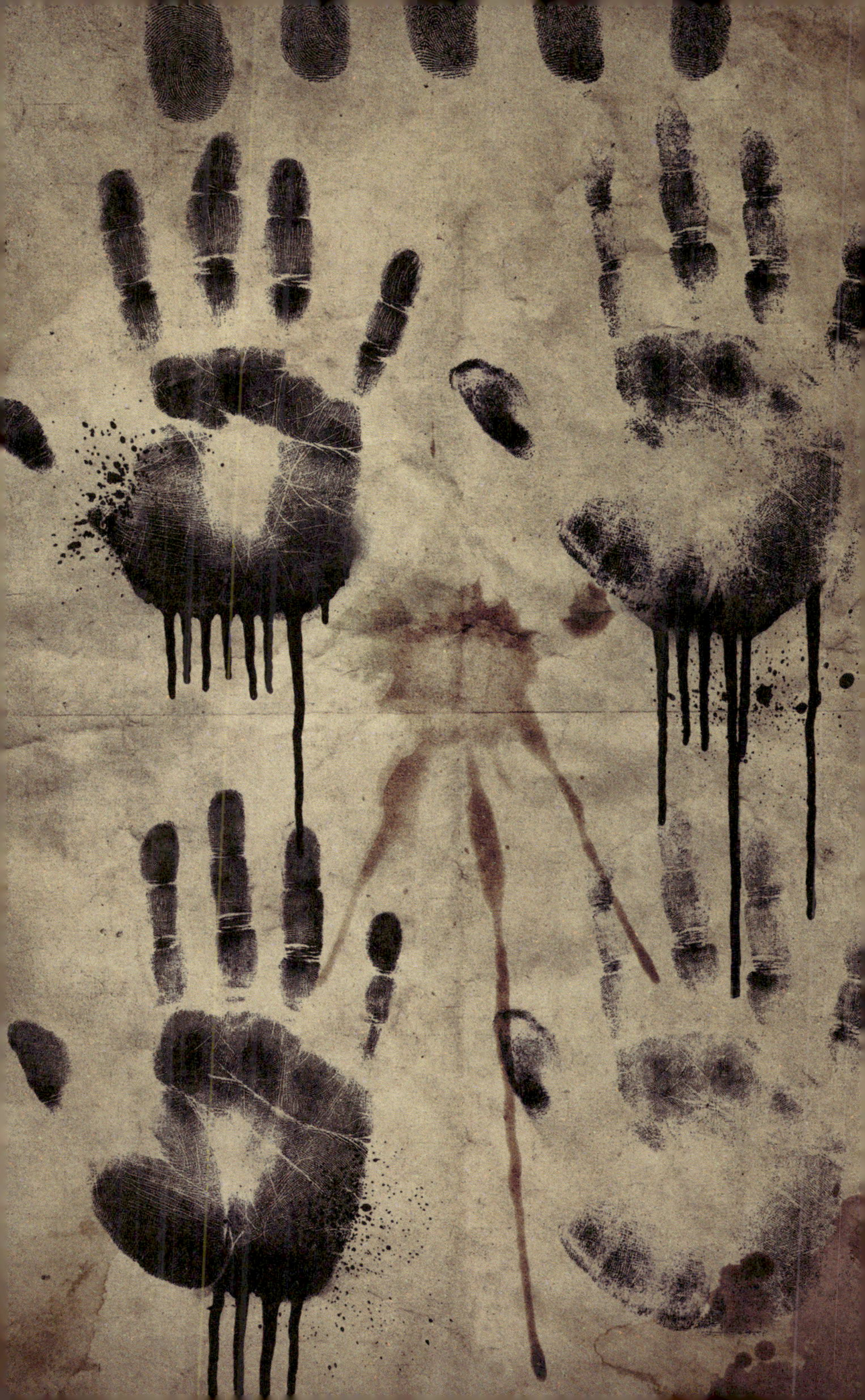

Doze

> ...há algo como um enganador muito poderoso e astuto que usa todos os seus artifícios para me manter constantemente enganado...
> — DESCARTES

Os ministros foram arrastados de suas camas por telefonemas do Doutor Peralta – tresnoitados como estavam pelo jantar oficial que havia se prolongado, em suas casas, com digestivos em bons copos, amarelos de *izarra*[300], verdes beneditinos e amarantos de *sherry-brandy* – para comparecer a um Conselho de emergência, às 8h30 da manhã, cujas bandejas de café seriam suficientemente numerosas para tirar os sonolentos de sua ressaca alcoólica. À medida que chegavam – mastigando balas de menta, suando aspirinas, aclarando os olhos com oportunos colírios – foram conduzidos pela Maiorala Elmira ao banheiro do Presidente, para se indignarem com o espetáculo de porcelanas quebradas, espelhos espatifados, escombros de maçanetas e saboneteiras em poças de água de Colônia e um bidê com lavatórios aparafusados que jorrava suas águas, em um irrefreável jato de bicas, até o teto rachado pela explosão... "Horrível... Espantoso... Inconcebível... E pensar que por pouco..." "Não quis entrar lá", declarou o Primeiro Magistrado, com certo drama em sua voz, quando todos estavam sentados, "porque tenho medo de minha própria ira". Houve uma longa pausa carregada de ameaçantes possibilidades.

300 IZARRA: Licor tradicional do País Basco suave e doce, com base de mel, produzido na França, cujo nome significa "estrela" em basco.

E então, em um tom sereno: "Vamos trabalhar, senhores". O Secretário abriu a sessão informando sobre o acontecimento, hora exata, circunstâncias, etc. O Capitão Valverde, Chefe da Polícia Judiciária, já havia iniciado as investigações. Ontem, por ocasião da inauguração do Capitólio, como a guarda presidencial havia sido transferida para o Grande Hemiciclo, a custódia do Palácio, na verdade, havia sido insuficiente, e os postos habituais haviam sido ocupados por soldados inexperientes em tais assuntos. Mas ninguém, no entanto, que não fosse um dos funcionários e pessoal de confiança, havia entrado no prédio depois da rendição da guarda. "Além disso – apontou o Presidente – a bomba que explodiu aqui não é das que se pode trazer no bolso. Havia muitas horas que isso estava atrás da banheira, com seu mecanismo ajustado no tempo. Não é um trabalho de amador feito de nitrobenzina, pó verde ou ácido pícrico, mas um troço feito por gente que sabe o que faz. O especialista disse que esse cheiro de amêndoas amargas, que ainda se sente, é resultado de toda uma técnica"... Agora, as hipóteses: a RAS (Revolução Anarco-Sindicalista) que, há meses, por mãos invisíveis, riscava sua sigla nos muros da cidade; talvez partidários do Doutor Luis Leoncio Martínez, mais ativo do que pensávamos, cujo pessoal estava se movimentado muito ultimamente – e com habilidade, era preciso reconhecer – ganhando adeptos na capital e na província; estudantes, talvez, porque os estudantes sempre andavam com burburinhos e importunações (e por que a Universidade de San Lucas não era fechada hoje mesmo?...); niilistas russos ("baboseira", murmurou o Presidente); pessoas da *American Federation of Labor* de Samuel Gompers[301] ("não, não riam..."), que tinham realizado atividades revolucionárias, recentemente, nas regiões do norte do México. "E então, a Literatura Vermelha", disse o Ministro da Educação. "Isso: Literatura Vermelha", os demais

---

301 SAMUEL GOMPERS: Foi um importante líder sindical estadunidense. Imigrante inglês de origem judaica, ele defendia o sindicalismo pragmático, focado em melhores salários, condições de trabalho e redução da jornada.

fizeram coro. Mas o do Judiciário não via relação alguma entre o acontecido da manhã e a circulação de livros, como aquele da Biblioteca Barbadillo, intitulado A Vida Privada dos Doze Césares[302], que tinham lhe mostrado recentemente, e onde se via, em reproduções de camafeus romanos, o Imperador Otávio apalpando – e como! – sua filha Júlia, enquanto Nero, em outro, aparecia fazendo coisas que não podiam ser detalhadas por respeito às pessoas presentes. "Não se trata disso, nem de contos colorados que, afinal de contas, não fazem mal a ninguém, disse o de Educação, mas de livros de anarquismos, socialismos, comunismos, internacionais operárias, revoluções... *Livros vermelhos*: é assim que são chamados em todos os lugares". "Não vamos divagar, senhores; não vamos divagar" – disse o do Judiciário, um tanto incomodado. O problema era mais simples. Circulando por aí – todos sabiam disso – umas folhas impressas cheias de insultos ao governo, escritas em inconfundível estilo *criollo* – calúnias, é claro, mas calúnias que eram de uso habitual nos setores da oposição. Nada de niilistas, nem anarco-sindicalistas, nem gente da... o quê?... "o que o senhor disse, mas eu não sei inglês". Os inimigos eram, simplesmente, políticos disfarçados que estavam tentando por todos os meios "fazer barulho" para derrubar o governo. Eles nos observavam, nos cercavam; e agora, com a noite passada, havia começado a guerra aberta. E como havia guerra, a guerra seria respondida com guerra, disse, pondo sua pistola sobre a mesa. "Mas, para que haja guerra, é necessário saber onde estão os inimigos", observou o Presidente. "Deixe isso comigo. Sei por onde começar. Já tenho alguns nomes em minha lista. Se quiser, eu leio para o senhor..." "Melhor não, Capitão. Eu seria capaz de me abrandar com alguns. Ponho toda minha confiança em você. Prossiga. Rápido e forte. Nós conversaremos." "Um erro, entretanto, seria lamentável", insinuou Peralta. "*Errare*

---

302 **A VIDA PRIVADA DOS DOZE CÉSARES:** Obra atribuída a P.-F. H. d'Hancarville que reúne uma série de entalhes romanos antigos gravados em pedras, como camafeus e medalhas, que retratam cenas da vida íntima, dos prazeres e da decadência moral dos primeiros imperadores romanos. O livro foi traduzido para o espanhol por Joaquín López Barbadillo.

humanum est", concluiu o Primeiro Magistrado em latim da Pequena Larousse. E para reanimar os rostos de seus ministros, esticados pela inquietação e noitada, ele pediu umas garrafas de conhaque: "Dessa vez", disse, enchendo uma taça. "Não é para menos", disseram, em coro, os demais... Os pedreiros e encanadores já estavam chegando para consertar o banheiro demolido, trazendo azulejos, soldadores e ferramentas. "De todos os modos, vamos ver isso de Literatura Vermelha", disse o Primeiro Magistrado ao do Judiciário, mesmo com o tom de quem não concede muita importância ao assunto. "Não se preocupe, senhor, tenho gente que sabe fazer isso", disse o outro, despedindo-se com a louvável pressa de quem está impaciente para começar a ação. "Hoje teremos uma grande rendição de germanófilos", disse Peralta.

Uma rara e inesperada estreia aconteceu naquele dia – seriam às duas da tarde – para o povo da capital. Como era a hora de regresso dos funcionários aos seus escritórios, hora também de sobremesa nos restaurantes, hora do café nas varandas sob toldos – o *Tortoni*, *La Granja*, *La Marquise de Sevigné...* – que haviam se instalado como grande novidade, imitando o que podia ser visto em Paris, as ruas estavam cheias de gente. E nessas ruas cheias de gente apareceram, de repente, precedidas por pequenos carros – da marca Ford, certamente – que uivavam com sirenes agudas, umas gaiolas pretas montadas sobre rodas, que eram como caixas gradeadas, em cujas escadas traseiras vinham de pé, fuzil na mão, uns guardas de cara muito feia. Logo se soube que aqueles veículos sinistros, recentemente adquiridos pelo governo, tinham vindo para substituir os primitivos carros celulares, de pequenas mulas – "passarinheiras" como eram chamadas – que até então eram usados para pegar bêbados, ladrões e bichas. Junto disso, percebia-se um movimento excessivo de policiais na cidade. As motocicletas iam e vinham. Aparições repentinas, aqui e ali, de detetives logo detectados por um altamente visível empenho em "não chamar a atenção" – vestidos em um estilo misto de representante comercial e Nick Carter[303], que não deixava margem para dúvidas. E, além disso tudo, essas sirenes, estridentes, inquietantes, respondendo, de bairro a bairro, por cima dos telhados e terraços – promovendo um pânico de pombas entre os edifícios modernos. "Algo está acontecendo – diziam as pessoas, surpresas –: Algo está acontecendo". E muitas coisas aconteciam, muitas coisas aconteceram, de fato, naquele dia, que, de hora em hora, foi se acinzentando de chuvinhas mornas. Às duas e meia da tarde, o vice-reitor da Universidade estava explicando, em aula, o nominalismo e o voluntarismo de Guilherme de Ockham[304], quando a polícia invadiu sua sala, dando voz de prisão e acusando, de uma vez, todos os seus alunos por terem protestado. Prosseguindo com a invasão à Faculdade de Humanidades, mais oito professores foram levados, a chutes e empurrões, para os novos carros-prisão. Cansado de ouvi-lo clamar por foros e autonomia seculares, o capitão Valverde atirou o reitor, com um só golpe, na fonte do pátio central, com capelo, beca e toga – atributos com os quais ele pretendia impor respeito aos invasores... Às três, as autoridades ocuparam – sob o comando do Tenente Calvo, perito designado – distintas livrarias que ofereciam ao público, em edições econômicas, livros como *A semana vermelha em Barcelona* (um livreto sobre a morte do anarquista Ferrer), *O cavaleiro da Casa Vermelha*[305], *O*

---

303 **NICK CARTER:** Personagem fictício criado nos Estados Unidos que se tornou um dos mais populares heróis dos folhetins de aventuras e histórias policiais no início do século XX. Surgido pela primeira vez em 1886 em publicações baratas conhecidas como dime novels, Nick Carter era um detetive brilhante, mestre dos disfarces e incansável na luta contra o crime, antecipando figuras como Sherlock Holmes nos EUA.

304 **GUILHERME DE OCKHAM:** Foi um frade franciscano, filósofo e teólogo inglês, conhecido principalmente pelo princípio da "navalha de Ockham", que defende que, diante de várias explicações possíveis para um fenômeno, a mais simples deve ser preferida. Atuou no final da escolástica medieval e foi crítico das pretensões da razão humana em conhecer verdades metafísicas, defendendo a separação entre fé e razão.

305 ***O CAVALEIRO DA CASA VERMELHA*:** Romance histórico escrito por Alexandre Dumas, publicado em 1845. Ambientado durante a Revolução Francesa, especialmente na fase do Terror, o livro narra a tentativa de resgatar a rainha Maria Antonieta da prisão.

lírio vermelho[306], *A aurora vermelha* (Pio Baroja), *A virgem vermelha* (biografia de Louise Michel), *O vermelho e o negro*[307], *A letra escarlate* de Nathaniel Hawthorne – todos expoentes, segundo o perito, de uma *literatura vermelha*, de propaganda revolucionária, culpada, e muito, de eventos como o que havia acontecido ontem à noite no Palácio. Os tomos, jogados em carroças, tomaram o caminho do Incinerador de Lixo construído, pouco tempo antes, nos arredores da cidade. "Levem logo *A Chapeuzinho Vermelho*", um dos comerciantes havia gritado, fora de si. "Vai preso por ser engraçadinho", disse o tenente Calvo, entregando-o a um agente... E depois – por volta das cinco – começou o arrombamento das casas: policiais, chovendo do céu, corriam sobre os telhados, caíam nos pátios, entravam nas cozinhas, quebravam portas, rastejavam por baixo das camas, vasculhavam os armários, reviravam as gavetas, abriam os baús, entre o pranto das mulheres, os gritos das crianças, as maldições das avós – e a fúria do patriarca, clamante na sua cadeira de rodas, e o tísico, espancado até a morte, por dizer que o Primeiro Magistrado era um filho da puta e que sua falecida Dona Hermenegilda, tão postulada como santa, havia se cansado de apalpar a arreata de um jovem oficial hussardo, famoso pelas excepcionais proporções de sua natureza... A noite caiu, entre confusos rumores de prisões, detenções, desaparecimentos de "elementos subversivos", agentes da Alemanha, socialistas germanófilos, sem que a cidade, no entanto, parecesse alterar o pulso de suas atividades habituais. Foram acesos anúncios luminosos do Vino Mariani, da Gyraldose e do Urodonal, e soaram as campainhas dos cinemas, enquanto nos cafés e bares as pessoas folheavam em vão as edições dos

---

306 *O LÍRIO VERMELHO*: Publicado em 1894, é um dos romances mais conhecidos de Anatole France. A obra gira em torno de uma mulher sofisticada e independente, Madame Thérèse Martin-Bellème, que vive um triângulo amoroso entre o político Dechartre e o escritor Robert Le Menil.

307 *O VERMELHO E O NEGRO*: Publicado em 1830, é um dos romances mais importantes de Stendhal. A obra acompanha a trajetória de Julien Sorel, um jovem ambicioso de origem humilde que busca ascensão social na França da Restauração, ora pela carreira militar (o "vermelho"), ora pela vida religiosa (o "negro").

jornais da tarde que falavam de tudo, menos do que estava se esperava. Houve como um descanso no ritmo das Jaulas Negras. A banda dos Bombeiros, por ser quinta-feira, tocou a marcha *Sambre-et-Meuse*[308], o balé de *Sansão e Dalila* e vários *pasodobles* de touradas, na rotatória do Parque Central. As ruas quentes – *San Isidro, La Chayota*, o *Mangue, Economía, San Juan de Letrán...* – se encheram de paroquianos. Mas, só foi bater as onze horas que se iniciou a repentina e brutal invasão de bordéis, casas de jogos, tabernas e bailes de violino e requinto. Aqueles que não puderam provar sua condição de funcionários públicos ou membros do exército foram amontoados – alguns deles despidos – em camionetes militares para serem levados à velha Prisão Central, cujas celas, galés e pátios já estavam abarrotados de pessoas... E quando amanheceu, o Terror reinava na cidade. As prisões continuavam. As Jaulas Negras circulavam. E, no entanto, com Terror e tudo, ao limpar, naquela tarde, a pequena biblioteca na Sala do Conselho, a Maiorala Elmira encontrou, atrás da *História Universal*, de César Cantú, uma lata suspeita de *animal-crackers*[309], que se revelou uma tosca bomba de fabricação caseira, desarmada a tempo por um guarda do Palácio, um aprendiz sobre os artefatos. "Teremos que nos esforçar mais", comentou Peralta.

Com a idade e o endurecimento das artérias, os olhos do Primeiro Magistrado – ele nunca quis usar óculos, pois não precisava deles para ler – adquiriram a estranha desvirtude de eliminar as terceiras dimensões. Ele via as coisas, de perto ou de longe, como *imagens planas*, sem relevo, como aquelas pintadas em vitrais góticos. E assim, como figuras em um vitral gótico, todas as manhãs ele olhava para os Homens da Cor do Regulamento – este de azul e preto, o outro de branco e

308 **SAMBRE-ET-MEUSE**: Composição musical militar francesa do século XIX, escrita originalmente como canção patriótica em 1870.

309 **ANIMAL-CRACKERS**: São biscoitos em forma de animais, muito populares nos Estados Unidos. O termo também foi usado como título do segundo filme dos Irmãos Marx, lançado em 1930, uma comédia baseada na peça homônima da Broadway que é citada muitas vezes por Alejo Carpentier. No filme, os irmãos interpretam personagens que causam confusão em uma festa da alta sociedade onde ocorre o roubo de uma valiosa pintura.

dourado, o terceiro em um guerreiro amarelo-areia – que lhe falavam de seus Trabalhos do dia anterior, da noite transcorrida em delegacias e celas, quartéis e masmorras, para arrancar palavras, nomes, endereços, informes, daqueles que não queriam falar. E era, em relato de imersões e tormentos, enforcamentos e violências, com um catálogo de pinças, porretes, braseiros e até espigas de milho – isso, para as mulheres –, visões de hagiografia, queda dos condenados, ilustrações de tormentos, transferidas para a transparência do grande vitral aberto sobre o distante esplendor do Vulcão Tutelar. Com um "Muito obrigado, senhores", rompia-se o primeiro vitral, eliminavam-se os azuis, brancos e amarelos da imagem inicial, e entravam, por outra porta, para se inserir no segundo vitral, os homens de Escutar e Olhar, os Assomados, os Ouvidores, os Difusos, os Dispersos, os Comediantes, mestres da maiêutica, virtuosos da heurística, que não apenas informavam o que tiravam com truques, o que pegavam no ar, o que entendiam pela metade, a frase culpada captada em uma recepção diplomática, na beira de um bar, no mormaço de uma alcova – eles estavam em todas as partes, penetrando sem ser vistos, Convidados de Vidro um dia, Convidados de Pedra, se era preferível, astutos, abelhudos, frequentemente simpáticos... – mas eram Vigilantes dos Vigilantes, Observadores dos Astutos, memorialistas de tudo o que inventavam, urdiam, tramavam, os mesmos colaboradores, familiares e pessoas da convivência do Primeiro Magistrado, em favor de sua Alta Sombra. Assim, ouvindo sua gente com um olho na fechadura e olfato alerta, às vezes com raiva, às vezes com risadas, ele ficava sabendo dos muito diversos e pitorescos negócios de que tratavam pelas suas costas: o negócio da ponte construída sobre um rio ignorado pelos mapas; o negócio da Biblioteca Municipal sem livros; o negócio dos garanhões normandos que nunca cruzaram o oceano; o negócio de brinquedos e cartilhas *kindergartens* que não existiam; o negócio das Maternidades Camponesas, às quais as camponesas nunca iam, é claro, já que, por hábito secular, elas pariam sobre um tamborete sem assento, puxando uma corda pendurada no teto, com o chapéu do marido na cabeça para que viesse um menino; o negócio dos marcos quilométricos de pedra, que permaneciam em tábuas pintadas; o negócio dos filmes pornográficos vendidos em latas de *Quaker-Oat*; o negócio da Charada Chinesa (*"jeux des trente-six bêtes"*[310], como chamou o Barão de Drumond, que introduziu a loteria cantonesa dos bichos numerados) que era administrado pela Brigada de Repressão de Jogos Ilícitos da Polícia Nacional; os negócios do *Erectyl*, do licor coreano com raiz de mandrágora na garrafa, o bejuco-garanhão de Santo Domingo, os pós de tartaruga e extratos de cantárida[311]; o negócio dos engolidores de moedas – três peras ou três ameixas ou três cerejas, da mesma forma: *jackpot* – conduzido pelo Chefe do Serviço Secreto; o negócio de certidões de nascimento *ad perpetuam memoriam* para os *"interdits de séjour"*[312] e cayeneiros franceses[313], desejosos de serem nossos compatriotas: o negócio dos consultórios astrológicos, vidência, quiromancia, cartomancia, horóscopos por correspondência, místicos hindus – todos proibidos por Lei – com os quais o Ministro do Interior se entendia; o negócio dos *"Verascópios Galantes"*, tolerado em feiras e parques de diversões, que pertenciam ao capitão Valverde; o negócio dos cartões-postais catalães – menos finos que os franceses, diziam os entendidos, assunto do capitão Calvo; o negócio dos "Lençóis Benditos para Recém-casados" *"Draps benis pour jeunes mariés"* [sic], cuja fabricação ficava em Paris, no bairro de Marais, e destinavam-se ao enxoval de toda noiva cristã... Entre divertido e irritado – mas mais divertido do que irritado –, o Primeiro Magistrado contemplava a cada manhã aquele panorama de falcatruas e combinações,

---

310 "jogo dos trinta e seis animais".

311 **CANTÁRIDA:** Inseto também chamado de mosca-espanhola. Durante muito tempo, foi utilizada na medicina tradicional e na alquimia por conter uma substância chamada cantharidina, que provoca irritações fortes na pele e mucosas.

312 "proibidos de residir".

313 **CAYENEIROS FRANCESES:** São os condenados franceses enviados para cumprir pena na Guiana Francesa, especialmente na colônia penal de Cayenne, ativa entre o século XIX e meados do século XX.

pensando que o mínimo que podia fazer era premiar a fidelidade e o zelo dos seus com uma engraçada moeda de folclore. Porque ele não era – nem havia sido nunca – um homem de negócios pequenos. Mestre de empresas administradas por baixo dos panos, ele era Senhor de Pães e Peixes, Patriarca de Campos e Rebanhos, Senhor de Gelos e Senhor de Mananciais, Senhor do Fluido e Senhor da Roda, sob uma identidade múltipla de siglas, consórcios, razões comerciais, sociedades sempre anônimas, ignorantes de falências e desastres. O Primeiro Magistrado, então, contemplava seus vitrais matinais, mas percebia que, apesar do Terror desencadeado desde a explosão da primeira bomba no Palácio, havia *algo*, algo que seu povo não conseguia capturar, algo que estava escapando de suas mãos, que não cessava com as prisões, nem as torturas, nem o estado de sítio: *algo* que se movia no subsolo, no subterrâneo, emergindo de catacumbas urbanas desconhecidas; algo novo no país, imprevisível em suas manifestações, arcano em seus mecanismos, que o Mandatário não conseguia explicar. O ambiente parecia tomado por um pólen impalpável, um fermento soterrado, uma força fugidia, escorregadia, oculta e, ainda assim, manifesta, silenciosa, mesmo com a viva palpitação de um sistema sanguíneo, em uma produção diária de folhetos clandestinos, manifestos, proclamações, panfletos em edição de bolso, emitidos por gráficas fantasmas ("... e vocês não são capazes de encontrar algo tão difícil de esconder, tão barulhento, quanto uma gráfica?", gritou o Primeiro Magistrado em suas manhãs de cólera azeda...), onde ele não era mais insultado à maneira *criolla*, no jargão de bordel e cortiço, com trocadilhos e piadas baratas, como antes se fazia, mas, definindo-o como *Ditador* (essa palavra o feria mais do que qualquer epíteto profano, qualquer apelido intraduzível, porque era uma moeda de irritante circulação no exterior – e, sobretudo, na França –), revelando ao público, em linguagem concisa e direta, muitas coisas – atos, negócios, decisões, *eliminações*... – que nunca deveriam ter chegado ao conhecimento das pessoas. "Mas...quem, quem, quem publica essas folhas, esses libelos, essas calúnias infames?", gritava, todas as manhãs, o Primeiro Magistrado, ante os seus costumeiros vitrais dos rostos suados, ansiosos, angustiados pela incapacidade de responder. Alguns balbuciavam, em azul, branco e amarelo, os da Cor do Regulamento; alguns apontavam, atrás deles, contraditórios, desnorteados, os pálidos Confrades da Maiêutica, embora procedendo por eliminação. Apertavam o cerco em torno aos textos, buscando culpados nas entrelinhas. Não eram os anarquistas: estavam todos presos; não eram os partidários de Luis Leoncio Martinez, já encarcerados em diversas prisões do país; não eram os medrosos oposicionistas de outras facções, mais do que fichados e vigiados para contar com os meios técnicos necessários para ter uma gráfica clandestina em contínuo e exasperante funcionamento... E foi assim que, à força de conjecturas, de hipóteses lançadas sobre a mesa do cálculo de probabilidades, juntando-se letras soltas como peças de um *puzzle* inglês, chegou-se à palavra C-O-M-U-N-I-S-M-O, que foi a última a se propor às mentes... Mas, enfim, – e agora o Primeiro Magistrado refletia sobre o assunto, a sós com Peralta –, éramos pessoas tremendamente novidadeiras, como eram todos os latino-americanos. Bastava que uma coisa começasse a rodar pelo mundo – uma moda qualquer, um produto, uma doutrina, uma ideia, uma maneira de pintar, de escrever versos, de falar bobagem – para que a acolhêssemos com entusiasmo. Isso era tão certo para o Futurismo Italiano quanto para a *Juventude do Abade Soury*[314]; tão certo para a teosofia quanto para as maratonas de bailes; tão certo para o Krausismo[315] quanto para as mesas giratórias. E agora esse comunismo russo, exótico,

314 **ABADE SOURY:** Jean-Baptiste Joseph Fourier Soury foi um abade e poeta francês conhecido por sua poesia lírica, pastoral e delicada, marcada por tons elegíacos.

315 **KRAUSISMO:** Doutrina filosófica que surgiu na Alemanha, baseada nas ideias de Karl Christian Friedrich Krause. Defendia uma visão do mundo que reconciliava a crença em um Deus único e transcendente com a ideia de que o universo está contido em Deus, mas sem ser equivalente a Ele.

impossível, condenado por todos os espíritos honestos desde o infame Tratado de Brest-Litovsk[316], que agora estava esticando suas antenas para a América. Não eram muitos, por sorte, os partidários dessa doutrina sem futuro, alheia aos nossos costumes – em todo caso, suas atividades não tinham sido muito visíveis até agora –, mas já que era considerada, de repente, como um motor possível, surgia ante os presentes a desdenhada figura de um jovem de sobrenome Álvarez, ou Álvaro, ou Alvarado – Peralta não se lembrava muito bem –, mais conhecido por O Estudante desde que, em um discurso particularmente agressivo, teria dito: "Vejam em mim apenas mais um estudante, qualquer estudante, O Estudante" – que havia se destacado um pouco em agitações universitárias anteriores. Um informante recentemente o ouvira falar, em termos elogiosos, desse Lênin, que havia derrubado Kerensky[317] na Rússia, instaurando lá a distribuição das riquezas, das terras, do gado, das vasilhas de prata, das mulheres... "Bem, temos que procurá-lo" – disse o Presidente –: "Quem sabe, por aí encontramos algo". Mas o costumeiro vitral de todas as manhãs logo se transformou em um quadro de consternação. Não havia modo de prender O Estudante. E como ele nunca tinha sido muito vigiado, por ser inofensivo – parecia mais interessado na poesia do que na política – e os Especialistas em Segurança não conseguiam chegar a um acordo sobre sua aparência física, estatura, fisionomia, corpulência. Diziam uns que tinha os olhos verdes; diziam outros que eram castanhos; estes diziam que era atlético; aqueles diziam que era um homem fracote e adoentado: 23 anos, de acordo com os registros de matrícula universitária; órfão de mãe; filho de um professor morto no

316 **TRATADO DE BREST-LITOVSK:** Acordo de paz assinado em 3 de março de 1918 entre a Rússia bolchevique e as Potências Centrais (principalmente Alemanha, Áustria-Hungria, Bulgária e Império Otomano), que marcou a saída da Rússia da Primeira Guerra Mundial.

317 **KERENSKY:** Figura central na Revolução Russa de 1917, atuando como líder do Governo Provisório que assumiu o poder após a queda do czar Nicolau II. Foi derrubado durante a Revolução de Outubro, quando os bolcheviques tomaram o poder. Exilou-se e passou o resto da vida no exterior, principalmente nos Estados Unidos, onde morreu em 1970.

massacre de Nova Córdoba. Ele estava na cidade, no entanto, mas quando a polícia invadia seus esconderijos, só encontrava uma cama desarrumada, com indícios de presença recente, uma garrafa de cerveja pela metade, papéis queimados, pontas de cigarro, um livro deixado no chão: certa vez, o Tomo I de "*O Capital*", de Karl Marx, comprado – como se podia ver no selo comercial – na livraria "*Atenea*", de Valentín Jiménez, agora preso por vender livros vermelhos. "Isso!" – disse o Primeiro Magistrado quando soube: "Esses cretinos recolhem *O vermelho e o negro* e *O Cavaleiro da Casa Vermelha*, mas deixam os livros mais perigosos nas vitrines". E como o Ilustre Acadêmico tinha lhe falado certa vez, em Paris, de um "perigo marxista", de uma "literatura marxista", ordenou a Peralta ("mais inteligente do que esses detetives de merda, sem desmerecer o presente"...) que lhe trouxesse quanta literatura desse tipo ele pudesse achar na cidade... Duas horas depois, vários tomos se enfileiravam na mesa do gabinete presidencial: Marx: *A Luta de Classes na França* (1848-1850), *O 18º Brumário de Luís Bonaparte*, *A Guerra Civil na França* (1871). "Ah!... Tudo isso é pré-história", disse o Primeiro Magistrado, afastando os volumes com mão desdenhosa. Marx-Engels: *Crítica dos programas de Gotha e de Erfurt*... "Isso me cheira a panfleto contra a nobreza europeia... Porque Gotha, como você sabe, é algo assim como a lista telefônica de príncipes, duques, condes e marqueses"... Engels: *Ludwig Feuerbach e o fim da filosofia clássica alemã*. "Não acredito que isso seja capaz de perverter nossos condutores de bonde"... Marx: *Salário, preço e lucro*. E o presidente leu: "A determinação dos valores das mercadorias mediante quantidades relativas de trabalho que lhe são incorporados é algo totalmente diferente do método tautológico da determinação dos valores das mercadorias pelo valor do trabalho ou pelos salários." "Entendeu alguma coisa? Eu também não." Marx: *Contribuição à Crítica da Economia Política*. Ele folheou o tomo até um *Apêndice* que promoveu sua hilaridade: "Com versos em inglês, versos em latim, versos em grego... Vamos ver se com isso eles doutrinam a Maiorala Elmira." ("Eles me creem mais bruta do que sou", disse a outra, mordida...) E ele ainda ria, quando pegou outro tomo: "Ah! Aqui temos o famoso *Capital*...! Vamos ver":

> *A primeira metamorfose de uma mercadoria, sua transformação de forma de mercadoria em dinheiro, sempre envolve, ao mesmo tempo, a segunda metamorfose antagônica de outra mercadoria, ou seja, sua reversão da forma de dinheiro em mercadoria. D-M, ou seja, a compra, é ao mesmo tempo venda, M-D; portanto, a metamorfose final de uma mercadoria representa ao mesmo tempo a metamorfose final de outra. Para nosso tecelão, representa a transição de sua mercadoria em Bíblia, na qual voltou-se a se converter as duas libras esterlinas convertidas no tecido. Mas, por sua vez, o vendedor da Bíblia investe as duas libras esterlinas dadas pelo tecelão em conhaque. D-M-D (tecido-dinheiro-Bíblia), é o par M-D, ou seja, a primeira fase do processo M-D-A (Bíblia-Dinheiro-Conhaque).*

"Para mim, a única coisa aqui que está clara é o conhaque" – disse o Primeiro Magistrado, de muito bom humor –: "E quanto vale esse mamute alemão?" "Vinte e dois pesos, senhor." "Pois que vendam, que vendam; que continuem vendendo... Não há vinte e duas pessoas, em todo o país, que paguem vinte e dois pesos por esse tomo, que pesa mais que a perna de um morto..... M-D-M, D-M-D.... A mim ninguém derruba com equações..." "Mas veja isto, no entanto", disse Peralta, tirando um fino folheto do bolso: *Criação das galinhas Rhode-Island Red*. "O que uma coisa tem a ver com a outra?" – disse o Presidente –: "Nunca conseguimos aclimatar as galinhas americanas aqui. Nem as Nat-Pinkerton, com penas nas patas; nem as Leghorns, que no Norte põem mais ovos do que há dias no ano, mas aqui, não sei por que, parece que têm o cu fechado, e só põem quatro por semana; e as gordas galinhas Rhode-Island Red são devoradas pelo piolho assim que chegam." "Abra o livrinho, Presidente. E veja com atenção"... Marx-Engels: *Manifesto do Partido Comunista*... "Ah, porra, isso é outra coisa!" E, franzindo o cenho, desconfiado, leu: "*Um espectro ronda a Europa — o espectro do comunismo. Todos as potências da Santa Aliança se aliaram para caçar este espectro: o Papa e o Tsar, Metternich e Guizot, os radicais da França e as polícias da Alemanha.*" Houve um silêncio. E então: "Como sempre: hierogrifos ou pré-história. A Santa Aliança (não foi depois da queda de Napoleão?), o Papa, que não incomoda ninguém, *Metternich e Guizot* (quem aqui se lembra que existiram uns senhores chamados Metternich e Guizot?), o Tsar da Rússia (qual deles? Nem eu saberia dizer...) Pré-história. Pré-história pura..." No entanto, ao chegar, pulando páginas, nas linhas finais do panfleto disfarçado de tratado avícola, ele se deteve, meditativo, ante uma frase: "*Em resumo, os comunistas apoiam, em todos os países, qualquer movimento revolucionário dirigido contra a ordem social e política existente...*" Houve uma longa pausa. E, por fim: "O anarquismo de sempre; bombas em Paris, bombas em Madri; atentados a reis e rainhas; o anarco-sindicalismo, o comunismo. o R.S.A., o M-D-M, o D-M-D, o P.O.S.D.R. e o Y.M.CA. A desordem do alfabeto, a proliferação das siglas, um indício da decadência dos tempos. No entanto, a criação do Rhode Island Red... É engenhoso. Vermelho-Red... Mande recolher e meter na cadeia quem for encontrado mexendo com essa literatura avícola... Além disso. Além disso... Mas... o que está acontecendo? Eram cerca de três horas da tarde. E começou o martelar solene, compassado, do badalo da Catedral. E como se um martelo gigantesco soasse na primeira obra de um enorme bronze litúrgico, genitor de sinos-filhos, filhos--sinos, responderam as sinetas virgens, agudas, nunca rachadas, da *Ermita de la Paloma*, lá em cima, nas bordas nevadas do Vulcão Tutelar, suas vozes foram recolhidas pelo soprano de San Vicente de Río Frío, o barítono das Irmãzinhas de Tarbes, a coloratura do carrilhão dos Jesuítas, o contralto de San Dionisio, o baixo profundo de San Juan de Letrán, o solfejo prateado da Divina Pastora, acendendo uma festa de golpes e batidas, ligações e tilintares, júbilos e alegrias, de cujas cordas mestras pendiam, subindo, descendo, marcados, dançando no ar, sineiros e coroinhas, seminaristas e capuchinos, de truques ágeis, que voltavam a se elevar do chão em um salto para subir em vaivém, no compasso do escândalo de cima, pelo grande poço ressonante das torres. E armou-se o concerto de Norte a Sul, o concertante de Leste a Oeste, envolvendo a cidade em uma prodigiosa polifonia de balanços, palpitações e percussões, enquanto as sirenes das fábricas, as buzinas dos automóveis, as colheres batendo nas frigideiras, as caçarolas, as latas, tudo o que soava, ressoava, ensurdecia, subia pelas ruas antigas e estreitas e pela largura do asfalto das ruas novas. Agora as locomotivas apitavam, os carros de bombeiros buzinavam, os sinos dos bondes tocavam, tremiam, em cobre. "A guerra acabou!" – gritou, entrando sem ser anunciado, o Ministro das Relações Exteriores, metendo a mão na garrafa de Santa Inês que o Primeiro Magistrado e seu secretário tinham acabado de abrir sobre a mesa de livros, seguros de que não seriam observados: "A guerra acabou. A civilização triunfou sobre a Barbárie, a Latinidade sobre o Germanismo. Uma vitória que é a nossa vitória!"... "Nos fodemos!" – disse o Presidente à meia voz –: "Agora sim nos fodemos"... Os estudantes, livres das aulas, saíram, gritando e cantando, de suas escolas. As alegres moças da Rua La Chayota, da Economia, da San Isidro, saíram às ruas usando cofias de Lorena ou fitas pretas da Alsácia amarradas nos arcos. Os artesãos, os pedreiros, os afinadores de piano, os corretores de penhores, a guerra havia acabado. As guerras acabaram. Os artesãos, os penhoristas, os testamenteiros, os pregoeiros da manga e do tamarindo, as moedoras do milho macio, os esportistas de camiseta estampada, os sorveteiros, os tocadores de realiejo, com seus micos vestidos à italiana, os limpadores da rua, os professores de camisas engomadas, os químicos açucareiros, os naturistas, os teosofistas, os *bookmakers* do hipódromo, os pesquisadores, os espíritas, os homens de laboratório, as bichas com cravos na boca, os folcloristas, os homens dos livros, os homens da purrinha, os homens da toga e do capelo, desfilavam ao compasso do mesmo clamor: "A guerra acabou... A guerra acabou"... Apareceram os anunciadores das edições especiais, com títulos em caracteres de 64 pontos: "A guerra acabou... A guerra acabou"... Os estudantes, sabendo que a polícia teria o bom senso de não os perturbar em tal celebração, saíram às ruas, em um denso cortejo, carregando nos ombros, desde a Universidade de São Lucas, uma plataforma de madeira onde uma mula automática, com um capacete pontiagudo e uma bandeira alemã nas costas, dava coices no vazio, castigada, a cada vez, pelo sabre de um manequim que representava, em um tricolor realçado com ouro, a pessoa do Marechal da França. E a comitiva cantava:

> O Kaiser corcoveia
> e Joffre[318] o golpeia

A animada alegoria deu várias voltas pelo Parque Central com seu Joffre de calças vermelhas. Parou em frente ao Palácio Presidencial. Tomou o Boulevard da República até a cidade alta, enquanto os padres da Divina Pastora traziam outra plataforma onde se via a Virgem com grande manto de luzes, vitoriosamente de pé sobre um dragão verde, agônico e retorcido – tirado do altar de São Jorge –, de cuja cabeça demoníaca pendia uma placa de papelão que ostentava a palavra *GUERRA* em grossos traços de tinta chinesa. E eram as mulheres, agora, que cantavam a antiga canção do vilarejo:

> Santa Maria
> livrai-nos de todo mal.
> Ampara-nos, Senhora,
> desse tremendo animal

E os outros voltavam, pela Rua do Comércio, com sua mula e seu Marechal, movidos por arames, tocando matracas e disparando foguetes.

> O Kaiser corcoveia
> e Joffre o golpeia

---

318 **JOFFRE:** Joseph Joffre foi um general francês que se destacou como comandante-chefe do exército francês durante a fase inicial da Primeira Guerra Mundial. Conhecido por seu sangue-frio e pragmatismo, ganhou o apelido de "Pai da Vitória".

E as servas da Divina Pastora entraram na Rua dos Plateros, para subir pela Gradillas até o Boulevard Auguste Comte:

A Virgem pegou um facão
para poder matá-lo
e o Demônio de quatro
entrou em um matagal.

"Estamos fodidos", disse o Primeiro Magistrado, que comtemplava tudo aquilo com cara de pouca alegria. "Mas, Presidente, o triunfo da Razão, o triunfo de Descartes"... "Olha, Peralta: com isso, logo cairão o açúcar, a banana, o café, a borracha e a balata. E dirão que meu governo não teve nada a ver com a prosperidade do país."

O Kaiser corcoveia
e Joffre o golpeia

"Mande organizar um grande banquete oficial para celebrar a vitória de Santa Genoveva sobre os Hunos, de Joana d'Arc contra Clausewitz, da Divina Pastora contra o Comunismo Internacional. Agora, as cegonhas de Hansi voltarão aos telhados de Colmar e soará, glorioso, o clarim de Déroulède... Descartes ganhou a guerra, mas nós nos ferramos..."

Santa Maria
livrai-nos de todo mal...

... "e, no entanto, há uma maneira de obter uma última fatia da contenda. Agora que as pessoas ainda têm dinheiro, abriremos uma enorme coleta para a Reconstrução das Regiões Devastadas da França... Passe um telegrama a Ofélia. Diga-lhe que venha o quanto antes. Ainda poderemos tirar aproveitar sua roupa de enfermeira da Cruz Vermelha." E, já pouco interessado pelo que acontecia na rua, alheio à barafunda universal, nostálgico e invadido por angústias secretas, o Primeiro

Magistrado deu corda no gramofone de corneta que dormia em um canto de seu escritório, para escutar um disco de Fortugé:

Lorsque la nuit tombe sur Paris
La belle église de Notre Dââââme
Semble Monter au Paradis
Pour lui conter son état d'ââââme.[319]

319 "Quando a noite cai sobre Paris / A bela igreja de Notre Dââââme / Parece subir ao Paraíso / Para lhe contar seu estado d'ââââânimo."

Treze

A Campanha de Arrecadação de fundos para a Reconstrução de Regiões Devastadas pela Guerra foi uma conquista magnífica que, além de trazer benefícios marginais tão grandes quanto incontroláveis, terminou de restabelecer o prestígio do país e de seu inteligente Governo em uma Europa absorvida demais por seus problemas de paz para se lembrar de eventos triviais, locais e exóticos, situados nas já embaçadas lonjuras de uma época anterior a um certo mês histórico de agosto que havia perturbado o mundo. Ofélia, usando roupa de enfermeira, andava de cidade em cidade, de ateneu em ateneu, uma exposição de gravuras, desenhos, cartazes e eloquentes fotografias, que mostravam campos de desolação, aldeias mortas, crateras de minas, catedrais gravemente feridas e horizontes de cruzes. "*Eles lhe pedem escolas para seus filhos*", lia-se sobre o desolado panorama de um cemitério militar. "*Devolva-me minhas moradias*", lia-se, aos pés de um Cristo crivado de balas... Enquanto isso, uma prosperidade já inflada, puxada por seu desenfreado impulso, seguia em alta de especulações e desperdícios, sem que os favorecidos e beneficiados dessem ouvidos às sombrias previsões de certos economistas – puritanos desmancha-prazeres cujas vozes de chiadas calculadoras destoavam do confiante coro daqueles que cantavam os gozos de uma ficção renovada a cada dia. Porque vivia-se em ficção. Sem se dar conta, as pessoas passaram a fazer parte de uma enorme feira de bugigangas, onde tudo era troca de valores, investimento de noções, mutação de aparências, desvio de caminhos, disfarce e metamorfose – ilusionismo perpétuo, transformações surpreendentes, coisas viradas de cabeça para baixo, pela vertiginosa operação de um dinheiro que mudava de cara, peso e valor, da noite para o dia, sem sair do bolso – vale dizer: do cofre – de seu dono. Tudo estava ao contrário. *Os miseráveis* viviam em Palácios da Fundação, contemporâneos de Orellana[320] e Pizarro[321] – agora entregues à sujeira e aos ratos –, enquanto os patrões moravam em casas alheias a qualquer tradição indígena, barroca ou jesuítica – verdadeiras decorações de teatro em tonalidades Medievais, Renascentistas ou Andaluzas hollywoodianas, que jamais tiveram relação com a história do país, quando não imitavam, em grandes edifícios, os Impérios Segundos do Boulevard Haussmann. A nova Central dos Correios tinha um magnífico Big-Ben. A nova Primeira Delegacia de Polícia era Templo de Luxor, de cor verde Nilo. A residência de campo do Ministro da Fazenda era uma preciosa miniatura do Palácio de Schönbrunn. O Presidente da Câmara hospedava sua amante em uma pequena *Abadia de Cluny*, revestida de heras importadas. Eram apostadas fortunas todas as noites nas quadras de pelota basca e nas corridas de cães galgos ingleses. Jantava-se na *Villa d'Este* ou *La Troika* (cabaré recentemente inaugurado pelos primeiros russos brancos que chegaram aqui, via Constantinopla), enquanto era somente nas pousadas chinesas que se serviam os pratos tradicionais do país, agora menosprezados como coisa de alpargatas ou romance de cegos, ainda – erguendo-se

---

320 ORELLANA: Francisco de Orellana (1511–1546) foi um conquistador espanhol do século XVI, conhecido por ter sido o primeiro europeu a descer o rio Amazonas em toda a sua extensão, em uma expedição realizada entre 1541 e 1542.

321 PIZARRO: Francisco Pizarro (1478–1541) foi um conquistador espanhol conhecido por liderar a expedição que derrubou o Império Inca e incorporou grande parte da América do Sul ao domínio espanhol. Acabou assassinado por rivais espanhóis em disputas internas pelo poder.

com isso, os marmitões cantoneses, a Conservadores das Artes Culinárias Nacionais. Os sucessos musicais do dia eram *Caravan*, *Egyptland*, *Japanese Sandman*, *Chinatown*, *my Chinatown* e, sobretudo, *Hindustan*, presente no leitoril de todos os pianos, sob cobertura, onde um elefante e um *cornac*[322] eram silhuetas negras contra um sol encarnado. As mulheres favorecidas pelo *boom* não sabiam mais onde usar seus diademas, brincos e colares, suas modas de Worth, Doucet e das irmãs Callot. E, por isso mesmo, atendendo a um antigo desejo, hoje realizável, o Primeiro Magistrado pensou na possibilidade de instalar a Ópera dentro da Cidade da Ópera, Capital da Ficção, oferecendo a seus compatriotas um espetáculo semelhante aos que se apresentavam em Buenos Aires e no Rio de Janeiro – cidades sempre de olho nas artes e no requinte do Velho Mundo, Adolfo Bracale, um empresário de turnês americanas, animado por uma tal paixão pelo drama lírico que levou *Simón Boccanegra*[323], *Manón* e *Lucía de Lamermoor* para as minas de salitre do Chile, plantações de banana, aos portos do sul e às seringueiras de Manaus, atravessando os pântanos, subindo rios, visitando as Antilhas grandes e menores, com seu povo, vestido e animado – homem capaz de assumir a batuta quando um maestro de concerto adoecia de malária ou de fazer tocar *Madame Butterfly* com orquestra de piano, sete violinos, flauta, saxofone, bombardino, dois violoncelos e um contrabaixo, se não conseguisse encontrar elementos melhores na praça – foi encarregado de pôr no palco do Teatro Nacional "o que houvesse de melhor no mundo".... E assim, em uma bela manhã, a ferrovia de Porto Araguato fez sua entrada na capital trazendo templos antigos, retortas de alquimistas, um cemitério escocês, várias casas japonesas, o Castelo de Elsinor, o terraço de Santo Ângelo, mosteiros, grutas e masmorras, todos dobrados,

---

322 **CORNAC:** Nome dado ao condutor ou treinador de elefantes, especialmente na Índia e em outras partes da Ásia.

323 **SIMÓN BOCCANEGRA:** Ópera em três atos composta por Giuseppe Verdi. A obra estreou em 1857 e é baseada em eventos históricos do século XIV. A trama gira em torno de Simone Boccanegra, um corsário que se torna doge de Gênova, que enfrenta intrigas políticas e reencontra, após muitos anos, sua filha perdida.

enrolados em pedaços para serem montados, partes implantáveis, claustros com tela, em tatas caixas que dois trens seguidos mal foram suficientes para transportar todas elas. E, por fim, ao anoitecer, um terceiro comboio – o do ultramoderno vagão-restaurante, com cardápio em francês – entrou na Estação Terminal, brilhando com as celebridades que foram saindo para as plataformas entre flashes de magnésio e uma aglomeração de flores, cumprimentos de autoridades oficiais, aplausos ao nível da fama e bandolinadas da Colônia Italiana: o grande Enrico Caruso, antes de tudo, com um colete trespassado e diamante na gravata, um Borsalino cinza claro e abotoaduras de platina, simpático, falante e caloroso, e que, atordoado por tantos pedidos de afagos, confundindo seu lugar, saudou um segundo sargento como se fosse um general, tratou com excelência o chefe dos porteiros, negligenciou o verdadeiro Ministro para abraçar o melômano com cara de ministro, distribuindo autógrafos às dúzias, beijando as crianças, feliz naquele ambiente que lembrava uma praça napolitana em um dia preguiçoso; então Titta Rufo apareceu, de expressão dramática, figura robusta e peito ruidoso, vestido de tecido leve de Palm Beach, parecia impossível que estatura tão atlética combinasse com a atormentada magreza do *Hamlet*, anunciada no cartaz, cujo personagem ele teria que animar poucos dias depois; e das vagões desceram Lucrecia Bori[324], cheia de dentes e coloratura, já no papel de Rosina, com véu e espartilho espanhol; Gabriella Bezanzoni[325], contralto com uma navalha na cinta-liga, cuja

---

324 **LUCRECIA BORI:** Renomada soprano espanhola, especialmente celebrada por sua longa carreira no Metropolitan Opera de Nova York.

325 **GABRIELA BENZAZONI:** Renomada cantora lírica italiana, destacando-se como mezzo-soprano e contralto. Ao longo das décadas de 1910 e 1920, tornou-se uma das principais estrelas do Teatro Colón de Buenos Aires, interpretando papéis como *Carmen*, Dalila e Amneris. Em 1925, casou-se com o empresário brasileiro Henrique Lage e estabeleceu-se no Rio de Janeiro, onde contribuiu para a cena lírica local e fundou uma escola de canto gratuita. Após a morte de Lage em 1941, enfrentou desafios legais relacionados à herança e retornou à Itália em 1951, dedicando-se ao ensino do canto. Faleceu em Roma em 1962, sendo sepultada vestida com um dos figurinos de *Carmen*, papel que marcou sua carreira.

postura de mulherão contrastava brutalmente com a fragilidade das pálidas dançarinas norte-americanas que, carregando suas sapatilhas em pastas de borracha, desceram atrás dela, do carro presidencial; Riccardo Stracciari[326], com luvas de pelica e o paletó do velador em um grande funeral, respondendo aos jornalistas com voz empostada; o magro Mansueto[327], grande como um mestre da picaresca, que tivera o humor de desembarcar com a cobertura de Don Basilio debaixo do braço; Nicoletti-Korman[328], que já veríamos sem camisa chaliapinesca e blasfematório no *Mefistófeles*, de Boito... Dia e noite, os alfaiates da capital trabalhavam, com tesouras forçadas, em panos de fraques e coletes de *piqué*, enquanto as costureiras corriam de prova em prova para terminar ou retocar isso ou aquilo, alargar saias, diminuir decotes, reajustar o vestido da esmirrada pelo alguma paixão de ânimo, esticar as costuras da obesa, alargar o talhe da grávida, atualizando, modernizando – adaptando o passado de moda à linha dos últimos figurinos. Com membros das estudantinas e dos orfeões, constituíram-se os coros; trabalharam os melhores músicos do país, enfim reunidos em uma orquestra sob a direção de um bolonhês de gênio atroz que, sem parar a execução de uma passagem, dava, aos gritos, indicações do tipo de: "Fá sustenido, idiota".... "É uma semi-

326 **RICCARDO STRACCIARI**: Foi um dos mais destacados barítonos italianos da primeira metade do século XX. Sua carreira internacional incluiu apresentações nos principais teatros do mundo, como La Scala de Milão, Royal Opera House de Londres, Metropolitan Opera de Nova York, Ópera de Paris, Teatro Real de Madrid e Teatro Colón de Buenos Aires.

327 **MANSUETO**: Claudio Mansueto foi um baixo italiano ativo no início do século XX. Em 22 de abril de 1915, participou da inauguração do *Gran Teatro* de *La Habana*, em Cuba, interpretando o papel de Ramfis na ópera "Aida", de Verdi. Sua carreira incluiu apresentações em importantes teatros da América Latina, como o Teatro Colón de Buenos Aires, e em casas de ópera na Itália, como La Scala de Milão. No final da década de 1920, estabeleceu-se em Santiago do Chile, onde fundou e dirigiu uma academia de canto.

328 **NICOLETTI-KORMAN**: Foi um baixo italiano ativo no final do século XIX e início do século XX. Ao longo de sua carreira, apresentou-se em diversos teatros italianos e internacionais, incluindo o Teatro Verdi de Pisa, Teatro Regio de Parma, Teatro Comunale de Bolonha, Teatro La Fenice de Veneza, Teatro Real de Madrid e Teatro Colón de Buenos Aires.

breve, miserável" "*Dolce ma non pederasta*"[329] (esta, para o prelúdio de *La Traviata*), "*Allegro con coglioni*"[330] (este, para a abertura de *Carmen*), afirmando o tempo todo – e assim imitava seu mestre Toscanini – que era melhor viver entre cafetões e prostitutas do que andar com músicos, mesmo que andasse com eles, no fim das contas, quando ao fim do ensaio, o pescoço enrolado com toalhas felpudas, ia ao botequim *Roma*, de movimentado ambiente popular, para beber várias taças de rum Santa Inês, clareado com Fernet Branca... Na espera do começo da temporada, havia festa, todas as noites, em homenagem ao pessoal do Scala e do Metropolitan que, afirmando sempre "não estar com a voz", acabava cantando alguma romança do repertório de Piedrigrotta[331] ou *Vorrei morire*, de Tosti. E, nesse meio tempo, entre marteladas, reprimendas, imprecações, acidentes, decorações quebradas, escotilhas que não funcionavam, lanças perdidas, acessórios danificados, um roca deixada na Itália, refletores inadequados, fumaças diabólicas que nunca saíam a tempo, uma invasão de ratos nos camarins, disenterias, cólicas de maio, flores que davam alergia à soprano, uma briga por causa de saias mulatas entre Mansueto e Nicoletti, contratos quebrados e assinados novamente, um tapa do violino de concerto no segundo fagote, infinitas queixas, várias afonias, dois furúnculos devidos ao clima, mosquitos, ternos manchados, chuvas tropicais, uma hérnia, novas afonias, urticárias e erupções cutâneas, foi-se construindo um *Fausto* de forma tão impressionante e memorável que seus prodígios passaram, de imediato, as trovas de dizimistas e pagadores, para espanto daqueles que não tinham se inteirado. Em seguida, veio uma magnífica *Carmen* de Bezanzoni-Caruso, embora no ato dos contrabandistas, por falta de bacamartes, extraviados durante

---

329 "Doce, mas não pederasta".

330 "Alegre com colhões".

331 PIEDRIGROTTA: A Festa di Piedigrotta é uma tradicional celebração popular de Nápoles, realizada anualmente em 8 de setembro, em homenagem à Natividade da Virgem Maria. Originada no século XIV, a festa combina elementos religiosos e profanos, incluindo procissões, danças, desfiles de carros alegóricos e apresentações musicais.

a viagem, os coristas estivessem armados com carabinas Winchester – mas isso só foi percebido pelos especialistas. Mais tarde, houve um *Barbeiro de Sevilha*, em que Mansueto fez um Don Basilio tão truculento e burlesco que sua atuação superou a de Fígaro – Titta Rufo, quanto a bravura e silhueta. *La Traviata*, de María Barrientos, levou o público ao auge do deleite: o "Brinde" teve que ser cantado três vezes sob aplausos que não permitiam seguir adiante com a partitura; a grande cena do velho Germont e Violeta provocou os discretos prantos do caso e, no final, foram tantas as flores jogadas no palco que os intérpretes, ao saudar, pisavam um chão de rosas, nardos e cravos... E a temporada continuou triunfante com *A Favorita*[332], *Martha*[333], de Flotow (um dos maiores sucessos de Caruso), *Hamlet*[334], de Ambroise Thomas, *Rigoletto*[335] e *A Sonâmbula*[336] – o Primeiro Magistrado estava feliz. A ópera havia transfigurado a capital. Depois das apresentações, os cafés elegantes se enchiam de um público surgia no mais caro e cintilante que poderia ser visto em joias e indumentária – público que era contemplado da rua por um povo espantado por ter ali, ao alcance da mão, por assim dizer, um mundo de

---

332 *A FAVORITA*: Ópera de Gaetano Donizetti, estreou em 1840 em Paris em estilo grand opéra, que mistura intrigas políticas e amores proibidos na Espanha medieval. A trama gira em torno do amor entre o noviço Fernand e Leonora, amante do rei Afonso XI, e culmina em tragédia quando Fernand descobre a verdade sobre a mulher que ama.

333 *MARTHA*: Ópera de Friedrich von Flotow, uma cômica-romântica estreada em 1847, cuja história se passa na Inglaterra do século XVIII. A jovem Lady Harriet e sua criada fingem ser camponesas e são contratadas por dois agricultores, desencadeando uma série de mal-entendidos amorosos e situações leves até o desfecho feliz.

334 *HAMLET*: Ópera de Ambroise Thomas, é uma adaptação da peça de Shakespeare, estreada em 1868. A versão musical suaviza alguns aspectos do original, mas mantém o conflito do príncipe dinamarquês dividido entre a vingança e o amor por Ofélia, com destaque para as árias melancólicas e o drama psicológico.

335 *RIGOLETTO*: Ópera de Giuseppe Verdi, estreou em 1851 e é baseada em uma peça de Victor Hugo. A ópera acompanha o bufão *Rigoletto* e sua trágica relação com a filha Gilda, que se sacrifica por amor ao Duque de Mântua. É considerada uma das obras-primas de Verdi, marcada por grande força dramática e musical.

336 *A SONÂMBULA*: Ópera de Vincenzo Bellini, estreou em 1831 e é um exemplo clássico do bel canto italiano. Conta a história de Amina, uma jovem injustamente acusada de infidelidade por sonambulismo. Com uma trama leve e final feliz, a ópera é conhecida por suas árias de grande lirismo e virtuosismo vocal.

luxo que só havia imaginado até agora por meio dos romances água-com-açúcar e filmes de ambiente milionário ou das capas da *Vanity Fair* vistas nas bancas de jornais, com tantas de nossas mulheres passando repentinamente, em estilo e elegância, para o âmbito de John Singer Sargent[337] ou de Jean-Gabriel Domergue[338]. "Estamos nos tornando gente, Peralta; estamos nos tornando gente", dizia o Presidente, olhando para a suntuosa plateia onde, nos intervalos, só se falava em termos de *racconto*, *portamenti*, *fiato*, *tessitura* e *arioso*[339]. E tudo correu bem até a estreia de *Tosca*[340], quando algo insólito aconteceu: no final do segundo ato, quando Floria enfia sua faca no peito de Scarpia, caiu uma ovação enorme, persistente e interminável dos assentos superiores, que obrigou a orquestra a parar. Como nada havia sido cantado, naquele momento da ação, para motivar semelhante entusiasmo, Maria Jeritza[341] não sabia o que fazer – e era sua estreia, naquela noite – movendo e voltando a mover os candelabros à direita e à esquerda do cadáver de um Titta Rufo tão estupefato quanto ela. Por fim, um grito de: "Morte aos capangas! Abaixo Valverde!", vindo do alto, deu sentido àqueles aplausos estrondosos, fazendo com que a *Tosca* abandonasse o palco, enquanto rapidamente a cortina descia diante

---

337 **JOHN SINGER SARGENT:** Foi um pintor estadunidense mais ativo principalmente na Europa, notabilizado por seus retratos elegantes e técnicos refinados que capturaram a alta sociedade da virada do século XIX para o XX. Sua pincelada fluida e sua habilidade em transmitir textura e luz fizeram dele um dos retratistas mais requisitados de sua época.

338 **GABRIEL DOMERGUE:** Foi um pintor francês conhecido por popularizar o tipo de retrato feminino glamouroso e sofisticado que se tornou sua marca registrada nas décadas de 1920 e 1930. Considerado o "inventor do pin-up moderno", retratava mulheres elegantes, com pescoços longos e olhares sedutores, antecipando padrões estéticos da moda e da publicidade.

339 **RACCONTO, PORTAMENTI, FIATO, TESSITURA E ARIOSO:** Expressões do universo da ópera, sobretudo passagens melódicas ou recitativas e técnicas de canto.

340 ***TOSCA*:** Ópera em três atos de Giacomo Puccini, estreada em 1900, baseada na peça de Victorien Sardou. Ambientada em Roma durante o período napoleônico, a trama acompanha a cantora Floria Tosca, seu amante Mario Cavaradossi e o vilão Barão Scarpia, num enredo marcado por paixão, política e tragédia.

341 **MARIA JERITZA:** Foi uma soprano tcheca célebre por sua presença cênica marcante e por interpretar heroínas intensas em estreias de óperas do início do século XX.

de uma orquestra confusa e muda, enquanto a polícia irrompia nos assentos paradisíacos para prender qualquer um que não tivesse tido tempo de escapar pelas escadas. No dia seguinte, *Andrea Chénier*[342], de Giordano, se deu em um teatro cercado de tropas, militarmente ocupado por uma oficialidade fortemente uniformizada, estrategicamente distribuído em poltronas e galerias. E, ainda assim foi possível ouvir, no ato do Tribunal Revolucionário, um grito de "Viva Robespierre!", saído não se sabia de onde... Toda ópera agora promovia ovações, murmúrios, assobios, exclamações, que tinham motivações muito distantes da qualidade da música ou do acerto de uma interpretação. Sempre eram aplaudidos os proscritos, os conspiradores, os regicidas, os trovadores rebeldes, os Hernani[343]; sempre eram vaiados os delatores, os oficiais, os desertores, os informantes, os Spoletta. O Primeiro Magistrado achou oportuno cancelar uma anunciada representação da *Sibéria*[344], de Giordano, esperando, agora, irritado, impaciente, que a temporada lírica se encerrasse com *Aída*. Para esta sessão, foram mobilizados meios cênicos nunca vistos. As trombetas do desfile triunfal tinham sido encomendadas da casa *Leady* de Nova Iorque. Os camelos e elefantes de um circo recém-chegado figurariam no cortejo, seguidos por cinquenta cavaleiros do 3º Batalhão de Hussardos, vestidos à egípcia e maquiados com propriedade, quando não tinham uma aparência suficientemente núbia ou etíope em virtude da cor natural. E nunca uma representação começou com tanto brilho no movimento cênico,

342 ***ANDREA CHÉNIER***: Ópera verista de Umberto Giordano, estreada em 1896. Baseada na vida do poeta francês André Chénier, a trama se desenrola durante a Revolução Francesa e gira em torno de seu amor trágico por Maddalena de Coigny, em meio ao terror jacobino.

343 **HERNANI**: Bandido nobre que é personagem da peça de teatro com o mesmo nome, escrita por Victor Hugo em 1830. Considerada uma das obras fundadoras do romantismo francês, a narrativa traz Hernani apaixonado pela jovem Dona Sol enfrentando tanto o rei da Espanha quanto o tio dela, em uma trama cheia de duelos, juramentos e paixão fatal.

344 ***SIBÉRIA***: Ópera em três atos composta por Umberto Giordano, estreada em 1903 no La Scala de Milão. Ambientada na Rússia czarista, a trama gira em torno de Stephana, uma cortesã que abandona sua vida de luxo por amor a Vassili, um jovem condenado à Sibéria.

na ação dos coros, no relumbre de uma orquestra que, conduzida com mão enérgica e segura, havia melhorado enormemente nas últimas semanas. Foram elogiados os figurinos e as decorações, pediram bis – como era de se esperar – para *Ritorna vincitor*, e o segundo ato começou a se desenrolar em uma atmosfera de tensão, de entusiasmo antecipado, de deleite coletivo, que subia em direção ao palco, aos cantores, ao cenário, à medida que o drama se aproximava do paroxismo concertante ao o retorno de Radamés. O célebre tema da marcha foi cantarolado por todo o salão. E chegava-se já à grande cena final, com duzentas pessoas entre colunas e palmeiras, Hórus e Anúbis, com o Nilo ao fundo – um Nilo repleto de lâmpadas elétricas – quando um terrível estrondo soou no fosso da orquestra, sob o equipamento da bateria, levando aos ares os pratos, as caixas, os pandeiros e os tímpanos em uma repentina expansão de fumaça branca. Uma segunda bomba explodiu atrás dos contrabaixos, promovendo a fuga dos músicos que subiam para o cenário, tentando fugir pela plateia, e se enfiavam nos camarotes, aumentando o pânico de um público que se atropelava para as saídas, pulando sobre os assentos, empurrando, gritando, investindo e chutando quem quer que caísse, enquanto lá em cima, entre os bastidores que caíam sobre suas cabeças, corriam, lutavam, brigavam para chegar às portas, os guardas do Faraó, os sacerdotes, arqueiros, prisioneiros acorrentados, soldados do 3º Batalhão de Hussardos, entre obeliscos caídos, esfinges e trastes quebrados. "O Hino! O Hino!", uivava o Primeiro Magistrado para o maestro bolonhês que, pálido e vociferante, havia permanecido no pódio, tentando conter seus músicos debandados. Mas, como restavam apenas sete ou oito no fosso, apenas soou, em resposta a seus gritos de: "Hino! Presto! Hino!", o quase inaudível lamento de quatro violinos, clarineta, oboé e violoncelo... Enquanto o público, aglomerado na praça, começou ia recobrando os ânimos, enquanto os machucados e pisoteados – pois, na realidade, não havia feridos – eram tirados do salão nos braços da polícia, o Primeiro Magistrado pôde perceber que não eram bombas que haviam explodido, mas grandes fogos de artifício de barulho e fumaça. "Devemos retomar a sessão", ordenou a Adolfo Bracale, que o havia acompanhado valentemente em sua inspeção, seguido pelos eletricistas. Mas isso era impossível: o cheiro de pólvora enchia o salão, as decorações estavam arruinadas, os couros dos timbales arrebentados, os contrabaixos estilhaçados; a cortina da boca não descia, vários coristas haviam se ferido no tumulto, os cavalos do desfile triunfal estavam dando coices e mordendo, e Amonastro havia ficado sem voz. Vítima de uma crise nervosa, Amneris, encerrada no seu camarim, gritava que isso acontecia por ela vir cantar em um país de cafres. Quanto a Caruso-Radamès, ele havia desaparecido[345]. Como alguém se lembrava de tê-lo visto sair por uma porta dos fundos, ele foi procurado em vão por todos os arredores do prédio, nos cafés e bares próximos. Ele também não havia retornado ao seu hotel. Podia estar ferido, espancado – desmaiado, talvez em algum lugar escuro. E o empresário estava ocupado em sua procura quando um curto-circuito deixou o teatro sem luz... O Primeiro Magistrado, seguido por seus ministros e chefes militares, voltou ao Palácio. Seu silêncio, naqueles momentos, era expressão de uma ira situada muito além da ira. Era uma ira profunda, fechada em si mesma, uma crispação extrema que podia ser lida no seu olhar fixo e terrível, ignorando os rostos presentes, olhar de apocalipse, apontado para visionárias lonjuras povoadas por tempestades, gritos e represálias. Estava-se nesse clima – clima de intolerável tensão – quando o telefone tocou na sala do Conselho. Sua Excelência, o senhor Ministro da Itália. Avisava que Enrico Caruso, preso na rua por um guarda, estava detido na 5ª Delegacia de Polícia, por estar usando um disfarce fora do carnaval; e disfarçado

345 Carpentier, aqui, remete a um fato real. Durante sua turnê em Cuba em 1920, Enrique Caruso se apresentou no Teatro Nacional de Havana. No dia 23 de novembro, enquanto cantava Aida, uma explosão de bomba nas proximidades do teatro gerou pânico entre os presentes. Caruso fugiu apavorado, ainda caracterizado como Radamès, e teve dificuldades para retornar ao hotel. No entanto, ele foi localizado rapidamente e deixou Havana pouco depois, abalado pela experiência. O episódio é lembrado como um dos momentos mais dramáticos da sua carreira.

de mulher, e maquiado de ocre, com a boca e os olhos pintados – detalhava a Ata – o que lhe fazia cair sob o peso da Lei de Repressão a Escândalos e Defesa da Moral Cidadã, cujo artigo 132 previa uma pena de trinta dias de prisão por atentado aos bons costumes e comportamento indecoroso na via pública, com agravamento do castigo se isso fosse acompanhado de uma manifestação evidente de homossexualidade no vestuário e aspecto pessoal, que, nesse caso, estava ilustrada por um toucado de listras horizontais colocado na testa, argolas lavradas nas orelhas, pulseiras de fantasia e uns colares pendurados no pescoço, com adorno de escaravelhos, amuletos, pingentes e pedras coloridas que – segundo o informe policial – eram um indício seguro de viadagem... "Isto, em uma nação civilizada!", gritou o Primeiro Magistrado, passando sua ira do dramático silêncio para uma explosão verbal, enquanto suas mãos jogavam livros, pesos de papel, tinteiros, sobre o carpete. E fez-se o necessário. E foi o doutor Peralta a romper o confinamento de Enrico Caruso, e este veio, muito divertido, ainda vestido de Radamès, para dizer que aquilo não era nada demais que, com seu embaixador, ele trazia o policial que o havia prendido – "bom garoto, excelente rapaz, cumpriu com seu dever..." – para lhe recomendar à indulgência do Presidente ("não fez nada além de aplicar a lei; nunca tinha visto um egípcio antigo nas ruas da capital..."), e tudo terminou nas luzes da alvorada, com bebidas e charutos – charutos no emblema do loiro Fonseca, grossos e longos, com olhos claros na capa, como o cantor gostava... Saiu o Vulcão Tutelar de suas névoas frias, a Maiorala Elmira trouxe sanduíches e sucos e, antes de se despedir, Adolfo Bracale anunciou que a temporada de ópera se encerraria definitivamente esta noite com *Um baile de máscaras*, de Verdi – já que não se podia pensar em *Aída* por causa do desastre ocorrido. "Baile de máscaras é o que vou dar a *esses* que andam soltando bombinhas", disse o Primeiro Magistrado ao doutor Peralta antes de ir dormir.

E, de repente, começou a crescer sobre a cidade o edifício circular – circular como praça de touros, circular como o coliseu romano, circular como circo de contorcionistas e domadores – da Prisão Modelo[346], ajustado aos mais modernos conceitos de construção de penitenciária, da qual os arquitetos norte-americanos eram mestres. Acostumado às lentas obras de canteiro – serragem de pedras, aulas de estereotomia, teoremas demonstrados com martelo e cinzel –, que demorava muito tempo para tomar corpo e fisionomia, o Primeiro Magistrado havia descoberto a magia das concretarias, a rotação de pedregulhos e areias em enormes coqueteleiras de ferro cinza, o aviso na placa de cimento que endurece e enrijece sobre um esqueleto cabos; o prodígio do edifício que começa líquido, um caldo de cascalho, de seixos, antes de se elevar com uma verticalidade espantosa, colocando paredes sobre paredes, pisos sobre pisos, cornijas sobre cornijas, até parar no céu – coisa de dias – um mastro de bandeira ou uma estátua dourada com asas nos tornozelos. E como o Primeiro Magistrado estava apaixonado pela rapidez do concreto, pela fidelidade do concreto, pela docilidade do concreto, ao concreto havia confiado a tarefa de fechar o gigantesco anel da Prisão Modelo – lá na Serra da Cruz, acima da cúpula do Capitólio, acima da flecha do Sagrado Coração – antes de iniciar uma ação policial de envergadura. Dia e noite, à luz de refletores quando a escuridão ou as brumas exigiam, trabalhava-se naquela obra exemplar, cujas muralhas concêntricas tinham a beleza euclidiana de um jogo de órbitas cujo âmbito estava se estreitando, encaixotadas umas nas outras, até o eixo de um pátio central de onde todas as celas e corredores podiam ser observados. Quando o labor estava terminado e faltava apenas trazer as banheiras de alumínio e as

346 PRISÃO MODELO: Carpentier se inspira, aqui, no Presidio Modelo que construído durante o governo do ditador cubano Gerardo Machado na Ilha de Pinos entre 1926 e 1931. Inspirada nos princípios do panoptismo, consistia em pavilhões circulares com uma torre de vigilância central, permitindo o controle visual total dos prisioneiros. Embora planejada como um exemplo de modernidade penal, rapidamente se tornou um símbolo de repressão política, especialmente por encarcerar opositores do regime. Mais tarde, durante o governo de Fulgencio Batista, o local continuou a ser usado para presos políticos, incluindo Fidel Castro, após o ataque ao quartel Moncada. Após a Revolução Cubana, a prisão foi desativada em 1967 e transformada em museu.

poltronas com fivela e correias para as várias salas subterrâneas (que apareciam nos planos como "dependências técnicas"), fotografias do belo edifício foram enviadas a várias revistas internacionais de arquitetura, que fizeram grandes elogios de sua funcionalidade assim como da difícil harmonia conseguida entre algo que, por força, deveria ter um aspecto severa e a beleza da paisagem ao redor. Havia ali um evidente e talvez exemplar propósito de humanizar – o fim da arquitetura é ajudar o homem a viver – a visão conceitual e orgânica do estabelecimento penitenciário, tornando-o tolerável ao delinquente que, afinal de contas – como os psicólogos modernos demonstraram –, é um enfermo, um ente insociável, no geral, um produto do meio, uma vítima da hereditariedade, distorcido em seu comportamento por umas coisas que agora começavam a se chamar "complexos", "inibições", etc., etc. Haviam acabado os tempos das masmorras venezianas, dos calabouços inquisitoriais, dos presídios de Ceuta de Cádiz – tão parecidos aos de *La Guayra*, *La Habana*, *San Juan de Ulúa*... –, das prisões tão frequentemente mencionadas por *Bruant* em canções que estavam se tornando clássicas. Em matéria de Cárcere, estávamos à frente da Europa – o que era lógico, já que, estando no Continente-do-Porvir, tínhamos de começar por algo... Mas, à medida que se chegava ao topo da Prisão Modelo, o país ia adoecendo de uma crise que desafiava – para a decepção de muitos – a ferocidade de um solo generoso como nenhum outro, com fabulosas promessas – virgens ainda – de fecundidade sob o arado, de húmus milenários, de madeiras infinitas (selvas do tamanho de toda a Bélgica...), de minerais subjacentes em abundantes e inestimáveis veios. Tínhamos tudo: espaço, terra, frutas, níquel, ferro. Éramos um país privilegiado no Mundo do Futuro. Aí estavam os relatórios do Ministério da Agricultura e Desenvolvimento. Para contemplar o esplendor de nossa realidade telúrica, bastava seguir um convincente caminho de tabelas estatísticas, organogramas, cifras colocadas em colunas, balanços por semestres, glosas de especialistas, equações futurológicas realçadas pela eloquente presença de uma letra do alfabeto grego colocada no lugar certo. Mas, apesar dos muitos memoriais e fólios encadernados que lhe eram apresentados todos os dias, o Primeiro Magistrado, uma vez terminada a maldita temporada de ópera e considerando-a retrospectivamente em termos de um calendário financeiro, se deu conta de que, entre prelúdios de orquestra e caldeirões de tenores, o açúcar da República havia sofrido uma pavorosa queda nos quadros e lousas das Bolsas mundiais. A 23 centavos--libra, nosso açúcar era pago quando Nicoletti-Korman, o magnífico demônio, cantava seus louvores ao Bezerro de Ouro. Com o hino norte-americano que soa no primeiro ato de *Madame Butterfly*, caiu para 17,20. Cotizava-se a 11,35 com *Thaïs*[347] – "Alexandria, cidade terrível", cantada por Titta Rufo. Posto no nefasto dia do *Rigoletto* – e dizem que corcundas trazem boa sorte – caiu para 8,40. Os baralhos de truques do quarto ato de *Manon* apressaram o desempenho, que, com o desastre de *Aída*, nos deixou em 5,22. E quando chegaram os carnavais, o açúcar – protagonista egrégio de toda uma bucólica América Latina – estava despencando, com armazéns cheios de sacas não vendidas, a 2,15 centavos de libra... E uma manhã, de repente, assim como se não fosse nada, o Banco Internacional, recém-criado, anunciou que estava suspendendo seus pagamentos até novo aviso. O Banco Espanhol, o Banco Miramón, o Banco Comercial e Agrícola, o Banco da Construção, fecharam seus guichês com um ruído seco, enquanto o Banco Nacional e o *Clearing House* encheram os jornais de comunicados e avisos, de promessas, de apelos à equanimidade e à confiança, para conter um pânico que, partindo das pequenas cadernetas de poupança, das mínimas contas familiares, havia chegado ao mundo das altas finanças. A situação foi consi-

---

347 *THAÏS:* Ópera em três atos do compositor francês Jules Massenet, baseada no romance homônimo de Anatole France. Estreou em 1894 na Ópera de Paris. A história se passa no Egito romano e acompanha o conflito entre o monge Athanaël, que busca converter *Thaïs*, uma cortesã devotada aos prazeres mundanos, e a própria *Thaïs*, que vive uma transformação espiritual.

derada – "acidental e passageira", diziam os jornais – em Conselho de Ministros. Calma, serenidade e patriotismo, pedia o governo. Nada de filas nem desordem. Uma Moratória – uma palavra desconhecida do público, mas que, para alguns, tinha um desagradável parentesco sonoro com coisas de morte e ata testamentária – apresentada como uma maneira segura de endireitar o que estava torto em poucas semanas, trouxe sossego aos espíritos e, como era época de Carnaval, em uma algazarra de comparsas, *gayumbas*[348], trombetas chinesas e tambores negros, começou o Festival das Máscaras, com concursos de fantasias e carros alegóricos de muito engenho, como o do "Bucentauro Veneciano" que ganhou um prêmio especial, embora tivesse sido extremamente difícil levá-lo à tribuna do Jurado, pois mal passava embaixo dos fios telefônicos por causa da altura de sua proa, habitada por dogesas cobertas com lantejoulas. Aquela agitação havia chegado oportunamente, pois era, desde sempre, algo tão importante na vida do país que, entregues a uma catarse coletiva, as pessoas esqueciam qualquer adversidade ou contingência. Nesses dias, os velórios ficavam sem carpideiras, os telefones sem operadoras, as padarias sem farinha, os bebês de peito sem tetas. Dançava-se, cantava-se, desfilava-se, entregando-se, cada um, esquecendo das disciplinas e dos horários, dos compromissos ou promessas, a apetites calmantes que ficaram reprimidos durante meses. Muitas mulheres andavam nuas sob o pano de dominó. Soltavam-se todos os desejos amparados pelo capuz, o disfarce e a máscara barata. Cantava-se, dançava-se, nos parques, nos telhados dos caramanchões, nos cafés tomados de assalto; fornicava-se nas alturas do Observatório Nacional, sob os arcos das pontes, nos vestíbulos adornados com imagens santas, nos capins dos subúrbios – e até nos átrios das igrejas havia barracas vendendo garapa forte,

---

348 GAYUMBAS: Instrumento musical tradicional da República Dominicana. Trata-se de um cordofone monocorde de origem africana, introduzido na ilha por escravizados provenientes do Congo e de Benin.

charanda[349], *cocuy*[350] e aguardente, Eram dias de anoitecer para amanhecer e de amanhecer para anoitecer, nos quais as confrarias tradicionais reviviam, com ráfia e penas de garça, colares de feiticeiros, fantasias de demônios, tubarões de papelão, cobras de mola, homens-falcão, homens-cavalo, homens-dragão em trajes desmantelados, jogos antigos herdados da África ou de rituais tão antigos que suas intenções originais se perderam nas noites milenares dos aborígenes. Houve, em meio a danças, serpentinas, concursos, rainhas da beleza, coroas de papelão dourado, gigantes e cabeçudos, turbantes e andadores, uma longa semana de alegria, agitação, ritmos, gostosuras e embriaguez. Mas, de repente, em meio à multidão jocosa, alguns arlequins, com os rostos ocultos por meias pretas, dispararam contra a polícia; alguns ciganos, figurantes de *Carmen*, que não haviam devolvido as Winchesters emprestadas para sair no ato dos contrabandistas, se apoderaram dos rifles e revólveres do Quartel de Santa Bárbara, carregando-os em ambulâncias da Cruz Vermelha; os padres da "Comparsa Pompadour", vestidos de cor salmão, com as perucas abaixadas sobre os olhos, jogaram uma bomba na Comissaria do 5º Distrito, libertando mais de quarenta presos políticos. Na do 2º Distrito, alguns de nossos índios, aparentemente os do sisal, mas disfarçados de peles-vermelhas americanos por terem visto filmes do *Vitagraph*, esvaziaram um arsenal secreto de granadas de mão, desapareceram, depois, no meio da multidão; três líderes anarquistas foram retirados de suas masmorras por falsos agentes da Segurança; nevaram proclamações e manifestos, convocando a um levante revolucionário, da flecha do Sagrado Coração e da cúpula do Capitólio. Mas agora, ao estampido dos foguetes traques do famoso "Cortejo de Momo", misturavam-se estrondos de som mais seco e reverberante. Às amáveis

349 **CHARANDA:** Bebida destilada do México, típica do estado de Michoacán. É feita a partir da cana-de-açúcar, semelhante ao rum ou à cachaça, e envelhecida em barris de madeira.

350 **COCUY:** Bebida venezuelana destilada a partir do agave, muito semelhante ao mezcal mexicano. É tradicional dos estados de Lara e Falcón, e produzida artesanalmente por comunidades locais.

ampolas de cloreto de etila, destinadas a serem como um dedo de gelo no decote das mulheres, seguiram as bombas lacrimogêneas, invenção surpreendente, agora estreada pelas forças policiais; a cavalaria atacava, ao azar, contra farândolas e alegorias; o chiado das línguas-de-sogra e das cornetas de papelão se transformou em gritos de atropelados e golpeados em um pânico de formas e de cores, as fantasias foram substituídas por uniformes militares. Um tornassol de pinturas foi neutralizado em uma dupla gama de anil e areia. Por fulminante disposição presidencial, os carnavais foram suspensos e a Prisão Modelo se encheu de máscaras. E houve gritos e tosses, e garrotes apertados, e brocas de dentista girando em molares saudáveis, e paus e chicotes, e sexos chutados, e homens pendurados pelos tornozelos e pulsos, e pessoas em pé durante dias sobre rodas de carroça, e mulheres nuas, correndo pelos corredores à base de cintadas, esparramadas, violadas, seus peitos queimados, de carne penetrada com ferros em brasa; e houve fuzilamentos fingidos e fuzilamentos de verdade, respingos de sangue e chumbo de Mausers nas paredes da recente construção, ainda cheirando à argamassa de pedreiro; e houve defenestrações, enforcamentos, pregamentos, e pessoas transferidas ao Grande Estádio Olímpico onde havia um espaço melhor para metralhar em massa – evitando, assim, a perda de tempo envolvida na formação de pelotões e piquetes de execução; e houve também aqueles que, enfiados em grandes caixas retangulares, foram cobertos com cimento, de tal forma que os blocos acabavam alinhados ao ar livre na lateral da prisão, tão numerosos que os vizinhos pensaram que se tratavam de materiais de alvenaria destinados a futuras ampliações do prédio... (E transcorreram muitos anos até que se soubesse que cada um desses blocos continha um corpo disfarçado e mascarado, moldado pela dura matéria que o envolvia – perfeita inscrição de uma estrutura humana dentro de um sólido.)

Quinto CAPÍTULO

...sou, existo, isso é verdade.
Mas... por quanto tempo?
— DESCARTES

Quatorze

Ei...Bi...Ci...Di.... Ei.. Estranho, muito estranho soava o Abecedário, agora, nas aulas dos Colégios Metodistas, nos Liceus Agostinhos norte-americanos, que haviam sido abertos em nossas principais cidades, levantando sérias dúvidas sobre a eficiência e a modernidade – modernidade, acima de tudo – do ensino dado às crianças pelos padres Salesianos e Maristas franceses, pelas Madres Dominicanas, Ursulinas ou freirinhas de Tarbes[351]. *This is a pencil, this is a dog, this is a girl*, ouvia-se agora onde antes havia florescido as *Rosa-Rosae-Rosa-Rosam* das declinações clássicas, enquanto se esqueciam das piadas inevitáveis que, às custas da *Aunt Jemima*, ainda se faziam pouco tempo atrás, quando eram passados os adjetivos da primeira categoria com *Nigra-Nigrae-Nigra-Nigram*. O Cid Campeador, Rolando, São Luís, a Rainha Católica, Henrique IV emigravam dos livros de história, com espada, olifante[352], o carvalho centenário, as joias empenhadas, as galinhas no

---

351 MADRES DOMINICANAS, URSULINAS OU FREIRINHAS DE TARBES: Mulheres que desempenharam um papel essencial na expansão da educação e da assistência social nos países de colonização católica na América Latina. Vindo da tradição missionária e pedagógica europeia, fundaram escolas, hospitais e orfanatos, atuando como pilares de instrução moral e intelectual para meninas e jovens mulheres, num tempo em que a educação feminina era restrita.

352 OLIFANTE: Instrumento de sopro feito geralmente de marfim, usado na Idade Média tanto para fins militares quanto cerimoniais.

poleiro e tudo, sendo vantajosamente substituídos por Benjamin Franklyn, com o para raio e o Almanaque do Pobre Richard[353]; Washington em Mount-Vernon, cercado por bons negros que ele tratava como se fossem da família; Jefferson e o Independence-Hall, na Filadélfia; Lincoln e o Gettysburg-Address; a Marcha para o Oeste e a épica morte do General Custer[354], abatido na Batalha de *Little Bay Horn* pelas hordas bárbaras de Sitting-Bull. Ao soltar a teta dos nana-neném de *huipil*, que cantavam o Mambrú[355] e ensinavam, como Pitágoras, que era ruim atiçar o fogo com uma faca, as crianças se encaminhavam para onde o pequeno Mozart estava situado ao lado de Daniel Webster[356] no Panteão dos Infantes Prodigiosos, por sua defesa precoce de um roedor maligno que, sendo obra de Deus, tinha direito à vida – assim como tinham direito à vida os escravos em *A Cabana do Pai Tomás*[357]. Substituindo rapidamente *L'Illustration* e *Lectures pour tous*, o *Collier's* e o *Saturday Evening Post* – este, com suas capas divertidas de Norman Korwin – começaram a dizer verdades (amargas verda-

353 ***ALMANAQUE DO POBRE RICHARD***: Publicação anual criada por Benjamin Franklin entre 1732 e 1758, sob o pseudônimo de Richard Saunders. Ficou célebre por suas máximas morais, conselhos de economia doméstica e aforismos espirituosos, que o transformaram em uma espécie de breviário popular da virtude protestante e da ética do trabalho.

354 **GENERAL CUSTER**: George Armstrong Custer (1839–1876) foi um oficial do Exército dos Estados Unidos que se destacou durante a Guerra Civil Americana e tornou-se famoso por sua atuação nas chamadas Guerras Indígenas, especialmente na conquista do Oeste.

355 **MAMBRÚ**: Referência à *"Mambrú se fue a la guerra"*, uma canção popular de origem francesa que se espalhou por diversos países hispânicos e também chegou ao Brasil. Sua versão original surgiu no século XVIII como sátira à morte do duque de Marlborough (John Churchill), general inglês das guerras de sucessão. Em contextos hispano-americanos, tornou-se uma cantiga de roda muito difundida, perdendo parte de seu conteúdo político e adquirindo um tom melancólico, quase ingênuo, sobre a guerra e a espera do retorno de um soldado.

356 **DANIEL WEBSTER**: Estadista, advogado e orador estadunidense, conhecido por sua defesa da União durante um período de crescentes tensões entre os estados do Norte e do Sul dos EUA. Apesar de não ter chegado à presidência, sua influência intelectual e política moldou profundamente os rumos dos Estados Unidos pré-Guerra Civil.

357 ***A CABANA DO PAI TOMÁS***: Famoso romance abolicionista publicado em 1852 por Harriet Beecher Stowe. Trata da escravidão nos Estados Unidos, em que o leitor acompanha a vida de Tio Tom, um escravo, e sua luta pela liberdade e justiça.

des, talvez, mas agora já se podia falar claramente, e História era História) sobre a recente guerra. Sem *Over There* e o *General Pershing*, a França estava perdida. A Inglaterra havia lutado brandamente e sem convicção: os *tommies*[358] eram coisa do folclore, Marble Arch e o chá servido nas trincheiras, em meio a turbantes de sipaios e gaitas escocesas; a Itália, com penas de galo na cabeça de maus soldados, era um país de uma única batalha: Caporetto[359]. E quanto à Rússia: o monge Rasputin, o tczarevitch, a hemofilia, a Madame Virubova[360], as orgias místicas, os idiotas inspirados, *Ressurreição*[361], Yasnaia-Poliana, a alma eslava, instável e torturada, sempre oscilando entre o angélico e os abismos infernais, que haviam desembocado em um reformador iludido – um homem do *Kremlin*, como fora Ivan, o Terrível – efêmero Paracleto marxista, cujo tempo já estava contado, pesado, dividido, ante a arremetida das forças de Denikin, Wrangel, Koltchak[362] e dos exércitos franco-britânicos do Báltico, que logo terminariam de consumir a ruína de um sistema condenado ao desastre, já que (como os Evan-

---

358 **TOMMIES:** Apelido popular dado aos soldados britânicos, especialmente durante a Primeira Guerra Mundial.

359 **CAPORETTO:** A Batalha de Caporetto ocorreu entre outubro e novembro de 1917, durante a Primeira Guerra Mundial, no front entre a Itália e o Império Austro-Húngaro, com apoio decisivo das tropas alemãs. A ofensiva resultou em uma das mais desastrosas derrotas militares da história italiana, com centenas de milhares de soldados capturados, mortos ou em retirada. Até hoje, a palavra "Caporetto" simboliza tragédia e derrota nacional na Itália.

360 **RASPUTIN, TSAREVITCH, MADAME VIRUBOYA:** Rasputin foi um místico siberiano que ganhou influência na corte russa no início do século XX, especialmente por seu suposto poder de curar o tsarevitch Alexei, herdeiro do trono russo, que sofria de hemofilia. Sua presença junto à família imperial, particularmente à imperatriz Alexandra, gerou escândalo e desconfiança entre a nobreza e o povo, alimentando boatos de manipulação e decadência moral. Madame Anna Virubova, dama de companhia e confidente da imperatriz, foi uma das principais intermediárias entre Rasputin e a corte, protegendo-o e reforçando seu prestígio junto à czarina.

361 ***RESSUREIÇÃO*:** Último grande romance do escritor russo Liev Tolstói, publicado em 1899. A obra marca uma fase mais abertamente moral e espiritual do autor.

362 **DENIKIN, WRANGEL E KOLTCHAK:** Anton Denikin, Piotr Wrangel, Alexander Koltchak foram três dos principais líderes militares do chamado Exército Branco durante a Guerra Civil Russa (1917–1923), que se opôs ao regime bolchevique após a Revolução de Outubro.

gelhos já haviam dito em versículos tão fascinantes quanto difíceis de localizar em tantas páginas impressas em duas colunas no papel-Bíblia da Bíblia) sempre haveria ricos e pobres no mundo – e quanto ao camelo e ao buraco da agulha, já sabíamos que em Jerusalém tinha existido uma "Porta da Agulha", um tanto baixa e estreita, certamente, mas pela qual os camelos inteligentes sempre passavam, desde que dobrassem um pouco os joelhos. Os europeus – foi demonstrado – eram incapazes de viver em paz, e o Presidente Wilson teve que atravessar o Atlântico para pôr ordem nos seus assuntos. Mas essa foi a última vez. Nunca mais nos aborreceríamos ao dedicar nossas jovens energias à defesa de uma cultura cujo eixo de gravitação – já era hora de proclamá-lo – havia se deslocado para a América – do Norte, é claro, na espera de que nós, os mais debaixo, terminássemos de nos livrar da maldita tradição que nos fazia viver no passado. O mundo já havia entrado na Era da Técnica e a Espanha nos tinha legado um idioma incapaz de acompanhar a evolução do vocabulário técnico. O futuro não pertencia mais aos Humanistas, mas aos Inventores. E os espanhóis não haviam inventado nada no decorrer dos séculos. O motor de combustão, o telefone, a luz elétrica, o fonógrafo, por outro lado... Se, por um capricho do Todo-Poderoso, as caravelas de Colombo tivessem cruzado com o *Mayflower*[363], indo parar na ilha de Manhattan, enquanto os puritanos ingleses tivessem ido para o Paraguai, Nova York seria hoje algo assim como *Illescas* ou *Castilleja de la Cuesta*[364], enquanto Assunção assombraria o universo com seus arranha-céus, Times-Square, Ponte do Brooklyn, e tudo o mais. A Europa era o mundo do passado. Um mundo bom para passeios de gôndola, sonhar entre escombros romanos, contemplar vitrais, visitar

---

363 *MAYFLOWER*: Embarcação inglesa que, em 1620, transportou os chamados "*Pilgrims*", um grupo de puritanos separatistas, da Inglaterra para a América do Norte. A bordo, foi assinado o *Mayflower Compact*, um acordo de autogoverno que muitos historiadores consideram um embrião da futura democracia americana.

364 ILLESCAS OU CASTILLEJA DE LA CUESTA: Dois pequenos povoados espanhóis que, apesar de seus passados ilustres, no início do século XX não contavam com mais do que 2000 habitantes.

museus, passar férias agradáveis e instrutivas – mas um mundo cuja decadência era acelerada por uma crescente amoralidade que se manifestava quando se tratava de sexo, as mulheres que dormiam com qualquer um, com aqueles *horrid french customs*, trazidos de lá por jovens soldados norte-americanos, aos quais faziam alusão, às vezes, em voz baixa e com espanto (mas uma mãe de família deve saber de tudo) as castas *Daughters of the Revolution*[365]. Triunfo da Latinidade – como continuavam dizendo os jornais da América Latina –, a Guerra Europeia teve péssimas consequências para a Latinidade em nossas terras da América Latina, instaurando – com múltipla ação vinda de Cima – uma nova Querela das Investiduras. As livrarias que antes ofereciam obras de Anatole France e Romain Rolland – sem esquecer *O Fogo*[366], de Barbusse, um sucesso quase lendário – agora apresentavam *O Prisioneiro de Zenda*, *Scaramouche*, *Ben-Hur*, *Monsieur Beaucaire* e os romances de Elinor Glynn[367], sob vistosas capas coloridas que, pelo que sugeriam, atraíam leitores desejosos de "ficar em dia" em matéria de literatura. E, frente a um pobre cinema europeu, sem estrelas válidas – parecia que todas tinham caído em algum bombardeio – afirmou-se, magnífica, a arte do taumaturgo David Griffith[368], portentoso movedor de multidões, explorador do Tempo, capaz de nos mostrar em imagens nunca vistas – mais impressionantes do que qualquer evocação erudita – o Nascimento de uma Nação, a Tragédia do Gólgota, a Noite de São Bartolomeu, e até mesmo o mundo da Babilônia – ainda que o

---

365 DAUGHTERS OF THE REVOLUTION: Associação estadunidense de serviços voluntários de mulheres, fundada em 1890, que tem como objetivo promover patriotismo, preservar a história americana e garantir o futuro do país através da educação.

366 *O FOGO*: Romance antiguerra baseado nas experiências do escritor francês Henri Barbusse (1873-1934) como soldado francês na Primeira Guerra Mundial.

367 ELINOR GLYNN: Foi uma escritora britânica que se destacou por seus romances românticos e sensuais, considerados escandalosos para a época.

368 DAVID GRIFFITH: Pioneiro do cinema estadunidense, responsável por obras como O Nascimento de uma Nação (1915) e Intolerância (1916). Introduziu técnicas narrativas como montagem paralela, planos fechados e uso dramático da iluminação, moldando o cinema moderno. Sua obra também gera controvérsias pelo conteúdo racista.

Doutor Peralta, agarrado aos seus manuaizinhos de Mallet, ao *Apolo*[369], de Reinach, afirmasse que os enormes Deuses-Elefantes que ali apareciam nunca tinham sido vistos nos reinos da Caldeia, descrevendo-os irreverentemente como "visões gringas em *hang-over*"... A França, ciente de que estava perdendo terreno em nossas terras, de repente nos enviou em uma breve turnê oficial – três dias de audiência frio, enquanto o Primeiro Magistrado, chocado com sua aventura operística, descansava em Bellamar – uma Sarah Bernhardt[370] que, maquiada e repintada, gravitando sobre o eixo de sua única perna, emperiquitada como um palhaço de Lautrec[371], ainda comovente por sua vontade desesperada de se erguer acima dos escombros de si mesma, ainda declamava, com uma voz testamentária e vacilante – sempre levada nos braços, apoiada em algo, entronizada, reclinada, ou trazida nos andadores do Rei Titurel[372] –, os mais patéticos alexandrinos de *Fedra*[373] ou as tiradas agonizantes de uma quase octogenária *Aguiazinha*[374]. Depois chegou até nós, da Itália – ante a indiferença educada de um público agora fascinado demais pelas jovens atrizes brilhantes de Hollywood – uma Eleonora Duse[375], estranhamente vestida de dólmens com alamares, usando um alto capacete preto, fantas-

---

369 ***APOLO***: Obra de Joseph Reinach (1856-1921), jornalista e político francês. O livro "Apolo: história geral das artes plásticas" explora aspectos do mundo antigo com ênfase na estética e na mitologia clássica.

370 **SARAH BERNHARDT**: Uma das atrizes mais célebres do teatro francês e mundial no final do século XIX e início do XX. Reconhecida por seu estilo dramático e presença marcante, estrelou papéis tanto femininos quanto masculinos.

371 **LAUTREC**: Henri de Toulouse-Lautrec (1864–1901) foi um pintor e ilustrador francês ligado ao pós-impressionismo, célebre por retratar a vida noturna de Paris, especialmente os cabarés e personagens de Montmartre.

372 **REI TITUREL**: Personagem da ópera Parsifal, de Richard Wagner, é o fundador e primeiro guardião do Graal, retratado como um monarca envelhecido e sagrado.

373 ***FEDRA***: Obra do dramaturgo francês Jean Racine, publicada em 1677. Escrita no auge do classicismo francês, a peça segue rigorosamente as unidades aristotélicas de tempo, lugar e ação, e emprega versos alexandrinos rimados.

374 ***AGUIAZINHA***: Obra de Edmond Rostand. Publicada em 1906, o autor narra com lirismo a breve vida do filho de Napoleão Bonaparte, o duque de Reichstadt.

375 **ELEONORA DUSE**: Uma das mais aclamadas atrizes italianas do final do século XIX e início do século XX, conhecida por seu estilo de atuação naturalista e introspectivo, que contrastava com o gestual exagerado comum no teatro da época.

magórica como os granadeiros de Heine, carregando as ruínas e as colunas quebradas de *A cidade morta*[376], de D'Annunzio, um autor que os jovens haviam abandonado abruptamente após anos de entusiasmo por *A Filha de Iorio*[377]. Tudo isso era coisa do passado e, como coisa do passado, cheirava à flor da sepultura. E talvez seja por isso que aumentaram as vendas de revistas norte-americanas ou de jornais, como o *New York Times*, ofereciam, nas revistas dominicais, notícias de novas músicas, pinturas raras, movimentos literários singulares, que estavam sendo produzidos em Paris (parece que, por aí, apesar do que se dizia, havia um pequeno renascimento em andamento), embora *L'Illustration* e *Lectures pour tous* parecessem ignorar essas coisas, ou, quando faziam alusão a elas, era para demoli-las em nome do "senso de ordem, proporção e medida", sendo o caso de que, para descobrir certas inovações surpreendentes – a poesia de um tal Apollinaire[378], por exemplo, morto no mesmo dia do Armistício –, era preciso recorrer às publicações novaiorquinas. "Os jovens são sempre novidadeiros", dizia o Primeiro Magistrado. Mas ignorava que, por trás do verso sem rima ou pontuação, por trás da sonata dissonante, chegavam – interessante descoberta – alguns comentários bastante tremendos sobre a situação de nosso país. Certa manhã, a notícia correu de boca em boca: em um longo editorial, o especialista em assuntos latino-americanos do *New York Times* fez uma análise implacável de nossa falência, falava da repressões policiais e de torturas, esclarecia o mistério de certos desaparecimentos, denunciava assassinatos ainda desconhecidos por aqui,

376 *A CIDADE MORTA*: Obra de Gabriele D'Annunzio. É uma peça dramática simbolista de 1898 que se passa entre as ruínas de Micenas. O enredo mistura arqueologia, erotismo e obsessão, refletindo o estilo decadentista do autor italiano, que explorava a beleza, a morte e o desejo com intensidade lírica e sensorial.

377 *A FILHA DE IORIO*: Tragédia escrita por Gabriele D'Annunzio em 1904, ambientada no interior da região de Abruzzo. A peça retrata o amor impossível entre um jovem nobre e uma mulher marginalizada.

378 APOLLINAIRE: Guillaume Apollinaire (1880–1918) foi um poeta francês de origem polonesa que se destacou por sua experimentação formal e ligação com os movimentos de vanguarda. Ele promoveu o cubismo, cunhou o termo surrealismo e foi uma figura-chave da modernidade literária e artística do início do século XX.

lembrando que o Primeiro Magistrado, colocado na categoria dos Rosas, do Doutor Francia[379] – que foi ditador vitalício do Paraguai –, Porfirio Diaz, Estrada Cabrera, da Guatemala e Juan Vicente Gómez, da Venezuela – como quem tivesse falado de Luíses da França ou Catarinas da Rússia –, estava há cerca de vinte anos no Poder. Foram dadas ordens para a coleta imediata da edição – completamente esgotada nas bancas de jornais e conveniências, até que o Dr. Peralta conseguiu encontrar três exemplares em uma banca de legumes, cujo dono comprava regularmente o jornal de cento e vinte páginas para embrulhar seu repolho chinês, verduras e batatas. "A entrada do jornal devia ser proibida no país", disse o secretário, observando a raiva que a leitura do jornal estampava no semblante do Primeiro Magistrado. "Jornal ianque. Escândalo maior. Toda a cadeia Randolph Hearst[380] seria jogada em cima de nós". Houve uma pausa. "Além do mais, a imprensa está em toda parte. Pode-se prender um inimigo político. Mas não se pode impedir a circulação de um jornal estrangeiro que está xingando sua mãe. Um exemplar basta. Ele voa pelos ares, esconde-se nos bolsos dos viajantes, nas malas diplomáticas, nas bolsas das senhoras, passa de mão em mão por fronteiras, rios e cordilheiras"... Houve uma nova pausa, um pouco mais longa que a primeira. "Em má hora assinei o Decreto instituindo o estudo do inglês nos colégios. Agora todo mundo, aqui, sabe dizer: *Son of a bitch.*" Houve uma terceira pausa, mais longa ainda que a segunda, interrompida pela voz de Peralta, que acabava de reler o editorial: "Aqui está uma alusão ao Artigo 39 da Constituição de 1910". E, citando um carrinho de mão, como uma santa epístola em um noivado: *"Proceder-se-á com as eleições presidenciais em um tempo não menor que três meses antes do*

---

379 **DOUTOR FRANCIA:** José Gaspar Rodríguez de Francia (1766–1840), foi ditador do Paraguai entre 1814 e 1840. Conhecido como O Supremo, instaurou um regime isolacionista, centralizado e austero. Tirano, atuou como fundador da soberania nacional paraguaia.

380 **RANDOLPH HEARST:** Magnata da imprensa americana, cuja influência moldou o jornalismo sensacionalista conhecido como yellow journalism. Proprietário de diversos jornais, foi inspiração para o personagem de Cidadão Kane e tornou-se símbolo do poder da mídia na política e na formação da opinião pública.

término do atual mandato de seis anos." Houve uma quarta pausa, mais longa que a terceira. "Mas... quem diabos disse a eles que aqui haverá eleições de qualquer tipo?", gritou, de repente, o Primeiro Magistrado. "Bom, mas... a Constituição de 1910, em seu Artigo 39, diz..." "... diz o que você diz, mas também diz que essas eleições não serão realizadas caso a nação se ache em estado de conflito armado ou guerra declarada com alguma potência estrangeira". "Exato. Mas... com quem estamos lutando, além dos cabras do interior?" O Primeiro Magistrado olhou para o outro com sardônica solenidade: "*Ainda estamos em guerra com a Hungria*". "Verdade!" "Não assinei a paz com a Hungria, nem pretendo fazê-lo por agora, pois reina um caos por lá. O embaixador, que recebe salário há meses, teve que penhorar as roupas de sua mulher. Se seu país continuar como está, em breve o veremos tocando violino em algum cabaré cigano... E, caramba... é isso! Estamos em guerra com a Hungria. E quando há guerra, não há eleições. Celebrar eleições agora seria violar a Constituição. Simplesmente." "Ah, meu Presidente! Como o senhor não há outro!", disse o Doutor Peralta, trazendo a pasta de Hermes para comemorar esse imprevisível prolongamento do conflito mundial. Isso, da guerra com a Hungria, tinha o sabor de um maravilhoso coquetel de *cumbia* e czardas, bamba e friska[381], serenata *criolla* e Rapsódia de Liszt, tudo dominado pela onírica voz da soprano que habitava os espelhos do *Castelo dos Cárpatos*[382], de Júlio Verne – como a Maiorala Elmira habitava agora os espelhos deste Salão de Audiências.

O *New York Times* publicou mais três artigos sobre a situação econômica e política do país – artigos que foram amplamente divulgados, apesar de Peralta, vigilante, ter mandado comprar todas as edições do jornal assim que chegassem às

---

381 CZARDA E FRISKA: Gêneros musicais tradicionais da Hungria associadas à música cigana e à dança folclórica.

382 *CASTELO DOS CÁRPATOS:* Publicado em 1892, é um romance de Júlio Verne que mistura ficção científica com elementos góticos. Ambientado na Transilvânia, narra os mistérios em torno de um castelo isolado e aparentemente assombrado, onde sons e imagens fantasmagóricas intrigam os habitantes locais.

livrarias e *American Book Shops* que o recebiam. Mas o fato era que um escritório tão clandestino quanto ativo – incentivado certamente pelos partidários do Doutor Luis Leoncio Martinez – era responsável, nas sombras, por traduzir os textos, fazer centenas de cópias à máquina e distribuí-las pelo correio sob envelopes de diversificados tamanhos e que, em muitos casos, ostentando fraudulentamente as marcas, assinaturas e emblemas de conhecidas empresas industriais e comerciais, circulavam como inocente material publicitário. Enquanto isso, a imprensa daqui, sujeita à censura, impedida de abordar os muitos assuntos que se queriam manter em silêncio, dedicava-se, com crescente maestria – muito inspirada pelos antigos suplementos do *Le Petit Journal* e dos tabloides novaiorquinos –, a explorar o sensacionalismo da crônica vermelha, o evento de sangue, o acontecimento insólito. De repente, o Crime da Rua Hermosilla ou O Processo das Irmãs Parricidas enchiam páginas inteiras, com manchetes a seis colunas, por várias semanas. E eram, em um desfile arrepiante e teratológico – com magnífico manuseio do adjetivo, eufemismos sutis para o escabroso, metáforas maliciosas para o sexual, nomenclaturas osteológicas, termos de antropometria legal, idioma de necrotério e salas de dissecação – os casos do Enterrado Vivo de Bayarta, do menino nascido com Cabeça de Tepezcuintle, Uma Aldeia de Trogloditas em Pleno Século XX, Absolvido o Médico de sua Honra, As Sêxtuplas de Porto Negro, Matou sua Mamãezinha sem Causa Justificada, Urge Reprimir o Sadismo em Tabernas Portuárias, Feroz Tiroteio em Festa de aniversário, Idoso Devorado pelas Formigas, Descoberto um antro de Sodoma, Recrudescimento do Tráfico de Brancas, A Esquartejada dos Quatro Caminhos, tudo isso misturado com os assuntos de um interesse permanente, por seu valor histórico e conteúdo humano, do Colar da Rainha, a morte de Napoleão IV nas mãos dos zulus, Atlântida, o continente abissal, ou Abelardo e Eloísa, tratados com os eufemismos necessários quando se referiam à ação do cônego Fulbert, que alguns bastardos foram rápidos em identificar – não perdiam uma – com o Chefe da Polícia Judiciária... Entre homicídios, dramas passionais e acontecimentos inéditos, chegou o Natal, e, na verdade, foi um Natal estranho, em que o Natal se tornou em *Christmas*. A bela tradição dos Presépios caseiros foi subitamente esquecida: não foram feitos Estábulos de Belém, de papel pardo colado, com sua manjedoura, a Virgem, São José, o Burro e o Boi, e a procissão de Pastores que – tinha mais gente quanto mais rica a mansão – vinham adorar o Menino rechonchudo como um querubim, posto em um leito de folhas de goiabeira que eram trocadas todos os dias para maior fragrância de seu ambiente. As famílias não trabalharam para repintar e envernizar os santos do ano anterior, para consertar as figuras quebradas, para pendurar o Anjo da Anunciação em seu fio dourado, sob a Estrela de Prata pregada no teto. Naquele ano estranho, uma selva em marcha, semelhante à que avançou sobre Dunsinane[383], subiu em direção à capital, vinda dos portos do Atlântico: eram milhares de pinheiros do Canadá e dos Estados Unidos, que trouxeram aromas exóticos à cidade para serem erguidos nos bairros ricos, com uma decoração festiva de bolas de vidro, guirlandas de franjas douradas, veados artificiais, velinhas com motivos de arabescos, sinos de papel, sob nevascas de algodão. Apareceram cervos raros, com chifres emaranhados, nunca vistos no país, que eles chamavam de *renas*, puxando trenós cheios de pacotes. E nas portas das lojas de brinquedos havia velhos barbudos, vestidos de vermelho, que eles chamavam de *Santa Claus* – ou *Santicloses*, como as pessoas diziam. O Natal tradicional, o da Colônia, o de ontem, o de sempre, foi substituído um dia pelo Natal Nórdico. Naquele ano, as barulhentas bandas de pandeiro e canções de natal não saíram às ruas para visitar a vizinhança ao ritmo de um *"Tun-tun... Quem é? Gente de paz"*, cujos cantores saíam ziguezagueando pelas ruas com tanta aguardente, pinga e cana quanto tivessem bebido como recompensa por seu alegre anúncio de que Emmanuel havia

383 DUNSINANE: Referência a peça Macbeth, de William Shakespeare, em que o protagonista fora advertido de que a selva de Birman poderia vir a Dunsinane, e, na verdade, eram seus inimigos disfarçados com folhagens da selva.

se tornado carne, mais uma vez, e habitado entre nós. Assim, as cantorias de outros tempos foram substituídas, nas casas decentes, por caixinhas de música que tocavam as melodias de *Silent night, holy night* e *Twinkle, twinkle, little star*. Alarmados por essa repentina transfiguração do Natal, os padres, em seus mal ouvidos sermões na Missa do Galo, denunciavam o Santa Claus como uma semente herética, uma implantação de costumes saxões que, com o adorno de um pinheiro, nada mais faziam do que rejuvenescer paganismos dos povos germânicos – herança de épocas em que, já ouvíamos as vozes divinas do Canto Ambrosiano no esplendor das Pompas Eucarísticas, eles vagavam por suas selvas, hirsutos e bárbaros, como Júlio César os tinha conhecido, com cascos mal chifrados, bebendo hidromel e adorando o Azevinho e o Agárico. Além disso, nenhum santo cristão estava ciente da existência desse *Santicló* que vinha trazer brinquedos para as crianças *treze dias antes* de os Três Reis Magos – como sempre havia sido por aqui – se apressarem nessa missão. Os lojistas espanhóis, cujas bonecas largarteranas[384], valencianas e galegas, minicozinhas com panelas de barro e cavalinhos de balanço ainda não tinham sido descarregados em Porto Araguato, protestaram contra uma concorrência desleal que, desde 20 de dezembro, encheu as vitrines com dispositivos mecânicos, penas de comanche, tábuas de *ouija* para brincar de espiritismo – o que você me diz! – e coleções de caubói – chapéu texano, estrela de xerife, cinturão cravejado e duas pistolas em coldres com franjas... Alguns diziam que Santicló era São Nicolau. Mas os entendidos em hagiografia afirmaram que nem São Nicolau de Mira, padroeiro da Rússia, nem São Nicolau, o Grande, o primeiro pontífice com esse nome, jamais tiveram algo a ver com o negócio de brinquedos. E alguém acabou perguntando ironicamente, em um artigo que passou despercebido pela censura, se esse Santi-

384 BONECAS LAGARTERANAS: Artesanatos tradicionais originários de Lagartera, uma vila na província de Toledo, na Espanha. São confeccionadas à mão, geralmente com tecidos bordados típicos da região, representando mulheres com trajes folclóricos detalhados e coloridos.

cló de gorro vagamente frígio, apesar da borda branca, todo vestido de vermelho, não era um *Vermelho* no sentido mais perigoso do termo. Mas saiu mal para o jornalista sua piada mal intencionada, pois, quando entramos na Semana Santa, ele ainda estava preso, com cafetões e maricas, na Galeria 13 da Prisão Modelo. E se o último Natal havia sido estranho, a Semana Maior foi ainda mais estranha dessa vez, porque em vez de evocar a Invenção da Santa Cruz, o que se assistiu nela, em todo o território nacional, foi a Invenção da Greve.

Tudo começou na Quarta-feira de Cinzas, como se não diz nada, com a inusitada greve de alguns operários do Engenho América, que se negaram a aceitar uns cupons de troca por mercadorias como pagamento de seus salários. Logo, o movimento se espalhou por todas as usinas de açúcar. Os guardas rurais, os guardas montados e as guarnições provinciais foram mobilizadas; mas nada podiam contra homens que nem se manifestavam nem se revoltavam, que "não alteravam a ordem pública", mas permaneciam quietamente nas portas de suas casas, recusando-se a trabalhar, cantando, acompanhados por bandurras, *cuatro*[385] ou violão:

> Eu não derrubo cana
> que a derrube o vento,
> ou que a derrubem as mulheres
> com seu movimento.

Essa greve foi vencida. Mas no Sábado de Glória os mineiros de Nova Córdoba haviam começado a sua, em protesto contra demissões arbitrárias, logo seguidos pelos estivadores de Porto Araguato e os carregadores de Porto Negro... Como essas doenças tropicais cujas manchas sintomáticas avermelham, alternada e imprevisivelmente, este ombro antes de passar para a coxa direita, o quadril esquerdo às vésperas de subir para o peito, suas erupções vagando por aquelas regiões

385 CUATRO: Pequeno violão venezuelano de quatro cordas.

do corpo humano onde, no Adam Kadmon[386] dos cabalistas, as sedes do Esplendor, Triunfo, Amor, Justiça e Fundação estavam localizadas no mapa da República, os surtos de vermelhidão apareciam de repente, sem aviso prévio, aqui, ali, no Norte, no Sul, onde quer que os pomares de cacau inchassem, os montes de carvão fumegassem, as bananeiras crescessem, o tabaco fosse desfolhado ou a Partição das Rochas fosse promovida com dinamite. Nada podia deter essa epidemia; de nada serviram as ameaças das autoridades, os editais ameaçadores, os banimentos, o facão das tropas, a ostentação das baionetas: as pessoas haviam se conscientizado da tremenda força da inércia, dos braços cruzados, da resistência silenciosa e, quando eram levadas, sob coronhadas, de volta aos seus campos e fábricas, iam para lá com uma vontade determinada de trabalhar mal, de render pouco, usando todos os artifícios para provocar um acidente mecânico, paralisar os guindastes, limar os elos da corrente, quando não jogavam punhados de areia nos eixos de uma roda mestra ou no cano de um êmbolo. Dizia-se que O Estudante – aquele "estudante" que estava começando a soar demais da conta – sempre ativo, ainda que invisível, voador e onipresente, subterrâneo e, no entanto, manifesto, movendo-se da Planura à Montanha, dos portos de pesca às serrarias de *Tierras Calientes*, era o instigador, o organizador de tudo aquilo. E era evidente, agora, que ele não estava sozinho nessas atividades múltiplas e concertadas; havia muitos. E era evidente, agora, que ele não estava sozinho nessas atividades múltiplas e combinadas; havia muitos, muitos mais do que talvez se pensasse, valendo-se das mesmas táticas, aplicando os mesmos sistemas. "Trabalham por células", dizia o Doutor Peralta, tentando explicar tudo com um termo que o Primeiro Magistrado não conseguia entender: "Para as células, as da Prisão Modelo – respondia – E já não bastam para enfiar tanta gente".

---

386 **ADAM KADMON**: Figura mística da tradição cabalística judaica que representa o primeiro ser humano primordial ou a imagem arquetípica do homem ideal, anterior à criação material. Ele não é um ser humano no sentido físico, mas uma emanação divina pura, o elo entre o Infinito e o mundo manifestado.

(Ele ria.) "Eu me tornei o primeiro hoteleiro da República." E folheava, impaciente, os volumes do *Anti-Dühring*[387], *A Sagrada Família*[388], *A Crítica do Programa de Gotha*[389] e *Erfurt*[390], que ainda estavam amontoados em sua mesa: "Não há nada aqui sobre *células*". Nem no *Manifesto*. A única coisa que está bem clara é o que se diz, ali, na penúltima página: "*Os comunistas apoiam todo movimento revolucionário dirigido contra a ordem social e política existente*"... Naqueles dias, o Doutor Peralta trouxe para o presidente uma estranha publicação que havia chegado na correspondência habitual: era um jornal. Mas um jornal singular como nenhum outro jamais havia sido visto no país: impresso em papel cebola, com oito páginas, formato in-16, tamanho de livro, leve, com volume não muito maior do que uma carta normal. Um título simples: *Liberación*. Primorosamente apresentado, além do mais, com quatro colunas por página, tão perfeitamente legível quanto um dicionário. Abria-se aquele *Ano I. Número 1* com um editorial contra o regime, severo, sem epítetos inúteis, seco como um raio, escrito em prosa clara e expedita. "Isso é algo novo", murmurou o Primeiro Magistrado, ouvindo-se dizer coisas muito mais irritantes do que os insultos em superlativo, desaforadamente *criollos*, dirigidos habitualmente à sua pessoa pelos partidários de Luis Leoncio Martínez. Depois aparecia uma informação pormenorizada sobre os mais recentes ultrajes cometidos pela polícia, com nomes de vítimas e nomes de agentes. Depois vinha uma análise sólida das últimas greves, tirando conclusões práticas de seus sucessos e erros. E, nas páginas centrais, isto era o pior,

---

387 *ANTI-DÜRING*: Escrito por Engels em 1878, é uma defesa abrangente do socialismo científico contra as ideias do filósofo Eugen Dühring, abordando filosofia, economia e política com base na dialética materialista.

388 *A SAGRADA FAMÍLIA*: Publicada em 1845 e escrita por Marx e Engels, critica os jovens hegelianos e satiriza suas contradições idealistas, marcando o início de sua crítica radical à ideologia burguesa.

389 *A CRÍTICA DO PROGRAMA DE GOTHA*: Redigida por Marx, questiona os compromissos reformistas da social-democracia alemã, defendendo a transição entre capitalismo e comunismo.

390 ERFURT: Referência a Crítica do Programa de Erfurt (1891), escrita por Engels, revisita os princípios do movimento socialista alemão, reafirmando a necessidade de uma base científica e revolucionária.

uma enumeração – tão exata em seus detalhes, datas e cifras, que se devia, sem dúvida, ao conhecimento de documentos mantidos em absoluto sigilo – dos negócios mais ocultos realizados pelo Presidente, seus ministros, generais e chegados, nos últimos meses. "Há um Judas entre nós – gritou o Primeiro Magistrado, com indignado apavoramento – Alguém lhes passou esses dados". "Mas... quem publica isso?", perguntou o Doutor Peralta, perplexo. "Não precisa perguntar. Leia a frase que serve de colofão ao número: "Proletários de todos os países, uni-vos!" "Porra! É assim mesmo que termina o *Manifesto*!" "O que quer dizer que este jornal sem assinaturas está assinado"... Antes das dez horas, soube-se que milhares de pessoas haviam recebido o jornal clandestino pelo correio da manhã. Os tipógrafos especialistas, convocados ao Conselho de Ministros para examinar o caso, opinaram que o trabalho só poderia ter sido feito fora do país, a julgar pelas fontes usadas, o estilo da composição, a procedência – alemã, ao que parece – do papel-Bíblia, que atualmente não se conseguia na praça. Talvez a gráfica estivesse em uma cidade fronteiriça. Por isso, foi imposta a censura a todas as correspondências dos países vizinhos. Mas na terça-feira seguinte, pouco depois de acordar, o Primeiro Magistrado tinha seu *Número 2* de *Liberación* na bandeja do café da manhã, trazido pela Maiorala Elmira. Impôs-se, então, a censura interna nos escritórios de repartição. O que não impediu o aparecimento do *Nº 3* que, ignorando os caminhos do correio, apareceu – envelopado, mas sem selo – nas caixas de ministérios, repartições públicas, empresas comerciais e residências particulares, sem mencionar os exemplares que agora circulavam de bolso em bolso, passavam de gaveta em gaveta, ou eram enfiados por baixo de portas, jogados em varandas ou deixados em soleiras ou batentes de janelas, por mãos misteriosas. Todas as gráficas da República foram postas sob vigilância militar. Havia um detetive por trás de cada rotativa, de cada máquina plana, linotipo ou rolo de provas. Mas nada pôde impedir o aparecimento dos números 4, 5, 6 e 7 do *Liberación*. A gráfica clandestina, gráfica fantasma, invisível, silenciosa, continuava trabalhando com uma eficiência exasperante. Era como um Laboratório Central, uma forja de gnomos, que estava aqui, talvez neste bairro, talvez no próximo, para produzir, sem ruído nem agitação, as malditas pequenas páginas in-16 que, toda semana, davam noites de insônia ao Primeiro Magistrado... Foi então quando, em uma reunião do Conselho, o Ministro do Interior pronunciou uma nova frase que soava a mantra e ameaça: "O Ouro de Moscou". "Que Ouro de Moscou, nem Ouro de Moscou! – bradou o Presidente – os bolcheviques não têm onde cair mortos e terão ouro para..." (Foi tirada de uma recente edição da *L'Illustration de Paris*.) "Vejam... Vejam essas fotos... Cadáveres aos montes, nas margens do *Dnieper* e do *Volga*. Crianças deixadas só pele e ossos... Fome do Ano 1000... Cólera... Tifo... Grã-duquesas pedindo esmolas nas ruas... Uma miséria sem fim nem esperança"... O Ministro insistia: Tudo muito verdadeiro. Mas esses bolcheviques estavam vendendo o tesouro de Potemkin e da Grande Catarina, as coroas do *Kremlin*, as joias confiscadas de príncipes e boiardos, os quadros do Hermitage, para custear uma subversão internacional, a única capaz de salvar o comunismo do desastre. "Leiam, leiam os artigos publicados por Kerensky na imprensa americana." O Ouro de Moscou não era uma ficção. Só o Ouro de Moscou podia explicar a existência, no país, de algo como *Liberación* (o número 8 acabava de chegar), com seu papel caro, suas máquinas escondidas em alguma caverna, em uma das galerias ignoradas que – segundo alguns historiadores – os Conquistadores espanhóis haviam construído no subsolo do que era hoje a capital da República para comunicar entre si três fortalezas, hoje em ruínas... E quando, poucas noites depois, um novo míssil explodiu no palácio – embora sem causar grandes danos, pois havia sido colocado em um depósito cheio de coisas inservíveis – a realidade do Ouro de Moscou se impôs na mente do Primeiro Magistrado. Não eram fantasias vãs de humoristas as caricaturas no *Le Rire* mostrando um Urso lançando bombas flamejantes no mapa da Europa e a imagem do Polvo Vermelho estendendo seus tentáculos das cúpulas de São Basílio até todos os confins do mundo. Um desses tentáculos havia entrado em nosso país. "Há que se tomar medidas de urgência", murmurava Peralta. "E o que ainda nos resta fazer?", respondia o Mandatário, como se estivesse repentinamente cansado, sentindo falta de um Arco do Triunfo que, se tivesse sido erguido aqui, em vez de um Vulcão inútil, o teria conduzido, sob sua alta abóbada, à deleitosa paz, cheirando a vinho e lenha, do *Bois-Charbons* de Monsieur Musard... Em dias de agitação e desassossego, ansiava pelo País de Inteligência, onde, mesmo no metrô, era possível ler um alexandrino digno de Racine:

Le train ne peut partir que les portes fermées...[391]

ao que – como observou certa vez o Ilustre Acadêmico, agora tão distante – poderia ter respondido um Azarias de *Athalie*[392], reencarnado na pessoa do chefe da Estação de Pigalle, que, *en un lieu souterrain par nos pères creusé*[393] (Quinto Ato), desse a partida ao comboio rumo à *L'Etoile*:

J'em ai fait devant moi fermer toutes les portes.[394]

391 "O trem não pode partir sem as portas fechadas".

392 *ATHALIE*: Tragédia bíblica escrita por Racine em 1691, ambientada no reino de Judá e baseada em passagens do Antigo Testamento.

393 "em um lugar subterrâneo escavado por nossos pais".

394 "Mandei fechar todas as portas diante de mim".

Quinze

> Não considero que o Medo ou o Pavor
> possam ser louváveis ou úteis...
> — DESCARTES

Certa manhã, correu a notícia de que um cavalo morto havia aparecido, putrefato, com a barriga arrebentada, no principal coletor de água potável da cidade e que, portanto, todos os que haviam bebido nas torneiras dependentes do Aqueduto Municipal – e já eram onze horas – estavam ameaçados de tifo. Mas quando o Ministro da Saúde, em pessoa, foi investigar o caso, descobriu que a única coisa que flutuava na famosa *Taza del Almendro*, o orgulho da engenharia hidráulica nacional, era um cavalo de madeira – preto, com cascos de prata: anúncio famoso da selaria *"O Potro Andaluz"* – que alguns brincalhões sinistros haviam jogado ali durante a noite. Ainda estavam tranquilizando os ânimos, quando um tremendo incêndio de chamas vermelhas – vermelhas demais – irrompeu em um armazém de tabaco, localizado nos subúrbios. E depois de uma mobilização uivante de carros de extintores de incêndios, os bombeiros se viram diante de um vasto Fogo de Bengala, aceso ali de modo inexplicável, que encerrava sua festa em um alegre estouro de foguetes. No dia seguinte, surpresos com sua boa fé, vários jornais publicaram os obituários, com seus correspondentes *requiescat in pace*, de funcionários oficiais que desfrutavam de excelente saúde. Então, abriu-se uma era de mistificações, piadas odiosas e difusão de rumores, feita para criar um clima de desconcerto, inquietação, desconfiança e mal-estar, em todo o país. Crânios eram recebidos pelo correio; coroas fúnebres chegavam onde ninguém havia morrido; um telefone tocou à meia-noite para avisar que o dono da casa, ausente, havia morrido de infarto em um bordel. E eram cartas anônimas, missivas confeccionadas com letras recortadas de jornais, que levavam ameaças de sequestros e atentados, acusações – quase sempre verdadeiras – de homossexualidade ou adultério, notícias falsas de revoltas nas províncias, dissidentes no Alto Comando Militar, falências iminentes, fechamento de seguradoras e próximos racionamentos de alimentos indispensáveis. E, em tom menor, promoviam aglomerações, filas, protestos, altercações com a polícia, avisos de trocas vantajosas – panelas usadas por máquinas de costura, ferramentas por relógios suíços, carrinhos de mão por bicicletas – em lojas de clientela abastada ou em uma *American Grocery* recém-aberta. Solicitavam-se trabalhadores com salários magníficos em fábricas fechadas há muito. "Não consuma carne de reses aftosas", advertia um panfleto distribuído ao meio-dia. "O Banco Nacional suspende operações", anunciava outro, distribuído ao anoitecer para que amanhã as pessoas se atropelassem frente aos guichês. E vivia-se em uma cidade instável, de noções falseadas, de direções trocadas, de fios cruzados, onde o telefone do necrotério, inexplicavelmente, estava conectado ao gabinete do Primeiro Ministro e o número da casa de putas acordava, de madrugada, ao Núncio de Sua Santidade. Quem encomendava um piano *Steinway* de Nova York achava um burro decapitado dentro da caixa; quem comprava um disco de Tito Schipa, um tenor muito admirado porque cantava em espanhol, ouvia uma série de insultos ao governo assim que colocava a agulha de seu diafragma no prato, que, no entanto, trazia o emblema de "A Voz de seu Amo"[395]. Com tudo isso, passando a ações maiores, havia ativistas, cada vez mais audaciosos, que com explosões de magnésio promoviam pânico nos cinemas,

395 **"A VOZ DO SEU AMO"**: Frase publicitária utilizada pela Radio Corporation of America (RCA), acompanhada por um cachorrinho ouvindo um gramofone.

levantavam trilhos de bonde, cortavam linhas de eletricidade – deixando metade da cidade sem luz para apedrejar melhor as vitrines de certos comércios... Era todo um exército, abafado, móvel, ambulante, inteligente, cheio de ocorrências e de perfídia, que agora agia em todas as partes, para desorganizar o organizado, desarticular os mecanismos administrativos, manter as autoridades em perene sobressalto e, sobretudo, para manter um clima de alarme crescente. Ninguém mais acreditava em ninguém. E a polícia, impotente apesar do contínuo aumento de agentes, detetives, informantes, delatores, sopradores, informadores, observadores secretos, sempre dava um golpe em falso, sem dar jamais com os verdadeiros autores disso ou daquilo. Mais duas bombas haviam explodido no Palácio, apesar de os visitantes serem registrados, nas entradas do edifício, e de ser examinado qualquer pacote trazido de fora. E como alguém tinha de ser culpado onde ninguém queria confessar seu desconcerto, buscavam-se razões válidas para garantir que o promotor de tudo, mestre de obras infernais, dono dos mecanismos arcanos, fosse O Estudante. Mas os editoriais – nunca assinados, é claro – do *Liberación* afirmavam que os estranhos acontecimentos que inquietavam a cidadania não se deviam à ação dos comunistas: "Não nos valemos de piadas ou mistificações para levar adiante nossa luta". E, *acriollando* o tom: "Os verdadeiros revolucionários não são homens de safadezas, buchichos ou frescuras". E, junto com isso, a sempre severa antologia de conceitos marxistas, colocados em um quadro: *"A humanidade nunca coloca apenas problemas que possa resolver porque, se olharmos bem, veremos sempre que o problema só surge ali onde já existem as condições materiais para resolvê-lo"* (*Contribuição à Crítica da Economia Política*). "Estou começando a crer – dizia o Presidente, desconcertado, – que esse pequeno bastardo disse a verdade. Ele persegue outros fins. É um iludido. Mas é sincero. Não perderia tempo usando o telefone para dizer que eu morri ontem à noite como Félix Faure." "Mas as bombas", dizia Peralta. "Sim, as bombas", dizia o Primeiro Magistrado, novamente indeciso –: "Os comunistas, como os anarquistas, colocam bombas onde podem. Basta ver as fotos que ilustram a imprensa internacional. E, no entanto..." "O pior é que as pessoas atribuem ao O Estudante tudo o que acontece aqui – observou o secretário –: E, assim, ele está se tornando um mito: algo como um Robin Hood que possuía o anel de Giges[396]. E a nossa gente de sandálias adora essas histórias". E ele estava certo, pois muito, muitíssimo, tinham percorrido os romances de Ponson du Terrail[397] – e também *Os miseráveis*[398] – as estradas do país, com seus personagens que mudam de sobrenome, idade e figura, enganando sempre seus perseguidores. Gaston Leroux[399] mostrou os poderes miméticos de um malfeitor em seu muito traduzido e lido *O Mistério do quarto amarelo*[400]. E, tendo como pano de fundo os clássicos rebeldes, os *outlaws* históricos, inatingíveis e justiceiros, a imagem do Estudante era invocada nas conversas de porão, nas noitadas dos cortiços, nas quadrinhas que à meia voz nasciam das vendas dos vilarejos – embora ali, para dizer a verdade, mal se entendia ainda o que podia ser isso de comunismo – como uma espécie de reformador combatente, defensor dos pobres, inimigo dos ricos, açoite dos corrompidos, recuperador de uma nacionalidade alienada pel*O Capital*ismo, com antecessores em vários caudilhos populares de nossas guerras de independência que, por seus atos generosos e justiceiros, seguiam vivendo na memória do povo. A fama de sua onipresença, acima de tudo, crescia dia a dia: era o gênio dos itinerários imprevisíveis que, evitando cordões de vigilância, cancelas e sentinelas na estrada,

---

396 **ANEL DE GIGES:** A lenda do anel de Giges aparece em A República, de Platão, e narra a história de um pastor que encontra um anel que o torna invisível.

397 **PONSON DU TERRAIL:** Escritor francês popular de folhetins, criador do personagem Rocambole, cujas aventuras deram origem ao termo "rocambolesco".

398 ***OS MISERÁVEIS*:** Obra-prima de Victor Hugo, publicada em 1862. Trata-se de um romance épico que acompanha a trajetória de Jean Valjean, um ex-presidiário em busca de redenção.

399 **GASTON LEROUX:** Escritor e jornalista francês conhecido por misturar mistério, horror e elementos policiais. Seu livro mais famoso é O Fantasma da Ópera.

400 ***O MISTÉRIO DO QUARTO AMARELO*:** Publicado em 1907 por de Gaston Leroux, é um dos primeiros romances de quarto fechado, em que o crime parece impossível.

saltava das minas do Norte aos estaleiros de *La Verónica*, das terras dos lenhadores aos páramos de *frailejón*[401]. E a lenda do Estudante foi enriquecida com ocorrências laudatórias, notícias e romances que corriam de boca em boca: ele se esgueirava por janelas tão estreitas que sua passagem por elas era de um prodígio; corria pelos telhados, pulava de telhado em telhado, disfarçava-se de pastor protestante, de capuchinho franciscano, falso cego em um dia, falso policial no outro – fazendeiro, mineiro, pastor de ovelhas, médico com maletinha, turista inglês, harpista ambulante, carregador de compras – e enquanto todos os corpos da Segurança do Estado o buscavam com uma grande estrondo de motocicletas e um cerco a bairros inteiros, talvez tivesse o procurado, o localizado, descansando em um banco no Parque Central, com uma peruca de velho, barba branca e óculos pretos, com o rosto enterrado no jornal do dia, enquanto alguns de seus partidários – não se sabia realmente se seus partidários – começavam a cantar, lá longe, nas regiões do *maguey* e do figo-da-índia, em um clima de algas e redes, de campos de trigo em cumes e eiras em meio à neve, uma quadra que muito havia sido cantada no México de anos atrás:

> Dizem que nós, agrários,
> somos um bando de ladrões
> porque não queremos ser
> os bois dos patrões.

"Não quero mitos" – dizia o Primeiro Magistrado, diante da realidade crescente do Estudante, cujo suposto – desconhecido – perfil lhe cruzava, todas as manhãs, entre a janela de seu escritório e a telúrica presença do Vulcão Tutelar: "Não quero mitos. Nada caminha tanto neste continente quanto um mito." "Verdade, verdade mesmo – opinava o professor do liceu que

---

401 FRAILEJÓN: Planta típica de regiões andinas de alta altitude, especialmente da Colômbia, Venezuela e Equador. Tem folhas cobertas por penugem espessa e é essencial para a regulação hídrica dos ecossistemas de páramo, funcionando como uma "esponja" natural.

frequentemente aparecia em Peralta –: Moctezuma foi derrubado pelo mito messiânico-asteca de Um-Homem-de-Pele-Clara-que-haveria-de-vir-do-Oriente. Os Andes conheciam o mito do Paráclito Inca, encarnado em Tupac Amaru[402], que deu uma boa guerra aos espanhóis. Tivemos o mito da Ressurreição-dos-Antigos-Deuses que nos valia uma Cidade Fantasma nas selvas de Yucatán, quando Paris comemorava o advento do Século da Ciência e rendia culto à Fada da Eletricidade. Mito de um Augusto Comte[403] à brasileira, com o casamento místico da Batucada e do Positivismo. Mito dos gaúchos invulneráveis a balas. Mito desse haitiano – Mackandal[404], acho que se chamava – capaz de se transformar em mariposa, iguana, cavalo ou pomba. Mito de Emiliano Zapata[405], subindo ao céu, após a morte, em um cavalo negro com hálito de fogo." "E no México – observava o Mandatário – também derrubaram nosso amigo Porfirio Díaz com o mito do "Sufrágio efetivo, sem reeleição" e o despertar da Águia e da Serpente, que estavam adormecidas, para a sorte do país, fazia mais de trinta anos. E agora, eles estão criando, aqui, o Mito de O Estudante, regenerador e puro, espartano e onipresente. Há que se desinflar o Mito do Estudante... E essa nossa polícia, puta que pariu, treinada nos Estados Unidos, e não serve para porra nenhuma, a não ser para bater em homem amarrado, dar choques e afogar

---

402 **TUPAC AMARU:** Líder indígena que comandou uma revolta contra o domínio espanhol no Peru no século XVIII. Descendente da linhagem inca, foi capturado e executado em 1781, tornando-se símbolo da resistência indígena e da luta anticolonial na América Latina.

403 **AUGUSTO COMTE:** Filósofo francês, considerado o pai do positivismo e da sociologia moderna. Defendia a ordem e o progresso como princípios sociais, e sua doutrina influenciou fortemente o pensamento político e científico do século XIX.

404 **MACKANDAL:** Escravizado de origem africana que liderou uma rede de resistência no Haiti no século XVIII. Conhecido por utilizar venenos contra os colonizadores franceses, tornou-se um símbolo místico de libertação, cercado de lendas sobre sua fuga e poderes sobrenaturais. É retratado por Carpentier em O reino deste mundo.

405 **EMILIANO ZAPATA:** Líder revolucionário mexicano, defensor da reforma agrária e dos direitos camponeses durante a Revolução Mexicana que morreu assassinado. Seu lema "Terra e Liberdade" marcou sua luta contra os latifúndios e a opressão rural, sendo até hoje figura central da memória popular no México.

gente em banheiras"... E Peralta já estava abrindo a maletinha Hermes para acalmar os ânimos do amo, quando chegou a surpreendente, inesperada, estupenda notícia do Estudante, encontrado onde menos poderia estar, havia sido preso, estupidamente, sem resistência ou glória, em uma barreiro do Sul onde dois guardas ingênuos – mas não tão ingênuos – haviam estranhado que viajasse um cortador de cana em uma carreta, sem calos nas mãos. A foto do indivíduo, tirada agora, coincidia com a de um certo expediente de entrada na universidade que havia sido cuidadosamente estudado pela polícia. E o sujeito estava, havia duas horas, negando, desde então, que ele era Ele, em uma célula – não queria *células*? – da Prisão Modelo. "Por Deus, que não toquem nele! – exclamou o Primeiro Magistrado–: Bom café da manhã, com arepas, manteiga, queijo coalho, feijão preto, com ovos fritos, e até mesmo um aperitivo longo – à moda do campo –, se ele quiser. E depois, que o tragam ao meu despacho. Conversaremos de homem para homem. E lhe dê minha palavra de que não pretendo usar meus poderes contra ele. Assim, a resistência será menor."

O Primeiro Magistrado havia preparado cuidadosamente seu cenário. Vestido com um paletó severo enfeitado com seda – gravata cinza-rosa, condecoração na lapela –, estava sentado de costas para a grande janela de vidros brancos que dava para o pátio central do Palácio, atrás de sua mesa, de modo que a luz batesse de frente no rosto do visitante. No centro da mesa, o clássico mata-borrão cinzento marcado com cordovão em relevo; o tinteiro com a águia napoleônica em uma base de mármore verde; o cilindro de couro obrigatório, cheio de lápis bem afiados; um peso de papel, lembrança de Waterloo; o abridor de cartas de ouro, com o brasão da República gravado no cabo; e arquivos, muitos arquivos, aparentemente desorganizados, com papéis misturados aqui e ali, como quando se está entregue a um laborioso exame de documentos. E à direita do mata-borrão, como quem não diz nada, um exemplar, com capa amarela, do manual para a criação de galinhas Rhode-Island Red... O Doutor Peralta apresentou O Estudante, com extrema cortesia, sem que o Primeiro Magistrado interrompesse um aparente cotejo de números, apontados alternadamente com uma caneta-tinteiro. Levantando sua mão atarefada, ele indicou uma poltrona para o visitante. E, depois de recolher algumas folhas, entregou-as ao secretário: "No orçamento do viaduto havia um erro de trezentos e vinte pesos. É inadmissível. Avise a esses senhores que agora eles podem encomendar dos Estados Unidos algumas dessas chamadas "máquinas somadoras"... Peralta saiu e houve um longo silêncio. Corpulento, cheio de ombros, acrescido em estatura pelas majestosas proporções da poltrona presidencial, o Primeiro Magistrado contemplava seu adversário com alguma surpresa. Onde pensava encontrar um moço atlético, com músculos endurecidos pelo handebol universitário, com rosto rígido e desafiador, como pronto para o combate, via agora um jovem magro e frágil, a meio caminho entre a adolescência e a maturidade, um pouco desgrenhado, com um rosto pálido, que o olhava de frente, isso sim, quase sem piscar, com olhos muito claros, talvez cinza-esverdeados, talvez azul-esverdeados, que, apesar de uma sensibilidade quase feminina, expressavam a força de caráter e a determinação de quem podia atuar, se achasse necessário, com a dureza dos crentes e dos convictos. E ambos se olhavam, o Mestre, o Investido, o Inamovível, e o Fraco, o Soterrado, o Utópico, sobre o fosso de duas gerações, vendo a carne um do outro pela primeira vez. Ambos acabavam sendo lamentáveis, em sua mútua contemplação. Era o de Cima, para o de Baixo, um arquétipo, um exemplar de amostra histórica, figura feita para centralizar alguns desses cartazes, produto de um folclore de criação muito recente, que ele havia fixado, para a tríade fundida em um único corpo, do Poderoso, d*O Capital*ista, do Patrono, uma imagem tão invariável e profundamente gravada nas retinas como foram, séculos atrás, as do Doutor Bolonhês, do Turlupino ou do Matamoros da *Commedia Dell'Arte italiana*. Agora, o Protagonista das alegorias revolucionárias – e O

Estudante pensava em alguns desenhos do alemão Georg Grosz[406], em uns esboços de Masreel[407] – era esse indivíduo a sua frente, de paletó e calças listradas, pérola na gravata e perfumes caros, faltando apenas a emblemática cartola com reflexos e o charuto entre ferozes caninos, para simbolizar – sentado sobre sacos de dólares que realmente existiam, embora nos cofres de um banco suíço – o Espírito da Burguesia... E era o de Baixo, para o de Cima, outro personagem folclórico, que ele media, pesava, dividia, surpreso com a necessidade de prestar atenção a um personagem de tão pouca monta. O que tinha diante de si era algo parecido – em nossa versão – com o clássico estudante dos romances russos, sonhador e doutrinário, mais niilista do que político, proletário por dever, habitante de mansões, mal alimentado, mal vestido, dormindo entre livros, com rancores atiçados pelas frustrações de uma existência medíocre. Ambos tinham a mesma origem. Mas o de Cima, pragmático à sua maneira e bom conhecedor do meio, havia tomado, com pressa impaciente, a estrada ascendente que agora estava repleta de bustos e estátuas de si mesmo; o de Baixo havia caído nas armadilhas de um novo gênero de messianismo que, em todo o continente, por um processo fatal, levavam o iludido às Sibérias do Trópico, à pouca glória do Bertillon[408], ou ao desenlace – tema para artigos de jornalistas muito futuros – do desaparecimento-que-não-deixa-rastros, com as famílias

406 **GEORG GROSZ:** Artista e caricaturista alemão conhecido por suas obras satíricas e contundentes que criticavam a sociedade, o militarismo e a corrupção da República de Weimar. Associado ao movimento dadaísta e depois à Nova Objetividade, Grosz retratava cenas urbanas decadentes com traços agressivos e figuras grotescas, expondo o colapso moral da Alemanha do pós-guerra.

407 **MASREEL:** Artista belga conhecido por suas novelas gráficas feitas com xilogravuras. Sua obra une crítica social e expressão visual intensa, destacando-se pela ausência de palavras e pelo engajamento político, especialmente em favor dos trabalhadores.

408 **BERTILLON:** Alphonse Bertillon (1853–1914) foi um criminologista e policial francês que desenvolveu um sistema de identificação de criminosos baseado em medições antropométricas, conhecido como bertillonagem. Seu método, precursor da identificação biométrica, foi amplamente adotado no final do século XIX.

dos diluídos, dos desaparecidos, tendo que ir depositar flores, em supostos aniversários, sobre túmulos sem objeto, com nome e sobrenome inscritos na tristeza, ainda pior que a de um caixão, de uma cova vazia... E em um silêncio apenas partido pelo assobio de alguma ave que brincava entre as arecas do pátio, estabeleceu-se um contraponto de vozes que não saíam para fora dos lábios. Ambos se olhavam: *Não sabe até que ponto está em seu papel / mais parece um poeta provinciano que outra coisa / absolutamente "em situação" / desses que ganham prêmios nos Jogos Florais / roupas bonitas de reluzente / figurino da "The Quality Shop" / cara de bunda / bochechas de menina / parece mais branco nas fotos: com os anos ele volta às suas origens / despenteado, gravata torta, para dar estilo a si mesmo / cheira à puta, com tanta colônia / falta-lhe dimensão, força, para ser algo / tem algo repelente em sua expressão / ele se toma por um Masaniello*[409] */ eu pensava que era mais velho / me pergunto se me olha com ódio ou com medo / suas mãos tremem: o álcool / tem mãos de pianista, mas deveria limpar as unhas / o clássico Tirano / o Arcanjo que todos nós fomos / homem de vícios e sujeira: nota-se no semblante / cara de menino que não se deitou com muitas fêmeas: intelectual punheteiro / nem mesmo um monstro: um cacique que subiu o tom / esses fracos são os piores / tudo aqui é teatro: o modo de me receber, a luz no rosto, esse livro na mesa / capaz de qualquer coisa: não tem nada a perder / não me olhe assim, que não vou baixar o olhar / apesar de valente, não resistiria à tortura / me pergunto se suportaria : há quem não possa / imagino que tenha medo / .... a tortura... / se o apertassem um pouco / tentarão me tirar nomes / para que esperar tanto? um bom susto para começar / aproxima sua mão da campainha: vai tocar / não: eu dei minha palavra / não sei se poderia resistir / falar com ele primeiro / é horrível pensar nisso, nisso, nisso... / não há que se fazer mártires, não há que se fazer mártires nessas pessoas: evitar dentro do possível / me deu sua palavra; mas sua palavra não vale merda nenhuma / todo mundo sabe, a estas*

---

409 **MASANIELLO:** Tomás Aniello (1620–1647) foi um pescador napolitano que liderou uma revolta popular contra os impostos excessivos impostos pelos espanhóis em Nápoles.

horas, que Ele está aqui, e que eu dei a minha palavra / ele vai tocar: já me vejo algemado / outros, mais duros que esse, se deixaram convencer / quando ele vai se resolver a falar? / soltá-lo e que o sigam: tem que ir a alguma parte / por que não fala comigo, porra? por que ele não abre a boca? / Está suando / Esse suor agora e eu não tenho lenço, não tenho lenço; nesse bolso também não... / tem medo / sorri / quer me propor algo: alguma porcaria / vou lhe oferecer uma bebida / certeza de que vai me oferecer uma bebida / não vai aceitar, para fingir que é puro / tomara que me ofereça uma bebida: eu me sentiria melhor / não quero me expor a que me diga não / anda, venha, isso, ouse; será uma garrafa da maletinha; todo mundo sabe o que tem dentro / no entanto, sim, eu lhe digo... E volto a dizer... Mas não parece ter me entendido: esse caminhão / creio que me disse algo sobre beber; mas não ouvi bem: esse caminhão / o bonde, agora / o bonde / não entendo o gesto / creio que não entendeu meu gesto / já nos olhamos o bastante; o livro agora para que veja que... O Primeiro Magistrado pegou o livro para a criação de galinhas Rhode--Island Red. Abriu e, colocando os óculos, começou a ler, com tom de escárnio: "*Um espectro ronda a Europa — o espectro do comunismo.*" E emendou outro, com escárnio ainda mais marcado: "*Todos as potências da Santa Aliança se aliaram para caçar este espectro: o Papa e Wilson, Clemenceau e Lloyd George*[410]". "*...Metternich e Guizot*" o outro corrigiu. "Vejo que você conhece os clássicos", disse O Estudante. "Conheço mais a criação de galinhas. Não se esqueça de que sou um filho da terra... Talvez por isso..." E se calou, perplexo com o estilo que teria que adotar naquele diálogo: não usar o estilo frondoso, de *Prece na Acrópole*, que um jovem da nova geração acharia ridículo, sem cair – o extremo oposto – no vocabulário chulo e suburbano que o degradava, embora com certo garbo, em seus íntimos colóquios com o Doutor

410 **LLOYD GEORGE:** David Lloyd George (1863–1945) foi um político britânico que serviu como primeiro-ministro durante a Primeira Guerra Mundial. Foi um dos arquitetos do Tratado de Versalhes e promoveu reformas sociais no Reino Unido, sendo figura central do liberalismo britânico.

Peralta e a Maiorala Elmira. Optou, portanto, pelo tom humanista e pausado, ignorando da costumeira intimidade entre nós, que criava, por seu exotismo nesse mundo de folia e confiança, um imediato distanciamento, maior do que o da mesa que os separava. No ator, muito senhor de seus gestos, falando entre os dentes – como Lucien Guitry[411] –, perguntou ao moço que estava diante dele, como personagem de uma tragédia oprimido pelos desígnios indecifráveis do Destino: "Por que *você* me odeia tanto?..." O Estudante, já bem ciente pelo *você* da estratégia verbal do outro / *me vem no estilo de Voltaire, quando nos conta que "teve a honra de conversar"* com uma índia de tanga... / respondeu com a voz mais mansa e gentil que lhe veio à garganta intimidada: "Eu não odeio *você*, Senhor". "Mas "atos são amores" – disse o Poderoso, sem levantar o diapasão –: As bombas aqui não foram jogadas contra os camareiros do Palácio. Então, há ódio, fúria, em *você*". "Nada contra *você*, Senhor." "Mas... e essas bombas?" "Eu não as coloquei, Senhor. Não entendo nada sobre explosivos." "Bem, *tu* não [retificou], *você*, não. Mas são colocadas por seus partidários, seus amigos, seus cúmplices / *pareceu-lhe de repente que a palavra "cúmplices" era vulgar e estava na linguagem de um relatório policial* /, seus correligionários, seus adjuntos, seus sicários / *cuidado: voltei a cair na linguagem floreada* /. "Nós não colocamos bombas, Senhor." O Primeiro Magistrado começava a se impacientar. Estava sendo encenada aqui a fábula do Lobo e do Cordeiro: "Mas quem coloca então? Quem? Você quer me dizer?" "Outros, que não somos nós. Vimos muito que os ataques anarquistas não mudam nada no mundo. Tão absurdos são Ravachol e Caserio com suas imolações voluntárias, como Bakunin e Kropotkin com suas doutrinas." "Não me venha você com bizantinismos, com argúcias do Concílio

---

411 LUCIEN GUITRY: Foi um renomado ator de teatro francês, que brilhou na comédia e na tragédia clássica, sendo conhecido por seu estilo refinado e por sua presença marcante nos palcos da Belle Époque.

de Niceia[412] / *lá se foi outra das minhas!* /, que, no caso, é a mesma coisa... Ainda supondo que não sejam vocês, quando explode um míssil no meu banheiro, vocês aplaudem." "Pelo contrário, Senhor. O pior que poderia nos acontecer, agora, é que matassem *você*. Tenho um companheiro de luta, católico e praticante – ele não tem remédio – que reza e faz promessas à Divina Pastora para nos conservar sua preciosa existência." O Primeiro Magistrado se pôs de pé, entre atônito e irritado: "Minha preciosa existência? Tô vendo que *tu* tens rins! E isso de *rins*, é eufemismo"... / *agora começou a me chamar de tu* / . "Precisamos de *você*, Senhor." O outro, o Poderoso, o Enorme, desatou a rir: "Isso, sim, que é grande: agora, então, eu sou marxista, comunista, menchevique, revolucionário e a mãe que os pariu, que é tudo o mesmo e todos buscam o mesmo: instalar-se no *Kremlin*, instalar-se no *Elysée*, instalar-se no *Buckingham Palace*, ou se sentar nesta cadeira [e ele batia no encosto da cadeira presidencial] para foder com os outros, aproveitar a vida e encher os bolsos de dinheiro. O embaixador do Tsar, que ficou aqui, esperando que tudo desmoronasse, me contou que a mulher de Lênin usava as joias, os colares, as coroas da imperatriz Alexandra"... "É magnífico que você pense assim e crie tais histórias, Senhor. É melhor que não nos entendam do que que nos entendam pela metade. Quem nos entende pela metade nos combate melhor do que aqueles que nos acham iludidos." "Mas, enfim: se eu morresse amanhã..." "Seria lamentável para nós, Senhor. Porque uma Junta Militar tomaria o poder, e tudo continuaria igual ou pior sob o governo de qualquer Walter Hoffmann, que Deus o tenha em sua santa paz." Mas... o que vocês querem, então?" O outro, com voz um pouco mais alta, mas sem apressar o tempo: "Que você seja derrubado *por-um-le-van-te-po-pu-lar*." "E depois? Você viria para tomar o meu lugar, não é mesmo?" "Eu jamais desejei tal

412 CONCÍLIO DE NICEIA: Realizado em 325 d.C., foi o primeiro concílio ecumênico da Igreja Cristã, convocado pelo imperador Constantino. Estabeleceu a doutrina da consubstancialidade entre o Pai e o Filho e resultou no Credo Niceno, marco da ortodoxia cristã.

coisa." "Vocês têm um candidato, então?" "A palavra *candidato* não faz parte do nosso vocabulário, Senhor." O Primeiro Magistrado encolheu os ombros: "Bobagem! Porque, enfim, alguém, alguém, tem que assumir o poder. É preciso um Homem, sempre um Homem, à frente de um governo. Veja Lênin, na Rússia... Ah! Entendi!... Luis Leoncio Martínez, seu professor na Universidade..." "Ele é um cretino. Já pode ir à merda, com seus Puranas[413], Camilo Flammarion e Liev Tolstói [e agora ria]. O retorno à Terra! À terra de quem? Da *United Fruit*?" O Primeiro Magistrado estava começando a se irritar com a virada de um colóquio que se atravessava em sua impaciência por levar as palavras para outro terreno: "Então, vocês pretendem implantar o socialismo aqui?" "Buscamos a maneira." "A maneira russa?" "Talvez não seja a mesma. Aqui estamos em latitude diferente, é mais fácil e mais difícil ao mesmo tempo." O presidente caminhava agora pelo escritório como se falasse consigo mesmo: "Ai, crianças, crianças, crianças! Se implantassem o socialismo aqui, em quarenta e oito horas, teriam os navios norte-americanos em Porto Araguato." "É o mais provável, Senhor." "Então? [tom protetor e ameno] Eu *te* invejo. Na sua idade, eu também pensava coisas parecidas. Mas... agora?... Veja: Joana D'Arc foi queimada quando tinha dezenove anos, porque se tivesse trinta teria dormido com o rei da França e conseguido o que conseguiu, negociando com os ingleses, sem morrer na fogueira... Vocês têm seus ídolos. Bem. Eu os respeito. Mas não te esqueças de que os gringos são os romanos da América. E não se pode lutar contra Roma. Menos ainda com gente de sandálias... [tom íntimo, agora]... Pode me falar com total confiança, como a um irmão mais velho. Eu tenho uma experiência política que vocês não têm. Eu poderia te explicar por que umas coisas são possíveis e outras não. Tudo o que eu quero é entender... Que nos entendamos... Confia em mim... Me diz." "Nem louco!", respondeu o outro em repentina risada, começando a andar pelo escritório na direção oposta à de seu

413 **PURANAS:** Textos sagrados do hinduísmo, escritos em sânscrito, que reúnem mitos, genealogias, cosmologias e doutrinas religiosas.

interlocutor, de modo que, quando um estava do lado da chaminé das lenhas falsas, o outro estava encostado no suporte, cujo espelho, colocado entre duas portas, aumentava as dimensões da sala. De repente, o Mandatário teve um gesto de desânimo, no estilo de um bom ator: "Mas é vivendo e aprendendo mesmo. Hoje, ao te ouvir falar, me dei conta, de repente, de que sou o Primeiro Preso da Nação. Sim. Não sorria. Vivo aqui cercado por ministros, funcionários, generais e doutores, todos dobrados em bajulação e curvaturas, que não fazem nada além de me esconder a verdade. Só me mostram um mundo de aparências. Eu vivo na caverna de Platão... E tu conheces isso, da caverna de Platão? É claro! Que tonto de ter te perguntado!... E, de repente, tu me chegas, cheio de fé, de ímpeto, de sangue fresco, e a frase do poeta francês me vem à mente: "Aprendo mais com um jovem amigo do que com um velho mestre!". Ah, se eu contasse com a sinceridade de homens assim! Eu cometeria menos erros! Mais ainda: estou disposto a dialogar contigo em um clima novo. Por exemplo, olha: compreendo que temos sido muito – digamos: *rigorosos* –, no que se refere ao problema universitário. Quer que o consideremos já, de frente, e que saias daqui, dentro de uma hora, com uma solução que possa satisfazer o teu pessoal? Depende de ti: fala"... O outro, indo da chaminé ao espelho: "*Commediante*"... O Mandatário, em passos irritados, foi do espelho à chaminé, perdendo a compostura de antes: "Ouça! Se você leu Alfred de Vigny, eu também li. Não me venhas fazendo o papel de Pio VII ante Napoleão. Porque antes de dizer "*Tragediante!*", saberás como soa isso." E tirou a Browning do bolso esquerdo interno de seu paletó, colocando-a sobre a mesa com o cano apontado para o interlocutor: "Então, a guerra continua?" "Ela continuará, comigo... ou sem mim." "Persistes em tuas utopias, teus socialismos, que falharam em todos as partes?" "É assunto meu... E de muitos outros." "A Revolução Mexicana foi um fracasso." "Por isso ela nos ensinou tanto." "A Rússia já fracassou." "Ainda não foi provado." Agora o Primeiro Magistrado brincava com a pistola, colocando e tirando, propositalmente, o pente de cinco balas. "Mata-me de uma vez", disse O Estudante. "Não – disse o Presidente, voltando a guardar a arma – "Aqui no Palácio, não. Sujaria o tapete." Há um silêncio. Os tomeguines[414] voltam a assobiar novamente no pátio. Dois olhares que, para evitar um ao outro, fogem para as paredes. (*Quanto tempo isso vai durar? Seria necessário endireitar aquele quadro... Situação sem saída...*) Por fim, como se fizesse um esforço, o Presidente falou: "Bem. Já que não queres te entender comigo, vou te dar três dias para abandonar o país. Peça a Peralta o que precisares. Tu podes ir para onde quiseres. Paris, por exemplo. Eu daria instruções para que uma mesada mais do que decente te fosse repassada, com toda a discrição. Não terias que te apresentar em nossa Embaixada. Teus amigos não ficariam surpresos ao te vê partir sabendo que, aqui, estás *queimado* como revolucionário... Não! Espera! Não faças gestos melodramáticos! Não estou te comprando: estou te propondo um dilema simples... – houve uma mudança de tom – Não te ofereço a Paris das mulheres e do Maxim's Restaurant, como faria com qualquer rastafari nosso. Proponho a Paris da Sorbonne, de Bergson[415], de Paul Rivet[416], que segundo parece, sabe muito sobre nossas coisas e, a propósito, recentemente publicou um magnífico estudo sobre uma múmia que dei, anos atrás, ao *Museu do Trocadero*. O resto é assunto teu: em *Saint-Étienne-du-Mont*, o senhor cumprimentará Racine, da minha parte; no Panteão, Voltaire e Rousseau. Ou, se quiseres fazer tua Prece na Acrópole no estilo bolchevique, tens, no *Père-Lachaise*, o Muro dos Federados. Há para todos os gostos... Tu escolhes." (E repetiu várias vezes o "tu escolhes" com uma entonação

---

414 **TOMEGUINES:** Pequenos pássaros nativos do Caribe, especialmente de Cuba. De plumagem escura e canto agudo, costumam viver em áreas rurais e são valorizados por sua vivacidade.

415 **BERGSON:** Filósofo francês que propôs uma concepção de tempo como duração subjetiva e contínua, em contraste com o tempo cronológico da ciência. Sua filosofia vitalista influenciou as artes, a literatura e o pensamento moderno, recebendo o Nobel de Literatura em 1927.

416 **PAUL RIVET:** Antropólogo e etnólogo francês que estudou os povos indígenas da América Latina e defendeu a teoria da origem múltipla das populações americanas. Fundou o *Museu do Homem*, em Paris.

que se tornava cada vez mais ambígua.) "Eu nada tenho que fazer em Paris", disse O Estudante, depois de uma pausa acentuada. "Deixo isso ao teu gosto. Fica. Mas, a partir de terça-feira – depois de amanhã – haverá ordens para te matar, sem contemplações onde quer que te possam encontrar." "Minha morte seria uma péssima publicidade para você." "Filho: a Lei da Fuga é uma mentira universalmente aceita. Como a do suicídio do fugitivo, ou aquele que se enforcou em sua cela porque esqueceram de lhe tirar os cadarços dos sapatos. E isso acontece nos países mais civilizados, mesmo que eles tenham magníficas Ligas de Direitos Humanos e outras instituições igualmente respeitáveis para salvaguardar a Liberdade e a Dignidade do Indivíduo... Ah! E te aviso que contigo cairiam todos aqueles que te deram abrigo, com família e tudo. Entendido?", "Posso ir?" "Vá a merda! E prepara teu epitáfio: *Aqui jaz quem morreu por ser idiota*." O Estudante se levantou. O Primeiro Magistrado fez um gesto de despedida, não querendo se arriscar ao lhe estender a mão por medo do desprezo: "Não sabes o quanto eu sinto. Um jovem tão valioso como tu. O pior é que eu te invejo: se eu tivesse a tua idade, estaria com os teus. Mas tu não sabes o que é governar esses países. Não sabes o que é arar com um material humano que..." A imagem do Primeiro Magistrado desapareceu em uma avalanche de vidros quebrados. O espelho que a refletia, as prateleiras, os quadros, a lareira, haviam desmoronado em uma multidão de limas, ripas quebradas, madeira dourada, lascas, papéis, depois de um estrondo daqueles que, fazendo os ouvidos gemerem, parecem ressoar depois no peito e na barriga. O Presidente, muito pálido, afastando a poeira de gesso que deixava seu paletó tão branco quanto a camisa de um padeiro, olhava os destroços. O Estudante havia caído no chão. Agora ele se apalpava para ver se suas mãos estavam manchadas de sangue. Seu rosto, acima de tudo, pois muito lhe importavam as mulheres. "Nada... Hoje nós nascemos", disse o Presidente. "E agora você acha que sou idiota o suficiente para jogar bombas em mim mesmo?", disse o outro, levantando-se. "Agora, sim, eu acredito. Mas isto não muda nada. O que te disse e nada mais." O ambiente estava se enchendo de gente: criados, funcionários, guardas, a Maiorala Elmira, as secretárias. "Saiam por aqui", disse o Primeiro Magistrado, levando O Estudante a uma salinha contígua, toda rosa, adornada com gravuras finamente licenciosas, com um amplo sofá de muitas almofadas, de onde descia, para a rua, uma estreita escada em espiral da qual muito se falava na cidade: "É por aqui que entram as moças?" "Na minha idade, eu ainda os tenho muito bem postos. Agorinha te deste conta disso." E, colocando uma mão em seu ombro: "Para ti, eu devo ser algo como um Calígula... não?" "Mais como o cavalo de Calígula", respondeu o outro, com uma incrível insolência, antes de descer os degraus com a agilidade de um esquilo... O Primeiro Magistrado estava tão estupefato que, quando o Doutor Peralta apareceu, só conseguiu lhe dizer: "Abra lá embaixo... E que o deixem ir em liberdade." "Aqui está a caixinha de primeiros socorros, senhor." "Não acho que será necessária... Não tenho nada... Nada... Nada." E tocava seu corpo, dei peito a joelhos, sem encontrar dor nem umidade sob seus dedos.

Dezesseis

> ...há maior honra e segurança na
> resistência do que na fuga.
> — DESCARTES

Em março daquele ano, foi necessário prorrogar a Moratória, porque, se não tivesse sido prorrogada por decisão oficial, a moratória teria sido prorrogada, alongada, esticada, levada aos limites do calendário por todos aqueles que haviam se acostumado com seu gerenciamento. A traquinagem, a má-fé, a trapaça, os truques aliados à insolvência eram protegidos pela palavra mágica, reconfortante – e um tanto sepulcral – palavra Moratória. Ninguém pagava nada. Os vizinhos de pensões e cortiços recebiam os cobradores de aluguel a pedradas e pauladas, soltando os cachorros para maior informação. Os comerciantes das Canárias, os ambulantes da Síria, os negociantes a crédito, eram acusados de anarquismo pelas donas de casa, certas de que havia um policial por perto, quando insistiam demais em apresentar uma conta muito atrasada para a venda de rendas e roupas íntimas. Compravam-se coisas a prazo para serem penhoradas no mesmo dia, tirando daqui para cobrir ali, recorrendo-se ao agiota e ao prestamista, em um perpétuo emaranhado de papéis, de assinaturas, de vigarices paradas à beira da denúncia, vivendo-se de expedientes e milagres, de rifas e de usuras, com tamanha circulação de cheques sem fundos que mesmo aqueles que ainda tinham a reputação de serem ricos tinham de pagar tudo em dinheiro.

Com todas essas, ocorria que a cidade nova *decrescia* – essa era a palavra: decrescia – tão rapidamente como se tivesse crescido. O grande se apequenava, se achatava, se encolhia, como se regressasse ao lodo da fundação. Ressecando em uma repentina miséria, os ambiciosos arranha-céus da cidade – agora mais arranha-névoas do que arranha-céus – pareciam menores à medida que os andares superiores eram desocupados, abandonados por empresas falidas – andares opacos, sem luminosidade pelas manchas de umidade, a tristeza dos vidros sujos, a solidão de estátuas que haviam se manchado em semanas. Despintados, descuidados, os edifícios se tornaram parte de um tipo de cinza urbana que degradava, emporcalhava, envelhecia o que um dia era moderno para ser envolvido na velhice do que já era velho no início do século. Os portais da Bolsa de Valores, sonolenta e quase deserta, haviam se transformado em um mercado de pássaros cantores, papagaios e *morrocoyes*, com barracas de saladas e milho, oficinas de sapateiros emendadores, afiadores de facas, vendedores de preces e amuletos, e consultas de curandeiros com ervas da mata. (*"Procê, para o açúcar no sangue, um cozimento de manjericão roxo; procê, para a asma, charutos de enrolamento duplo; procê, para o tumor que sai do braço, água de coco com gim holandês; procê, comadre, para a lua atrasada, um chá de cundiamor, com duas folhas de semieira, aí, dispensando o modo de demonstrar apontar, onde se abre a piriquita..."*) *"Os Mercadores do Templo"*, suspirava, bíblico, o Primeiro Magistrado. "Apesar do Tratado de Versalhes, a Europa vai mal – disse o doutor Peralta, à guisa de consolo, sonhando com outra guerra, longa, boa, saborosa, talvez mais próxima do que ele pensava: Wilson, com seus Quatorze Pontos, ferrou todo mundo." Mil avisos de saldos e liquidações cantavam o Réquiem dos comércios. Abandonadas por seus empreiteiros, umas edificações que apenas começavam a mostrar seus dentes de leite – paredes incipientes que não chegavam à altura de um homem – já eram, por toda parte, as ruínas do abortado, presença do que não chegou a ser, a recorrência do que havia começado – salas sem teto, escadas sem remates, colunas involuntariamente pompeianas –, enquanto as vastos urbanizações, subdivisões, loteamentos de terrenos, eram reconquistados pelas ervas que haviam descido das montanhas: Gramíneas que retornavam à Capital com sua escolta de campânulas e plumas festivas; e, atrás das Gramíneas, as Matas, e atrás das Matas os Caules, as Samambaias Arborescentes, as criaturas vegetais do Pronto Andar e do Pronto Crescer, sombreando as pequenas áreas rochosas onde as Cobras Exiladas já estavam voltando para desovar no frio. Enquanto isso, as colinas que cercavam a cidade se encheram de barracos de lata, tecido impermeável, tábuas de embalagem, jornais endurecidos com cola e grude, tudo sustentado por escoras e forquilhas, na encosta do morro, em equilíbrios impossíveis que se partiam, com colapsos de pisos e quedas de famílias inteiras nos barrancos, com as esperadas chuvas de primavera, com quedas de um lado a outro da colina, em planícies e a queda de famílias inteiras nos barrancos. Esses aglomerados eram a *Villamiseria*, a *Hambresola*, as *Favelas*, de cujas alturas se podia contemplar, todas as noites, com a visão de um espectador em uma poltrona no paraíso, o panorama da cidade iluminada – as casas de prataria e vidro lapidado, da grande filatelia e das adegas com garrafas datadas, onde ainda havia quem pensasse em organizar tômbolas para a Preservação das Igrejas Coloniais ou em eleger alguma Rainha da Beleza para nos representar (*criolla*, mas não muito "torradinha", é claro) no Certâmen Internacional de Coral Gable, de onde veio a valsa *On Miami Shore*, tocada em todos os lugares... Naquele ano, as usinas de açúcar haviam suspendido a moagem mais cedo. Deixadas à própria sorte, as seringueiras fecharam suas feridas nos emaranhados das selvas do sul. Houve novas greves no Norte, tumultos nas serrarias de *Ciudad Urrutia*, confrontos sangrentos entre mineiros e o exército em Nova Córdoba. Vários grupos armados, liderados por pequenos chefes cujos nomes eram desconhecidos até ontem, percorriam as serras do Sul, queimando fazendas, saqueando armazéns, assaltando quartéis – donos, por dois dias, por três dias, de cidades onde faziam o prefeito, os comerciantes e os notáveis dançarem, disparando tiros no chão para animar mais o sapateado. As autoridades de certas províncias já não podiam nada contra as pessoas levantadas que – caso observado várias vezes na história do país – despertava de uma mansidão, uma sonolência, uma resignação de trinta anos para passar, de repente, quando menos se esperava, a uma violência que os sociólogos daqui consideravam estranha à bondade congênita, característica do temperamento nacional. Camponeses com malária e esquistossomo, calçados com sandálias de couro, os olhos afundados pela doença, agora atacavam – montados em cavalos mordidos de mosquitos e carrapatos, misérias de matanças e apreensões – contra os brilhantes, suntuosos cavalos de Kentucky da Guarda Rural. Eram combates de trabucos contra mausers, de facas e aguilhões de camponeses contra os afiados facões dos regulamentos. Nas cidades maiores, a telha, o tijolo, a pedra e, às vezes, a dinamite, lutavam contra o chumbo... Tudo isso confinava o Primeiro Magistrado a uma ilha, ilha com torres de vigia, mirantes, muitas grades e enfeite de palmeiras simétricas, que era o Palácio Presidencial – aonde chegavam tantas notícias misturadas, contraditórias, falsas ou verdadeiras, otimistas ou tingidas de preto, que já era impossível fazer um relato claro, geral, cronológico do que realmente acontecia. Quem quisesse minimizar uma derrota sofrida, aumentava a importância do fato, falando de encontros com foragidos e ladrões de gado, onde se havia enfrentado uma verdadeira força popular; quem quisesse justificar sua impotência, agigantava o fluxo de energias adversas; quem quisesse esconder sua falta de informação, fugia da realidade. "Vocês me fazem pensar" – dizia o Primeiro Magistrado, irado – "naqueles generais europeus que, quando perdem uma batalha, falam de *recuos estratégicos e retificação de linhas*, maneiras elegantes de admitir que levaram uma tremenda surra." E caíram governadores, caíram chefes de guarnição, caíram líderes de uniformes ou de chapéu panamá, em um jogo contínuo e repetitivo de demissões, reposições, substituições, cargos tirados e devolvidos, missões ingratas confiadas àqueles que queriam ficar em casa, renúncias exigidas por telegrama, telefonemas para antigos colaboradores caídos em desgraça, discursos patrióticos, exortações à harmonia nacional. E a ilha do Palácio se tornava cada vez mais uma ilha, dia a dia, com sua compactação cada vez maior de servidores do Governo que, dentro das paredes de boa pedra colonial, sentiam-se como que abrigados, defendidos das forças contrárias que, como uma onda impulsionada por furacões distantes, de trajetória ainda imprevisível, batiam nas guaritas, brechas e parapeitos, onde reluzia, a todo momento, o metal azulado das armas longas. Já havia sacos de areia – precaução nunca é demais – nos telhados do prédio. Havia cheiro de atentado no ar. Uma porta, repentinamente batida pelo vento, a arrancada brutal de uma motocicleta, um raio caindo em seco, sem aviso de chuva – como tantas vezes acontecia nesses meses – promoviam tais sobressaltos que os "não sejam pentelhos!" da Maiorala Elmira ecoavam na vastidão das galerias fortemente vigiadas com a reiteração de um *leitmotiv* em uma ópera wagneriana. "Aperte, Presidente, aperte. Há que se apertar mais", dizia Peralta quando uma contingência desagradável vinha para ofuscar o decurso de um novo dia. Mas o grave agora era que não se podia *apertar* onde talvez fosse mais previsto fazê-lo, porque, junto à ilha do Palácio, outra ilha havia nascido na cidade – sumamente próxima e, no entanto, intocável –: ilha amarela, sobrecarregada demais com molduras e entalhes – estilo plateresco[417] passando por Califórnia – que crescia e crescia no quarteirão onde, quase ao lado, abriam-se as sombras frescas do *Cleveland Hotel*, da *Grocery* com cheiro de xarope de bordo, do adormecido *Clearing House*, o *Sloppy-Joe's Bar* e várias lojas de *Curios* e de *Souvenirs* que, na ausência de artesanato típico – muito músico, nosso povo tinha pouco senso plástico – vendiam mantas de Oaxaca, maracas de Havana, cabeças reduzidas à

---

417 **ESTILO PLATERESCO:** Corrente arquitetônica e ornamental que floresceu na Espanha entre o final do século XV e meados do século XVI. Mistura elementos do gótico final com influências renascentistas italianas e mudéjares, criando fachadas ricamente decoradas com arabescos, colunas, medalhões, grinaldas e figuras mitológicas.

maneira *jívara*[418], pulgas vestidas – cenas de casamentos e funerais – em metades de cascas de nozes, abotoaduras de charro e outras coisas que nunca haviam sido fabricadas no país, junto a arqueologias de manufatura enganosa. E essa ilha estava centrada no *American Club*, onde – e isso era sabido por informantes seguros – entre partidas de pôquer, reuniões das Filhas da Revolução, encontros de maçons com fez turco, celebrações do *Independence Day*, do Thanksgiving, do 4 de julho e do Halloween – faixas estreladas e crianças com máscaras de abóbora – considerava-se severamente a crise do país, a desordem, a falência, chegando-se à estupefata, à incrível conclusão de que, nestes momentos, por falta de algo melhor, o Homem-Providencial – o prego ardente, diríamos – poderia ser Luis Leoncio Martínez, o derrotado de Nova Córdoba, repentinamente, surpreendentemente, bem visto pelo Departamento de Estado Norte-americano. "Embora a coisa tenha sido mantida em segredo, Ariel sabe porque esteve vários dias em Washington – apontou Peralta – O que prova, uma vez mais, que na política não há inimigo morto." O Primeiro Magistrado refletiu em voz alta: "Esses, *esses*, cujos interesses eu defendi como ninguém; *esses*, que conseguiram de mim tudo o que queriam, agora me atribuem todo o mal que acontece no país. E não querem admitir que a crise não é nossa: é geral, é universal. Que olhem para a Europa, onde não fizeram nada além de armar o maior rebu dos diabos, desorganizando o mapa, arruinando moedas, criando nacionalidades artificiais; um caos, eu digo, *um caos*. E agora querem consertar as coisas aqui usando o professor idiota". "Eles pensam que, com uma mudança – o eterno Mito da Mudança –, vão endireitar o torto... Pensam, talvez, que estamos ultrapassados, que estamos nos tornando '*vieux-jeu*'", gemeu Peralta, enquanto o Mandatário voltava a

418 JÍVARA: Os jívaros são um povo indígena da região amazônica, especialmente do sudeste do Equador e norte do Peru. Eram conhecidos pela prática ritual que consistia em remover a cabeça dos inimigos derrotados, extrair o crânio e realizar um processo elaborado de defumação e costura que encolhia a pele e preservava os traços faciais. Essa prática tinha um significado mágico e simbólico, ligada à captura do poder do inimigo e à proteção espiritual da comunidade.

uma ideia fixa que, há uns dias, lhe tirava o sossego. "Fui estúpido em não derrubar O Estudante aí, quando o tinha na minha frente, como estou te vendo agora. E com a *Browning* sobre a mesa. Um gesto. E, para o público: *Ele quis me atacar e eu me defendi*. Um tiro disparado pela Maiorala Elmira contra a ombreira direita do meu paletó pendurado em um cabide, para eu vestir depois. E uma boa foto do outro, caído no tapete, vítima infeliz do meu legítimo instinto de conservação. Tudo evidente. Tudo comprovado. E os primeiros aplausos soariam no *American Club*." "Nada seria remediado com isso." "Mas O Estudante segue aí: não foi embora. Nossa polícia, hoje como ontem, é incapaz de capturá-lo. E ele segue publicando seu pequeno libelo em *papel-Bíblia*." "Jornal lido, acima de tudo, pelos sócios do *American Club*. Porque o público-alvo mal sabe ler. Suas ideias são complicadas demais para nossa gente de sandália e macacão." "Não entenderão muito bem as ideias do homenzinho, mas têm fé nele." "Bah! De forma abstrata. É *Alguém-que-vem-para-remediar-algo*. Outra vez, o Mito da Mudança! Mas falta-lhe carne, falta-lhe imagem, falta-lhe palpabilidade. Tem mais presença para nossos camponeses, esse Santo Expedito, ignorado pelo calendário, a cujo poder recorrem quando querem algo imediatamente, rezando diante de uma gravura – impressa em Paris, por sinal – em que se vê o Milagroso, desconhecido pela Igreja, brandindo uma espada com a palavra *H o d i e* – *hoje*, mas o povo diz: *F o d e* – escrita no aço." "E você acha que Leoncio tem mais apelo popular do que O Estudante?" "Nenhum. Mas justamente porque os gringos têm medo do Estudante – e, mais do que qualquer outra coisa, das ideias que ele representa – eles apoiam o homem de Nova Córdoba. O indivíduo pouco importa. Mas vem para personificar um tipo de *Democracia* que eles invocam toda vez que querem mudar algo na América Latina." "Coisa de vocabulário." "Cada um tem o seu: eles falam de *Defender a Democracia*; nós, de *Defender a Ordem Estabelecida*"... O Primeiro Magistrado voltava a refletir em voz alta: "Podemos, talvez, tocar em um acorde de honra nacional: interferência inaceitável dos ianques nos assuntos internos do país... Nosso povo odeia os gringos." "Nosso povo, sim; mas nossa burguesia sempre se acomoda com eles. Para nossa gente com dinheiro, o Gringo é sinônimo de Ordem, Técnica, Progresso. Os filhos de famílias que não estudam com os jesuítas de Belém estão em *Cornell*, em *Troy*, quando não em *West Point*. Somos invadidos – e você sabe disso – pelos Metodistas, Batistas, Testemunhas de Jeová e pela *Christian Science*. As Bíblias norte-americanas fazem parte do mobiliário de nossas casas ricas tanto quanto o retrato de Mary Pickford[419] em uma moldura de prata, com seu habitual *Sincerely yours* estampado com um carimbo." "Estamos pedindo todo o caráter: já nos afastamos demais da Mãe Espanha." "Não conseguiremos nada deplorando isso. Não lhe falta coragem e você já enfrentou tempestades piores. Mais perigosos eram seus generais Ataúlfo Galván e Walter Hoffmann, que tinham parte do exército consigo. Pelo menos não temos levantes militares à vista." "Isso é verdade: conto com o Exército. Sem dúvida." "E os ianques sabem disso, Presidente; os ianques sabem disso"... Nisso, começou a tocar uma música de cordas, lenta, suave, mas bem amarrada pelos arcos atrás dos flamboyants do Parque Central. "Eles já começaram! – gritou o Primeiro Magistrado –: "Elmirinha disse que estão trazendo mau-olhado... Feche essa janela, Peralta!"... E o secretário fechou a janela, subitamente inserido na rotina diária dos Negócios da Morte, únicos negócios florescentes administrados, nesses tempos de crise, por homens hábeis, bem conhecedores de uma clientela sempre segura, movidos por ancestrais angústias escatológicas diante da ideia do *Sono-sem-Despertar*. No país inteiro, por um processo sincrético de tradições em que o mais extremo – nosso primeiro Conquistador era oriundo de Cáceres, como Pizarro – havia se misturado com o índio, os ritos funerários eram complexos, elaborados e prolongados. Quando

---

419 **MARY PICKFORD:** Atriz canadense pioneira do cinema mudo, conhecida como "a namoradinha da América". Co-fundadora da *United Artists* e da Academia de Artes e Ciências Cinematográficas, foi uma das primeiras estrelas a exercer controle sobre sua carreira e produções.

havia um falecido em um vilarejo, a vizinhança invadia a casa, transformando o velório em um ato coletivo de grande repercussão, com assembleia de homens nas portas, pátios e calçadas, fundo dramático de choros e prantos e soluços e desmaios de mulheres, sem faltar, durante toda a noite, serviços de café preto, chocolate em xícara, vinhos ordinários e fortes cachaças, em um grande teatro de abraços emocionados, orações e lamentos ao redor do ataúde – e as espetaculares reconciliações de famílias que ontem eram inimigas e que se reencontravam depois de anos sem se ver, em uma ocasião tão solene. Em seguida, eram lutos, meio luto, um quarto de luto, lutos de nunca acabar e, no caso de uma viúva de boa aparência, era observado até novo casamento. E isso subsistia na importância capital de hoje, ainda que o cenário tivesse se transformando. Os mortos já não eram mais depositados e velados nas casas, mas em estabelecimentos funerários, cada vez mais numerosos – quanto maior a população, maior o número de falecidos – que competiam em oferecer mais luxos e inovações àqueles que os favoreciam. E, pouco a pouco, essas funerárias haviam se multiplicado no centro da cidade, formando um cerco sombrio ao redor do Palácio Presidencial – com caixas em perpétuas idas e vindas, transporte de flores, movimentos de anjos e cruzes, cavalos com capas pretas, veículos com carrocerias de vidro, chegadas noturnas de anatomias mortas envoltas em lençóis verdes... Mas a mais extraordinária de todas acabara de inaugurar bem perto dali, ao lado do Ministério do Interior, com uma tinturaria adjacente, uma imitação de um *Deuil en vingt-quatre heures*[420] que havia em Paris, atrás da Madeleine, na esquina da *Rue Tronchet*. O mais notável, em *La Eternidad*, era que as famílias podiam escolher, para receber condolências e pêsames ao pé do caixão, um estilo de mobília, decoração e ambiente. Havia a Sala Colonial, Sala Império, Sala do Renascimento Espanhol, Sala Luís XV, Sala Escorial, Sala Gótica, Sala Bizantina, Sala Egípcia, Sala Rústica, Sala

---

420 "Duelo de vinte e quatro horas"

Maçônica, Sala Espiritualista, Sala Rosa-Cruz, com cadeiras, emblemas, ornamentos, símbolos, ajustados ao caráter da capela funerária. E, se assim fosse a vontade dos usuários, como uma grande inovação trazida dos Estados Unidos, o velório era acompanhado por música de estilo nobre e sereno, sem contrastes de intensidade ou andamento – embora nunca totalmente fúnebres –, tocada por quartetos ou pequenos conjuntos de cordas com harmônio, defumados por incenso, escondidos atrás de uma treliça de sempre-vivas ou das coroas de flores montadas em cavaletes, cujo repertório se concentrava na *Meditação de Thaïs*[421], *O Cisne*, de Saint-Saëns, a *Elegia* de Massenet, a *Ave Maria*, de Schubert, e a outra, de Gounod[422], tocada e retocada, sem descanso, desde a chegada da urna até sua partida para o cemitério. Quando essas melodias entravam no Palácio nas primeiras horas da manhã, o Primeiro Magistrado, exasperado por ouvir o mesmo do mesmo, cem vezes repetidas – mais alto quando ainda não havia trânsito de automóveis no Parque Central –, ordenou que todas as janelas fossem fechadas, mesmo que estivesse perseguido, interiormente, pelas melodias que continuavam soando dentro de seu crânio. E só conseguia voltar a dormir recorrendo ao Santa Inês da maleta Hermes, sempre colocada na cabeceira de sua rede... E como ela estava ali há semanas e semanas, uma manhã ele se sentiu ensurdecido, mas ensurdecido de silêncio – de um insólito silêncio. As janelas haviam sido abertas, no início da manhã, pela Maiorala Elmira, mas a brisa entrou em seu quarto, leve, ainda cheirando aos verdes do amanhecer, sem o peso da *Elegia*, do *Cisne*, da *Meditação* ou das *Ave-Marias*. "Algo estranho está acontecendo – disse a si mesmo. E algo estranho, muito estranho, acontecia de fato: o nunca visto, o nunca lembrado

---

421 *MEDITAÇÃO DE THAÏS*: Interlúdio instrumental da ópera *Thaïs*, composta por Jules Massenet em 1894. Interpretada por violino solo com acompanhamento de orquestra, marca o momento de conversão espiritual da protagonista.

422 GOUNOD: Charles François Gounod (1818–1893) foi um compositor francês célebre por suas óperas e obras sacras. Seu trabalho mais famoso é a ópera *Fausto*, baseada na obra de Goethe. Também compôs a popular Ave Maria sobre o Prelúdio nº 1 de Bach.

– mesmo pelos anciãos que mais se lembravam. A capital começou seu dia – aquele dia – em silêncio, um silêncio que não era apenas o da funerária, silêncio de outras épocas, silêncio de madrugadas remotas, silêncio de quando as cabras pastavam nas ruas principais da cidade; silêncio quebrado apenas por um relincho distante, a tosse de uma coqueluche, o choro de uma criança. Não passavam ônibus. Não tilintavam bondes. Não rodavam os carros de leite. E o que era mais estranho ainda, as padarias e cafés, negócios madrugadores, não haviam aberto suas portas, enquanto as lojas permaneciam com suas cortinas de metal fechadas. Uma total ausência de anúncios – sem churros quentinhos, sem tamarindos para o fígado, sem ostras frescas de *Chichiriviche*, sem tamales de boa massa, nem a corneta do vendedor de rabanadas... – anunciava eventos de extrema gravidade, com aquele encolhimento das coisas, aquela expectativa medrosa, latente, indefinida, que geralmente é observada – embora seja um aviso que nunca é dado – na véspera de grandes terremotos ou erupções vulcânicas. (As árvores da região de Paricutín *tiveram medo*, se acinzentaram em seus silenciosos terrores, muitas semanas antes de que avançasse em sua direção, lenta, inexorável, uma lava que já borbulhava surdamente sob suas raízes...) "Mas.... O que está havendo? O que é isso?", perguntou o Primeiro Magistrado ao ver o Doutor Peralta entrar em seu quarto, seguido por Ministros e Militares que, violando abruptamente sua privacidade, atropelavam o protocolo: "Greve geral, senhor Presidente!" "Greve geral? Greve geral?", ele perguntava (se perguntava) como se estivesse atordoado, sem entender os outros, sem entender a si mesmo. "Greve geral. Ou se preferir: *paralisação geral*. Tudo está fechado, ninguém foi trabalhar." "E os funcionários públicos?" "Não há ônibus, bondes, nem trens"... "E não há uma alma sequer nas ruas", disse a Maiorala Elmira, abrindo caminho entre ternos e fardas. O Primeiro Magistrado apareceu no balcão. Os cachorros do Palácio, levados por um cabo da guarda, mijavam em volta da fonte no Parque. Mas os cães não têm alma. Eles não eram *almas*. E aquela Funerária, sem música... Ele se virou para os presentes com a pior das caras: "Greve geral, não é? E vocês não sabiam de nada?" Os demais começaram a falar de forma apressada, em um entrecruzamento de intrincadas explicações, esclarecimentos, isenções – "lembram que eu disse", "lembram que eu avisei", "lembram que, no último Conselho, eu..." – que não chegavam a constituir um argumento convincente. Até agora, apenas no interior da República – em Nova Córdoba, nos portos... – haviam sido vistas verdadeiras greves; aqui, as convocações para paralisações nunca haviam tido grandes consequências; naqueles dias, certamente, haviam sido distribuídos papeizinhos, panfletos, folhas clandestinas; além disso, as greves de peões, carregadores, caminhoneiros, etc., eram coisas pregadas pelo Estudante, e todos nós sabíamos que os comerciantes, os empregados das lojas, as pessoas de classe média, nunca haviam prestado atenção aos chamados e emblemas do Estudante; os homens de ordem e trabalho não se sentiam mencionados naquele *Proletários de todos os países* porque em nada se sentiam *proletários*; e eu estava ausente da capital, e eu tive que levar a família para Bellamar, e eu não podia imaginar, e, no entanto, minha filha me contou... (*não nos importa um puto o que sua filha contou...*); além disso, nunca, nunca, nunca, na história do Continente, houve uma greve de pessoas de colarinho e gravata; esses cochichos eram coisa de meliantes, e não íamos dar ouvidos a todos os rumores; minha filha me contou que as freiras de Tarbes... (*não me encha mais com sua filha...*), eu sempre disse que a Campanha de Boatos, as falsas epidemias, o cavalo de madeira no aqueduto, as ameaças de morte, as caveiras enviadas pelo correio, enfim, eu sempre disse que... "E já que estamos falando de mortos – disse Peralta, interrompendo o ruído das vozes que se elevavam umas sobre as outras – ...o mais inesperado, o mais insólito, é o que A Maiorala conta: todos os funcionários das funerárias aderiram ao movimento. E não apenas os músicos de *La Eternidad*, mas também os que preparam o morto, os cocheiros e motoristas de Pompas Fúnebres, os enterradores, os coveiros, os agentes. As famílias têm de velar em casa os que morreram ontem à noite, porque não há quem venha para carregá-los." "Pelo menos, os que morreram ontem à noite não aderiram à greve", disse o Primeiro Magistrado, subitamente apaziguado –: "Pelo isso mesmo, para que não se aborreçam no Além, vamos lhes dar alguma companhia. Eles merecem uma recompensa. – Houve um silêncio expectante: "Vamos falar curto e grosso... Para Elmira, que traga café."

Eram cerca de dez horas da manhã quando saíram às ruas automóveis de rápida circulação, carros de ligação dos quartéis dos bombeiros, motocicletas com *sidecar*, levando policiais, uivando com megafones de couro e buzinas de alumínio, do tipo usado em competições esportivas, para avisar aos lojistas com ouvidos para ouvir que aqueles que não abrissem suas lojas antes das duas horas, com ou sem funcionários, seriam privados de suas patentes e punidos com multas e prisões; os estrangeiros de origem – mesmo que já estivessem naturalizados há muito tempo – seriam expulsos do país. As advertências intimidadoras foram repetidas e repetidas até que a Catedral soasse doze badaladas. "Pelo menos o sineiro não está em greve", observou o Presidente. "É que lá instalaram um mecanismo elétrico", explicou Peralta, logo se arrependendo de ter dito o que poderia ter sido interpretado como uma piada. "Vamos esperar". Agora A Maiorala trazia garrafas de conhaque e gim holandês em frascos de barro, com charutos *Romeu e Julieta* cigarrilhas de Henry Clay. O Primeiro Magistrado, a cada meia hora, no mínimo, tirava o relógio para ver se já havia passado uma hora. Uma. Duas horas. De *La Eternidad* saiu um caixão, levado nos ombros por pessoas de luto – da família, certamente – que, a pé, tomaram o caminho do cemitério. E, às três horas, reinava o mesmo silêncio em toda a capital. Apenas alguns comerciantes cantoneses haviam aberto suas lojas de leques, biombos e marfins, com medo de serem mandados de volta para uma China que era, agora, a do Kuo-Ming-Tang e dos Senhores da Guerra... De repente, o Presidente, rompendo a longa espera, dirigiu-se, resoluto e categórico, ao Chefe do Exército: "Metralhar as lojas fechadas." Continência e calcanhares juntos... E, quinze minutos depois, soaram as primeiras rajadas, disparadas contra cortinas de metal, ferro ondulados, faixas, mostruários e vitrines. Nunca havia sido travada uma guerra de forma tão leve. Nunca os soldados de infantaria haviam se divertido tanto quanto nesse campo itinerante de tiro onde, sempre sem mirar, atirando de lado, acertavam alguma coisa – uma magnífica batalha sem risco de resposta em chumbo. E era um massacre de gente de cera – noivas de cera com buquês de cera; cavalheiros vestidos de fraque e com perucas em crânios de cera; amazonas, jogadores de golfe e de tênis, em cera muito clara; a camareira, em cera menos clara, vestida à moda francesa; o criado, como o nosso Sylvestre de Paris, mas em cera mais escura que a da mucama; o coroinha, o cardeal, um jóquei, para figuração, todos em tons de cera adequados ao seu ofício... – sem esquecer as Virgens e os Santos que, trazidos do bairro de Saint-Sulpice, eram oferecidos, com mantos de gesso policromado, auréolas e outros atributos, nas lojas que vendiam missais e artigos piedosos. Além dos 30/30 dias, atiraram os *mausers* da tropa e até algum velho fuzil Lebel, retirados dos fundos do Arsenal. E, nessa grande Batalha-contra-as-coisas, as vidraçarias desmoronavam, as louças encomendadas para presentes de casamento voavam, os frascos de perfume estouravam, os vasos, as porcelanas, qualquer coisa da Saxônia ou de Murano, as panelas de barro, os potes e as garrafas, e até mesmo os vinhos espumantes, que, explodindo com a energia liberada, quebraram garrafas vizinhas. Durou várias horas o assalto às lojas de brinquedos, o tiroteio de mamadeiras, o fuzilamento de Buster Brows e Mutt & Jeff, a defenestração dos fantoches, a matança de cucos suíços, a Profanação da Ostra, a segunda decapitação de um São Dionísio que, já com a cabeça na mão, viu-a cair no chão, tendo sido atingida, no meio da bochecha, por uma bala de grosso calibre... Mas, apesar de tantos afazeres e afãs, caiu uma noite na cidade sem iluminação pública, sem postes nos parques, sem anúncios de publicidade, sem lampiões acesos – ainda restavam alguns a gás, do tipo sereno e de mecha, nos bairros pobres –, nem mesmo uma lua, pois estávamos no quarto minguante e com o tempo nublado. Aquela foi uma longa, uma noite interminável noite, uma lúgubre noite deitada sobre uma cidade inerte, calada, como se estivesse deserta, abandonada sob uma metralha – ainda soavam rajadas intermitentes, aqui e ali –, que não era sua. Percebeu-se, naquelas horas de expectativa, de não-saber-o-que-o-dia-próximo-trará, que certos silêncios, silêncios anteriores ao surgimento de qualquer voz, de qualquer letra, podem ser mais angustiantes do que o clamor de um profeta, do que o delírio agoureiro de um louco... (E no entanto, em muitas casas, casas mudas, de cortinas corridas, de persianas apertadas, casas de ministros, de generais, casas de Gente do Poder, em sótãos, em desníveis, em quartinhos dos fundos, agia-se, sob luzes de lanterna, de lampiões antigos, de velas levadas no alto, para esconder coisas, tirar joias das baús, fechar caixas, tirar o pó de malas, costurar notas de banco – dólar, acima de tudo – nos forros, nas lapelas, nas saias, nos ternos, nos casacos e nas capas, em antecipação a alguma fuga necessária... Amanhã, as crianças seriam mandadas para as praias do Atlântico [*estavam anêmicas; prescrição médica*]; muitas famílias seriam dispersadas nas províncias e cidades do interior [*vovozinha doente; vovozinho com noventa e sete anos*], devolvidas ao casarão ensolarado, às casas de origem [*minha irmã teve um parto ruim; a outra anda mal da cabeça*], esperando o que pudesse acontecer. Enquanto isso, nas cozinhas, sem mais claridade que a dos cigarros que, a cada tragada, desenhavam um rosto, os homens, quanto mais fumantes, mais comprometidos, reunidos em torno de garrafas de rum, de uísque, que buscavam tateando para encher os copos, discutiam a situação. Um pânico surdo, contagioso, crescente, ruminado de mil maneiras, enchia a escuridão, colocando um suor de medo nas têmporas e na nuca...). As Ursas e as constelações foram apagadas em um amanhecer cinzento, e a capital seguia em silêncio. O país inteiro seguia em silêncio. A metralha tinha sido inútil. O sol estava se infiltrando lentamente nas ruas, trazendo pequenos brilhos dos vidros quebrados que cobriam as calçadas. E agora, para coroar tudo, o Chefe da Polícia podia ver que seus homens estavam aterrorizados. Não teriam ficado tão encolhidos, tão mal-humorados, depois de uma luta de rua, um assalto a barricadas, um confronto entre infantaria e cavaleiros, um ataque, ombro a ombro, a uma multidão armada com paus, varas, canos de ferro e até algumas armas de fogo – pistolas velhas, em geral; rifles de caça, escopetas de outros tempos –; estavam aterrorizados ante o silêncio, a solidão em que se achavam, o vazio das ruas que levavam às encostas das montanhas circundantes, sem que se visse nenhum transeunte nelas, até onde alcançava a vista. Eles teriam menos medo de uma investida de pessoas furiosas do que de um único tiro isolado; aquele único tiro bem pensado, depois de muita concentração, que poderia vir de um telhado, de um telhado, deixando um homem caído no asfalto com sua têmpora, suas sobrancelhas, tão limpa e precisamente perfuradas como se uma sovela de seleiro tivesse sido enfiada nelas. Temeriam menos uma carga de gente desconhecida do que o tiro só, isolado; esse tiro solto, único, bem pensado, depois de muito centrar a imagem na mira, que podia sair de um telhado, um terraço, deixando um homem estendido no asfalto, com sua têmpora, a sobrancelha, tão limpamente, tão certeiramente perfurados como se nelas tivesse se encaixado um furador de selas. As tropas estavam aquarteladas; os soldados de infantaria se acomodavam em seus pátios, as sentinelas fumavam em suas guaritas. E nada. O silêncio. Um silêncio que era quebrado, às vezes – bem no final da tarde – pelo barulho de uma motocicleta acelerada pelo medo de quem, montado nela – eram todas da marca Indian – levava alguma mensagem desagradável, lacônica e confidencial ao Palácio. Lá, alguns caídos em poltronas e sofás, mantendo-se acordados à força de tabaco e café, os que tinham as entranhas estragadas de álcool, com rostos lívidos, colarinhos sujos, sem paletó, suspensórios retirados, os Altos Chefes e Dignitários da Nação. Tesos, imóveis e carrancudos em meio ao desleixo dos outros, o Primeiro Magistrado esperava: esperava A Maiorala Elmira, que, embrulhada em um xale de crochê, tinha saído para procurar notícias vivas, de andar pelas ruas, de encostar o ouvido nas portas, de colocar o olho em uma janela entreaberta, de fazer um transeunte improvável falar – uma mocinha bêbada, um ladrão de ninharias, o tremebundo necessitado de aguardente – achados pelo caminho. Mas agora ela voltava para ele, depois de uma longa caminhada, sem colher nada de interessante. Ou melhor, sim: uma coisa só. Em todos as paredes, os muros, as cercas, da cidade, milhares de mãos misteriosas haviam escrito com giz claro – branco, azul, rosa – uma só frase, sempre a mesma: "Vá embora! Vá embora! O Mandatário, após uma breve pausa, sacudiu um sininho, como em uma sessão parlamentar. Os demais se levantaram de onde estavam, tratando de recuperar alguma compostura, ajustando as gravatas, apertando os botões e levando as mãos aos cabelos. "A braguilha, perdão", disse Elmira ao Ministro das Comunicações, avisando que a dele estava aberta. "Senhores", disse o Primeiro Magistrado... E foi um discurso bom, dramático, embora sem toques de emoção ou eloquência, uma simples glosa do que fora narrado pela Maiorala. Se seus compatriotas tinham sua renúncia como necessária; se seus colaboradores mais fiéis (e ele implorou que lhe respondessem de forma clara, franca, com equanimidade...) compartilhavam desse critério, ele estava determinado a entregar o poder imediatamente a quem considerassem mais qualificado para assumi-lo. "Espero vossa resposta, Senhores." Mas os senhores não respondiam. E, depois de uns minutos de estupor, de um agonizante cálculo de realidades, foi o Medo, o Grande Medo – o Medo Azul, o intransponível Medo Azul do ditado popular –. Todos eles pensaram, de repente, olhando uns para os outros, que a permanência, a presença, a dureza e, acima de tudo, a Plena Aceitação de Responsabilidades, a Plena Aceitação de Culpas, Daquele que agora aguardava o som de uma voz com impaciência crescente, era a única coisa que podia salvá-los do que já estava rondando suas casas. Se a raiva popular se desencadeasse, se as massas saíssem às ruas, elas procurariam um abscesso de fixação, um objeto para descarregar suas marteladas, um bode expiatório, uma Cabeça Máxima para içar na ponta de uma lança, enquanto eles, talvez, tomando diferentes rumos de fuga, conseguiriam escapar de alguma forma. Caso contrário, a fúria alcançaria a todos da mesma forma, e seus corpos, na falta do Corpo diante deles, acabariam arrastados, desmembrados, sem semblantes identificáveis, nos esgotos da cidade – quando não fossem pendurados em um poste telegráfico com um infamante letreiro no peito... O presidente do Senado, por fim, tomou a palavra, dizendo o que todos queriam que dissesse: Que depois de tantos sacrifícios feitos pelo bem do país (aqui, enumeração de alguns...), em momentos em que nossa nacionalidade estava ameaçada por forças dissolutas (aqui, imprecatória contra socialistas, comunistas, beduínos internacionais), O Estudante e seu jornal, o professor de Nova Córdoba e seu partido criado ontem, como quem diz, com o pedante título de *Alfa-Ômega* – "esse é o que mais enche o saco", comentou Peralta, silenciado na hora por um gesto desagradado do interlocutor), nessas horas críticas, pedia-se ao Primeiro Magistrado uma suprema amostra de abnegação, etc, etc., porque se ele nos abandonasse em uma situação tão grave, privando-nos do auxílio de sua lucidez e sagacidade política (aqui, menção a outras qualidades e virtudes), a Pátria, desamparada, só poderia gemer, como Nosso Senhor na Cruz: "Eloi, Eloi, lama sabachtani"[423]... O Presidente, que havia escutado de cabeça baixa, o queixo caído sobre o peitoral, abriu os braços em um enérgico endireitamento de todo o corpo: "Senhores, vamos trabalhar... Está aberto o Conselho." Houve longos aplausos e todos tomaram seus lugares na longa mesa no centro da sala contígua, decorada com Gobelinos[424] autênticos.

---

423 "Meu Deus, meu Deus, por que me abandonaste": Palavras em hebraico de Jesus na cruz.

424 **GOBELINOS:** Tapeçarias de alta qualidade produzidas na Manufatura dos Gobelins, em Paris, desde o século XVII. Originalmente criadas para decorar palácios e residências nobres, são conhecidas por seus detalhes refinados e cenas mitológicas ou históricas.

E naquele dia, por volta das 3 da tarde, muitos telefones começaram a tocar. Alguns, a princípio, intermitentes e dispersos. Depois, mais numerosos, de tom cada vez mais alto, mais impacientes para gritar. Uma multidão de telefones. Um vasto coro de telefones. Um mundo de telefones. E chamadas de pátio em pátio, vozes correndo sobre telhados e terraços, passando de cerca em cerca, voando de esquina a esquina. E janelas que começam a se abrir. E portas que começam a se abrir. E um que aparece, gesticulando. E dez que aparecem, gesticulando. E as pessoas que saem às ruas; e os que se abraçam, e os que riem, e os que correm, se reúnem, se aglomeram, engrossam sua presença, formam um cortejo, e outro cortejo, e mais outros cortejos que aparecem nas bocas das ruas, descem dos morros, sobem das cavidades do vale, se fundem em uma massa, uma enorme massa e gritam: "Viva a Liberdade!"... Todo mundo sabe e todo mundo repete: *o Primeiro Magistrado acabou de morrer.* De um ataque cardíaco, dizem alguns. Mas, não; já se sabe que foi assassinado por conspiradores. Também não: o atirador era um sargento filiado à *Alfa-Ômega*. Mas, não, também não foi assim: quem sabe, sabe que ele foi derrubado pelo Estudante, assim, com a mesma pistola belga que o Homem tinha sempre sobre a mesa, esvaziando todo o pente – alguns dizem que esses pentes têm seis balas, outros dizem oito – em seu corpo. Um camareiro do Palácio, que viu tudo, disse... Mas ele está morto. Está morto. Isso que é o grande, o belo, o júbilo, a enorme festa. E parece que estão arrastando o Cadáver – o enorme Cadáver – pelas ruas. As pessoas do bairro de São José viram – tirado de um caminhão, seu crânio batendo nos paralelepípedos. Agora, indo em direção ao centro cantando o *Hino Patriótico*, o *Hino dos Libertadores*, *La Marseillaise* e algo da Internacional que, de súbito, inesperadamente, à luz do dia, cantada em coro... Mas, nisso, apareceram os carros blindados do 4° Batalhão. Motorizado, abrindo fogo contra a multidão[425]. Dispara, de golpe, a guarnição do Palácio, os homens protegidos pelos largos balaústres do terraço superior e pelos sacos de areia trazidos dias antes. Caem granadas da torre da Telefônica, abrindo buracos uivantes na multidão abaixo, que se aglomerava para um comício. Bocas de dúzias de metralhadoras aparecem nas esquinas. Fechando as avenidas, avançam agora, lentamente, pausadamente, a polícia e os soldados em fileiras cerradas, largando uma descarga de fuzis a cada três passos. E agora correm, fogem, as pessoas apavoradas, deixando corpos e mais corpos e outros corpos mais na calçada, jogando faixas e cartazes, tentando entrar nos salões, de forçar as portas fechadas, de saltar para os pátios internos, de levantar as tampas dos esgotos. E as tropas avançam, devagar, muito devagar, disparando sempre, pisando nos feridos deitados no chão, ou rematando, com a coronha ou com a baioneta, qualquer um que agarre suas perneiras ou botas. E, por fim, depois que a multidão se separa e se dispersa, as ruas ficam desertas novamente. Os carros de bombeiros saem para apagar alguns incêndios. Soam, aqui e ali, rasgadas, longas, em vermelha insistência, as sirenes das ambulâncias. Ao cair da noite, todas as ruas são patrulhadas pelo exército. E todos têm – todos aqueles que teriam cantado os hinos e aplaudido isso e aquilo – que se dar conta de uma realidade terrível. O Primeiro Magistrado assassinou a si mesmo, fez difundirem a notícia de sua morte, para que as massas saíssem às ruas e fossem metralhadas em um alcance de tiro soberano... E agora, sentado na cadeira presidencial, cercado de sua gente, ele comemorava a vitória: "Vocês verão como amanhã todas as lojas estarão abertas, e acabarão com as putarias e viadagens." Lá fora, o coro das sirenes continuava. "Traga champanhe, Elmira. Do bom; do tipo que está no armário, você sabe"... De tempos em tempos, soava um tiro de rifle, isolado, distante, mais fraco do que o som das armas regulamentares. "Ainda

---

425 FOGO CONTRA A MULTIDÃO: Inspirado em fatos reais. Em Cuba, em 7 de agosto de 1933, circulou a notícia falsa de que o ditador Gerardo Machado tinha fugido do país e a multidão que comemorava sua saída foi metralhada na rua.

há algum idiota por aí – dizia o Mandatário: "Senhores: mais uma vez, nós ganhamos"... E tantas coisas haviam acontecido durante o dia, tão abandonados estavam os prédios públicos, que ninguém notou um fato estranho: o repentino desaparecimento – o roubo, é claro – do Diamante do Capitólio[426]; sim, aquele enorme diamante *Tiffany* engastado no coração de uma estrela e que, ao pé da gigantesca estátua da República, marcava o Ponto Zero – convergência e partida – de todas as grandes rodovias do país.

426 **DIAMANTE DO CAPITÓLIO**: Inspirado em fatos reais. Foi roubado o diamante do Capitólio de Havana durante a presidência de Ramón Grau San Martín (1944-1948).

Sexto CAPÍTULO

...se o jogo for muito desigual, é melhor optar por uma retirada honrosa ou abandonar o jogo do que se expor a uma morte certa.
— DESCARTES

Dezessete

Quando me lembro daquele dia, parece que vivi, em horas mais cheias, mais povoadas do que em longos anos, um carnaval inverossímil – uma confusão de imagens, descendo ao inferno, tumulto, gritaria sem rumo, rodopio de formas, disfarces, metamorfoses, mutações, estouros, substituição de aparências, o de cima embaixo, a coruja ao meio-dia, trevas do sol, a aparição de harpas, as dentadas de ovelhas, os rugidos do manso, as fúrias do fraco, fragores onde ontem havia apenas sussurros; e esses rostos que deixam de olhar, essas costas que se afastam, e aqueles enfeites mudados, de repente, pelos técnicos de tragédias secretamente germinadas, crescidas nas sombras, nascidas ao meu redor, sem que eu, ensurdecido por outros coros, tenha ouvido o som dos verdadeiros coros – coros de poucos coristas, mas que eram os que, na realidade, carregavam as Grandes Vozes Cantantes... Assim, pois, você abriu os caminhos – como se diz aqui – com o vinho triunfante daquela noite; ao amanhecer, quando as pessoas foram embora, você acrescentou uma garrafa de *Armagnac*, assim, a sós, observando os picos do Vulcão Tutelar ficarem azuis ao amanhecer; *haveria que se fazer, lá em cima, uma espécie de Chamonix, com uma pista de patinação no gelo – esquiar é um exercício maravilhoso – e, para subir, um teleférico como os da Suíça*; duas balançadas na rede, e eram três horas da tarde; assim, adolescente, assim, você tinha aberto os olhos na sala de cirurgia, livre de um apêndice cheio de sementes – dizia-se, na época, que a apendicite era causada pela ingestão de goiabas, cujas sementes se acumulavam no órgão inútil, resto dos tempos pré-históricos em que os homens, *vetus de peaux de bêtes*[427], como os pintados por Cormon[428], se alimentavam de raízes e caroços de frutas; então você voltou do sono do clorofórmio, com esse enfermeiro de gorro branco e estetoscópio no pescoço, que se inclina sobre você; *já tiraram isso de mim?*; mas o enfermeiro é Peralta, vestido de enfermeiro – *por quê?* –; atrás dele – minha surpresa – Mr. Enoch Crowder[429], com seus óculos de aro, seu rosto puritano velho, mas agora sem paletó – ele vem de tenista, *aqui, ao Palácio?* –, com calça de flanela listrada, letras vermelhas (YALE) no suéter, raquete na mão; o embaixador dos Estados Unidos, assim, no seu quarto, sem ter pedido audiência, sem cartola, sem colarinho de pontas engomadas; *não me encham, porra, olhem que ainda estou com cachaça na cabeça*; meia volta, um balanço na rede, deixa eu dormir; mas agora, umas palavras que, como as que vem de longe, incham e aumentam ao se aproximar, estão falando de um navio de guerra; o *Minnesota* está em Porto Araguato; aquele navio, grandão, aquele, com a torre de trançado metálico, com os canhões que giram e apontam por eletricidade, que estava navegando – rara casualidade – a seis milhas de nossas praias há várias semanas; elas dizem (eu entendo mais e mais) que os fuzileiros navais vão desembarcar, que já estão desembarcando; *café, porra, café! onde está A Maiorala?*; os fuzileiros navais, aqui: como fizeram em Veracruz, então; como no Haiti, caçando negros; como na

427 "Vestidos com peles de animais".

428 **CORMON:** Fernand Anne Piétri Cormon (1845–1924) foi um pintor francês acadêmico, famoso por suas cenas históricas e pré-históricas.

429 **ERNOCH CROWDER:** Jurista e general americano que atuou como juiz militar e diplomata. Serviu como embaixador em Cuba, atuando como um interventor informal ao exercer grande influência sobre o governo cubano entre 1920 e 1923, especialmente durante a presidência de Alfredo Zayas, supervisionando reformas políticas, econômicas e judiciais para proteger os interesses norte-americanos e estabilizar o país.

Nicarágua, como em muitos outros lugares, com uma boa baioneta com mestiços e latinos; intervenção, talvez, como em Cuba, com aquele general Wood, mais ladrão do que a mãe que o pariu; desembarque, intervenção, a "punitiva" do General Pershing, o homem do *Over There*, da *Star and Spangled Banner* na cansada Europa do ano 17, mas zombado, xingado, lá em Sonora, por uns poucos guerrilheiros de canana no peito; eu rio, mas não é piada, não; Mr. Enoch Crowder veio assim, de tenista, com raquete e tudo, porque já faz dois dias que não sai do *Country Club*, conferenciando, deliberando, com as forças do setor Bancário, do Comércio, da Indústria; e foram esses filhos da puta que pediram que *Minnesota* viesse, com seus fuzileiros de merda; mas o Exército, nosso Exército, não permitirá semelhante afronta à honra nacional; mas agora acontece que o Exército voltou atrás; os soldados desertaram dos postos; das guaritas, dos paióis das metralhadoras, dizendo que tiveram culpa pelo que houve ontem; que, se dispararam, foi por ordem dos sargentos e tenentes; os sargentos e tenentes se levantaram contra seus capitães e generais, que estão entrincheirados agora, no altíssimo Hotel Waldorf, indo do bar ao terraço, do terraço ao bar, esperando que os fuzileiros navais acabem de chegar para acabar com o assédio da multidão, da enorme multidão que grita em volta do edifício, pedindo suas cabeças; a guarnição do palácio desapareceu; também não ficou um porteiro, um criado, um camareiro; não pergunte pelos seus ministros; você não sabe onde estão os seus ministros; *o telefone*: os telefones não funcionam; *não peça café: melhor toma uma dose de aguardente*, diz Peralta (mas... por que diabos ele se disfarçou de enfermeiro, com este estetoscópio, este termômetro no bolso da blusa?); *não peça café, A Maiorala está ocupada*; mas, agora, pensando bem, estou de acordo com os capitães e generais; deixe os fuzileiros desembarcarem, deixe-os desembarcar: resolveremos isso depois – negociaremos, conversaremos –, mas, por enquanto, ordem, ordem... "*Você se fodeu*" – diz o enfermeiro –: *o que eles querem, os do Banco e do Comércio, e também esse Senhor aqui, é que você vá à merda; já chega;*

já são mais de vinte anos fodendo com a paciência; eles não querem mais você; ninguém quer você; e se você ainda está vivo, é porque todos eles pensam que você está com os outros no Waldorf; não podem imaginar que você está aqui, sozinho, como um idiota, sem escoltas ou guardas; ninguém pensou nisso; mas quando souberem... não quero nem pensar!.. Então vamos embora. Mas... já!" Começo a entender, me endireito, procuro meus chinelos: – *"Mas, porra, eu não renunciei. Sou o presidente!* – "Você ainda acredita nisso!" – diz o enfermeiro –: *"Luis Leoncio já está em Nova Córdoba. Uma caravana de carros partiu para buscá-lo."* – "Aquele cretino, com seu Alla-Ômega?" – *"Ele é o único que pode resolver essa situação"*, diz o tenista. – *"Mas..."* – *"Por enquanto, ele tem nosso apoio."* – *"Então, vocês me deixam cair"* – *"Nosso Departamento de Estado saberá por que está fazendo isso."* – *"Como eles podem levar a sério esse professor, que...?"* O tenista dava mostras de impaciência: *"Não vim aqui para discutir, mas para colocá-lo frente a uma realidade. O Dr. Luis Leoncio conta com o apoio das forças vitais do país. Ele é seguido por muitos jovens de ideias generosas e democráticas"* – *"Estou vendo: o Colégio de Belém, as escolas metodistas e a Estátua da Liberdade"...* – *"Não perca mais tempo, porra: vista-se!"* – *"O Dr. Luis Leoncio tem ideias, um plano"* – diz o tenista. *"O Estudante também tem"* – eu digo. *"Mas aí a coisa é muito diferente"* – diz o tenista, passando a raquete de uma mão à outra. – *"Você precisa saber que, na verdade, foi O Estudante que derrubou você"* – diz o enfermeiro – *"As bombinhas, as piadas macabras, os falsos rumores eram coisas do Alfa-Ômega. Mas a greve geral foi ideia do Estudante. Um trabalho magnífico, por sinal. Eu não achava que ele fosse capaz."* – *"E você vai me dizer que os comerciantes que não abriram suas lojas eram todos bolcheviques?"* – *"Eles não abriram suas lojas por medo dos bolcheviques, precisamente. Aderindo à greve, estavam defendendo suas mercadorias. E agora vão colocá-las aos pés do Caudilho de Nova Córdoba, defensor da ordem e da prosperidade, que tratará de amansar O Estudante – não sei!, eu digo! –, dando alguma legalidade a seu partido. Porque, agora, haverá partidos políticos no país."* – *"Os comerciantes se organizaram com inteligência* – disse o tenista –: *Wise men"*... Voltando às minhas luzes, grito, de repente, que ainda é tempo de fazer algo: assinar a paz com a Hungria – que agora tem um governo estável –, restaurar as garantias constitucionais, criar um Ministério do Trabalho, suspender a censura à imprensa, constituir um gabinete de coalizão, em espera das próximas eleições, colocadas sob o controle, se considerassem apropriado, de uma comissão mista... "*Não fale mais besteira*" – diz o enfermeiro: "*O facão já entrou inteiro. Se não saímos daqui logo, vai vir a merda toda, e você pode imaginar. Do jeito que eles estão querendo você!*"... Naquele momento uma figura estranha se desenhou na galeria que dava para o pátio: *Aunt Jemima*, a avó de Walter Hoffmann, caminhava tranquilamente em direção à grande escadaria de honra, carregando na cabeça, como quem carrega um caixão, o alto relógio Westminster da sala de jantar: "Faz anos que estou de olho nele", disse ao passar. Atrás dela, vários malandrinhos – seus tataranetos, sem dúvida – levavam bandejas de prata, jarras, enfeites de mesa, retirados dos aparadores. Aquilo foi, para mim, um aviso decisivo: – "*Eu me abrigo na Embaixada dos Estados Unidos.*" – "*Nem pensar!*" – diz o tenista –: "*Haveria motins na frente ao prédio. Manifestações. Tumultos. Uma situação insustentável. O máximo que posso fazer é lhe dar asilo em nosso consulado em Porto Araguato. Lá você ficará sob a proteção de nossos fuzileiros navais. Meu governo está de acordo.*" – "*Você me levará no seu carro...*" – "*Sinto muito: mas não posso me expor a que nos metam chumbo no caminho. Os lenhadores de Morejón não entendem de placas diplomáticas. E dizem que, no Bajío, há grupos armados.*" – "*É que não há trens... A greve...*" – digo, com a voz começando a rachar em espasmos de saliva mal engolida. – "*Isso não é culpa minha*" – diz o tenista. Peralta me mostra sua roupa, seu gorro, seu estetoscópio: "*Tenho uma ambulância lá embaixo. Na estrada para Colônia Olmedo não há postos de pedágio. E os alemães não se importam um puto com a nossa política.*" – "*Good Luck*, Senhor Presidente" diz o tenista. "*Son of a bitch*", digo, bem baixinho. Mas o outro entendeu e me disse, entre engraçado e *clergyman*: "*Rahab, a de Jericó, era bitch. E hoje nós a consideramos uma das avós do Senhor. A propósito, vá lendo a Bíblia no caminho, senhor. É um livro de muito consolo e grandes ensinamentos. E fala de muitos tronos derrubados"*... Ele pega sua raquete, dessas – eu lembro – que vêm emolduradas por um marco de madeira, trapezoidal com quatro pinos, para proteger o aro, e sai, assim, sem mais nem menos ("*So long*", acho que me disse), com o passo leve de quem retorna ao seu *American Club*, de poltronas profundas, *Bourbon-on-the-rock*, notícias telegráficas e o amor dos meus inimigos. "*Son of a bitch*", digo, digo e digo de novo, por não achar insultos mais pesados em meu limitado vocabulário inglês. Olho agora para o pico reluzente do Vulcão Tutelar, não mais branco, mas levemente alaranjado por um crepúsculo próximo. E meu olhar se entristece, apesar de mim mesmo, com uma melancólica ternura de despedida. Mas agora chega A Maiorala, estranhamente vestida de Pagadora de Promessas do Nazareno: túnica violeta, cíngulo amarelo, sandálias, xale da cor da túnica – trazendo uma trouxa de roupas. "Ela vai com a gente", diz Peralta. E ela se explica, para falar pouco e ganhar tempo, com sua peculiar combinação de mímica e onomatopeia: "Todos sabem que quando eu era (gesto de levantar os seios, de arredondar as cadeiras)... você me... (leve assobio, com um dedo indicador fazendo uma cruz com o outro)... e embora eu já não seja mais aquela de... (mãos que remodelam um rosto agora um pouco espesso)... seguimos você e eu... (agora junta os dedos indicadores e os esfrega, um contra o outro)... E com a raiva que as pessoas daqui têm de mim, se me pegam... (assobio, acompanhado de um tapa na têmpora, com a cabeça caída boquiaberta sobre o ombro esquerdo). Então eu... (forte assobio, com os braços imitando os movimentos de quem corre)." "Além disso, a fantasia de nazareno é uma ideia magnífica", diz Peralta. E, de repente, ciente da situação, eu me lembro do mais importante: "O dinheiro, porra! O dinheiro!" A Maiorala me mostra uma trouxa de roupas: "*Os Uóchintons*[430] vão aqui." Eu abro, para me certificar. Sim. Entre anáguas e blusas, estão os duzentos mil dóla-

430 ***UÓCHINTONS***: Em espanhol, guasitones. É uma adaptação popular e jocosa do nome Washington para se referir de modo satírico aos estadunidenses.

res de minha reserva pessoal, em quatro maços de notas de cinquenta, que, é claro, ostentam o retrato de Washington... E, agora, é como se tudo se apressasse. Corre Peralta; corre A Maiorala. Aparece uma maleta. Sem pensar claramente no que estou fazendo, começo a guardar coisas. Muitas coisas. O mata-borrão da escrivaninha, várias medalhas e condecorações, o volume de nossas onze Constituições, um retrato de Ofélia com Gabriele D'Annunzio, aquele brinquedo – lagarto de cordas – que minha mãe me deu, aquela preciosa edição de *Les femmes savantes*[431], com os versos que, nessa pressa, vêm absurdamente à minha mente animada por um copo de rum: "*Guenille si l'on veut, ma guenille m'est chère*"[432] "Não ponha mais merdas na maleta", grita A Maiorala. "Duas camisas, uma calça, e basta", grita Peralta. "Duas gravatas e três paletós", grita A Maiorala. "E agora você joga essa capa de plástico por cima. Como os doentes pobres que eles levam para o hospital", diz Peralta, "Mas rápido, caralho, rápido!", uiva A Maiorala, com ecos intensificados pela vastidão do Palácio Desertado. E envolvem minha cabeça em umas ataduras Velpo e tiras de esparadrapo. Um pouco de Ketchup para parecer que você sangrou. E, embaixo, as escadas. Primeira vez, em mais de vinte anos, que não se ouvem as ouve vozes de "Sentido!", não lhe apresentam armas. Palomo, o cachorro do porteiro, vem lamber suas mãos suadas. Você quer levá-lo com você. "*Nem pensar. Ninguém nunca viu um cachorro em uma ambulância.*" E você se deita na maca da sala de emergência, com cheiro de impermeabilizante, disfarçado de ferido – o carnaval continua, o tremendo carnaval, o apocalíptico embaralhamento das aparências – e você vive, pelas peripécias do rodar, as aventuras da estrada percorrida. Saída pela porta dos fundos do Palácio – antigamente entrada das carruagens –. Vire à direita. Rodar sobre o asfalto. Rua Beltrán: pequeno trecho de paralelepípe-

---

431 LES FEMMES SAVANTES: Comédia de Molière de 1672 que satiriza o pedantismo e a pretensão intelectual de certas mulheres da alta sociedade. A peça critica o falso saber e o culto às aparências.

432 "Farrapo, se quiser, mas meu farrapo me é querido."

dos. Esquerda: asfalto liso. Rua dos Plateros. Peralta ao volante, falso enfermeiro-motorista do Serviço de Emergência, toca a sirene. Eu me assusto, pensando que estamos chamando a atenção: mas não, precisamente não. Ninguém olha para o rosto do motorista de uma ambulância piscante. Olha-se para a sirene; mais: todos que podem ajudar de alguma forma tentam abrir caminho. Direita: siga o asfalto: a Boulevard do Brasil, com seus cafés – o *Paris*, o *Tortoni*, o *Delmônico*... – fechados, certamente, por causa de uma greve. Então, rodar e rodar mais: parece que não há tráfego nas vias. Peralta não para nos cruzamentos. E é um buraco enorme: esse, da esquina do Gallo, para cujo preenchimento, com o conserto do esgoto – que nunca foi feito –, o Ministro de Obras Públicas engoliu sessenta mil pesos. Sei onde estamos e, de repente, pelo isso mesmo, medo, um terrível medo. Minha carne se aperta em meus ossos; minhas coxas tremem; minha respiração se descompassa. Porque estamos diminuindo a velocidade. Eu sei por quê. E agora o enfermeiro com estetoscópio e óculos esfumaçados freia – seu gorro branco bem encaixado até as sobrancelhas. Há um silêncio que abre minha bexiga – não consigo evitar. – "*Com licença: levo um ferido grave.*" Outro silêncio, pior que o primeiro. E a voz da Maiorala: – "*Permita, chefe. Pelo bem de sua mãezinha, não nos atrase... Meu irmão... Uma bala. Em frente ao Palácio...*" A voz do soldado: – "*Já destronaram o filho da puta?*" – "*Jogaram ele...* (assobiando)... *cataplum!... Pela sacada... Agora...* (assobio longo, sugado para baixo, arrepiante)... *estão arrastando ele... E está deixando pedaços de cérebro...* (palmas fortes)... *em cada esquina.*" Soldado: –: "*Graças a Deus, porra!*" Peralta: – "*Temos permissão, chefe?*" "Siga!". E agora, as ruas com piso de terra batida. Sinto, em meu corpo, como as rodas da ambulância se inclinam, caem, sobem, mancam, entre buracos cheios de água cujo fedor de podridão chega até mim em minha cela rolante, apesar do cheiro de éter que reina nela. "*Eu devia ter pensado nisso.*" A dois passos das vilas italianas, das cúpulas de madrepérola, das cornucópias, buxos e caramanchões – pequenos jardins de Aranjuez, miniaturas de Chantilly –, os bairros dos *Cerros*, das *Yaguas*, das *Favelas*; as vilas do papelão, da bosta, das latas cortadas, das paredes de papel, das latas mofadas, abertas com tesoura para cobrir os telhados – moradias, se é que podem ser chamadas assim, que todos os anos são arruinadas, arrastadas, derretidas, as chuvas colocando as crianças para chafurdar como porcos em charcos e lodaçais. "*Eu devia ter pensado nisso. Um plano de construção para as famílias pobres. Ainda haveria tempo...*" A voz da Maiorala: "*Caminho livre.*" E a ambulância começa a subir, batendo, pulando, saltando, dobrando, girando, subindo sempre. Eu conheço as curvas da estrada. Sei que já chegamos ao *Conuco del Rengo*, por causa do cheiro de esparco queimado da roça, no fogo, o que é proibido por lei; agora estamos chegando aos *Castelinhos Espanhóis* porque havia, lá embaixo, o som de uma ponte de tábuas. Começa a área dos pinheiros. Nas margens da estrada, há amoreiras cuja sombra atrai tanto às más serpentes... O medo era tanto que, cansado de lutar contra ele, adormeci... E abro os olhos. Passamos em frente à Igreja Luterana dos alemães. Eu tiro as vendas e o esparadrapo. As portas da ambulância se abrem e eu desço até a praça com um ar digno e sereno. Mas, embora haja algumas pessoas, ninguém está me olhando. As Woglindes, as Welgundes e as Flosshildes ainda estão ocupadas com a ordenha. Muitas cortinas estão fechadas nas janelas. Espero sorrisos de homens e encontro apenas suspensórios esticados nas suas costas, traseiros com nádegas largas sob calções de couro. Peralta fala com o Pastor... "Os mecânicos estão em greve. Então, podem fazer o que quiserem. Não vamos nos meter em nada." Seguidos pela Maiorala, que com seu cíngulo acabava de amarrar minha valise mal fechada, vamos à pequena estação de tijolos com seu cata-vento de galo e seu falso ninho de cegonha, cujo pássaro de mármore levanta uma pata vermelho-lagosta. O Trenzinho está guardado em seu pequeno hangar. Há carvão suficiente no vagão. E logo a locomotiva polida começa a soltar fumaça, reluzente, envernizada, como se saísse de uma sapataria de luxo. E eu a sinto, viva, impaciente, vibrante, nas alavancas que batem em minhas mãos. Todas as casas da Colônia Olmedo se fecharam em um anoitecer que quer me ignorar. Dou entrada ao vapor; as manivelas começam a funcionar. E o Trenzinho dos Alemães entra em suas curvas e mais curvas esculpidas na encosta da montanha. Passando pelos pinheiros – seu cheiro ficou para trás –, descemos até as escarpas de cactos e *maguey*, onde os asfódelos erguem seus maços de flores como colmeias macias sacudidas por uma brisa que já vem do mar; depois, de pequenas a grandes, de caules a penachos, estão as cana-bravas, os bambus, sombreando a banana *jívara*, com frutas vermelhas e um gosto de sofrimento; e, depois, as erosões ocres – não consigo vê-las, mas posso adivinhá-las por conhecer bem suas enormes rugas – antes de chegar às planícies arenosas, onde corremos em linha reta, na máxima velocidade possível, assim mesmo, sem sinais, sem semáforos nem luzes de trânsito, nem barreiras, até pararmos no terminal mínimo de Porto Araguato, com um tremendo encontrão da máquina tardiamente freada... Vários fuzileiros navais – perneiras brancas, camisas bem suadas, olhos de bastante rum – estão posicionados nas duas plataformas. Fico sabendo que eles já ocupam a usina elétrica, os centros vitais, os bares e bordéis da cidade, depois de terem mijado no Monumento aos Heróis da Independência quando passaram por lá. O cônsul americano vem até mim com calças amassadas e *cowboy shirt*, dessas com pequenas aberturas nas axilas. Depressa: o carro está lá fora.". E, em uma *Path-finder* que range por todos os ferros, ele nos leva ao prédio de sua representação diplomática: uma casa de madeira, com colunas e frontão em um estilo jeffersoniano contido, em cuja sacada se ostenta uma águia norte-americana com um escudo no peito. "Me deixaram com uma boa – diz o cônsul, levando-nos à cozinha –: Tenho instruções para levá-los por um de nossos cargueiros que chega amanhã e os levará a Nassau... Se tiverem fome, há uns pacotes de *corn-flakes*, sopas *Campbell's* e latas de *pork-and-beans*. Há uísque naquele móvel. Sinta-se à vontade, *Mister President*, pois sabemos que se lhe tirarem a bebida, assim, de repente, é questão de delírio." "Um pouco de respeito, por favor" – digo com um tom severo. "Aqui todo mundo se conhece", diz o outro, saindo para seu escritório com contas e papéis. "A maleta, Peralta: prefiro o nosso." As paredes da cozinha estavam enfeitadas com recortes de *Shadowland* e *Motion Pictures:* Theda Bara[433], em *Cleópatra*; Nazimova[434], em *Salomé*; Dempsey[435], derrubando Georges Carpentier; uma cena de *Macho e fêmea*[436] com Thomas Meigham e Gloria Swanson; Babe Ruth[437] fechando um homem-rum sob o gesto acolhedor – quase presbiteriano – do árbitro vestido de azul-escuro... Comemos algo e agora estamos reunidos no recebedor-sala-de-espera-living-room da casa, Peralta, A Maiorala e eu. Depois da tensão dos últimos dias, dos paroxismos de ansiedade das últimas horas, eu me sinto quase sereno. Meus músculos relaxam. Começo a me abanar com um leque de palmeira, balançando-me em uma cadeira de balanço, uma daquelas que os gringos chamam de "*rocking chair*", e nós, não sei por que, de Viena – nunca ouvi falar desses móveis em Viena. Olho para meu secretário: "Por enquanto, salvamos nossas peles. *Guenille si l'on veut, ma guenille m'est chère...* Agora, o mar. As Bermudas. E depois Paris. Finalmente vamos descansar um pouco." "Sim", responde Peralta. "Nossos passeios matinais, o *Bois-Charbons* de Monsieur Musard. Aux-Glaces, a *Rue Sainte-Apolline*, os *Chabanais*." "Sim", responde Peralta. "Vejo que a alegria reina", digo. "Sim", responde Peralta, com um gesto displicente e entediado. "Quando se está de mau humor, até os cachorros

433 **THEDA BARA:** Uma das primeiras femme fatales do cinema mudo, celebrada por papéis exóticos e sensuais como o de Cleópatra em 1917.

434 **NAZIMOVA:** Alla Nazimova (1879-1945) foi uma atriz russa que brilhou em Hollywood com performances intensas e uma vida pessoal marcada por independência e ousadia.

435 **DEMPSEY:** Pseudônimo de William Harrison (1895-1983), lendário boxeador estadunidense dos anos 1920, conhecido por sua força bruta e por popularizar o boxe como espetáculo de massa.

436 ***MACHO E FÊMEA:*** Filme dirigido por Cecil B. De Mille de 1919 que mistura crítica social e exotismo ao tratar do colapso de papéis sociais em uma ilha deserta.

437 **BABE RUTH:** George Herman Ruth (1895-1948), ícone do beisebol americano e símbolo da era dourada do esporte nos anos 1920, famoso por seus recordes de home runs.

mijam na gente", diz A Maiorala, com sua filosofia habitual de adágios e refrões. E se deita para dormir em um divã de ráfia. Perto da boca de um gramofone, sobre um antigo móvel de canto, havia uma Bíblia velha – muito usada pelo Agente Consular quando, tendo perdido seus documentos em uma bebedeira, um marinheiro só podia garantir validamente, por meio de juramento com a mão sobre as Escrituras, que havia nascido em Baltimore ou em Charleston. Conhecendo a prática a que se davam tanto os membros de certas seitas americanas em momentos difíceis, fechei os olhos, abri o volume ao acaso e, depois de circular três vezes com o indicador da mão direita, deixei-o cair sobre uma página: "*Tira-me do lodaçal; que nele eu não afunda; que me salve da perseguição dos meus adversários, do abismo das águas. Que eu não submerja nas águas correntes; que as profundezas não me devorem; que não me trague a boca do abismo*" (Salmo 69). Repeti o teste: "*Não me rejeites, quando chego à velhice; não me abandones, agora que meu vigor declina, pois meus inimigos falam de mim, e os que conspiram contra minha alma estão reunidos*" (Salmo 71). Terceira vez (Jeremias 12): "*Abandonei minha casa; minha herança está perdida.*" "Livrinho sacana", exclamei, fechando-o com tamanha brusquidão que saíram sopros de poeira das páginas. E me recostei na cadeira de "Viena", adornada com uma fita azul enfiada no trançado de vime, caindo em um cochilo vizinho do sono. Ruídos confusos. Uma realidade que se descortina e se transforma em imagens incoerentes. Eu durmo... Mas não devo ter descansado por muito tempo, porque logo depois – acho – uma mão moveu abruptamente a cadeira de balanço para me acordar. "Peralta – eu disse –: Peralta"... "Não o chame", disse-me o Agente Consular: "Ele acabou de sair." "Como se vê", disse A Maiorala. E eu soube, tão atônito que não entendia direito o que me explicavam, que na cidade dezenas de carros estavam circulando ostentando as faixas branco-esverdeadas do *Alfa-Ômega*, e que um deles – parece que era um Chevrolet cinza – tinha vindo procurar meu secretário. "Eles vão matá-lo!", gritei.

"Acho que não." "Mas... isso é loucura! Ele não tentou resistir? Estava armado!" O Agente Consular me olhou com escárnio: "Eram uns jovens muito simpáticos com braçadeiras branco-esverdeadas e um distintivo – *Alfa* de metal prateado – na lapela. Abraçaram o Doutor Peralta, que parecia muito contente, e, com risadas e piadas, seguiram para a capital. "E Peralta não explicou nada? Não me deixou nenhum recado?" "Sim: que eu lhe dissesse que sentia muito, mas que a Pátria vinha em primeiro lugar." "Como se vê!", gritou agora A Maiorala ante minha cara de estupor, como se fosse necessário gritar para que eu conseguisse entender. "*Tu quoque, fili mi...*"[438] "Que *Tu quoque*, que punheta é essa? – disse o gringo –: Ele jogava sujo com você e nada mais. Não faz falta nenhum latim para ver isso claramente. São coisas da política, que acontecem em todos os lugares." "Eu já suspeitava que o pequeno bastardo era um traidor – resmungava A Maiorala –: Minha tia Candelária, que sabe muito, o viu nos caracóis e soprando em um prato de farinha. E agora estou começando a acreditar que aquelas bombinhas que explodiam no Palácio foram trazidas por ele, na maleta francesa das cantimploras. Era a única coisa que não se registrava na entrada"... E lá estava a maleta Hermes, aberta, com dez garrafinhas alinhadas em duas fileiras de cinco. Tiramos os frascos forrados com pele de porco. Tinha cheiro – eu acho, não tenho certeza – de amêndoas amargas: o mesmo cheiro deixado por aquelas explosões. "Talvez sim, talvez não", disse o Agente Consular –: "É mais parecido com o cheiro de couro velho sobre o qual foi derramado muito rum." "Os caracóis não mentem", murmurou A Maiorala. – "*Maybe yes, or maybe not*" – repetiu o ianque... Dominado por uma enorme tristeza, de um pai cuspido, de um corno espancado, do Rei Lear jogado pelas filhas, abracei Elmirinha: "Você é a única coisa que me resta." – "Melhor, olhe para a rua" – disse o Agente Consular –: "mas cuidado para que não lhe vejam".

438 "Tu também, meu filho": Famosa expressão latina de Júlio César, após ver, entre seus assassinos, Brutus, seu filho adotivo.

Dezoito

> ...pode acontecer que, depois de ouvir
> uma fala cujo significado foi perfeitamente
> compreendido por nós, não saibamos
> dizer em que idioma ela foi proferida.
> — DESCARTES (*Tratado sobre a luz*)

Do lado de fora, atrás da guarda montada por oito fuzileiros navais com rifles pendurados do quadril ao ombro, havia um desfile lento e silencioso de pessoas que passavam e voltavam a passar, sempre olhando para a casa. Sabiam que eu estava aqui, e andavam, de um lado para o outro, como ouvintes de uma retreta dominical, esperando que eu aparecesse para fora de uma janela, que uma porta entreaberta me mostrasse de alguma forma. "Na capital, estão saqueando as casas de seus ministros, caçando os policiais e delatores, arrastando os informantes, queimando os arquivos da Secreta. O povo abriu as prisões, libertando todos os presos políticos." "É o fim do mundo", disse A Maiorala com pânico e alaridos. "E eu, quando será a minha vez?", disse, forçando um sorriso. "Não creio que saltem pela cerca" – disse o ianque –: "E não saltarão porque O Estudante – aquele que organizou a greve – dirigiu um manifesto inteligente ao povo. Leia"... Mas minhas mãos tremiam demais e meus óculos estavam sujos: "Diga-me, melhor" "Em suma: diz que nossos soldados não devem ser provocados (nada de atirar pedras, nem garrafas, nem mesmo insultá-los...); não se devem atacar nossas representações diplomáticas, nem agredir nossos compatriotas; enfim: nada que venha a justificar uma ação militar maior de nossa parte. Até agora não há *inter-*

venção, mas apenas um simples *desembarque*. Uma questão de sutileza – de *nuances*, como diria um francês. E O Estudante tem o senso das sutilezas. Ele afirma que o prazer de o pendurar em um poste telegráfico não vale o risco de uma *intervenção* que poderia muito bem se transformar em uma *ocupação*." "Como no Haiti", eu disse. "Exatamente. Isso é o que O Estudante não quer. Inteligente, o rapaz!" E eu estava pensando na vertiginosa mudança de papéis que, em poucas horas, havia ocorrido na cena dos tumultos. Agora era O Estudante quem havia se transformado, repentinamente, no guardião da minha existência ameaçada. E sempre escondido – sem responder aos apelos dos *Alfa-Ômega*, que lhe ofereciam garantias, convidavam-no para colaborar com o governo da Coalizão Nacional que Luis Leoncio Martínez estava constituindo no Palácio, assessorado por Enoch Crowder, com a assistência de chefes militares não envolvidos nas metralhadora de anteontem e um ou dois sargentos promovidos a coronel –, entregue ao seu complicado trabalho de Homem Invisível, ele continuava usando palavras capazes de conter aqueles que, aglomerados diante da Águia-de-Escudo-no-Peito, começavam - primeiro um, e dois, e três... – a juntar suas vozes em um coro de insultos. "Desde que não passem dos gritos", diz o Agente Consular. Mas estou começando a temer que, precisamente, passem dos gritos. E, de repente, me vejo no espelho cagado de moscas que, colocado em uma mesinha manca, cobre uma das paredes do gabinete: estou lamentável; suja a bata que eu usava ao sair do Palácio; suja a camisa londrina *Halborow*, gasta por tantas correrias, com a goma no colarinho derretida por suores ruins; suja a gravata cinza-pérola, muito de Primeiro Magistrado, manchada pela baba da minha boca durante meu sono recente. E, de repente, a calça listrada, descolando da barriga, desinflada em horas, desce até os quadris, dando-me o ar de um excêntrico em um *music hall* inglês. E aquelas pessoas, lá fora, a quem – sem ser vista pelos que gritam, é claro – A Maiorala responde com gestos tremendamente obscenos, ilustração de um longo repertório de imprecações interiores. E, de repente, é o terror: "Por que você não me transfere para bordo do *Minnesota*?", imploro. "Seriam palavras maiores – diz-me o ianque, adotando um tom surpreendentemente grosseiro, bastante inapropriado, na verdade, para um funcionário diplomático –: "Aqui sou um simples Agente Consular que, acreditando estar agindo corretamente, lhe deu abrigo. Se amanhã convier ao meu povo dizer que cometi um erro, aceitarei que cometi um erro, declararei à imprensa que cometi um erro, direi que lamento ter cometido um erro, eles me enviarão para outro lugar, e tudo ficará em família. A bordo do *Minnesota*, por outro lado, você seria o protegido oficial de nossa Grande Democracia Americana [ele fez uma saudação militar engraçada], que não pode aparecer, neste momento, como madrinha de um "Carniceiro de Nova Córdoba" que saiu novamente, com fotos de Monsieur Garcin e tudo, *coast to coast*, na cadeia de jornais de Randolph Hearst, e você se ferrou bastante quando o tiraram de Paris. Além disso, não sabemos quanto tempo o *Minnesota* ficará nessas águas. Talvez oito dias; talvez um mês; talvez anos: veja o Haiti, onde, passando do *desembarque à intervenção e da intervenção à ocupação – des nuances, des nuances, des nuances, toujours...*[439] – isso continua e continua e continua. Não fique nervoso. Acalme- se. Amanhã eu o colocarei a salvo. Além disso, não posso proceder de outro modo: cumpro instruções." Nesse momento me sinto como enganado, zombado, trapaceado: "Eu que sempre me dei tão bem com vocês... Com tantos favores quanto me devem!" O outro sorri por trás de seus óculos de aro de tartaruga: "E, sem isso, como você teria ficado por tanto tempo no poder? Favores? Agora vamos obtê-los do professor teosofista..." "E por que não do Estudante, já que estamos falando disso?", disse, por feri-lo. "A esse seria difícil de conseguir. Ele é um homem de uma nova raça dentro de sua raça. Estão nascendo muitos desses no continente, embora seus generais e médicos insistam em ignorá-los." "São pessoas que preocupam vocês." "Não pode ser de outra forma:

439 "sutilezas, sutilezas, sutilezas, sempre..."

há uma irremediável incompatibilidade entre nossas Bíblias e seus *Kapital*"... Lá fora, os clamores aumentavam. A Maiorala multiplicava suas mímicas gestuais em resposta aos que me insultavam. Seria fácil para eles forçarem a guarda dos fuzileiros; seria fácil para eles pularem a cerca... "De qualquer forma, eu me sentiria mais confortável a bordo do *Minnesota*," insisti. "Acho que não, – disse o ianque. E, falando com pequenos soluços de riso contido: Você se esqueceu da Décima Oitava Emenda da Constituição Norte-Americana. Desde o ano 1919 – cito de memória – "ficam proibidos a fabricação e o consumo (eu disse: *o consumo*) de todas as bebidas alcoólicas em todo o território dos Estados Unidos". O *Minnesota* é parte integrante, jurídica e militar, do território dos Estados Unidos da América. Então, se você é um homem de ginger-ale e coca-cola. E se, com tais bebidas você não treme as mãos ao acordar..." "Mas não estamos aqui também no território dos Estados Unidos?", eu disse, apontando para a maleta deixada por Peralta, ao pé, justamente, de um mapa orográfico e hidrográfico do país. "Não posso impedir que um doente traga seus remédios. E como eu, em tudo isso, cometi um erro, também posso acreditar que isso seja xarope peitoral, Emulsão Scott ou Aromático de Grimaud. No *Minnesota*, eles jogariam *isso* na água, em estrita observância à Décima Oitava Emenda de nossa Constituição – mesmo que o comandante, sozinho, estivesse mais bêbado do que a mãe que o pariu." "Parece que estão indo embora", disse A Maiorala, de nariz colado às persianas. Olhei para fora: as pessoas, como que movidas por algum acontecimento, estavam saindo, em grupos, em direção ao prédio da Alfândega, onde se via um movimento de caminhões e caixas de carga. "*A greve acabou* – declarei, enrolando a voz, sem perceber –: *A situação está normalizada.*" "*A ordem reina no país*", disse o outro, imitando-me de forma cômica. E, voltando ao seu bom humor –: "Venha ao camarote do Capitão Nemo. Lá estará melhor." E, tirando-me da casa por uma galeria nos fundos, ele me levou a um longo galpão com portas penduradas no batente, fechado sobre a água da baía que chega até nós, sob um telhado, até o final de um piso de tábuas que cheira a verdores de caracol, mariscos na sombra, medusas encalhadas, algas mofadas: esse cheiro penetrante, de fermentos e agraços, sexo e musgo, escama hirta, âmbar e madeira embebida, que é o do mar em suas próprias destruições – cheiro tão parecido com o do lagar[440] adormecido depois que as uvas foram pisadas. Era naquele hangar onde, não faz muito tempo, eram guardadas as canoas, finas, leves, esguias, dos remadores de um *Yacht Club* arruinado pelo colapso da minha moeda. Os barcos já haviam desaparecido daquele galpão, e o que estava lá, de fato – as palavras do Agente Consular haviam me avisado –, era algo que me lembrava, por uma mistura de estilo, ao mesmo tempo, vitoriano e gravado no cobre, com cinema Lumière e loja de antiguidades, as ilustrações de *Vinte Mil Léguas Submarinas*[441] na edição da Hetzel[442], com um título dourado em pasta framboesa. Poltronas antigas, mas cerimoniosas na tapeçaria de seus encostos; móveis no estilo *Pickwick*[443], com chifres de caça enfeitando as paredes; aquarelas tão invadidas por fungos e salitre que, nelas, a matéria, desaparecida sob os fungos e o salitre, era agora apenas uma matéria de fungos e salitre. E, olhando para as coisas incomuns que enchem aquele lugar – algo afirmado em mim mesmo, acalmado pelo inesperado distanciamento das pessoas que, momentos antes, me insultavam; minhas pernas aliviadas dos tremores por várias taças de bebidas –, fico surpreso com o valor subitamente adquirido por certos elementos do ambiente, o novo sentido que os objetos assumem, o alongamento, a dilatação, que ao

---

440 **LAGAR**: Oficina que possui os aparelhos adequados para espremer certos frutos (uva, azeitona), reduzindo-os a líquido.

441 ***VINTE MIL LÉGUAS SUBMARINAS***: Romance de aventura escrito por Júlio Verne em 1870, que narra as viagens do capitão Nemo a bordo do submarino Nautilus. A obra mistura ficção científica, crítica social e exploração dos oceanos, antecipando tecnologias como o submarino moderno.

442 **HETZEL**: O editor francês Pierre-Jules Hetzel foi conhecido por publicar e ilustrar as obras de Júlio Verne com edições ricamente ilustradas. Ele teve um papel fundamental na popularização da literatura juvenil e científica no século XIX.

443 ***PICKWICK***: Romance inaugural de Charles Dickens, publicado em 1836, sob o título As Aventuras do Sr. Pickwick.

mesmo tempo impõe um perigo imediato de morte. De repente, uma hora pode durar doze horas; cada gesto é hierarquizado em movimentos sucessivos, como em um exercício militar; o sol se move mais devagar ou mais rápido; um enorme espaço se abre entre as dez horas e as onze; a noite se faz tão distante que talvez sua chegada demore imensamente; adquire uma enorme importância, a passagem de um inseto na capa daquele livro; as teias de aranha se alargam em uma obra de Capela Sistina; parece indecente a despreocupação das gaivotas, engajadas em sua pesca habitual em um dia como hoje; acho desrespeitoso o sino que tocou novamente na ermita da montanha; ensurdecedor é o gotejamento de uma torneira, que me impõe uma obsessão de *never-more, never-more, never-more*[444]. E, ao mesmo tempo, essa prodigiosa capacidade de prestar atenção sustentada, aguda e excessiva às coisas que aparecem, que são descobertas, que se ampliam sem mudar de forma, como se sua contemplação fosse o equivalente a se agarrar a algo, a dizer: "Vejo, logo sou". E posto que *vejo*, existirei mais quanto mais eu veja, ancorando-me na permanência, dentro e fora de mim mesmo... Agora, o Agente Consular me mostra uma rara coleção de raízes-esculturas, de esculturas-raízes, de raízes-formas, de raízes-objetos – raízes barrocas ou severas em sua suavidade; enrevesadas, intrincadas ou nobremente geométricas; às vezes dançantes, às vezes estáticas, ou totêmicas, ou sexuais, entre animal e teorema, jogo de nós, um jogo de assimetrias, ora vivas, ora fósseis – que o ianque afirma ter coletado durante suas muitas andanças ao longo das costas do Continente. Raízes arrancadas de seus solos remotos, arrastadas, subidas, transportadas pelos rios que sobem; raízes trabalhadas pela água, reviradas, revolvidas, roladas, polidas, derrapadas, achatadas, descascadas, que de tanto viajar, tombando, batendo nas pedras, brigando com outras madeiras carregadas, acabaram perdendo sua morfologia vegetal, desprendendo-se da árvore-mãe, árvore genealógica, para assumir a redondeza

---

444 "nunca mais, nunca mais, nunca mais": referência ao famoso poema *O Corvo*, de Edgar Allan Poe.

de tetas, arestas de poliedros, cabeças de javali ou rostos de ídolos, dentaduras, ganchos, tentáculos, falos e coroas, ou para se amarrar em obscenas imbricações, antes de encalhar, no final de uma viagem de séculos, em alguma praia esquecida pelos mapas. Essa mandrágora enorme, com farpas hostis, havia sido apanhada pelo Agente Consular na foz do Bío-Bío[445], perto da rocha áspera de Con-Con, adormecida em uma poça de água negra. Essa outra mandrágora contorcida e circular, com um chapéu de cogumelo e olhos esbugalhados, parecida com a "raiz da vida" que certos povos asiáticos colocam em frascos de cachaça, foi encontrada perto de Tucupita, no estuário do Orinoco. Outras vieram da ilha de Nervis, em Aruba, dos rochedos, semelhantes a menires de basalto, que se erguem perto de *Valparaiso*, em um estrondo de despenhadeiros marinhos. E bastava citar o nome de um porto ao colecionador para que seu verbo passasse da raiz mostrada à invocação, à evocação, à apresentação de imagens que as sílabas unidas do nome do lugar criavam, por uma proliferante operação das letras – dizia – que havia sido prevista pela Cabala hebraica. E havia – somente ao pronunciar a palavra *Valparaíso* – as mesas de carapau colocadas sobre algas marinhas, as frutas expostas no átrio de uma igreja, as vitrines de pousadas que exibiam, enchendo toda a área de exposição, os apocalípticos caranguejos da Terra de Fogo; e havia as cervejarias alemãs da rua comprida, cujos salsichões rubro-negros pareciam ver por seus dez olhos de toucinho, ao lado do *strudel* quente polvilhado com açúcar; e havia os enormes elevadores públicos, paralelos, incansáveis, com orquestras de cegos tocando polcas nos túneis de acesso; e havia as lojas de penhores, com o cinturão de fivela grossa, o relicário de conchas, o bisturi cortado, o macaco preto da Ilha de Páscoa, e os chinelos com o bordado de *Recor* (chinelo esquerdo) e *Dação* (chinelo direito) que, virado de cabeça para baixo em direção ao transeunte, ilustrava, com

---

445 BÍO-BÍO: Um dos rios mais importantes do Chile, localizado na região centro-sul do país. Ele desempenhou papel histórico como fronteira natural entre os colonizadores espanhóis e os povos mapuches.

deslumbrante eloquência, o Paradoxo do Espelho, de Immanuel Kant[446]... Essa outra raiz – se chama *Hop-Frog* –, que se assemelha a um cinocéfalo em fuga despavorida, pois corre, sem se mover, da maneira mais apavorante, é do Rio de Janeiro: do bairro do Itamaraty, onde, entre prédios municipais povoados de estátuas acromegálicas (pois seu tamanho sempre chega a ser um e meio ou dois quartos e três quartos em relação ao tamanho real do herói ou do prócer que procuram imortalizar), há lojas onde são expostos animais embalsamados: jiboias olhando pelo vidro de mármore, tatus, onças, garças, micos e até cavalos que, empoeirados e selados, parecem esperar, em pé sobre pedestais de madeira verde, por um cavaleiro que nunca chega – talvez morto e deitado, há muito tempo, sob um panteão de estilo flamboyant-português. Essa outra raiz, semelhante a um gnomo com a pança-cabeça balançando em pernas magras – *Humpty-Dumpty*, como é chamada –, é de *Port-au-Prince*, ali onde, no distrito de *La Frontière*, entre as tabernas do *tasseau* e antigo Don-Don, as negras nuas, deitadas em redes trançadas, esperam o visitante com soberana altivez, como ensimesmadas e alheias, imitando sem saber, com a mão suavemente aberta sobre a lã encaracolada e dura, o gesto da *Olympia*, de Manet[447]. E o Agente Consular agora me apresenta *Erasmo de Roterdã*, raiz vera-cruzana no estilo de Holbein[448], que parece, de fato, um humanista meditativo; *Pichrochole* e *Merdaille*, raízes de bambu que são agressivamente lansquenetes[449] crivados de pregos; *Coquecigrue*, a do longo pico e da crista ameada; *Kikimora*, desgrenhada e espinhosa, e aqueles três

446 **IMMANUEL KANT:** Filósofo alemão central na filosofia moderna, conhecido por sua obra Crítica da Razão Pura. Desenvolveu a filosofia crítica, que busca conciliar racionalismo e empirismo.

447 **MANET:** Pintor francês do século XIX, considerado um dos precursores do impressionismo. Suas obras romperam com o academicismo e escandalizaram a crítica, como em Olympia e Almoço na Relva.

448 **HOLBEIN:** Hans Holbein (1497-1543), o Jovem, foi um pintor renascentista alemão famoso por seus retratos realistas. Atuou na Inglaterra como retratista da corte de Henrique VIII.

449 **LANSQUENETES:** Soldados mercenários alemães dos séculos XV e XVI, também conhecidos como "Landsknecht", conhecidos por suas roupas vistosas e bravura em campo. Serviam principalmente nos exércitos dos Habsburgo.

ramos do mesmo tronco que são os *Pieds-Nicklés* (que eu conheço bem – e que não se saiba por aí – porque durante anos assinei o *L'Épatant* de Paris), um pouco mais atrás, um feto romano de mangue cubano, *O Hereje Prisciliano*, a dançarina liana *Anna Pavlova*[450], e o *Ciclope*, que, com sua pedra vermelha encravada na testa, parece guardar um mundo desordenado, montado em mísulas, onde figuram *Cornegidouille*, a *Hidra de Lerna*, a *Bruxa de Rackam*, montada na vassoura de si mesma, e *La Grande Taciturne*, entalhada em um basalto vegetal e que, sem alusão direta a formas de mulher, ergue, com uma altura de seis metros, e em uma textura ioruba, uma arquitetura de curvas e turgências, de redondezas sobrepostas, de flexões e cavidades, que colocam reminiscências inconfundíveis nas mãos que são levadas a tocá-las... A verdade é que o Agente Consular, com as esquisitices de sua cultura, seu domínio de idiomas – incomum para um americano –, estava se tornando um elemento onírico no pesadelo diurno, real, com os olhos mais do que abertos, no presente vivido – baixando as encostas do terror à força do álcool, já que, eu acabava de sair dos vapores de umas taças e suores angustiados subiam à minha nuca, à minha testa, à minha cabeça, em um martelar de palpitações suaves, vindas de dentro, tão fortes que elas percutiam, acho, nas poltronas onde eu me sentava. E agora o ianque se senta em frente a um harmônio de canto, puxa três registros, afunda os pedais e começa a tocar algo aparentado com a música que vem invadindo meu país há muitos anos, embora seja algo mais angular, mais contrastado, mais acentuado, é claro, do que o *Whispering*, o *Three o'clock in the morning*, muito ouvidos recentemente na capital. E, sem aquietar os dedos, marcando os compassos com a cabeça, lançando notas com o despreocupado automatismo de um músico popular: "Sou sulista. Nova Orleans. Branco o suficiente para passar por branco, embora meu cabelo, bem, meu cabelo, se não fosse

---

450 **ANNA PAVLOVA:** Uma das mais célebres bailarinas russas do início do século XX. Imortalizou a coreografia *"A Morte do Cisne"* e popularizou o balé clássico no mundo ocidental.

pelos cremes que existem para isso, enrolaria demais (*si bemol, caralho!*). Eu "passei do limite", como dizemos por lá, embora em matéria *sentimental* – digamos – eu só me entendo bem com o escuro. Nisso eu me assemelho ao meu tio-avô Gottschalk[451], um que – você não conhece, com certeza –, preferido a Chopin por Théophile Gautier, adorado pelas mesmas ninfas lamartinianas e filarmônicas que dormiam com Franz Liszt, glorioso na Europa, protegido de monarcas, amigo da rainha da Espanha, dez vezes condecorado, deixou tudo um dia – público, palácios, carros, lacaios – para atender a um chamado imperioso e inadiável de negras e mulatas que o esperavam no Trópico, para recuperar o que lhes pertencia por direitos de conquista precoce. E, atrás delas, ele perambulou por Cuba, Porto Rico, todas as Antilhas, rejuvenescido, aventureiro, livre de protocolos e honras, retornando aos seus primeiros apetites, até morrer no Brasil, onde também abundam – e como! os Lugares Santos de sua peregrinação "*et les servantes de ta mère, grandes filles luisantes, remuaient leurs jambes chaudes près de toi qui tremblait... sa bouche avait le goût des pommes-roses, dans la rivière, avant midi...*"[452] (não sei de quem é essa frase que ele acabou de recitar, mas, fora isso, eu me lembro, sim, eu me lembro que quando minha filha Ofélia estudava piano, ela tocava lindas danças *criollas* daquele Moreau Gottschalk que, segundo me disseram, uma vez desencadeou um trovão de tambores africanos em uma de suas sinfonias em Havana.) E o outro liga: "Eu era amigo, um grande amigo, do prodigioso Christopher Andy[453], autor deste *Memphis Blues* que estou tocando para você." E agora ele passa para um *Saint-Louis Blues*, do mesmo Andy, que tem o poder de alvoroçar A Maiorala,

---

451 **GOTTSCHALK:** Louis Moreau Gottschalk foi um pianista e compositor americano do século XIX, com ascendência crioula. Misturou ritmos caribenhos, africanos e latino-americanos à música de concerto. Foi pioneiro na fusão musical das Américas.

452 "e as empregadas de tua mãe, moças grandes e brilhantes, moviam suas pernas quentes perto de ti, que tremias... sua boca tinha o gosto de maçãs-rosas, no rio, antes do meio-dia."

453 **CHRISTOPHER ANDY:** Geralmente referido como W.C. Handy, foi um compositor e músico estadunidense, considerado o "pai do blues".

fazendo-a dançar – e, por acaso muito bem, já que seus passos e movimentos são magnificamente ajustados aos ritmos de uma música desconhecida para ela. "É que está no sangue", diz o sulista. Olho para suas mãos se movendo no teclado: é uma espécie de diálogo – às vezes uma luta –, oposição e concerto, de uma mão feminina – a direita – e uma mão masculina – a esquerda – que se combinam, se completam, se respondem, mas em uma sincronia que está ao mesmo tempo dentro e fora do ritmo. A Maiorala, como que encantada por uma novidade que penetra pelos ouvidos de sua pele, senta-se de repente no banco do harmônio, engraçando os ombros, envolvente e lânguida, com uma nádega em suspenso, pois não há lugar para as duas no espaço deixado pelo Agente Consular. Ele esquece as suas teclas e encosta o rosto no pescoço de Elmirinha, que o aceita com risos de cócegas, deixando-se cheirar por aquele que o faz com o deleite de um cristão que penetra em um campo de incensários. E o outro que lhe dá o... "*Guidé par ton odeur vers de cbarmants climats / Je vois un port rempli de voilures et de mâts*"[454]... "Não me encha o saco com Baudelaire!", grito, com ciúmes dessa incursão em uma terra minha, que eu preparei e lavrei pela primeira vez há mais de vinte anos e que, sempre curvada às minhas vontades, agora que perdi tudo, o único resto, a última parcela do meu feudo, de um país que ontem era meu; meu de Norte a Sul, de Oceano a Oceano, e que agora está reduzido a um galpão miserável de madeira apodrecida, povoado por raízes mortas, um quebra-mar de mendigo, onde terei de esperar pelo barco de amanhã – tão longe, tão remoto, quase inalcançável *amanhã*! – destinado a me levar daqui como mercadoria contrabandeada, como o caixão de um morto no hospital dos ricos, de onde eu tinha sido o mestre dos homens, destinos e propriedades. Puxando-a pelo braço, levanto A Maiorala de onde ela está se engraçando mais do que o admissível e a solto com um empurrão em um assento no canto. "Melhor assim – diz o gringo, rindo

---

454 "Guiado pelo teu cheiro rumo a climas encantadores / Vejo um porto repleto de velames e mastros."

–, porque *isso* é o que me tem afundado a *carreira*", (Isso de *carreira* – diplomática, entenda-se – na boca do outro, visto quem é e onde está, está associada a mim com o qualificativo de "grande bobagem", dado por Dom Quixote a um romance de cavalaria mal apresentado em um teatro de marionetes. Para todo latino-americano da minha geração, a *carreira* é uma prebenda de pouco trabalho e muita alegria, em embaixadas com grandes cenários de ópera, entre mármore italiano e luzes de Versalhes, violinos no estrado, valsas de alamares e decotes, arrumadores solenes, camareiros de calças curtas, intrigas, saraus, casinhos, ficadas, romance, cumpridos como o Marquês de Bradomín e frases à la Talleyrand[455], prodígios de tato e "*savoir vivre*", bastante alheios, em muitos casos, às noções de nosso povo que não conseguia nunca assimilar as regras do protocolo e que, por não perguntar, por não se aconselhar, cometiam erros como – havia ocorrido em meu Palácio – como tocar o *Rondó alla turca*[456] na apresentação de credenciais do embaixador de Abdul-Amid, ou o *Hino de Riego*[457], na do Ministro de Alfonso XIII)... "Tudo me foi bem – continua o sulista – até que perceberam, em Paris, que eu frequentava demais um baile martinicano na *Rue Blomet*. Desde então, só desempenhei cargos brilhantíssimos na diplomacia norte-americana. Cônsul em Aracaju, em Antígua, em Guanta, em Mollendo, em Jacmel e até em Manta, em cujas praias os tubarões aparecem todos os dias às 12 horas com uma pontualidade só comparável à dos apóstolos da Catedral de Estrasburgo. E agora estou aqui, o que é como dizer que estou na casa do caralho. E isso porque sabem que eu... [olhou para a Maiorala]... bom, você

---

455 **TALLEYRAND:** Charles Maurice de Talleyrand (1754-1838) foi um diplomata e político francês que atravessou diversos regimes, de Luís XVI a Napoleão e à Restauração. Habilidoso e pragmático, foi essencial em negociações internacionais como o Congresso de Viena. É símbolo do realismo político francês.

456 **RONDÓ ALLA TURCA:** Obra de Mozart, é o terceiro movimento da Sonata para Piano n.º 11 e imita os ritmos da música militar turca. É uma das peças mais populares do compositor.

457 **HINO DE RIEGO:** Composto em homenagem ao general liberal Rafael del Riego, é símbolo das lutas constitucionais na Espanha do século XIX. Foi hino nacional durante períodos republicanos.

e eu nos entendemos." Ele marcou um arpejo: "Se, onde nasci, eu me mostrasse como sou, acabaria linchado pelos brancos enrustidos da Ku-Klux-Klan, brancos esses que, em alma e trajes, têm aquela brancura peculiar, muito nossa, que era a de Benjamin Franklyn, segundo o qual o negro era "o animal que mais comia e menos produzia"; brancura de Mount Vernon, onde um senhor de escravos filosofava sobre a igualdade dos homens perante Deus; brancura de nosso Capitólio, templo onde se canta o hino do *Gettysburg Address* – "governo do povo, pelo povo e para o povo" – com um coro de varredores negros, engraxates, esvaziadores de cinzeiros, e guardiões de banheiros; brancura, de nossa muito ilustre Casa Branca, onde se organiza a rotação do carrossel de fardas, paletós e cartolas de estreia, que gira e gira nesta América Latina, trazendo seus ladrões e filhos da puta – e isso "sem desmerecer o amigo", como dizem os espanhóis – em cada volta da manivela"... Comentei com o Agente Consular que o qualificativo de Filho da Puta era um pouco exagerado para alguém que, há apenas quarenta e oito horas, era o Primeiro Magistrado de uma nação livre e soberana, que, por seus antecedentes heroicos, seus grandes homens, sua história, etc., etc... "Eu estava com a língua solta por causa de Santa Inês" – disse o Agente Consular, enchendo-me de taça –: A intenção não era ofender. Além disso..." "Olhem... Olhem" disse A Maiorala, em tom de mau presságio, convidando-nos, com gestos, a nos aproximarmos de uma pequena janela de vidro quebrado que dava vista para a baía. "Sim" – disse o gringo –: Lá na *wharf* alguma coisa está acontecendo". Ele abriu as escotilhas de saída das – agora inexistentes – canoas de regatas. Ali, de fato, na ponta do cais dos cargueiros de açúcar, algo estranho estava acontecendo. Uma multidão cercava vários caminhões – aqueles de algum tempo atrás – que traziam coisas enormes, erguidas ou caídas, um bazar de formas cruzadas e embaralhadas, que... "Tome o binóculo", me disse o Agente Consular. Olhei. As pessoas, cantando, dançando, embriagadas pela festança, certamente, estavam saindo dos caminhões e jogando no mar, entre gargalhadas e gritos, bustos e cabeças, estátuas minhas, daquelas que, anos atrás, por ordem oficial, tinham dominado escolas, liceus, prefeituras, repartições públicas, praças de povoados, de aldeias, de vilarejos, onde se avizinhavam, ocasionalmente com alguma Gruta de Lourdes, uma vidinha rústica, cheio de velas e círios sempre acesos, a casa da nossa Divina Pastora. E eram bustos de mármore, obra de escultores locais ou de alunos da Escola de Belas Artes; e eram bustos de bronze, fundidos na Itália, nas mesmas fundições onde nasceu a gigantesca República de Aldo Nardini; estátuas de pé – de corpo inteiro –, de casacas com cruzes e faixas em relevo, de General dos Exércitos (com um quepe tão elaborado que, segundo meus inimigos, eu tinha "viseira de avanço e viseira de retrocesso"), de Doutor-Honoris-Causa da Universidade de San Lucas (tinha sido em 1909) com toga e capelo de borla caída no ombro esquerdo, de patrício romano, de tribuno-com-o-braço-apontando-algo (algo inspirada no Gambetta de Paris), de *pater familias* meditativo, de Mentor severo; de Cincinato[458] coroado de louros – agora horizontais, levadas em andores, em carroças, em carrinhos de mão, puxadas por bois, carregadas, arrastadas para serem jogadas na água, uma após a outra, a pauladas, com empurrões ritmados de homens e mulheres: "É um... É dois... É trêêêêês...". Finalmente, apareceu minha estátua equestre – aquela que eu contemplava todos os dias, das varandas do Palácio – deitada em uma calha de trem, mas agora sem um cavaleiro, pois o cavaleiro havia sido arrancado na noite da minha fuga, e reduzida ao cavalo de bronze. E o Cavalo, endireitado por um guindaste, ergueu-se ainda, por um momento, em um último e heroico encabritamento, privado por Quem, do alto, puxava sua forte mordida, antes de mergulhar em um feixe de espumas, "*Memento homo...*", eu disse, sem acrescentar mais nada, porque a frase clássica foi deslocada, repentinamente, pela lembrança de uma piada cruel que, certa vez, O Estudante me fez. "Não cante tangos com letra de Réquiem

---

458 **CINCINATO:** Cônsul romano do século V a.C. que se tornou símbolo da virtude cívica.

– disse o Agente Consular –: Agora, essas suas estátuas repousarão no fundo do mar; estarão verdes de salitre, abraçadas pelos corais, cobertas pela areia. E lá pelo ano 2500 ou 3000 a pá de uma draga as encontrará, devolvendo-as à luz. E as pessoas perguntarão, no tom do *Soneto* de Arvers[459]: "E quem foi esse homem?". E talvez não haverá ninguém que possa lhes responder. Será o mesmo que acontece com as esculturas romanas do período ruim que podem ser vistas em muitos museus: só se sabe delas que são imagens de *Um Gladiador*, *Um Patrício*, *Um Centurião*. Os nomes se perderam. No seu caso, será dito: "Busto, estátua, de *Um Ditador*". Foram tantos e serão tantos ainda, neste hemisfério, que o nome será o de menos." (Pegou um livro que descansava sobre uma mesa.) "Você está no Pequeno Larousse? Não?... Bem, então está fodido"... E naquela tarde eu chorei. Chorei sobre um dicionário – *"Je sême à tout vent"*[460] – que me ignorava.

---

459 **ARVERS:** Alejo Félix Arvers (1806-1850) foi um poeta francês do século XIX, autor do célebre Soneto dedicado a um amor secreto.

460 "Eu semeio aos quatro ventos."

Sétimo
CAPÍTULO

E resolvendo não buscar outra ciência além da
que poderia ser encontrada em mim mesmo...
— DESCARTES

Dezenove

Senhorial e harmoniosa, solidamente inscrita no círculo de blocos arquitetônicos que delimitava a praça triunfal – como se estivesse blindada ante qualquer afronta exterior por uma espessa pátina que lhe ia escurecendo ano após ano, com um esfumaçamento de molduras e relevos –, a casa da *Rue de Tilsitt* o acolheu no regaço de seu átrio protegido por altas grades pretas, como um albergue montanhês acolhe o alpinista perdido que bate à sua porta após um alucinado caminhar entre deslizamentos e precipícios. Eram as cinco da manhã. Usando sua chave pessoal para não acordar Sylvestre, o Primeiro Magistrado entrou no vestíbulo e acendeu a luz. Atrás dele, A Maiorala, que vinha tiritando e tossindo desde a Gare Saint-Lazare, apesar do carcomido casaco de forrado de algodão que comprara nas Bermudas, reclamava de calafrios, peso no peito e dores nos ossos, pedindo rum, cama e Xarope de Tolu. "Dê a ela o Santa Inês que me resta e leve-a, pela escada de serviço, a um dos quartos da mansarda", disse *O Ex* (agora chamava a si mesmo de *O Ex*, com crispada ironia) a Cholo Mendoza, que vinha carregando as malas. Já sozinho, ele olhou ao seu redor, percebendo que havia mudanças na decoração e nos móveis. Onde pensou encontrar a mesa de mogno com jarros chineses, a flor de marfim que em seu cálice reunia os cartões de visita, a ondina, envolta em sua cabeleira, sempre ereta junto ao veludo carmesim de uma panóplia de adagas e espadas, achou-se diante da nudez das paredes pintadas de branco, sem outra ornamentação além dos arabescos de gesso que, pensando bem, podiam ser vistos como um muito estilizado encrespamento de ondas. Quanto aos móveis, um banco comprido com almofadas de cor brilhante que, talvez, fosse a chamada "cor tango", e, em estreitos pedestais, umas esferas, prismas, losangos, de cristal, envolvendo lâmpadas elétricas. "Não está feio; mas o de antes era mais distinto; mais no tom da casa", pensou *O Ex*... Subiu ao primeiro andar, farejando com prazer o cheiro de nogueira envernizada nos degraus, que, por sua permanência, vinha abolir um longo, longuíssimo, tempo transcorrido. As luzes do amanhecer já se pintavam, em amarelo pálido, entre as cortinas da sala de estar. O Mandatário foi a uma janela apertando o brocado para olhar a praça. Ali, magnífico e majestoso, plantado sobre sua linhagem ímpar, estava o Arco do Triunfo, com sua Marselhesa boquiaberta, seu clamoroso Tirteu em armas, e o velho guerreiro de capacete, seguidos pela criança-herói com o saquinho ao ar livre. Ali estava representado, em permanência, o gênio de uma França cartesiana, única capaz de ter engendrado o anti-cartesiano mundo imaginado, animado, erguido e quebrado, por um corso improvável, *meteco* portentoso, com a braguilha enfeitiçada por uma mulata martinicana, que tinha ido perder seu bicórneo em um incêndio moscovita, depois que suas tropas, pintadas de polacos e mamelucos, tinham sido derrotadas pelos guerrilheiros do Padre Merino[461] e de Juan Martín "El Empecinado"[462]. Mas, por trás

---

461 **PADRE MERINO:** Jerónimo Merino Cob (1769–1844) foi um sacerdote espanhol que se destacou como líder guerrilheiro durante a Guerra da Independência contra as tropas napoleônicas.

462 **JUAN MARTÍN "EL EMPECINADO":** Juan Martín Díez (1775–1825), foi um guerrilheiro e militar espanhol célebre por sua resistência contra as tropas napoleônicas durante a Guerra da Independência Espanhola (1808–1814). Após a guerra, foi reconhecido como herói, mas se opôs ao absolutismo de Fernando VII, o que levou à sua perseguição. Em 1825, foi preso e executado por enforcamento, apesar dos protestos populares, tornando-se símbolo da luta liberal e da resistência à tirania.

de quem contemplava o monumento, estavam alguns quadros que talvez representassem mais plenamente o espírito da França cartesiana. Voltou-se para eles, acendendo a eletricidade. E o que veio ao seu encontro foi tão inesperado, tão absurdo, tão inconcebível, que ele caiu na cadeira, estupefato, tentando entender... No lugar da Santa Radegunda merovíngia de Jean-Paul Laurens, com seus peregrinos de Jerusalém, erguiam-se três personagens, apenas personagens, sem importância, de anatomias desintegradas em planos geométricos, cujos rostos – supostamente eram rostos – estavam cobertos por máscaras. Um deles, encapuzado como um monge, com um papel de música na mão; o do centro, com um boné de palhaço, soprando algo parecido com um clarinete; o terceiro, quadriculado como um arlequim, com um bandolim ou violão ou alaúde ou sabe-se lá o quê, atravessado no meio do corpo. E os três personagens – se é que eram personagens – estavam ali, imóveis, grotescos, como criaturas de pesadelo, olhando – se é que olhavam – com ar de gente que se incomoda com a presença de um intruso. "O que você faz aqui? – pareciam dizer-lhe – O que faz aqui?"... Mas isso não era tudo; em outra parede, em vez do delicado marinho de Elstir, havia algo indefinível: um cruzamento de listras horizontais, verticais e diagonais em cores de terra e areia, nas quais aparecia um pedaço de jornal – *Le Matin* – que *O Ex* tratou de desprender com a unha do polegar, mas sem conseguir, pois se resistia o verniz. Em frente, onde estava pendurada, no passado, *A Jantar de cardeais*, de Dumont[463], havia algo agora, totalmente desprovido de significado e que devia ser, talvez, um mostruário de cores Ripolin, pois era uma apresentação de retângulos e círculos, brancos, vermelhos, verdes, delimitados por grossas linhas pretas. Ao lado, em vez do *Pequeno Limpador de Chaminés* de Chocarne-Moreau, insinuava-se uma espécie de Torre Eiffel corcunda, molenga, torta,

463 DUMONT: Maurice Dumont (1869–1899) foi um artista francês multifacetado ativo na efervescente cena artística parisiense do final do século XIX. Apesar de sua morte precoce aos 29 anos, vítima de tuberculose, deixou um legado significativo na arte francesa da Belle Époque.

frouxa, como se tivesse sido quebrada em sua estrutura central por um mandarim titânico caído do céu. Ali, entre as duas portas, algumas mulheres – mulheres? – cujas pernas e braços eram feitos como se fossem pedaços de canos de calefação. Onde eu havia colocado a *Recepção Mundana*, de Berard, com suas maravilhas de rendas, decotes e contraluzes, fui presenteado a uma algaravia indescritível que, para coroar tudo, trazia, em boas letras redondas, o título: *Olho cacodilato*[464]. E lá, sobre o pedestal giratório de mármore verde, havia uma forma em pé de mármore, forma informe, sem significado nem intenção discerníveis, com algumas bolas – duas – na parte inferior e uma coisa alongada em cima – perdoe-me a má impressão – que só poderia ser uma figuração pouco realista e muito exagerada em suas proporções – indecentes, é claro – do que todo homem de fibra tem onde tem que ter. "Mas... Que porra é essa?" "É arte moderna, Senhor Presidente", murmurou suavemente Cholo Mendoza, que acabara de deixar A Maiorala, no andar de cima, enrolada em cobertores, rendida embaixo de um edredom de plumas... E agora *O Ex* estava correndo de sala em sala, encontrando em todos os lugares as mesmas transmutações gráficas, os mesmos desastres: pinturas malucas, absurdas, herméticas, sem evocações históricas ou lendárias, sem assunto, sem mensagem, fruteiras que não eram fruteiras, casas que pareciam poliedros, rostos com um esquadro no lugar do nariz, mulheres com as tetas fora do lugar – uma em cima, outra embaixo – ou com uma pupila nas têmporas, e, mais adiante, tão retorcidas que pareciam estar fornicando, duas anatomias quebradas, emaranhadas em suas próprias linhas, talvez porcas, embora para pintar duas pessoas *assim* (e ele tinha sua boa coleção de gravuras pornográficas bem guardada) exigisse um domínio do desenho, um manejo das perspectivas, uma graciosidade no entrelaçamento dos braços, que

---

464 *OLHO CACODILATO*: *L'Oeil cacodylate* (1921), de Francçois Marie Martínez Picabia, de pai cubano e mãe francesa. É uma obra emblemática do dadaísmo, composta por uma pintura central de um olho e cercada por dezenas de assinaturas e frases de amigos do artista. O quadro mistura colagem, escrita automática e ironia, desafiando as noções tradicionais de autoria e arte.

não tinham, nem de longe, aqueles artistas fracassados que se autodenominavam "modernos" porque eram incapazes de desenhar cabalmente um nu, de colocar um jovem espartano no cenário das Termópilas, de fazer correr um cavalo que fosse um cavalo, de decorar – digamos de uma vez – os painéis da Ópera de Paris[465] ou de levar uma encenação de batalha com o épico brio de um Detaille[466]. "Vou mandar tirar todas essas merdas!", gritou o dono da casa, mais uma vez o Dono da Casa, agarrando a pintura do *Olho cacodilato*. "O que você pensa disso!", disse, atrás dele, Ofélia, que acabara de entrar, vestida com roupas sob medida azul noturno, um pouco desgrenhada, o rímel borrado, com todo o ar de alguém que bebeu muitas taças. "Filha! – disse o Primeiro Magistrado, apertando-a contra si com uma afeição tão repentina que sua voz se quebrou em um soluço –: Filha! Carne da minha carne!" "Papaizinho lindo!", dizia ela, chorando também. "Tão encantadora e tão bonita!" "E você, tão forte e tão inteiro" "Venha: sente-se ao meu lado... Tenho tanto o que lhe falar... Tenho tanto o que lhe contar..." "É que..." E, por cima do ombro de Ofélia, onde uma orquídea com cheiro de tabaco acabara de murchar, *O Ex* viu aparecer, como em uma caravana de carnaval de Flandres, umas caras desgrenhadas, exageradamente maquiadas, maldormidas – bêbados, seguramente. "Amigos meus... Fecharam o *dancing* onde jantamos... Viemos continuar a festa." Gente, mais gente; gente desinibida, desajeitada, desengonçada; gente descortês, desatenta, despudorada; gente que estava se sentindo em casa – mais do que em casa: em um quilombo – sentada no chão, trazendo garrafas da dispensa, enrolando o tapete para poder dançar na madeira encerada do chão, sem se preocupar com ele. Mulheres com as saias até os joelhos, com o penteado com franja que era, *ali*, a marca registrada das prostitutas; jovens afeminados, com camisas xadrez que pareciam feitas de aven-

465 **ÓPERA DE PARIS:** Depois de anos, as pinturas acadêmicas de Paul Bedry, que adornavam a sala, foram substituídas por pinturas novas, de Marc Chagall.

466 **DETAILLE:** Édouard Detaille (1848-1912) foi um pintor acadêmico francês conhecido por suas cenas militares meticulosamente detalhadas, especialmente da Guerra Franco-Prussiana e do Primeiro Império.

tais de cozinheiras. E o gramofone, agora: "*Yes we have no bananas*" (esse horror, sofrido no navio, durante toda a travessia do Atlântico) "*we have no bananas toda*". Ofélia ria com seus amigos, ia, voltava, pegava discos em uma estante, voltava com mais bebidas, enchia as taças, reanimava a corda do gramofone, e era, assim, com *O Ex* resignadamente sentado em um divã, um diálogo de frases truncadas, desalinhadas, sem respostas, notícias que nunca ficavam bem claras, entre voltas pelo salão: não foi a Gare Saint-Lazare porque o aerograma anunciando sua chegada havia chegado ontem à tarde, quando estava em um vernissage; dali haviam saído para comemorar e somente agora o concierge havia entregado, ela acabara de levantar: "agora sim que vamos ser felizes; não terá que voltar a esse país dos selvagens" (começava a soar o *Saint Louis Blues* das más recordações: o mesmo que o Agente Consular havia tocado, naquela tarde..) "Escute: eu trouxe A Maiorala" / "e onde ela está?" / "dormindo, lá em cima" / "eu, francamente, não a teria trazido" / "ela é a única pessoa *lá* que não me traiu... porque... até o Peralta!" / "Sempre senti no meu coração que ele era um filho da puta" / "pior que isso: um Maquiavel de bolso" / "nem isso: talvez, o bolso de Maquiavel" (outra vez: "*Yes, we have no bananas*"...) / "eu não teria trazido A Maiorala; não consigo imaginá-la em Paris; é uma carga a mais que colocamos em cima de nós" / "temos que falar sobre isso, temos muito o que falar" / "amanhã, amanhã, amanhã..." / "mas, se já é *amanhã*, já é de dia." / (outra vez *Saint Louis Blues*) / "Ouça... e vai deixar todas essas merdas nas paredes?" / "Ai, não seja atrasado, meu velhinho: essa é a arte de hoje; já, já você se acostuma" / "e meus Jean-Paul Laurens, meu *Lobo de Gubbio*, minhas marinas?" / "Eu vendi tudo no Hotel Drouot: a propósito, eles me deram uma merreca por todo o lote: isso não interessa a mais ninguém" / "porra! Podia ter me consultado!" / "como eu ia consultar se os jornais, esses dias, diziam que você tinha sido derrubado?" Soube da notícia na Feira de Sevilla" / (Outra vez: "*Yes, we have no bananas*"...) "E quando lhe deram a notícia, você chorou muito?" / "Muito, muito, muito"... / "Você usaria um véu preto, com certeza" / "Espere, vou dar corda no gramofone"... (sobe o tom de "*Yes,we have no...*" que havia descido para o registro grave) "Ouça... e essa gente vai ficar aqui por muito tempo?" "Se quiserem ficar, não vou expulsá-los" "É que temos muito o que conversar" / "Amanhã, amanhã, amanhã..." "Mas: se já é *amanhã...*" / "Se estiver cansado, vá dormir"... / (novo disco: "*Je cherche après Titine, Titine, oh! ma Titine*"[467]: outra obsessão a bordo do navio). Agora Ofélia, deixando-o sozinho no divã, estava dançando, desaforada, com um inglês de cabelos cacheados que me apresentou, ao passar, sem soltá-lo, como um Lord... não sei o quê, que ela tinha conhecido em Capri e que – segundo Cholo Mendoza me dizia, agora sentado ao meu lado – tinha tido problemas com a polícia francesa por usar colegiais do Liceu Jeanson-de-Sailly em performances artísticas de uma "Bucólica" de Virgílio[468]: sim, aquela do pastorzinho Alexis[469]; conheço, a conheço... *O Ex* olhava para sua filha, para todos os outros, com crescente irritação: essas duas, que dançavam, fêmea com fêmea, de rostos colados. E aqueles dois, macho com macho, agarrados pela cintura. E aquela outra, de cabelo curto, beijando a loira magra de xale amarelo. E essas pinturas estúpidas, incompreensíveis, nas paredes. E aquela estátua branca, obscena, falo de mármore, entre garrafas de uísque em cujo rótulo um cavalo, branco também, vinha a ser, ao menos, uma imagem de bom gosto. Logo seu rosto se avermelhou em um acesso de cólera – Mendoza conhecia o sintoma –, cruzou o salão, levantou a agulha do gramofone, atirou vários discos ao chão e terminando de quebrá-los com pisadas. "Bote todos esses crápulas para fora daqui", gritou.

467 **TITINE:** Canção popularizada por Maurice Chevalier e famosa por ser utilizada no cinema por Charles Chaplin.

468 **VIRGÍLIO:** Foi um dos maiores poetas da Roma Antiga, conhecido principalmente por três obras: as Éclogas, as Bucólicas e a Eneida. Cultivou uma poesia refinada e erudita, que combinava o idealismo pastoral, os valores romanos tradicionais e a exaltação do império.

469 **ALEXIS:** O pastorzinho Alexis é o personagem central da Égloga II, do poeta romano Virgílio, na qual o pastor Coridom expressa seu amor não correspondido por Alexis, um jovem belo e idealizado. É uma das primeiras expressões poéticas da homoafetividade na literatura clássica.

Agarrada sobre os outros, que esperavam estupefatos, Ofélia – como um chefe de tribo que mede as forças do adversário antes de atacar – era quem olhava agora seu pai com crescente ira. O "papaizinho lindo" crescia rapidamente ante seus olhos; crescia, inchava, agigantava-se, derrubando as paredes com as mãos, levantando o teto com os ombros. Se lhe fosse devolvida a autoridade de outros dias, se lhe fosse permitido encabeçar, mandar, resolver, em uma casa onde sua presença muito gratamente havia sido dispensada por vários anos; se suas pretensões não fossem cortadas, se seus impulsos não fossem podados, ele acabaria sendo um tirano *aqui*, como havia sido *lá* – acostumado a ser tirano sempre. "Se você não gosta dos meus amigos – disse ela, adotando aquele seu tom, seco e frio, que o outro já havia temido alguma vez –: se você não gosta dos meus amigos, pegue suas malas e vá para o Crillon ou para o Ritz. Há bons aposentos lá. *Room service* e ambiente distinto". "Sodoma e Gomorra", bradou o Primeiro Magistrado. "É por isso que derrubaram você: por estar falando baboseiras", disse Ofélia. "E quem é este?", perguntavam todos, agora. "*Mon père, le President*" – disse Ofélia, com repentina solenidade, como se para amenizar um pouco a brutalidade do que havia sido dito antes. "*Vive le President! Vive le President!*", gritavam todos agora, enquanto um deles, imitando os gritos de clarim de *clown*, entoava *La Marseillaise*. "Vá dormir, papai"... Raios de sol surgiam nas cortinas do salão, apesar das luzes de dentro. Já avançava bem a manhã para toda a cidade. "Vamos ao *Bois-Charbons*", disse *O Ex* a Cholo Mendoza. "*Bye-bye*", disse Ofélia. E enquanto os senhores desciam a grande escadaria de honra, os outros, lá em cima, debruçados sobre o corrimão, fazendo caretas, entoavam ao ritmo do Mambru:

L'vieux con s'en va-t'en guerre
Mironton, mironton, mirontaine
L'vieux con s'en va-t'en guerre
Et n'en reviendra pas!...[470]

470 "O velhote idiota vai para a guerra / Mironton, mironton, mirontaine / O velhote idiota vai para a guerra / E não voltará mais!"

"Alors, on a eu des malheurs, mon bon Monsieur?"[471], disse Musard, a cada dia mais parecido com o caudilho bigodudo do Arco do Triunfo, ao vê-los aparecer. (Era evidente que ele havia se deparado com meu retrato, recentemente, em algum jornal). *"Oh! Vous savez... Les revolutions..."*[472], disse. *"Les revolutions, ça tourne toujours mal*[473] – disse o homem dos vinhos, tirando uma garrafa –: *Voyez ce qui s'est passé en France avec Louis XVI*[474]*."* (Evoquei a capa de *La Convention* de Michelet[475], da edição *Nelson*, em que o cidadão Capeto aparecia no cadafalso, muito digno, com o colarinho da camisa solto, como se estivesse em consulta com um otorrinolaringologista). *"Ce sera pour la prochaine fois"*[476], eu digo, levando a mão ao pescoço. Percebendo talvez, ainda que tardiamente, que sua evocação de Luís XVI havia sido um tanto inoportuna, Monsieur Musard tratava, agora, de consertar as coisas: *"Les revolutions, vous savez... Il paraît que sous l'Ancien régime on était bien mieux... Ce sont nos quarante Rois qui ont fait la grandeur de La France.*[477]*"* "Este leu *A Ação Francesa*", disse Cholo Mendoza. "Ele está se saindo um barresiano", disse. *"Le Beaujolais nouveau est arrivé*[478] – disse Monsieur Musard, enchendo três taças –: *C'est la maison qui régale"*[479]... Bebi meu vinho com deleite. Do fundo da cantina vinha um cheiro agradável de madeira resinosa, do tipo que aqui vendiam, em pequenos feixes de arame, para acender as fogueiras de carvão. Lá estavam elas, em suas prateleiras, como se o tempo não tivesse passado, imutáveis em formas e

---

471 "Então, tivemos contratempos, meu bom senhor?"

472 "Oh! Você sabe... As revoluções..."

473 "As revoluções, elas sempre acabam mal."

474 "Veja o que aconteceu na França com Luís XVI."

475 **MICHELET:** Jules Michelet (1798–1874) foi um historiador francês conhecido por sua abordagem literária e apaixonada da história, especialmente da Revolução Francesa. Defensor do povo como protagonista da história, suas obras influenciaram profundamente a historiografia moderna.

476 "Fica para a próxima vez."

477 "As revoluções, você sabe... Dizem que no Antigo Regime se vivia muito melhor... Foram os nossos quarenta reis que fizeram a grandeza da França."

478 "O *Beaujolais Nouveau* chegou."

479 "É por conta da casa."

rótulos, as garrafas da Suze, o Picon, o Raphaël, o Dubonnet. "Do que vai viver agora? – perguntei a Cholo –: Já não é mais um embaixador". "Um homem precavido vale por dois. Tenho dinheiro de sobra". "De onde você o tirou?" "Graças a mim, a população de nosso país tem trinta mil novos cidadãos, que não aparecem nos censos nem conhecem nosso mapa. Eu fabriquei para eles passaportes e cartas de cidadania... Pessoas pobres que ficaram sem pátria. Vítimas da guerra. Russos brancos. Apátridas. *Heimatlos*. Outra boa que se faz... Além dos negócios que podem ser feitos com a mala diplomática... Eu não devo ter sido o único. Eu não sou um santo. Outros a usam para coisas piores" [fez o gesto de quem, pelo nariz, cheira rapé]. "E isso que a tentação é forte, porque *isso*, agora, rende muito. Mas, há perigo... Com os passaportes, por outro lado... Tenho uma cópia dos carimbos e selos da Embaixada. Então, a loja segue aberta. Com discrição, é claro"... "Muito bem feito: nossos compatriotas não merecem outra coisa" [suspiro]. "Ai, amigo!... Que difícil é servir à pátria!"... Voltamos para a *Rue de Tilsitt*. Um novo porteiro veio até mim, mutilado pela guerra, sem dúvida, pois a manga esquerda estava presa, com um alfinete, no ombro de sua jaqueta azul, e ele usava um distintivo na lapela. Foi necessário explicar que eu era o dono da casa para que, com desculpas teatrais e confusas, me deixasse passar. As cortinas do salão seguiam fechadas. No divã, nas poltronas, nas almofadas espalhadas pelo carpete, dormiam vários farristas da noite anterior. Passando por cima dos corpos – alguns enredados, emaranhados – cheguei, por fim, ao meu quarto. Tirei minha rede do guarda-roupa, pendurando-a nas duas argolas que estavam ali para isso. No Arco do Triunfo cantava, como ontem, como sempre, a Marselhesa de Rude.

Mas se a Marselhesa ainda estava lá, com seu caudilho vociferante e o menino-herói preso entre sabres e couraças, Paris, para mim, havia se despovoado. Percebi isso naquela tarde, quando, depois de um longo sono, tentei fazer uma contagem do que, nessa cidade, poderia recuperar. Reynaldo Hahn não atendia o telefone. Talvez morasse nos subúrbios. "*Abonné absent*", me dizia a voz feminina da Central. O Ilustre Acadêmico, sempre tão compreensivo, a quem eu queria confidenciar minhas tristezas e decepções, pedindo-lhe conselhos sobre como escrever – talvez – umas "Memórias", havia morrido, meses antes, em seu apartamento no Quai Voltaire, vítima de uma irreversível enfermidade, após uma crise mística, muito comentada nos círculos católicos, que o levava a passar dias inteiros entregue à oração, na fria igreja de Saint-Roch, associada, para mim, à lembrança de um romance de Balzac que eu havia lido, quando adolescente, no *Surgidero* de La Veronica. (Não sei por que as igrejas bossuetianas, fenclonianas – refiro-me ao estilo – como Saint-Roch, Saint-Sulpice, ou a capela de Versalhes, não me incitam ao fervor. Para *sentir* uma igreja cristã, preciso que ela seja sombria, envolvente, cheia de relíquias e prodígios, imagens de santos decapitados, sangue, chagas, lágrimas e suores, feridas vivas, selva de velas, pernas de prata e vísceras de ouro no altar dos ex-votos...) Soube que Gabriele D'Annunzio, depois de se meter na confusão em Fiume, foi aposentado – diziam – feito príncipe – diziam –, em sua residência italiana, onde, presa a uma parede de pedra, podia-se ver a proa de um encouraçado, levada para lá em memória de não sei que façanha. Fiquei sabendo – e sobre isso Ofélia disse a verdade – que a pintura de Elstir havia caído muito na estima do público: suas deliciosas paisagens marinhas agora conviviam, remexidas, em galerias de menor prestígio, com qualquer arte que, para os novos-ricos nascidos da Guerra, tratava de ondas, canos, areia e espuma. Amargurado com o declínio de seus valores, ele havia se recolhido raivosamente em seu estúdio em Balbec, tentando alcançar uma "modernidade" que, por deformar seu estilo pessoal, sem acrescentar nada a ele, traduzia-se em buscas desnorteadas tão odiadas por seus admiradores de ontem quanto por aqueles que, agora, seguiam as novas correntes. Na música, algo parecido ocorria: ninguém mais tocava as obras de Vinteuil – e muito menos sua *Sonata* –, fora as mocinhas, alunas do conservatório, que, depois de voltarem de suas aulas de piano, deixavam-nas para dormir em uma gaveta e iam se dedicar às esquisitices de *La cathédrale engloutie*[480] ou da *Pavane pour une infante défunte*[481], quando não se encantavam com a *Kitten-on-the-keys* de Zez Confrey. E os jovens, os "entendidos" – de quê? –, os esnobes, maravilhados com alguma música russa trazida por Diaghilev[482], tratavam o nobre maestro Jean-Christophe[483] de "*vieille barbe*", renegando a ele, como renegavam o *Ouro do Reno*. E foram vistas coisas piores e inconcebíveis: Anatole France, que poderia muito bem ter permanecido no mundo de Thais e Jerôme Coignard, havia saído em um tumulto socialista, de última hora, proclamando a necessidade de uma "revolução universal" que incluiria a *América* – nada menos! –, dando grandes somas de dinheiro ao abominável jornal *L'Humanité*. Outras pessoas andavam muito mal: o Conde de Argencourt, aquele Encarregado de Negócios da Bélgica, outrora tão cerimonioso, empertigado, diplomático em grande estilo, havia sido visto poucos dias antes, por Cholo Mendoza, em frente ao teatro de marionetes na *Champs Elysées*, feito ruína, idiotizado, com o rosto e o semblante de um mendigo sorridente – como se estivesse prestes a estender a mão para pedir esmolas... Em tais dias, não me atrevia a chamar por telefone a Madame Verdurin – agora princesa por casamento. Temia que uma princesa – com humores de princesa – fizesse desdém a alguém que, em suma, não passava de um presidente latino-americano expulso de seu palácio. E eu pensava, amargamente, no lamentável fim de Estrada Cabrera; nos muitos mandatários arrastados pelas ruas de suas capitais; nos que foram expulsos e humi-

---

480 LA CATHÉDRALE ENGLOUTIE: Composta por Claude Debussy (1862-1918), essa peça para piano evoca a imagem de uma catedral lendária submersa que emerge das águas ao amanhecer.

481 PAVANE POUR UNE INFANTE DÉFUNTE: De Maurice Ravel (1875-1937), essa obra é uma pavana melancólica escrita para piano e mais tarde orquestrada.

482 DIAGHILEV: O russo Serguei Pavlovich Diaghilev (1872-1929) consagrou-se como o mais famoso empresário artístico do início do século 20. Sua maior realização foi a criação dos Ballets Russes, a lendária companhia que lançou o primeiro bailarino de fama mundial: Vaslav Nijinsky.

483 JEAN-CHRISTOPHE: Protagonista do romance homônimo escrito em dez volumes por Romain Rolland entre 1904 e 1912. A obra é fortemente influenciada por Beethoven.

lhados, como Porfirio Díaz; nos encalhados neste país, depois de um longo período no poder, como Guzmán Blanco; no próprio Rosas, na Argentina, cuja filha, cansada de desempenhar o papel de virgem abnegada, de magnânima intercessora diante dos encarniçamentos do Terrível, revelando-se, de repente, em sua profunda verdade, havia abandonado o duro patriarca ao legar-lhe o esquecimento, deixando-o morrer de tristeza e solidão, na cinzenta Southampton – ele, que havia sido o dono de pampas infinitos, rios de prata, luas como só se viam ali, sóis que nasciam e se punham a cada dia nos horizontes que ele dominava, vendo as cabeças de seus inimigos passarem, anunciadas como "melancias boas e baratas", nas alegres carroças dos *mazorqueros*[484]. Passavam os dias, e eu apenas via Ofélia, sempre envolvida em jogos e brigas. A Maiorala, enrolada, encolhida sob seu edredom de plumas, recusando-se a ser atendida por um médico francês, vivia com as febres altas da pleurisia, não aceitando outros remédios além do Rum Santa Inês e do Xarope de Tolú – já que aqui não havia as ervas que *lá*, em cozimento, faziam milagres. E eu renovava meus itinerários parisienses com Cholo Mendoza, indo de *Notre-Dame de Lorette* a *Chope Danton*, da *Avenue du Bois*, que não era mais a mesma, ao *Bois-Charbons* de Monsieur Musard, embora não conseguisse mais encontrar a palpitação urbana, o ar, a atmosfera, que em vão buscavam meu olfato e minha memória. O hálito de gasolina havia substituído o cheiro selvagem – antes universal e sem fronteiras, tanto da capital quanto da aldeia – de bosta de cavalo. Já não soavam, nas primeiras horas da manhã, os anúncios do trapeiro, da vendedora de agrião e de alpistes, nem a flautinha bucólica do amolador de tesouras. Já não apareciam mais, na *Place des Ternes*, depois de uma longa caminhada, os ceramistas de Badajoz, com seus burrinhos vestidos à moda estremenha. Só encontrei algo permanente, inalterado, no "*Aux glaces*", no 25 da *Rue Saint-*

484 **MAZORQUEROS:** Membros da Mazorca, milícia que apoiava o ditador argentino Juan Manuel de Rosas no século XIX. Ficaram conhecidos por instaurar um clima de terror durante o governo rosista.

-*Apolline*, onde, entre escaiolas e mesas de mosaico, vidros pintados, decalques de flores nas longas costas das banquetas de couro, um piano mecânico com um ruído percussivo, dois garçons de avental branco e garrafas em bandejas – como as do rótulo Raphaël –, me esperavam mulheres que, apesar dos anos transcorridos, da mudança de gerações, da renovação do pessoal, das modificações nos penteados, quase todas levadas a preferirem uma certa magreza agora às opulências do fim de século, me trouxeram de volta aos capítulos iniciais de minha própria história, aos primeiros gozos, a mil recordações renovadas, às já distantes crônicas de onde – como em outros países do continente – tudo havia sido perturbado, desequilibrado, malformado, por uma repentina aceleração dos modos de viver. E havia sido a confusão de línguas, a degradação dos valores, o desrespeito dos adolescentes, o insulto aos patriarcas, a profanação de palácios, a Expulsão dos Justos... Aqui – "*Aux glaces*" – encontrei a única coisa permanente que, desde sempre – peitos mais, peitos menos – era, aqui como *lá*, presença e singularidade, dialética de formas insubstituíveis, idioma comum de compreensão universal. No tempo irreversível da carne, podia-se passar, dependendo da época, do estilo Bouguereau ao estilo Eva-medieval, do decote Boldini ao decote Tintoretto ou, inversamente, do tumulto das nádegas e dos ventres de Rubens à frágil e ambígua imagem de uma ninfa de Puvis de Chavannes; passavam as modas estéticas, as variações, as flutuações do gosto, que, ao acentuar silhuetas, brincando com as proporções, alargando ou ampliando, não acabam nunca – enquanto os estilos, em outras coisas, passavam por transformações perenes – de alterar a verdade fundamental de um nu. Aqui, olhando o que olho, encontro-me na grande Detenção das Horas, fora de época, talvez nos dias do relógio de sol ou da ampulheta, e, por isso, livre de tudo o que me prende às datas de minha própria história, sinto-me menos derrubado de meus cavalos de bronze, menos rebaixado de meus pilares, menos monarca desterrado, menos ator em declínio, mais identificado com meu *eu* profundo, com os olhos ainda feitos para olhar, com palpitações que me vêm das profundezas de uma vitalidade ainda em deleitoso alerta para algo que mereça ser olhado – riqueza bastante preferível (*sinto*, logo sou) à de um viver fingido na tola onipresença de cem estátuas paradas em parques municipais e pátios de prefeituras... Quando tais reflexões vinham a me entristecer onde não era para tanto, ao me dar conta do desajuste entre pensamento e lugar, eu caía na gargalhada, largando uma frase que sempre alegrava Cholo Mendoza: "Tudo menos *to be or not to be* em uma casa de putas." "*That is the question*", respondia o outro, que também fingia ser leitor, fazendo sinais para uma Leda abundante que, sabendo-se escolhida com antecedência, aguardava seu momento sem pressa, bebia algum aperitivo com sabor de anis em uma mesa próxima – por conta, já, de quem ainda não lhe dissera nada, mas que valia a pena esperar, porque os metecos eram clientes generosos que sabiam apreciar a consciência profissional em todo trabalho.

Vinte

A Maiorala, subitamente curada de febres e dores, emergiu de debaixo do edredom de plumas, clamando por uma igreja onde pudesse cumprir uma promessa de orações e velas feita à Virgem. "Igreja, igreja", ela gritou na portaria, estupefata com a pessoa que veio até ela com três saias, uma sobre a outra, com medo do sol cintilante que o sol do início do verão estava trazendo. "Igreja, igreja", repetiu ela, benzendo-se, dobrando as mãos em um gesto de adoração, exibindo um rosário de contas de prata. A outra, talvez entendendo, apontou naquela direção, virando para a esquerda, virando para a direita, andando um pouco mais... E A Maiorala, com suas fortes panturrilhas de volta à vida, andou, andou, andou, até chegar a um enorme templo – um templo que devia ser, mesmo que não tivesse uma cruz no alto, pois tinha esculturas, como se fossem religiosas, como se feitas por Pedro Estátua, no alto da fachada com muitas colunas – onde se ouvia música de órgão, orações murmuradas, um padre pronunciava palavras que não se entendiam e, enfim, ela viu coisas que conhecia, porque um altar é um altar em qualquer lugar, as imagens sagradas têm um ar familiar e a fumaça do incenso não deixa margem para dúvidas... Tendo cumprido suas devoções, tendo comprado as velas com um pouco de dinheiro francês que o

Primeiro Magistrado havia lhe dado em sua chegada a *Cherbourg* ("para o caso de você se perder, quando for mijar..."), ela desceu um lance de escadas e parou em um mercado de flores muito bonito – embora os cravos daqui não tivessem o perfume dos de lá – e depois parou, olhando para fora, em frente a uma loja onde uma manga, tirada da vitrine, era oferecida, solitária e magnífica, em uma cama de algodão fino. *Lá*, as mangas eram vendidas em carrinhos enfeitados "a cinco e meia", e aqui eram apresentadas em estojos, como as peças que os joalheiros franceses exibiam em seu país. A Maiorala se aventurou a entrar naquela loja. De mesa em mesa e de mostruário em mostruário, passeou com sua alegre surpresa: os braços marrons da mandioca se estendiam em sua direção, como se a chamassem; diante de seus olhos, o verde das bananas verdes se esverdeava, as cascas ásperas dos maracujás se arredondavam, as batatas eram pintadas com manchas claras – mais parecidas com corais do que com fruto soterrado. E, mais a frente, havia a escuridão profunda do feijão preto, a brancura litúrgica da graviola e a polpa rosada da goiaba. E, com sua linguagem de gestos e onomatopeias, apontando, usando os dedos, exclamando, grunhindo acenos ou negações, ele pegava cinco dessas, três daqueles, dez desses, oito daquela sacola, quinze da caixa, colocando tudo em uma das largas cestas que vendiam ali – uma cesta que ela botava na cabeça, na hora de pagar, para grande espanto do caixa: "*Vous voulex un taxi, Mademoisele?*"[485]. Ela nada entendia. Saiu da loja e se orientou. Quando estava vindo para cá, o sol estava em seu rosto. O sol ainda não havia chegado ao topo, e ela ainda não estava com fome: então, seriam dez ou dez e meia. Assim, tinha que andar com a sombra à sua frente, para desandar o andado. O problema é que essas malditas ruas eram inclinadas, retorcidas, mudavam de direção, e a sombra – cada vez menor – passava por ela da direita para a esquerda, e nunca chegava à posição desejada. E, daí, havia tantas coisas estranhas que

---

485 "Você quer um táxi, Mademoiselle?"

vinham para distraí-la: aquele café, com muitos americanos – dava para vê-los por cima de suas roupas – no terraço; a loja de brinquedos do anão azul; aquela enorme coluna com um homenzinho no topo – um Libertador, com certeza –; aquele parque, cheio de estátuas, com uma cerca. Ali, com as árvores à esquerda, a sombra voltou para onde deveria estar. Ela caminhou, caminhou, até uma grandíssima praça, onde havia uma pedra de pé, como as que adornavam alguns cemitérios de *lá*, mas muito maior – e como poderiam tê-la endireitado? Agora, uma avenida, com cabras puxando carroças. Havia barracas vendendo doces e caramelos. E a cesta já estava começando a pesar mais do que o normal quando, de repente – no momento em que o sol estava prestes a dar em cheio na cabeça –, foi-lhe mostrado, no topo da rua, bem longe, o enorme, pesado, maciço e salvador monumento, aquele que eles chamavam de Arco do Triunfo ou Não-sei-o-quê. Ele acelerou o passo. Já estávamos em casa. Ele queria começar a cozinhar imediatamente, mas veio de imediato um golpe frio e forte em suas costas. Era como se as febres estivessem voltando. Ela deixou a cesta em um canto do quarto, tomou um copo de rum batido com Xarope de Tolu e voltou para debaixo do edredom, renegando esses países frios, cujo clima era capaz de foder até o pinto da pomba.

E eram onze e meia do dia seguinte quando Ofélia foi acordada por um barulho incomum de vozes. A camareira entrou, alterada em gesto e tom: "*Mademoiselle, pardonnez-moi, mais...*"[486]. A cozinheira queria vê-la; vê-la no local; ela insistiu. Ela estava lá. Furiosa. E já estava entrando, desgrenhada – furiosa mesmo, de fato – para dizer a ela que, ainda meio adormecida, tentava entender, que aquilo era impossível, que era intolerável, que ela não passaria mais um dia na casa, que estava devolvendo o avental. E, de fato, ela tirou o avental e o entregou, com um gesto de raiva, como o de um venerável mestre maçom que, com imensa raiva, renegou o mandil. Era intolerável: havia

486 "Mademoiselle, perdoe-me, mas..."

descido da mansarda, alguns momentos antes, uma mulher com três saias, gesticulando, de pele escura – *"une peau de boudin, Mademoiselle"*[487] – e se apoderando de seu mundo de panelas e frigideiras, cozinhando coisas estranhas – *"des mangeailles de sauvage, Mademoiselle"*[488] –, sujando tudo, derramando óleos, jogando espigas de milho nos cantos, desonrando as panelas com misturas de pimentão e cacau, usando uma plaina de carpinteiro para cortar pedaços de banana verde, esmagando alimentos fritos, esmurradas, em papel pardo. E, depois de ter preparado essas porcarias indescritíveis, deixando a cozinha envenenada com vapores de banha e o fedores de fritura, ela havia levado bandejas e terrinas de sopa para o pequeno apartamento de Sylvestre, que, por respeito à sua memória, havia sido deixado exatamente como aquele servo exemplar o havia deixado, antes de cair gloriosamente na Meseta de Craonne, com uma cruz de guerra no peito e um retrato publicado no *L'Illustration*, por seu comportamento heroico diante do inimigo... Entendendo melhor o que estava acontecendo, Ofélia devolveu o avental à cozinheira e, vestindo um roupão, subiu ao sótão... O Primeiro Magistrado e Cholo Mendoza, de peito nu, hirsuto, sem barba – e muito bêbados, pelo visto – estavam sentados em uma longa mesa que, na realidade, nada mais era do que uma porta levantada de suas dobradiças e colocada sobre duas cadeiras. Várias bandejas e pratos eram apresentados ali, como se estivessem dispostos em uma suntuosa natureza morta tropical, os verdes da guacamole, os vermelhos da pimenta, os ocres achocolatados dos molhos dos quais emergiam peitos e coxas de peru, cobertos com cebola ralada. Ao lado de uma tábua de cortar, havia chalupitas[489] e enchiladas, juntamente com o amarelo dos *tamales* embrulhados em folhas quentes e úmidas, que soltavam fumaça de uma alegria aldeã. Havia bananas fritas, das maduras, das verdes –

---

487 "uma pele de morcela, Mademoiselle"

488 "comida de selvagem, Mademoiselle"

489 **CHALUPITAS:** Prato típico mexicano feito com uma pequena tortilla de milho frita. Sobre a base crocante, colocam-se carne desfiada, molho e cebola.

as que ela havia esmagado com os punhos –, as cortadas em fatias finas, graças à plaina de carpintaria. E os bolinhos fritos de batata e as bolachas de coco assadas no forno, aquela tigela de ponche onde, em uma mistura de tequila e cidra espanhola, do tipo que se bebia *lá* em casamentos no campo, flutuavam cascas de abacaxi, limões verdes, folhas de hortelã e flores de laranjeira. "Gostaria de sentar conosco?" perguntou o Cholo Mendonza. "E quem preparou tudo isso?", perguntou Ofélia, ainda atordoada pelo despertar rude e pelos gritos da cozinheira. "Elmirinha, para servir a Deus e a você", respondeu a parda, fazendo uma reverência com as panturrilhas cruzadas, como faziam as moças educadas nas escolas dominicanas francesas. Ofélia estava prestes a chutar a mesa improvisada e acabar violentamente com a folga. Mas, agora, um tamal de milho, levantado em um garfo, aproximou-se de seus olhos, descendo em direção à sua boca. Quando estava diante de seu nariz, uma súbita emoção, vinda de dentro, de longe, de um latejar das entranhas, amoleceu suas ancas, fazendo-a sentar-se em uma cadeira. Ela o mordeu e, de repente, seu corpo ficou mais leve em trinta anos. Ela estava de pé, de meias brancas, com os cabelos amarrados com papelotes chineses, no pátio dos pilões e dos tamarindos. E as polpas marrons da tigela, enfiadas em suas cascas de pergaminho crocante, desceram até ela, trazendo-lhe um azedume agridoce que colocou saliva esquecida sob sua língua. E aquele cheiro devolvido de goiabas fermentadas – estranho mosto de pera e framboesa – atrás da cerca onde o porco Jongolojongo, com cerdas longas e focinho comprido, perambulava com seus grunhidos, removendo telhas quebradas e rolando latas velhas e mofadas. E os vapores que saíam da cozinha cheia de panelas, potes, jarros de barro, cerâmica preta, onde se ouvia o barulho da mastigação, como o passo ritmado da bota na terra molhada, do pilão caído, com o ritmo de um pêndulo de relógio, sobre a massa leitosa, perfumada e espumosa do jojoto[490]. E a vaca

490 JOJOTO: Milho verde da Venezuela. É muito usado em pratos típicos como cachapas e bollos.

Flor de Maio, recém-parida, chamando o bezerro para aliviar os úberes, e o vendedor de doces, ali, na rua; e o sino da capela da ermita, escondido entre as ameixas e cerejeiras; este milho, aqui – tenho sete anos e, todas as manhãs, me olho no espelho para ver se, durante a noite, me saíras as tetas –, entrando em meus poros. Tenho sete anos:

Santa Maria
livrai-nos de todo mal.
Ampara-nos, Senhora,
desse tremendo animal
E todos cantavam agora:

A Virgem pegou um facão
para poder matá-lo
e o Demônio de quatro
entrou em um matagal.

"Des mangeailles de sauvages"[491], exclamava a cozinheira, agora com as mãos na cintura da porta. "Foda-se Brillat-Savarin[492]!", gritou Ofélia, com as bochechas em chamas por causa da cidra com tequila, da *garapiña*, da *ñuza*, provando isso e aquilo, mergulhando a colher na guacamole, enfiando uma coxa de peru no molho de pimenta. E, logo levada por um inesperado impulso de afeto, ela se sentou no colo do pai, beijando suas bochechas, onde encontrou novamente um cheiro de tabaco, aguardente, loção francesa, com um pouco de hortelã, alcaçuz e talco "Mimí Pinson" – tudo menos velho, mais viril, quase jovem – em um maravilhoso reencontro com o tempo passado. Soava, ela primeira vez desde os dias da Meseta Craonne, o gramofone que havia permanecido mudo após a morte heroica de Sylvestre. Agora ouviam-se nele, com vozes que baixavam de tom e agonizavam quando a corda perdia força, as melo-

---

491 "Comida de selvagens".

492 BRILLAT-SAVARIN: Anthelme Brillat-Savarin (1755-1826) foi um jurista e gastrônomo francês do século XIX, autor da obra A Fisiologia do Gosto. É considerado um dos fundadores da literatura gastronômica moderna.

dias de uns discos obtidos por Cholo Mendoza: *O faisão*, de Lerdo de Tejada, *Alma campeira, O tamborizinho, Flores negras, As pérolas de sua boca*, e Milonguita, flor de luxo e de prazer, os homens lhe fizeram mal, hoje daria qualquer coisa para se vestir de percal; e ouve a história que me contou um dia, o velho coveiro da comarca: era um amante que, por sorte ímpia, sua doce bondade o ceifador lhe tirou: e adeus, rapazes, companheiros de minha vida; e à noite ele ia ao cemitério, para ver o esqueleto de sua amada e enfeitar seu crânio com flores de laranjeira, a boca horrível cobria de beijos; e adeus, rapazes, companheiros de minha vida, farra querida, daqueles tempos; e o dia em que me amar, você terá mais luz do que junho, com notas de Beethoven, cantando em cada flor; e de novo e de novo e de novo a farra querida daqueles tempos, e adeus e adeus, estrela das minhas noites, cantou o soldado, ao pé de uma janela... Agora, Elmirinha e Ofélia, abraçadas, cantavam um dueto – *prima* e *segunda* – com primorosa observância de intervalos de terceira e sexta, sobre uns toques de violão vocais que Cholo produzia em oportunas onomatopeias dedilhando um instrumento imaginário... E quando a noite caiu, entre drinques, canções e petiscos de carne e tomate, o Primeiro Magistrado decidiu se instalar permanentemente no apartamento de Sylvestre, entrando e saindo pela escada de serviço: "Assim estarei mais independente." Que Ofélia, no andar de baixo, organizasse suas festas de gente jovem e convivesse com as pinturas horríveis que lhe esgotavam a paciência – além do fato de que ele não as entendia e nunca as entenderia. E A Maiorala ficaria aqui para morar, no quarto ao lado, para acompanhá-lo e atendê-lo. A Infanta concordou: Elmirinha era uma mulher magnífica, abnegada e boa – "muito mais decente e mais honrada do que muitas das amigas dessa Madame, dos saraus musicais, que não quer mais vê-lo desde que se tornou princesa". Mas a mestiça tinha de ser vestida de forma diferente, e Ofélia foi correndo aos seus armários para trazer-lhe algumas roupas que não usava mais. A Maiorala, embora elogiasse a qualidade dos tecidos, olhava para tudo com certa desconfiança: aqui, o decote lhe parecia *descarado*; ali, a *fenda da saia* lhe parecia indecorosa. Diante das lapelas de um *tailleur* Redfern: "Eu não uso coisas de homem." Ante um *ensemble* preto de Paquin: "Sim, talvez para um velório." Por fim, aceitou, subitamente feliz, um modelo de Paul Poiret, de certa forma inspirado nos desenhos de Léon Bakst[493] para a *Sheherazade*[494], que a fazia lembrar das saias e blusas floridas de sua aldeia. E naquela noite, como que em um ato de consagração da nova residência, duas argolas foram fixadas nas paredes, as cabeceiras foram amarradas e ficou pendurada a rede lã do Primeiro Magistrado – "perdão: *O Ex*", retificou o patriarca, entregando-se ao deleite de um primeiro balanço.

Logo A Maiorala se orientou em uma vasta área que tinha o Arco do Triunfo como centro e o rio como sua fronteira extrema – um rio que ela nunca atravessava, porque as pessoas que achatam muito e cozinham muito correm o risco de ficar atordoadas se atravessarem uma ponte. Havia encontrado uma igreja na praça onde um cavaleiro de bronze, poeta de muitos méritos que havia sido amigo do Imperador Pedro do Brasil – como Cholo Mendoza havia lhe explicado –, parecia meditar interminavelmente, e, atrás da igreja de um San Honorato não sei das quantas, uma maravilhosa peixaria onde se vendiam lulas, camarões e mariscos bastante parecidos com os de *lá*, e uns mexilhões idênticos aos que, nas praias de *La Verónica*, saíam da areia, como se atraídos por um ímã, quando percebiam que uma mulher querendo homem havia se sentado sobre elas. Em uma loja próxima, vendiam panelas e frigideiras de barro e, roubando tijolos de um canteiro de obras – carregados dois a dois, todos os

493 **LÉON BAKST**: Artista e cenógrafo russo ativo no início do século XX, ligado aos Ballets Russes de Diaghilev. Criou figurinos e cenários marcantes com cores vibrantes e temas exóticos.

494 ***SHEHERAZADE***: Balé criado em 1910 pelos Ballets Russes, com música de Rimsky-Korsakov e coreografia de Michel Fokine. Inspirado nas Mil e Uma Noites, retrata um conto de traição e sensualidade no harém de um sultão. O visual exótico de Léon Bakst marcou a estética orientalista do espetáculo.

dias, no saco de plástico em que levava limões, alho e salsa –, ela havia transformado a lareira da mansarda em um fogão *criollo*, alimentando-o com lenha trazida, em pequenos feixes de amarrados, do *Bois-Charbons* de Monsieur Musard, onde ia com muita frequência, agora, pois estava se tornando uma grande apreciadora de Muscadet e Gaillac doce – vinhos que, segundo dizia, "davam corda no seu corpo"... E começou a viver, ali, sob um telhado de ardósia, em uma latitude e um tempo que eram de outro lugar e outra era... A manhã estava repleta do cheiro de café forte, coado em uma meia de lã, adoçado por um melado de cana que a mestiça pegava ao lado da *Madeleine*, onde ela sabia ir sem se perder, pois tinha visto que, passando sob o Arco do Triunfo, bem no centro, podia distinguir de longe a Pedra de Pé, em direção à qual caminhava, virando depois à esquerda para encontrar o edifício de muitas colunas diante de cujos altares ela tinha feito uma novena para sua cura. Depois era uma espera no balanço da rede, com uma dose de aguardente e um charuto Romeu e Julieta, até que, à voz de "Aproximem-se!", aparecesse, sobre duas largas tábuas de nogueira montadas em burros de carpintaria, o café da manhã rancheiro de ovos com molho de pimenta, feijão frito, tortilhas de milho, torresmo e queijo branco, trabalhadas com a mão forte e apresentado em folhas de qualquer coisa – desde que fossem verdes – na ausência de folhas de bananeira. Depois vinha a sesta matinal, interrompida a meio sono por Cholo Mendoza, que trazia os jornais do dia. Mas esses jornais não eram os que nasciam ao amanhecer nas bancas parisienses. Era a imprensa do além-mar, bem viajada e ocupada, alheia aos eventos imediatos e às datas atuais. *Le Figaro*, *Le Journal*, *Le Petit Parisien*, não subiam mais àquele andar, tendo sido substituídos, pouco a pouco, por *El Mercurio*, *El Mundo*, *Últimas Noticias*, de *lá*, quando não por *El Faro* de Nova Córdoba ou *El Centinela de Porto Araguato*. O Primeiro Magistrado esquecendo os sobrenomes dos homens políticos *daqui*, pouco se importando com o que estava acontecendo na

Europa – mesmo que o recente assassinato de Matteotti[495] tivesse reacendido sua admiração pelo fascismo italiano, e por aquele grande Mussolini que acabaria com o comunismo internacional–, atento apenas ao que poderia acontecer *lá*.... (Aclamado como Restaurador e Guardião da Liberdade, após uma entrada triunfal, montado em um cavalo preto – embora sem ter calçado botas e vestindo o terno branco de brim que sempre usara como professor universitário – Luis Leoncio subiu os degraus do Palácio Presidencial, descrito por ele como o "Estábulo de Augias", em um manifesto recente, com o passo e a majestade de Arconte, o semblante severo, poupando seus gestos, olhando friamente – com algo vagamente ameaçador em seus olhos – para aqueles que se excediam em felicitá-lo por seu triunfo. Muito se esperava de Quem, depois de colocar a folha de pagamento dos funcionários públicos em dia, graças a um rápido empréstimo norte-americano – havia se dedicado, monástico e frugal, a um imenso trabalho de análise dos problemas nacionais. Durante semanas e semanas, ele se enclausurou em seu escritório, taciturno e distante, estudando orçamentos, estatísticas, documentos políticos, preferindo a ajuda de livros técnicos, enciclopédias, relatórios e memórias à consulta de especialistas, muitas vezes levados a particularizar questões – a dividir cartesianamente o todo em partes cuja multiplicidade nos fazia perder de vista o todo. Com unção, com emocionada impaciência, esperavam os resultados de seu trabalho. As pessoas caminhavam pelo Parque Central, todas as noites, com passos macios, conversando em voz baixa – apontando para a janela de luzes acesas até as primeiras horas da manhã, atrás da qual alguém estava elaborando Algo Grande. Todos esperavam que o Sábio de Nova Córdoba falasse. Logo falaria. E, finalmente, ele falou, ante uma enorme multidão reunida no Estádio Olímpico. E seu discurso foi a investida torrencial – sem descanso nem respiro – de um dicionário sem

---

495 MATTEOTTI: Giácomo Matteotti (1885-1924) foi um político e jornalista italiano, opositor do fascismo de Benito Mussolini. Denunciou fraudes nas eleições de 1924 e foi sequestrado e assassinado por fascistas pouco depois.

amarras, sem correntes, de páginas rasgadas, rebelião de vocábulos, tumulto de conceitos e ideias, percussão acelerada de números, imagens, abstrações, em uma corrida vertiginosa de palavras lançadas aos quatro ventos, que iam do Banco Morgan à República de Platão, do Logos à Febre Aftosa, da General Motors a Ramakrishna, chegando à conclusão – pelo menos foi assim que alguns entenderam – que do Casamento Místico da Águia com o Condor, da fertilização de nosso Solo Inesgotável pelo Investimento Estrangeiro, nesta América, transfigurada pela próspera Técnica que nos viria do Norte [e estávamos no limiar de um século que seria um Século de Técnica para um Continente Jovem], à luz de uma espiritualidade inata que era nossa, seria realizada uma síntese do Vedanta[496] e do Popol-Vuh[497] com as parábolas de Cristo-o-primeiro-socialista, o único socialista verdadeiro, alheio ao Ouro de Moscou e à Ameaça Vermelha, diante de uma Europa agonizante, esgotada, agora sem seiva nem gênio – e seria bom se pudéssemos nos livrar de vez de seu já inútil magistério –, cuja irremediável decadência o filósofo alemão Oswald Spengler[498] havia proclamado há pouco tempo. No início de uma nova Era, em que as teses-antíteses Norte-Sul, complementando-se no telúrico e no científico, levariam à construção de uma Nova Humanidade, o *Alfa-Ômega*, o partido da Esperança, respondeu ao *sturm-und-drang*, à pulsão política, das novas gerações, marcando o declínio das Ditaduras neste continente, estabelecendo uma autêntica e verdadeira Democracia, onde haveria liberdade de ação sindical, desde que não rompesse com a necessária harmonia entre Capital e Trabalho; era reconhecida a necessidade de

---

496 **VEDANTA:** Uma das escolas filosóficas clássicas do hinduísmo, baseada nos ensinamentos das Upanishads. Explora temas como a natureza do eu, a realidade última e a libertação espiritual. É central na tradição indiana e influenciou movimentos como o yoga e o advaita.

497 ***POPOL-VUH*:** Livro sagrado dos maias quichés da Guatemala, reunindo mitos de criação e histórias dos deuses e heróis. Narra a origem do mundo, a criação dos humanos e a luta entre o bem e o mal.

498 **OSWALDSPENGLER:** Filósofo e historiador alemão, autor da obra *A Decadência do Ocidente*. Defendia que as civilizações seguem ciclos orgânicos de nascimento, apogeu e declínio.

oposição, desde que fosse uma *oposição cooperativa* [crítica, sim, mas sempre *construtiva*]; era aceito o direito de greve, desde que as greves não paralisassem as empresas privadas nem os serviços públicos; finalmente, já que, de fato, existia em nosso país, o Partido Comunista seria legalizado, desde que não atrapalhasse o funcionamento das instituições e não incentivasse a luta de classes... E quando o orador terminou seu discurso com "Viva a Pátria!", houve tantos os "mas", "no entanto", "todavia", "apesar do que foi dito", "se e somente se", pronunciados antes, que os ouvintes ficaram com a impressão de terem vivido em um tempo totalmente parado, alheios à passagem dos relógios, suspensão do Transcurso, já que o Austero Doutor, ao deixar a tribuna, deixava atrás de si um total vazio mental – cérebro em branco, êxtase agnóstico – naqueles que o haviam escutado... E nos meses que se seguiram, tudo era desconcerto e confusão. O Presidente Provisório – já não tão provisório – nunca chegava a tomar uma decisão. Cada iniciativa proposta por seus colaboradores, cada medida de aplicação imediata, parecia-lhe "prematura", "inoportuna", "injusta" – pois "não estávamos preparados", "ainda não era hora", "nossas massas ainda não estavam maduras", etecétera. E foi, depois de poucos meses, o ceticismo e o encolher de ombros, e o gozar o dia, e a décima, e o violão, e as maracas, daqueles que muito tinham esperado, enquanto já se falava em Descontentamento no Exército: "Golpe militar à vista – previu o Primeiro Magistrado –: Não seria novidade. Como diz um ditado nosso. "Não se nota uma listra a mais na pele de um tigre". "Mas agora eles dizem que é uma questão de *jovens oficiais*", observou o Cholo. "Em vez de facões, metralhadoras – disse o Poderoso de outros tempos –: é tudo a mesma coisa"... Mas havia algo novo na atmosfera: *Liberación*, agora um jornal legal, aparecia todas as manhãs em oito páginas – apesar de que, de tempos em tempos, inesperadamente, sua gráfica era invadida por milícias não oficiais do *Alfa-Ômega*, que espalhavam as páginas, viravam as galerias, batiam nos linotipistas. Pessoas de insuspeita afiliação comunista colaboravam agora em suas páginas, com assinatura no pé do artigo. A casa Francis Salabert, de Paris, editora de música, havia recebido um pedido de mil cópias de *A Internacional*, que já estava sendo cantada *lá*, com a letra traduzida para o espanhol, recentemente publicada no México por uma revista – *El Machete* – editada por Diego Rivera...) E os meses se passaram, a imprensa de fevereiro foi lida em abril, a de outubro em dezembro, com crescentes evocações de eventos passados, reavivamentos de personagens que haviam desaparecido: presença de um ontem, cheio de *ontem*, enfiado no hoje, feito carne em uma carne que habitava entre nós, mas que estava se descarnando, porque era evidente que a imagem robusta e altiva de *O Ex* começava a se deteriorar com o passar de um tempo que, progressivamente apressado para aqueles que o viviam, encolhia, apertava, o espaço entre um Natal e outro Natal, entre um desfile militar em 14 de julho e o próximo desfile militar em 14 de julho – com uma enorme bandeira tremulando sob o Arco do Triunfo, que parecia ter sido deixada lá desde a última vez. As castanheiras floresceram, as castanheiras desfloresceram, as castanheiras voltaram a florescer, jogando folhas do calendário na cesta de papéis, e o alfaiate do Monsieur le President teve de ir e voltar à *Rue de Tilsitt* para remodelar suas roupas em uma anatomia desgastada que se enrugava a cada dia. A corrente do relógio estava recuando visivelmente em um colete menos avultado, enquanto os ombros, antes íngremes em uma rigidez inflexível, agora estavam se dobrando sobre clavículas já livres das gorduras do tórax – como observou A Maiorala que, na hora do banho, passava uma esponja e luva de crina de cavalo no peito de seu Primeiro Magistrado. Ela, pela mesma razão que lhe alarmava essa magreza progressiva e não acreditava nos remédios em vidros que vendiam aqui, por carta ditada – ou melhor, balbuciada – ao Cholo Mendoza, conseguiu que uma comadre Balbina, do Palmar de Siquire, onde não havia agência de correio, lhe enviasse um pacote de ervas curandeiras – o mesmo que, viajando de burro, mula, bicicleta, ônibus, vários trens, dois barcos e uma ferrovia, Elmira iria buscar hoje no Gabinete de Encomendas Postais, na *Rue Étienne Marcel*. Ela estava acompanhada de seu Ex-presidente e de seu Ex-embaixador, porque era necessário preencher muitos papéis, pôr muitas assinaturas, e isso era para pessoas que sabiam ler e escrever – e em francês, que era pior... Já com a encomenda enrolada em um xale, os três muito protegidos porque estava frio, embora o dia estivesse iluminado por um sol claro e um céu sem nuvens, Elmira viu as torres de *Notre-Dame* pela primeira vez. Quando soube que se tratava da Catedral de Paris, estava decidida a ir até lá para acender uma vela à Virgem. Parou, maravilhada, em frente ao prédio: "O que eu digo: essas são as coisas que deveriam ser feitas em nossos países para atrair turistas." As figuras do tímpano, dos batentes, lembraram-na das esculturas de Pedro Estatua, seu conterrâneo de Nova Cordoba. "O mestiço não é estúpido", observou *O Ex*, que não havia notado, até agora, que houvesse algum parentesco estilístico entre esta e aquela, especialmente nos rostos de diabos, no potro encabritado, os demônios chifrudos, as zoologias infernais do Juízo Final. E então estava assombrada na Penetração na Nave – nave que brilhava por toda a extensão de sua vidraça, embora deixasse, por jogos de contraluz, as pessoas dos visitantes em silhuetas escuras, eram poucas nesse meio de tarde de primavera fictícia. Para descansar, eles se sentaram entre as duas rosáceas do cruzeiro. Na outra extremidade da fileira de cadeiras, um jovem, de casaco longo e cachecol de frio, observava tudo com profunda e cuidadosa atenção. "Um beato", disse a Maiorala. "Um esteta", disse Cholo Mendoza. "Um estudante de Belas Artes", disse o Primer Magistrado. E, em voz baixa, para entreter a mestiça, começou a lhe contar, como um avô para sua neta, as histórias verdadeiras que tinham sido vistas aqui: a do arquidiácono apaixonado por uma cigana que, ao som de um pandeiro, fazia dançar uma cabra branca (Elmira, quando criança, tinha visto algumas ciganas assim, mas o que elas faziam dançar era um urso...); o de um poeta vagabundo que incitou alguns mendigos a atacar a igreja ("quando há desordem, as igrejas são sempre danificadas", disse Elmira, lembrando-se de um caso que teria sido melhor não lembrar...); a sineiro corcunda, também apaixonado pela cigana ("os ciganos são muito apaixonados, e as mulheres parecem prestar atenção neles, mas é só para lhes tocar a corcunda, porque dá sorte..."); e a de dois esqueletos que apareceram abraçados e que talvez fossem os de Esmeralda e do sineiro ("já foram vistos casos, como o contado na canção do velho coveiro da região, que temos em disco..."). Mas então os órgãos ressoaram em uma tremenda investida sonora. Eles não conseguiam ouvir uns aos outros. "Vamos embora daqui", disse *O Ex*, pensando no excelente vinho da Alsácia que serviam no café da esquina, onde, a propósito, estaria mais quente do que aqui... E em sua cadeira na extrema ponta o "beato" – como Elmira o chamava – permanecia entregue à sua contemplação deslumbrada. Esse era seu primeiro encontro com o gótico. E o gótico havia se erguido, dos seus dois lados, em arcos e vitrais, com uma revelação insuspeita: perto disto, toda a arquitetura lhe parecia elementar, ligada à terra, enraizada, muito tônica, mesmo em suas expressões mais sujeitas a Códigos de Proporções e Regras de Ouro. Essa construção lançada para cima, a exaltação da verticalidade, a loucura da verticalidade, minimizava, para ele, os frontões do Partenon que não eram, em suma, nada mais do que uma versão transcendida e sublime do telhado de duas águas da cabana arcaica, com a coluna canelada que era uma transfiguração da forca, uma forma regida por módulos – quatro troncos, seis troncos, oito troncos –, que os batentes sustentavam, vigas de cedro, dos rústicos portais dos camponeses. No grego, no romano, perdurava o parentesco genésico do telúrico e de vegetal. Da cabana do criador de porcos Eumeu[499] ao templo de Fídias, o caminho era claro e desobstruído em seu processo de sucessivas estilizações. Aqui, por outro lado, a arquitetura se tornou invenção, ocorrência, criação pura, em uma leveza de materiais nunca vista – a pedra

---

499 **EUMEU:** É o fiel criador de porcos de Odisseu na Odisseia. Recebe o herói disfarçado sem saber sua identidade e o trata com respeito. Mais tarde, ajuda Odisseu a retomar seu palácio e vencer os pretendentes.

sem gravidade – com nervuras que não deviam nada às estruturas da Árvore – com os sóis próprios de suas prodigiosas janelas rosas: Sol do Norte, Sol do Sul. Entre dois sóis estava o contemplador do cruzeiro, preso entre os vermelhos de um ocidente ardente e a grave e mística sinfonia azul do vidro boreal. Ao Norte, a Mãe, centrando uma corte temporal – como Intercessora, por fim – de Profetas, Reis, Juízes e Patriarcas. Ao Sul – em sangue de tortura – o Filho, soberano de uma corte atemporal de Apóstolos, Confessores, Mártires, Virgens Lúcidas e Virgens Loucas. Todo o mistério do nascimento, da morte, do eterno renascimento da vida, da passagem das estações, encontrava-se na linha reta, imaginária, invisível, esticada entre os dois círculos centrais das imensas luminárias, abertas em um *magnificat* de estruturas destacadas do chão, como se penduradas sem peso em seus sinos e gárgulas. Os tubos do órgão, nas sombras, subitamente ergueu suas fanfarras triunfais... Ateu porque suas perguntas íntimas não buscavam respostas em terreno religioso; um descrente, porque a descrença era própria de sua geração, preparada para ele pelo espírito cientificista da anterior; um oponente das políticas e compromissos que, com muita frequência, em seu mundo, as Igrejas transferiam para o campo de seus adversários, mantendo, em nome da fé, uma falsa ordem que devorava a si mesma, o contemplador dos Sóis de Cristal era sensível, no entanto, à dinâmica dos Evangelhos, reconhecendo que seus textos tiveram, em seu tempo, o mérito de promover uma estrondosa desvalorização de totens e gênios inexoráveis, presenças sombrias, ameaças zodiacais, cajados de augúrios, sujeições a idos de março e inapeláveis desígnios. Mas se a tomada de uma nova consciência de si – o drama da existência situado *dentro* e não fora de si mesmo – levou o homem a se analisar em termos dos valores que o subtraíam dos terrores primordiais, ele permanecia, como um gigante perdido, tiranizado por aqueles que, como ele, foram infiéis às suas primeiras promessas, haviam criado novos totens, novos fados, templos sem altares, cultos sem sacralidade, que precisavam ser derrubados. Talvez estivessem próximos os dias em que as trombetas de um Apocalipse soariam, mas dessa vez tocadas pelos presentes e não pelos anjos do Juízo Final. Era tempo já de fixar os protocolos do futuro e estabelecer o Tribunal de Repartições... O jovem olhou para o relógio. Quatro horas. O trem. Ele submergiu novamente na beleza que o circundava, embora fosse hora de caminhar em direção à sua casa. "Eu me sinto sobrando onde tudo já está feito", ele pensou, saindo de *Notre-Dame* pelo pórtico central – o da Ressurreição dos Mortos. Ele ainda teve tempo de provar um vinho da Alsácia, excelente, servido no café onde havia deixado sua mala aos cuidados de um camareiro. Ele atravessou a rua e entrou no *bistrô* sem perceber três pessoas – uma mulher, dois homens – sentadas em um banco nos fundos, olhando para ele com espanto. Depois de pagar a bebida, O Estudante voltou para a rua e chamou um táxi. "*À Garra do Norte, please*"... O encontro foi no bufê, onde vários delegados já estavam reunidos para a "Primeira Conferência Mundial contra a Política Colonial Imperialista", que amanhã, 10 de fevereiro, seria aberta em Bruxelas[500], sob a presidência de Barbusse. Já estava ali o cubano Julio Antonio Mella[501], que ele conhecera horas antes, na companhia de Jawaharlal Nehru[502], delegado do Congresso Nacional Hindu. "O trem já entrou nos trilhos", disse alguém, apontando a Via 8. Os três pegaram suas magras valises e entraram em um compartimento de segunda classe. O hindu, encostado no canto a uma janela, examinava alguns papéis, enquanto Mella se interessava pela situação política de nosso país. "Derrubamos um ditador – disse O Estudante –: mas a mesma luta continua, já que os inimigos são os mesmos. A cortina caiu em um primeiro ato

---

500 **BRUXELAS:** A Conferência foi celebrada, de fato, em Bruxelas, na Bélgica, em 1927.

501 **JULIO ANTONIO MELLA:** Ativista comunista cubano e fundador do Partido Comunista de Cuba em 1925. Lutou contra a ditadura de Gerardo Machado e teve forte atuação estudantil e sindical. Foi assassinado no exílio no México em 1929.

502 **JAWAHARLAL NEHRU:** Líder político indiano e o primeiro primeiro-ministro da Índia independente, de 1947 a 1964. Discípulo de Gandhi, teve papel central na luta contra o domínio britânico.

que foi muito longo. Agora estamos no segundo, que, com outras decorações e outras luzes, já está se parecendo com o primeiro." "Nós, agora, estamos entrando no que vocês passaram", disse Mella. E lhe falou do novo Ditador da Vez, o de Cuba, a quem – nós sabíamos – ele havia dobrado, em uma batalha travada na prisão, por meio de uma greve de fome tenaz, prolongada e lúcida, forçando seu adversário a lhe restaurar a liberdade, e depois marchando para o México, onde continuava sua luta... Gerardo Machado era muito parecido com nosso Primeiro Magistrado, no físico, no comportamento político e nos métodos, mas era diferente porque, sendo muito inculto, não erguia templos a Minerva, como seu quase contemporâneo Estrada Cabrera, nem era afrancesado, como muitos outros ditadores e "tiranos ilustrados" do Continente. Para ele, a Sabedoria Suprema estava no Norte: "Sou um imperialista – declarava, olhando fervorosamente para Washington–: Não sou um intelectual, mas sou um patriota." No entanto, ele teve o humor não intencional de informar ao público, um dia, por meio de seus jornais, que estava "estudando as tragédias de Esquilo" [sic]. "Ele é um bom candidato para se juntar ao clã dos Atridas", disse O Estudante. "Pelo que se vê, ele já faz parte da família", disse Mella. "Em breve ele pedirá uma coleta de *livros vermelhos*", disse O Estudante. "Já está feita", disse o cubano. "Cai um aqui, outro se levanta lá", disse O Estudante. "E o espetáculo se repete há cem anos." "Até que o público se canse de ver o mesmo." "Temos que esperar"... Abrindo suas pastas de couro – ambas mexicanas, ambas com calendário asteca gravado na capa – eles trocaram os textos de seus relatórios e comunicações para lê-los no caminho. Nehru, em seu canto, com alguns papéis sobre os joelhos, estava como que imerso em seu mundo interior, escondido atrás de seus olhos muito abertos arregalados. Houve um longo silêncio. O trem se aproximava da fronteira à noite – dupla noite – das coroas de carvão. "*Cool, cool*", disse Nehru, sem que os outros pudessem dizer se ele se referia ao carvão ou ao frio – por uma explicável confusão entre *carvão e cool* –, pois estava frio, nesse vagão de segundo classe, um frio quase demais para eles, homens de países quentes. E o indiano voltou a dormir sem dormir, até que o trem chegou a Bruxelas.

Vinte e um

> ...esses insensatos se empenham em fazer crer que são reis, sendo uns pobres, que, estando nus, vestem-se de ouro e púrpura.
> — DESCARTES

"Desterrado"... "Expulso"... "Perdido"... "Ou fugido"... "Escapado"... "Em fuga"..."Eu, o que sei é que estava em uma igreja – observava A Maiorala –: "E os comunistas não visitam igrejas nem durante a Semana Santa". E voltavam as conjecturas: "Desterrado"... "Perdido"... "Escapado"... "Talvez arrependido"... "Convertido"... "Crise mística"... "Brigado com a sua gente"... E durante dias e dias não se falava em outra coisa na *Rue de Tilsitt*, na espera de que os jornais de *lá* – os de fevereiro em abril – chegassem em seus lentos e especiais navios de carga, em rolos de sete edições bem embaladas, com uma vista do Vulcão Tutelar nos selos. Pois os jornais daqui, é claro, não falavam nada sobre O Estudante, personagem sem interesse para eles. E soube-se, por fim, graças a *El Faro* de Nova Córdoba, entrando em maio, da Conferência Mundial em Bruxelas, na qual estavam representadas a "Liga Nacional Camponesa do México" e a "Liga Anti-Imperialista das Américas"[503], que já tinha uma filial em nosso país. "Isso explica tudo", disse Cholo Mendoza. "Baboseiras – murmurou *O Ex* –: "O imperialismo está mais forte que nunca. Por isso que o homem do momento, na Europa, é Benito Mussolini"... E as castanheiras floresceram novamente e voltaram as conver-

503 LIGA ANTI-IMPERIALISTA DAS AMÉRICAS: Criada em Cuba por Julio Antonio Mella e outros revolucionários, em julho de 1925.

sas, na mansarda, aos seus habituais temas. Falava-se enormemente, sob as ardósias do telhado, "daqueles tempos". Os eventos mais mínimos, postos em perspectiva e distância, na contemplação atual, assumiram um significado maior, valores maiores de graça, singularidade ou transcendência. O "lembra? lembra?", era fórmula sacramental – já cotidiana – para a evocação dos mortos e das coisas mortas que explicavam os mecanismos, muitas vezes secretos, de um passado remoçado, tirado de contextos distantes para ser trazido a essas latitudes. De repente, ao refrescar a muito povoada memória, o patriarca revelava os antecedentes, até então ocultos, de certos acontecimentos raros ou de pequenos eventos, que davam as chaves para o que, no passado, poderia ter sido motivo de perplexidade, questionamentos – uma pitada de mistério. Como faquir ou ilusionista que, chegando na velhice, aposentado dos palcos, revela divertidamente as técnicas de seus truques e milagres, *O Ex* recordava da emissão de moeda sem autorização, para impulsionar as finanças nacionais; as casas de jogos, criadas pelo Governo, onde eram usadas cartas de baralho marcadas (há uma empresa americana que as fabrica com detalhes tão sutilmente marcados que só os especialistas se entendem com elas) e as apostas tinham que ser feitas em dólares, em libras esterlinas, ou melhor, para sacar notas escondidas nas casas, em velhas onças de ouro ou em pesos de moeda mexicana. E o do Diamante do Capitólio, aquele diamante octogonal, de águas incomparáveis, comprado por ordem oficial para que, solenemente fincado no chão, aos pés da estátua da República, marcasse o *Ponto Zero* de todas as estradas da Nação – gema roubada uma noite, por mãos tão experientes que, segundo os jornais, só poderiam atribuir a uma quadrilha internacional, a menos que se tratasse de anarquistas ou de comunistas, muito hábeis em tais tarefas. E Elmira ria, ouvindo a história: "Me mandou *este aqui* [apontava para o Patriarca]; pus minha comadre, a Juliana, para entreter o vigia, e eu [gesto] com um cinzel daqueles que vendem na loja de ferragens de Monserrate, e um martelo que eu tinha escondido nos peitos, levantei o brilhante, e, na boca, levei-o para o Palácio. Minha palavra! Eu não conseguia nem respirar! E depois, foi aquele rebuliço. Mas... como nós rimos! como nós rimos!". E agora sua risada era ecoada pela risada do Primeiro Magistrado, que apontou para uma gaveta do armário: "Eu o tenho aqui. Me traz boa sorte. Além disso, isso é *recuperação*, como dizem os anarquistas. Eu também tenho direito a certas *recuperações*"... "Ah, o que meu Presidente!" "Meu *Ex*, filho; meu *Ex*"... Passavam os meses substituindo as castanhas por morangos e os morangos por castanhas, árvores vestidas e árvores nuas, verdes e ferrugem, e o Patriarca, cada vez menos interessado em contingências externas, ia reduzindo, limitando, fechando, o âmbito de sua existência. Naquele ano se celebrou a Páscoa, na mansarda, com nossas canções da terra, com zabumba e pandeiro, recém-gravadas pela Vitória. Natal de leitão, saladas de alface e rabanete, vinho tinto, pastéis e torrones da Espanha – à moda *de lá*. E vendo a mesa posta, com tudo sobre a toalha, o Primeiro Magistrado falava de Napoleão, que de ano em ano crescia em sua estima, mas, nesta noite, não em memória de Jena, Austerlitz ou Wagram, mas porque ele estava feliz por ter aprendido, em um livro, que Bonaparte e Josefina comiam em *La Malmaison* – ele, corso; ela, martinicana: metecos os dois – à nossa maneira, de acordo com os protocolos de Elmirinha: todos os pratos à vista, de uma vez, presentes, mexidos, alguns frios, outros ainda quentes, ao alcance do garfo e da colher de cada um, sem tanto passe e repasse de pratos, como seguramente seria feito nas casas dos novos ricos, imitadores de princesas por interesse – e eu me entendo! –, com esperas e atrasos e desfiles de serviços que tiram o apetite e perturbam o estômago, por tanta cerimônia inútil. Aqui você podia botar as mãos na garrafa e encher seu copo, sem que cantassem uma data em seu ouvido – como se isso de data tivesse tanta importância, quando o que você procura acima de tudo no vinho é uma *alegria* que não é uma questão de anos a mais ou a menos... E quando estava nessa alegria, o Primeiro Magistrado olhava, às vezes, para o Arco do Triunfo, declamando, com um arrogante sotaque, a famosa frase de Flambeau em *L'Aiglon*[504]: "*Nous qui marchions fourbus, blessés, crottés, malades*[505]", chegando com brio ao verso final – bastante nauseante, por sinal – em que nos é oferecido um sorvete de sangue de cavalo morto. Mas Cholo Mendoza observava que, na medida que passava o tempo, havia cada vez mais lacunas na recitação de O Ex: alguns alexandrinos ficavam com oito sílabas; Espanha e Áustria eram apagadas do lírico mapa; eram esquecidos sabres, pesqueiras, chapéus, canções de guerra, corvos assados, bandeiras e cornetas, às margens do caminho evocado pelo "grognard", ficando reduzida toda aquela balbúrdia rimada, na memória do recitador, ao farmacêutico dístico de: "*Nous qui pour notre toux n' ayant pas de jujube, / Prenions des bains de pied d'un jour dans le Danube.*[506]" E Cholo Mendoza acabava por crer que este último permanecia vivo na memória do Primeiro Magistrado porque a "*jujube*" expectorante era prima-irmã das pastilhas de alcaçuz às quais ele era tão aficionado. E se fazia necessário, talvez, o elemento mnemônico, pois era evidente que os mecanismos mentais de alguém que tanto havia planejado, calculado, combinado, ao largo de uma carreira muito longa, começavam a se desorganizar. Em dias de chuva, por exemplo, depois de declarar que não sairia de casa por nada, era levado pela necessidade absurda de ir a uma livraria distante para conseguir uma obra de Fustel de Coulanges[507] ou os vinte tomos da *História do Consulado e do Império*, de Thiers – que ele nem sequer folheava, ao regressar, catarrento e molhado, de sua inútil expedição. Sempre aficionado pelo teatro lírico, costumava se vestir de fraque e ir escutar um pouco de *Manon* na Ópera Comique, e ficou surpreso por não ver Mefistófeles no ato de Saint Sulpice.

---

504 **L'AIGLON:** Peça teatral de Edmond Rostand, escrita em 1900, que retrata a vida de Napoleão II, filho de Napoleão Bonaparte.

505 "Nós, que andávamos exaustos, feridos, enlameados, doentes"

506 Nós, que para nossa tosse, sem termos pastilha, / Fazíamos escalda-pés por um dia no Danúbio"

507 **FUSTEL DE COULANGES:** Fustel de Coulanges (1830-1899) foi um historiador francês do século XIX, conhecido por sua obra A Cidade Antiga. Defendia que a tradição religiosa moldou profundamente as estruturas sociais antigas.

A ação de *Carmen* se confundiu com a do *Barbeiro*, porque ambas se passavam em Sevilha; confundiu o final de *La Traviata* com o de *La Bohème*, porque, enfim, essa mulher morrendo, ali, nos braços de seu amado... Em sua fala cometia erros frequentes, como afirmar que Plutarco era um historiador latino ou que o vírus da gripe espanhola se chamava Peloponeso. De repente, começava a ditar um editorial sobre a situação política de nosso país, detendo-se, atônito, no melhor de seu discurso, ao se dar conta de que não teria onde publicá-lo. Falando só por falar, punha e tirava ministros, condecorava por imaginação, traçava planos para Obras Públicas, acabando por rir de si mesmo quando voltava à realidade, frente a uma garrafa de *Beaujolais Nouveau* de Monsieur Musard. Tinha desejos surpreendentes por museus. Ia ao Carnavalet para ver as guilhotinas de brinquedo. No Louvre, em frente à grande pintura da *Coroação*[508], de David, ele estabelecia desconcertantes paralelos entre Madame Letícia e a *Aunt Jemima* do Coronel Hoffmann. Visitou o *Museu Grévin*, para ver se, talvez, nunca se sabe, encontrava a si mesmo, feito de estátua de cera, em uma das salas. E Cholo começou a se alarmar com os delírios do Patriarca no dia 5 de maio, quando acordou com a ideia fixa – esquecida ao meio-dia, felizmente, por notícias chegadas da pátria – de enviar um enorme buquê de flores para o *Invalides*, no aniversário da morte de Napoleão em Santa Helena. E, no entanto, uma certa majestade, uma certa força, davam substância e estilo à pessoa do velho ditador. Substância e estilo dos déspotas decadentes; daqueles que, por anos e anos, impuseram sua vontade, fizeram a lei, em algum lugar do mundo. Bastava que ele se deitasse em sua rede para que essa rede se tornasse um Trono. Quando se balançava, com as pernas estendidas – daqui, ali, puxando um cordão que tinha para isso –, ele se agigantava, era imenso, em sua horizontalidade de imor-

508 *COROAÇÃO*: A pintura Coroação de Napoleão, de Jacques-Louis David, retrata o momento em que Napoleão se coroa imperador em 1804, em *Notre-Dame*. A cena exalta o poder e a legitimidade do imperador, com composição grandiosa e detalhismo neoclássico.

tal ignorado pelo Pequeno Larousse. E falava então de *seus* exércitos, de *seus* generais, de *suas* campanhas, como aquela – lembra?, contra o traidor Ataúlfo Galván –, com aquela noite – lembra?... mas não; não era você... – sob uma tormenta, na Caverna das Múmias... E uma manhã em que havia amanhecido falando disso, teve um repentino desejo de visitar o *Museu do Trocadero*. E foi com o Cholo até aquele palácio pesado e triste, entre zaragozano, arábico e Barão de Haussmann, com seus arcos desbotados e falsos minaretes, onde, frente a uma enorme cabeça da Ilha de Páscoa, um guarda cochilava com um paletó desabotoado. (Não devia andar muito bem a mente do Patriarca, naquela manhã, posto que perguntou o nome do escultor daquilo...) E começaram a andar pelas galerias, cada vez mais longas, cada vez mais cheias de canoas em terra, pássaros totêmicos, ídolos com espinhos de pregos, deuses mortos de religiões mortas, esquimós empoeirados, chifres tibetanos, tambores amontoados nos cantos – arruinados tambores, de ataduras soltas, remendos comidos por traças, mudos para sempre, depois de terem sido mestres de folia, chamadores de chuva e mensageiros de sublevações... E assim, indo do osso-de-foca-agulha-de-costura às máscaras rituais das *Novas Hébridas*, do cinzel ao peitoral de ouro, do chocalho do xamã ao machado lítico, o Primeiro Magistrado chegou ao que buscava: a vitrine, ali, no meio da sala, retangular, montada em um pedestal de madeira, onde estava sentada, para sempre, aquela múmia – "de que tanto lhe falei" – encontrada, na caverna, em uma noite de tormenta... Arruinada arquitetura humana, feita de ossos envoltos em tecidos rasgados, de peles secas, perfuradas, carcomidas, que sustentavam um crânio cingido por uma bandana bordada; crânio com olhos ocos dotados de uma expressão tremenda, o buraco do nariz enfurecido apesar de sua ausência, e uma enorme boca ameadas de dentes amarelos, como se estivesse imobilizada para sempre em um uivo inaudível, sobre a miséria de tíbias cruzadas das quais ainda pendiam sandálias antigas – e como se fossem novas, no entanto, por causa da permanência de seus fios vermelhos, pretos e amarelos. E aqui seguia sentada – como lá – essa coisa, a dois passos de *La Marseillaise* de Rude, como um feto gigantesco e descarnado que havia passado por todos os estágios de crescimento, maturidade, decrepitude e morte, coisa apenas coisa, ruína de anatomia que podia ver através de dois buracos, sob uma asquerosa cabeleira escura, caído em mechas esfarrapadas em ambos os lados das bochechas secas. E esse exumado monarca, juiz, sacerdote ou chefe armado, voltava a olhar irritadamente, de seus incontáveis séculos, para aqueles que haviam violado sua sepultura... E parecia olhar para mim, para mim somente, como um diálogo, iniciado quando disse aquilo de: "Não se queixe, cabra, que eu o tirei do seu charco para lhe fazer gente.... Para te fazer de gen...". Mal-estar, vertigem, queda. Vozes. Gente que chega... E me encontro em minha rede, onde o Cholo e A Maiorala me deitaram. Mas as pernas não me obedecem. Estão lá, onde deveriam estar, são minhas, e, no entanto, alheias a mim, pois permanecem inertes, recusando-se a se mover. O médico: o Doutor Fournier, muito envelhecido. Sua Legião de Honra. Eu me lembro dela. Coloco meu indicador nos ouvidos para que ele saiba que ouço e entendo. "Não será nada", disse, pegando em sua pasta uma agulha hipodérmica. E os rostos de Ofélia e Elmirinha que dão voltas e voltas na rede, aparecem, fazem contato, conversam, e eu durmo e acordo. Outra vez – ou é que ele permaneceu aqui? – o Doutor Fournier, com sua agulha hipodérmica. E acordo. E me sinto muito bem. Penso no *Bois-Charbons* de Monsieur Musard. Mas me dizem que não. Ainda não. Que em breve. Mas não devo estar tão bem – ainda que eu me sinta muito bem, assim, quando me embalam na rede – porque Ofélia e Elmirinha encheram meu quarto com gravuras de Virgens. Elas estão lá, enfileiradas nas paredes, me cercando, velando meu sono, presentes, assim que abro os olhos, a Virgem de Guadalupe, a Virgem de Cobre, a Virgem de *Chiquinquirá*, a Virgem de *Regla*, a Virgem de *Coromotos*, a Virgem do Vale, a Virgem de Alta Graça, a Virgem paraguaia de Cââcupe e, em três, em quatro imagens diferentes, a Divina Pastora do meu país, e as Virgens Capitãs, Virgens Marechais, Virgens do Semblante Branco, Virgens Índias, Virgens Negras, todas as nossas virgens, Inefáveis Intercessoras, Damas do Socorro em toda tribulação, cataclismo, peste, angústia ou maligna perambulação, aqui, comigo, em brilho de ouro, prata e lantejoulas, sob voos de pombas, claridades da Via Láctea e Harmonia das Esferas. "Deus comigo, e eu com Ele...", murmuro, recordando uma oração camponesa aprendida na infância... Convalescença. Elmirinha me traz um pouco da nossa comida – taco, tamal, caldinho, gemas duplas, creme de leite com canela em pó –, a única coisa que tem gosto para mim. Começo a andar muito bem – embora agora precise de uma bengala. O médico me diz que em breve, talvez amanhã, ele me permitirá um curto passeio. Sentar-me, talvez, em um banco na Avenue du Bois, ao lado dos canteiros de gladíolos. Ver como se divertem nos gramados os cachorros de grandes casas, vigiados por mordomos de grandes casas. Depois, de táxi – meu corpo pede por isso –, irei ao *Bois-Charbons*. E penso, de repente, que faz tempo, muito tempo, que não faço amor. A última vez – quando? – foi com Elmirinha. Agora, tudo o que peço a ela é que levante um pouco as saias – coisa que faz com simples inocência. Me faz bem contemplar, às vezes, essas carnes firmes e bem sombreadas, profundas e generosas: há, nelas, uma bondade que transcende a si mesma. Isso pouco mudou desde os dias de minha maturidade triunfante, e encontro, ao olhá-la, um novo incentivo para continuar esta vida estúpida. Porque não estou derrotado, não. Já faço minha caminhada diária. Um pouco mais longe de casa, a cada vez. E um dia, não sei por que, penso no Cemitério Montparnasse, onde está enterrado meu *cuate* Porfirio Díaz. (Daqui, pela janela, posso ver a casa onde vivia seu ministro Limantour.) Então, vamos ao *Cimetière* – onde também jaz Maupassant, cujas histórias são tão lidas e imitadas em nossos países – o Cholo, Elmira e eu. Compramos flores ao lado da Marmoraria Joffin. E nos guia o porteiro, vestido de azul marinho como o guarda do *Trocadero*: "*Cette tombe est tres demandée*"[509] [sic]. Passamos em frente a Baudelaire, e tiveram o humor sinistro de enterrá-lo ao lado do General Aupick[510]. E já estamos onde se encontra Dom Porfirio. Sobre seus restos mortais se alça algo assim como uma pequena capela gótica – igreja anã ou canil gigante, cinza-ogival – onde, em um altar colocado sob a invocação da Inefável Aparecida de *Tepeyac*[511], há um pouco de terra mexicana guardada em uma arca de mármore. E sobre esse mausoléu medieval 1915, a presença secular e mítica da Águia e da Serpente de Anahuac... Penso na morte. Em Baudelaire, tão perto, ainda que não consiga me lembrar daqueles versos seus – muito me falha a memória – que falam de ossos velhos e sepultura profunda para um corpo mais que morto, morto entre os mortos. Me agradaria que, quando chegasse a minha hora, me enterrassem aqui. Tratei de fazer alguma piada macabra, adequada ao cenário, para mostrar aos outros que pouco temia a Ceifadora. Mas nada me ocorria. Voltamos em silêncio para a *Rue de Tilsitt*. E, naquela tarde, nova inércia das pernas. E esse braço esquerdo com cãibra. E esses suores frios repentinos, na nuca, na testa. E aquela barra dolorosa que me atravessa o peito, às vezes, mas mais em minha carne – fora – do que embaixo da minha carne. O Doutor Fournier quer que me levem para uma cama. Ele diz que a rede não é uma cama; que é folclore, coisa de índios, romance de Fenimore Cooper. A presunção punheteira dessa gente. Queriam me meter em uma cama Luís XIII, para me afogar sob um dossel ou em camas como as da Malmaison, onde me pergunto como, por estreitas e baixas, Napoleão e Josefina poderiam se abraçar. Por fim, eles me deixam embalado na rede, que se molda ao peso do meu corpo – um corpo que tenho como se estivesse cheio de chumbo. Quando acordo, Cholo me conta que Ofélia e Elmirinha foram cumprir uma

---

509 "Essa tumba é muito procurada."

510 **GENERAL AUPICK:** Joseph Jacques Aupick (1789-1857) era um general francês e diplomata que se casou com Caroline Dufaÿs, mãe de Baudelaire, em 1828, quando o poeta tinha sete anos. A relação entre Aupick e Baudelaire foi marcada por conflitos, refletindo-se na obra e na vida do poeta.

511 **APARECIDA DE TEPEYAC:** Trata-se da Virgem Mexicana de Guadalupe.

promessa feita ao *Sacré-Coeur* por meu breve – "e seguro", acrescenta – reestabelecimento. De madrugada, vestiram-se de penitentes – de "promessas", como dizem *lá* –, hábito violeta, sandálias, sem chapéu ou xale apesar da chuva, com o cordão laranja amarrado na cintura, e subiram a colina de Montmartre, prostradas sobre os assentos do funicular, antes de irem, ajoelhadas, com uma vela na mão, da escadinha até o altar principal da basílica. (Lá em Montmartre, ao sair do santuário, A Maiorala insiste em colocar umas flores ao pé de um santo que está à direita, sozinho e desamparado, e deve ser muito misericordioso, já que está em um local separado, bem visível, acorrentado a um poste, vivendo seu martírio. Se ajoelha sobre o pavimento molhado. Reza. Mas Ofélia faz com que se levante brutalmente, arrancando-a de suas devoções, ao ler uma inscrição aos pés do santo *"Ao Cavaleiro de La Barre*[512]*, suplicado aos 19 anos, em 1º de julho de 1766, por não ter saudado uma procissão."* Elmirinha não entende como existem pessoas que, ao lado de uma igreja, poderiam ter erguido um monumento a um herege... Ofélia se nega, por cansaço antecipado, a entrar em explicações que a mestiça, de todo modo, não entenderia, por aquilo de que "livre pensador", soa-lhe como seita anarquista, *ñáñiga*[513], coisa de radicais, algo nesse estilo...). Acordo. E sobre mim se inclina Ofélia, em seu traje de promessa, e Elmirinha, vestida igual, ainda que alise os seios com um gesto mecânico, muito seu, esquecendo o traje que a cobre. E aparece a nova figura de uma irmãzinha de São Vicente de Paula – mas essa é de verdade – que me espeta uma agulha no braço direito. A touca engomada, a gola engomada, a camiseta engomada; o azul do hábito, um azul anil lavado, que me faz pensar no azul do "macacão azul" – o *overol* norte-americano que todos os operários do meu país usam – e que também chamam *lá* "de pacote de velas". Velas, as que foram acesas diante das Virgens em

---

512 LA BARRE: Jean François La Barre (1747-1766), jovem francês injustamente acusado de sacrilégio por não tirar o chapéu na passagem de uma procissão, foi queimado vivo e decapitado

513 *ÑÁÑIGA*: Sociedade secreta Abakuá, formada por descendentes de africanos em Cuba, especialmente em Havana e Matanzas.

meu quarto; velas, recém-acesas, que começam a suar a cera; velinhas vermelhas, luminárias do tipo que flutuam em uma tigela de óleo. Velas, das que logo serão colocadas sobre mim. Eu vejo nesses rostos amarelados pela luz de tantas velas, que se inclinam sobre minha rede, olhando para mim com sorrisos forçados, em um cheiro de farmácia que invade tudo. Durmo. Acordo. Às vezes, ao despertar, não sei se é dia ou noite. Um esforço. À direita soa o tique-taque. Saber a hora. Seis e quinze. Talvez não. Talvez sete e quinze. Mais perto. Oito e quinze. Esse despertador pode ser uma maravilha da relojoaria suíça, mas seus ponteiros são tão finos que mal se veem. Nove e quinze. Tampouco. Os óculos. Dez e quinze. Isso, sim. Creio que sim, porque – percebo agora – o dia se pinta claro nas telas de retalhos que A Maiorala colocou para controlar a luz que cai aqui, nesta mansarda, da claraboia acima. Penso na morte, como sempre faço quando acordo. Mas já não tenho mais medo da morte. Eu a receberei de pé firme, mesmo que me dê conta, há muito tempo, que a morte não é combate ou agonia – mera literatura –, mas entrega de armas, validade aceita, ânsias de dormir para enganar uma dor sempre possível, sempre ameaçadora, com seu acompanhamento de agulhas hipodérmicas, seu martírio de Sebastião – corpo ajoelhado e inclinado –, o cheiro de drogas no olfato, uma saliva de areia e a chegada sinistra dos balões de oxigênio, tão anunciadores do fim, como os óleos da extrema unção. Tudo o que peço é dormir sem padecimentos físicos – ainda que me foda pensar no bando de cabras que se alegrarão com a notícia de minha morte. De todo modo, para que fique na História, devo dizer uma frase na hora em a sacana me leve. Uma frase. Eu a li nas páginas rosadas do Pequeno Larousse: "*Acta est fabula.*"[514]

"O que disse?", perguntou Cholo Mendoza. "Falou de uma fábula", disse Ofélia. "Esopo, La Fontaine, Samaniego?" "Também falou de um *acta*." "Já entendi – disse A Maiorala –: Que não vá enterrá-lo sem um atestado de óbito. A catalepsia..."

---

514 "A história acabou."

(Era verdade: o maior medo de todos os camponeses *de lá*.) "No meu povoado, houve um que foi enterrado como morto e como não estava morto acordou no caixão, chegou a quebrar a tampa, mas só conseguiu tirar uma mão para fora da terra... E houve outro caso, em *La Verónica*..." Era domingo. Ofélia fechou os olhos de seu pai e o cobriu com um lençol que caia, como uma toalha de mesa de banquete, até o chão, em ambos os lados da rede. Em seguida, abriu a gaveta onde se encontrava o Diamante do Capitólio: "Eu mesma o guardarei, por segurança. Quando se reestabelecer a ordem em nossa dolorosa pátria e os arruaceiros e comunistas não puderem levar essa joia, eu mesma irei colocá-la solenemente em seu legítimo lugar, aos pés da estátua da República." E, à espera desse acontecimento, o diamante caiu na bolsa da Infanta, marcando logo, entre pós de arroz e lápis de boca, o Ponto Zero de todas as estradas da nação distante. Mas agora, Ofélia mostrava certa pressa: "Ao Cholo, que se ocupe da questão da Acta. Eu não entendo disso. E que não se anuncie a morte até amanhã. Hoje é *Jornada dos Drags*[515]. Ainda tenho que me vestir"... E logo se ouviu um barulho incomum de ferraduras e de rodas em frente à grade de honra da casa, Elmirinha olhou pela janela: havia, ali, como uma diligência com emblemas, janelinhas, puxada por quatro animais, e pessoas empoleiradas em cima, muito parecida com o ônibus de mulas que, nos tempos de sua infância, fazia o trajeto – por falta de trens – de Nova Córdoba ao Palmar de Siquire. "Que atrasada é essa gente", pensou a mestiça. E viu Ofélia sair, vestida de cor clara, e subir na carruagem depois de abrir uma sombrinha branca. Os chicotes estalaram e os alazões saíram trotando em um grande alvoroço de risos e alegria. Uma vela, posta em um candelabro de prata, ardia em cada lado da rede onde repousava o corpo do Primeiro Magistrado. A irmãzinha de São Vicente de Paula rezava o rosário.

---

515 JORNADA DOS DRAGS: Evento social e esportivo realizado no hipódromo de Auteuil, nos arredores de Paris, durante o final do século XIX e início do século XX. Nessa ocasião, elegantes carruagens puxadas por quatro cavalos, conhecidas como "drags", desfilavam até o hipódromo, onde os participantes assistiam às corridas de cavalos.

Do lado de fora, o menino-herói dos ovinhos pro ar, tendo o sol que os dourava. "Que indecência", disse Elmirinha, fechando a janela para começar a vestir o defunto, que seria deitado, lá embaixo, no Grande Salão. Sobre o encosto de uma cadeira, esperava o último fraque que ele havia mandado fazer para si nas vésperas da doença, já largo demais para seu corpo enfraquecido. Mas isso facilitará a tarefa de vesti-lo – com a larga faixa encarnada que, por tantos anos, havia sido o emblema de sua Investidura e Poder.

A trepadeira não chega mais alto do que
as árvores que a sustentam.
(*Discurso do método*)

1972

...arretez-vous encore un peu à
considérer ce chaos[516]...
— DESCARTES

516 "...detenham-se um pouco mais para observar este caos..."

Vinte e dois

Envelhecido pelas muitas chuvas, não poucas nevascas e pelo abandono em que se encontra há anos, o pequeno panteão de duas colunas dóricas ainda está de pé no Cemitério Montparnasse, não muito longe do túmulo de Porfirio Diaz, perto da de Baudelaire e do General Aupick. Aqueles que contemplam seu interior através da grade preta que protege uma porta de vidro montada em metal dourado podem ver um altar simples sobre o qual se assenta a imagem da Divina Pastora – cópia da imagem que se venera no Santuário Principal de Nova Córdoba. A seus pés, sob uma guirlanda mística de rosas e querubins, há uma arca de mármore, sustentado por quatro jaguares, onde se guarda um pouco da Terra do Sagrado Solo Pátrio.

O que talvez algumas pessoas ignorem é que Ofélia, pensando que a Terra é uma e que a terra da Terra é a terra da Terra em todos os lugares – *memento homo, quia pulvis es et in pulverem reverteris*[517] – havia recolhido a sagrada terra, perenemente guardada pelos quatro emblemáticos jaguares, em um canteiro do Jardim de Luxemburgo.

Havana-Paris, 1971-1973

---

517 "lembra-te, homem, que és pó e ao pó voltarás."

Apoiadores

O livro não seria possível sem os 563 apoiadores da campanha de financiamento coletivo realizada entre os meses fevereiro e março de 2025 na plataforma Catarse. A todos, um grande obrigado da equipe Pinard.

A Degustadora De Histórias Livraria Ltda
Adalberto Rafael Guimarães
Adelfio Mendonça De Moura
Ademar De Castro Neto
Adriane Cristini De Paula Araújo
Ágabo Araújo
Aisha Morhy De Mendonça
Alan Dos Anjos Ramos
Alberto A Filho
Alberto Hainal Coimbra
Alessandra Conradt
Alessandra Scangarelli Brites
Alessandro Lima
Alex Fialho Rezende De Camargo
Alexandre Guedes
Alexandre Guerra
Aline Helena Teixeira
Aline Veloso Dos Passos
Aline Viviane Silva
Amanda Cardozo
Amanda Cardozo
Amanda Vasconcelos Brito
Amarildo Ferreira Júnior
Amílcar Mielmiczuk
Ana Carolina Do Rosário Spinardi
Ana Carolina Macedo Tinós
Ana Carolina Silva Chuery
Ana Claudia Vieira Vidal
Ana Cristina Schilling
Ana Elisa Antunes Viviani
Ana Gabriela Barbosa
Ana Heloísa Cestaro

Ana Julia Candea
Ana Luísa Fernandes Fangueiro
Ana Luiza Lima Ferreira
Ana Luiza Vedovato
Anderson Silva Da Costa
André Luis Machado Galvão
Andre Luiz Romanelli Tiburcio Alves
André Luiz Silva Ramos
Andrea Carla Pereira Cavalcante
Andreia Santana
Andrelina Queiroz Calixto
Anelise Tietz
Angela Batista
Angelita Kazuyo Maeda
Anna Regina Sarmento Rocha
Annie Figueiredo
Anselmo Araujo
Antonio Vilamarque Carnauba De Sousa
Arianni Ginadaio
Arthur Junqueira
Augusto Bello Zorzi
Barbara Burgos
Belchior Cézar
Berttoni Cláudio Licarião
Bruna Dos Santos Pinheiro
Bruna Salmeron E Silva
Bruno Fiuza
Bruno Moreira
Bruno Novaes Bezerra Cavalcanti
Bruno Pinheiro Ivan
Cadmo Soares Gomes
Caio Jean Matto Grosso Da Silva
Caio Nascimento Santos
Caique Alves Barboza
Camila Dias
Camila Karen De Oliveira Barbosa
Camila Miguel
Carla Curty Do Nascimento Maravilha Pereira
Carla Hilst
Carla Tachibana
Carlos Eduardo Affonso Ferreira
Carlos Eduardo Jordão
Carlos Eduardo Santin Dameto
Carlos Gustavo Garcia
Carlos Henrique De Sousa Guerra
Carlos Nardy
Carmelo Ribeiro Do Nascimento Filho
Carolina Manfrere
Caroline Domingos De Souza
Caroline Tomazelli

Cássia Lacerda Mantovani
Catarina Chaves Costa
Catharino Pereira
Dos Santos
Catherine Morais Teles
Cauê Soares Lopes
Celso Correa Pinto
De Castro
Celso Ricardo Freitas
Cavalcanti
Charles Cooper
Cícera Luzimar
Pereira Santos
Cintia Cristina
Rodrigues Ferreira
Ciro Leonardo
Campos Pinheiro
Clara Barbosa
Clara Soares
Clara Vidal
Claudia Avila Klein
Claudia Chalita Az
Cláudio André De
Souza Lacerda
Claudio Gonçalves Tiago
Cristiane A Fontana Grumm
Cristiano Prado Ribeiro
Dafne Takano Da Rocha
Daniel Tomaz De Sousa
Daniela Maia
Daniela Nascimento
Da Silva
Daniele Cristina Godoy
Gomes De Andrade
Danielle Da Cunha Sebba
Danielle Nunes
Danielson Venceslau Nunes
Danilo César Pavão
Zapparolli
Dario Alberto De
Andrade Filho
Darwin Oliveira
David Miguel Costa
Denis Jucá
Deyverson Rafael
Cestaro Jorge
Diego Domingos
Dieguito
Diogo Gomes
Diogo Leonardo
Azevedo Ferreira
Diogo Souza Madeira
Diogo Souza Santos
Diogo Vasconcelos
Barros Cronemberger
Djonatan Avila
Dk Correia
Edgar Seith Zambrana
Edielton De Paula
Edson Vicente
Eduardo Da Mata
Eduardo Etcheverry
Eduardo Vasconcelos
Eleonora Mesquita Ceia

Eliana Carmem
Eliane Mainardi
Eliziane De Sousa Oliveira
Elton Alves Do Nascimento
Elysandra Figueredo
Cypriano
Emerson Dylan
Gomes Ribeiro
Emilio Camarini
Emmanuel Feliphy
Erick Dias
Érico Renato Serra
Cordeiro
Érico Zacchi
Esdras Campelo
Esthefany Tavares
Evandro José Braga
Fabiana Alves Dos Santos
Fabiano Costa Camilo
Fabiele Cristina
Santos Costa
Fábio Campos Aranha
Fábio Sousa
Fátima Cristina
Durante Lazarotto
Fátima Pessoa
Felipe Antônio F.Gontijo
Felipe Bergamasco
Perri Cefali
Felipe Cuesta
Felipe Da Silva Mendonça
Felipe Junnot Vital Neri
Felipe Nobre De Souza
Felipe Pessoa Ferro
Felipe Pin Rinaldi
Fernanda Couto
Fernanda Da
Conceição Felizardo
Fernanda Fernandes
De Lima Melo
Fernanda Martinez
Tarran
Fernanda Oliveira
Fernando Bueno Da
Fonseca Neto
Fernando Cesar
Tofoli Queiroz
Fernando Da
Silveira Couto
Fernando Henrique
Marques
Fernando José Da Silva
Fernando Luz
Fernando Souza Jr.
Flávia Silveira Amaral
Francisca Cury
Francisco Custodio
Francisco Das Chagas
Da Conceição
Francisco De
Albuquerque
Nogueira Junior
Francisco De Assis
Rodrigues

Francisco Serpa Peres
Fred Vidal Santos
Gabriel Motta
Gabriel Pinheiro
Gabriel Rodrigues
Do Nascimento
Gabriel Souto
Gabriela De Andrade
Pereira Arruda
Gabriela Neves M. Almeida
Gabriela Ribeiro Manhães
Genedilson Gomes
De Souza
Geraldo Penna Da Fonseca
Germana Lúcia
Batista De Almeida
Germana Marques
Geth Araújo
Getúlio Nascentes
Da Cunha
Gicarlos Oliveira Dourado
Gilmar José Taufer
Giovanna Fiorito
Girlene Machado
Tamassia Santos
Glaucia Alves
Gláucia Ariane
Parente Da Silva
Gonçalo De Andres
Fernandez
Gracielle Arriola
Teixeira Gomes
Guilherme Magalhães
Guilherme Mayer Amin
Guilherme Onofre Alves
Guilherme Priori
Guilherme Rocha Sartori
Guilherme Salvador
Banzato Facco
Guilherme Torres Costa
Guilherme Zaccaro
Gunnar Jorg Kelsch
Gustavo Henrique
Montes Frade
Gustavo Henrique Peres
Gustavo Inojosa
Gustavo Jansen De
Souza Santos
Gustavo Peixoto
Gustavo Picarelli
Gustavo Rebelo De
Matos Borges Dos Reis
Hádassa Bonilha Duarte
Helaine Cristina De Jesus
Helena Coutinho
Henrique Carvalho
Fontes Do Amaral
Henrique De Villa Alves
Henrique Luiz Voltolini
Henrique Santiago
Hevelly Acruche
Hítalo Tiago Nogueira
De Almeida
Hugo César Rocha De Paiva

Hugo Melo Da Silva
Iago Martins Souza Silva
Iago Mourão
Fonseca Ferreira
Iris Matsushige
Isabela Cristina
Agibert De Souza
Isabela Dantas
Isabela Dos Anjos Dirk
Isadora Soares
Ítalo Lennon Sales
Itamar Torres Melo
Ivandro Menezes
Izabel Lima Dos Santos
Izabela Batista Henriques
Izai Moura
J L Penapereira
Jade Martins Leite Soares
Janaina Flor Lourenço
Gonçalves Guimarães
Janete Yamazato
Janine Soares De Oliveira
Janine Vieira Teixeira
Jaques Sztajnbok
Jean Pierre Chauvin
Jeferson Bocchio
Jeff Rodrigues
Jefferson Luiz
Gonçalves Silva
Jessé Santana De Menezes
Jéssica Caliman
Jheyscilane Cavalcante
João Camilo Campos
De Oliveira Torres
Joao Henrique Ribeiro Roriz
João Pedro Fahrion Nüske
João Umberto Ciocca
De Almeida
João Vianêis Feitosa
De Siqueira
Joeser Silva
Jonata Oliveira Meneses
Jonathas Cotrim Dias
Jorge Luiz Valença Mariz
José Antonio Veras Júnior
José Carlos De Sá Junior
José De Carvalho
José Guilherme
Pimentel Balestrero
José Luis Mixtro
José Luís Salmaso
José Paes De Almeida
Nogueira Pinto
José Ricardo Sasseron
Josiane Ferreira
Joviana Fernandes Marques
Joyce K. Da Silva Oliveira
Juan Nogueira
Juliana Machado
Juliana Nasi
Juliana Salmont Fossa
Juliana Silveira
Juliana Silveira
Júlio Canterle

Karina Aimi Okamoto
Karinna Julye Checchi
Karla Rodrigues
Dias Ferreira
Kevynyn Onesko
Laeticia Maris
Lana Raquel Morais
Rego Lima
Larissa De Almeida
Isquierdo
Larissa Sanches Paulino
Larissa Vieira
Laura Hanauer
Laura Simon Marques
Lauriete Aparcida Pereira
Lauro Dos Santos Mesquita
Lázaro Marques De
Oliveira Neto
Leandro Ferreira Da Silva
Leda Amana Teodoro Silva
Leíza Rosa
Leonardo Gomes
Farias De Oliveira
Leonardo Marques
Leonardo Pinto De Almeida
Leonel Souza
Lethycia Santos Dias
Letícia De Oliveira Moura
Leticia Santos Guilhon
Albuquerque
Levi Gurgel Mota De Castro
Lilian Vieira Bitencourt
Livia Marinho
Livia Marques Siqueira
Lucas Azevedo Rocha
Lucas Cabral
Lucas Do Couto Gurjão
Lucas Gabriel
Rocha Menezes
Lucas Gonçalves
Bitencourt
Lucas Josijuan
Lucas Menezes Fonseca
Lucas Santos Fonseca
Lucca Sf
Luciana Almeida Piovesan
Luciana Benvindo
Barros Fernandes
Luciana Braga Luz
De Mendonça
Luciana Harada
Luciana Luzia
Prado Cardoso
Luciana Maria Truzzi
Luciana Vasconcellos
Luciene Assoni
Timbó De Souza
Luis Antonio Jorge
Luís Eduardo Lopes
Gonçalves
Luiz Antonio Capelas
Luiz Antônio Correia
De Medeiros Gusmão
Luiz Antônio Correia

De Medeiros Gusmão
Luiz Eduardo Lima
Luiz Felipe Bruzzi Curi
Luiz Fernando Carneiro
Luiz Guilherme
Barbar Fabrini
Luiz Hideki Sakaguti
Luiz Paulo Melo Costa
Luíza Dias
Luiza Heller
Luiza Nunes Corrêa
Luiza Pimentel De Freitas
Lygia Beatriz Zagordi
Ambrosio
Maicon Poli De Aguiar
Maikon Jean Duarte
Maiquel Luis Pruinelli
Maíra Leal Corrêa
Marcela Tang Pinheiro
Marcelo Lima
Marcelo Medeiros
Marcelo Novo E Trigueiros
Marcia Pires
Marcio Bernardi
Márcio Da Silva Barros
Marcio Gomes Pinto
Marco Antonio Da Costa
Marco Antonio De Toledo
Marco Giannelli
Marco Severo
Marcos André Urso
Lorenzetti
Marcos Kopschitz
Xavier Bastos
Marcus Vinicius
Borges Rossi
Mari Fátima
Lannes Ribeiro
Maria Antonieta
Rigueira Leal Gurgel
Maria Bernadete
Chiarastelli Rossato
Maria Celina
Monteiro Gordilho
Maria Clara Modesto
Maria Elisa
Noronha De Sá
Maria Fernanda Oliveira
Maria Helena
Firmbach Annes
Maria Olívia Mello
Maria Salet Ferreira
Novellino
Mariana Acioli Do
Carmo Paiva
Mariana Andrade
Mariana Andrade
Timoteo
Mariana Pairé Rosa
Mariana Pimenta
Marina Dieguez
De Moraes
Marina Landherr
Mário A. Canto

Mario Iberê D'Alessio
Quintas
Mario Sergio Firmo Silva
Marisa Benfica Alvarez
Marjorie Sommer
Marne Machado
Marta Calmon Lemme
Martin Wottrich
Matheus De Medeiros Paes
Matheus Lolli Pazeto
Matheus Miguel
Brustolin Da Silva
Matheus Sanches
Mauricio Bergamo
Maurício Fiorito De Almeida
Mauro Pelegrino
Micheli Andrea Lamb
Miguel De Jesus Velani
Milena Vieira
Mirella Maria Pistilli
Miriam Borges Moura
Miriam Paula Dos Santos
Miro Wagner
Moab Agrimpio
Murillo Dias Winter
Naína Carvalho
Nancy Nonato De
Lima Alves
Natália Buzato Tavares
Natasha Ribeiro
Hennemann
Nathalia Costa Val Vieira
Nathalia Lippo
Nayara Justiniano
Nicolas Guedes
Nicolas Neves
Nielson Saulo Dos
Santos Vilar
Nilton Resende
Otto Soares De
Araujo Neto
Pamella Caroline
Alberti Moreira
Pamella Xavier
Patricia Borba
Patricia Celidonio
Patricia De Aguiar
Dantas Caralo
Patricia Maria Christofoli
Lopes Ribeiro
Patricia Moraes
Dos Santos
Patricia Quartarollo
Patricia Salles
Paula Arrais
Moreira Dodde
Paula Arrais
Moreira Dodde
Paula Lemos
Paula Maria Ladeira
Paulo Cezar
Mendes Nicolau
Paulo Fernando Tomazinho
Paulo Henrique

Augusto De Carvalho
Paulo Henrique Augusto
De Carvalho
Paulo Henrique Augusto
De Carvalho
Paulo José Barreto
Paulo Ney Lucas
Paulo Olivera
Paulo Ricardo Rocha Lima
Paulo Werneck
Pedro Américo
Melo Ferreira
Pedro Anitelle
Pedro Antonio
Pedro Cavalcanti Arraes
Pedro Da Costa
Lino Ferreira
Pedro Demenech
Pedro Fernandes
De Oliveira Neto
Pedro Figueredo Durao
Pedro Henrique
Martins Basilio
Pedro Lopes
Pedro Nathan
Priscila Lima
Prof. Cezar Tramontini
Quim Douglas Dalberto
Rafael Briquet
Rafael Leite Mora
Rafael Machado
Rafael Martins
Rafael Müller
Rafael Oliveira De Sousa
Rafael S
Rafael Theodor Teodoro
Raiza Mariana
Silva De Sousa
Raphael Falcao Argolo
Raphael Nunes
Nicoletti Sebrian
Raphael Olivier
Marie Corrêa Guillier
De Chalvron
Raphael Scheffer Khalil
Raquel Pimenta
Raquel Silva Do Rosario
Raul Chatel
Regiane Bandeira
Da Silva Khan
Regina Kfuri
Renann Lipinski Jusinskas
Renata Bossle
Renata Sanches
Renato Grinbaum
Ricardo Alexandre De
Omena Rodrigues
Ricardo Bilha Carvalho
Ricardo Mk
Ricardo Munemassa Kayo
Ricardo Paes Antunes
Ricardo Pimentel
Ricardo Rincon
Roberta Mateus

Robson Barros
Rodolfo Alves De Macedo
Rodolfo Moraes
Rodrigo Jaime Viegas
Rodrigo Pontes De Lima
Rodrigo Soares
Rogério Mendes
Rogério Paiva
Romildo Gregorio De Lira
Romulo Cabral De Sá
Romulo Valle Salvino
Ronaldo Nelson Günther
Roseane Sousa Sampaio
Rudi Ricardo Laps
Rudolfo Goldmann Neto
Sabrina Da Paixão
Sabrina Dos Santos
Sabrina Dos Santos
Salomão Miguel De Sousa
Samuel Caetano
Samuel Da Silva Sobral
Sandro Cardoso
Sandy Pombo
Sergio Klar Velazquez
Sergio Oliveira Moraes
Silvia Andrade
Silvia Helena Temporini
Gonçalves
Simone Brito
Sonia Aparecida Speglich
Stefania Centenaro Goulart
Stella Matera
Stephanie Spinelli
Suely Abreu De
Magalhães Trindade
Suely Custodio
Suzana Huguenin
Tadeu Meyer Martins
Tânia Maria Florencio
Tati Bonini
Tereza Maciel Lyra
Thaís Dias Do Carmo
Thales Veras Pereira
De Matos Filho
Thélio Queiroz Farias
Thiago Almicci
Thiago D'Martin Maia
Thiago Dornfeld
Braga Colturato
Thiago Felicio
Thiago Felippe
Thiago Rabelo Maia
Thiele Ritter
Tiago João De Castro
Tiago Nogueira De Noronha
Tiago Pavinato Klein
Tiago Rodrigo Dos Santos
Tiago Rodrigo Dos Santos
Túlio Monteiro
Uilma Santos
Urraca Miramuri De
Figueiredo Mendes
Úrsula Antunes
Valeria Oliveira Da Silva

Valeria Pinto Fonseca
Valmir Stricker
Valquiria Gonçalves
Vanessa Coimbra Da Costa
Vanessa Huenerwadel
Vanessa Panerari Rodrigues
Vanessa Zapparolli
Victor Cruzeiro
Victor Gabriel Menegassi
Victor Hugo Siqueira
Victor Wanderley Costa
Victória Carneo
Vinicius Eleuterio Pulitano
Vinícius F. Ribeiro
Vinicius Geraldo Felix
Vinicius Lazzaris Pedroso
Vinícius Monteiro Lhamas
Vinícius Rafael Presente
Vitória Araújo De Aguiar
Viviana Serafim
Viviane Amaral
Viviane Tavares Nascimento
Wandeclarkson Alberto Santos
Wasislewska Ramos
Weber Abrahão Júnior
Wenderson Oliveira

Coleção Prosa Latino-americana

Originária do latim, a palavra *prosa* significa o discurso direto, livre por não ser sujeito à métricas e ritmos rígidos. Massaud Moisés a toma como a expressão de alguém que se dobra para fora de si e se interessa mais pelos outros "eus", pela realidade do mundo exterior. A prosa está no cotidiano, no rés do chão, nas vizinhas que conversam por cima do muro, nos parentes que plantam cadeiras nas calçadas para tomar ar fresco e ver a vida lá fora. Se ouvimos dois dedos de prosa, já sabemos que estamos em casa. Em "Las dos Américas", escrito em 1856, o poeta colombiano José María Torres Caicedo apresenta pela primeira vez a ideia de latino-americano ao falar de uma terra merecedora de futuro glorioso por conter "um povo que se proclama rei". Hoje o termo diz respeito a todo o território americano, exceto os Estados Unidos, abrangendo os 12 países da América do Sul, os 14 do Caribe, os 7 da América Central e 1 país da América do Norte. É a nossa casa. Dona de uma literatura rica pela diversidade, mas ainda com muitos títulos desconhecidos pelos leitores brasileiros, a prosa latino-americana vem composta pelos permanentes ideais de resistência, sendo possuidora de alto poder de contestação, dentro de uma realidade que insiste em isolá-la e esvaziá-la. Com esta coleção cumpre-se o objetivo de ampliar nosso acervo de literatura latino-americana, para corrermos e contemplarmos a casa por dentro, visitá-la em estâncias aconchegadas, de paredes sempre bem revestidas.

1. Dona Bárbara, de Rómulo Gallegos
2. O aniversário de Juan Ángel, de Mario Benedetti
3. A família do Comendador, de Juana Manso
4. Homens de Milho, de Miguel Ángel Asturias
5. Eu o Supremo, de Augusto Roa Bastos
6. Museu do romance da Eterna, de Macedonio Fernández
7. O Caudilho, de Jorge Guillermo Borges
8. Huasipungo, de Jorge Icaza
9. Sab, de Gertrudis Gómez de Avellaneda
10. Raça de bronze, de Alcides Arguedas
11. Avalovara, de Osman Lins
12. A semana das cores, de Elena Garro
13. O recurso do método, de Alejo Carpentier

Grafia atualizada segundo o Acordo Ortográfico da Língua Portuguesa de 1990, que entrou em vigor no Brasil em 2009

EDIÇÃO
Igor Miranda e Paulo Lannes
TRADUÇÃO
André Aires
REVISÃO
Paulo Lannes
PREFÁCIO
André Aires e Paulo Lannes
COMUNICAÇÃO
Pedro Cunha
ILUSTRAÇÕES
Ivan Di Simoni
PROJETO GRÁFICO
E DIAGRAMAÇÃO
Luisa Zardo

DADOS INTERNACIONAIS DE
CATALOGAÇÃO NA PUBLICAÇÃO (CIP)

Carpentier, Alejo, 1904-1980
O recurso do método / Alejo Carpentier ;
ilustração Ivan di Simoni ; tradução André Aires.
-- São Paulo : Pinard, 2025.

Título original: *El recurso del método*

ISBN 978-65-981636-7-9

1. Romance cubano I. Simoni, Ivan di. II. Título.

25-275357 CDD-Cub863.4

Índices para catálogo sistemático:
1. Romances : Literatura cubana Cub863.4
Eliane de Freitas Leite - Bibliotecária - CRB 8/8415

PINARD

contato@pinard.com.br
instagram - @pinard.livros

@pinard.livros

Impresso em junho de 2025, com o mundo sendo atravessado por várias guerras territoriais e comerciais. A América Latina segue como uma das regiões mais estáveis no momento e Cuba, apesar dos desafios econômicos, é ainda um dos países que mais investe em áreas sociais.

Composto em
HK GOTHIC E DANTE

Impressão
GRÁFICA PALLOTTI

Papel
LUX CREAM 70g